Pippa DaCosta

STADT DER ELFEN

BERÜHRT

W0354562

Pippa DaCosta

Stadt der Elfen

Berührt

Aus dem Amerikanischen
von Andreas Decker

cbt

Bei diesem Buch wurden die durch das verwendete Material und die Produktion entstandenen CO_2-Emissionen ausgeglichen, indem der cbj Verlag ein Projekt zur Aufforstung in Brasilien unterstützt.
Weitere Informationen zu dem Projekt unter:
www.ClimatePartner.com/14044-1912-1001

MIX
Papier aus verantwortungsvollen Quellen
FSC® C014496
FSC
www.fsc.org

Wir produzieren
Klimaneutral
ClimatePartner.com/14044-1912-1001
Druckprodukt

Penguin Random House Verlagsgruppe
FSC® N001967

Sollte diese Publikation Links auf Webseiten Dritter enthalten, so übernehmen wir für deren Inhalte keine Haftung, da wir uns diese nicht zu eigen machen, sondern lediglich auf deren Stand zum Zeitpunkt der Erstveröffentlichung verweisen.

1. Auflage 2022
Erstmals als cbt Taschenbuch März 2022
© 2015 Pippa DaCosta
Die Originalausgabe erschien 2015 unter dem Titel »City of Fae«
bei Spark, einem Imprint der Bloomsbury Publishing Plc.
© 2020 für die deutschsprachige Ausgabe
cbj Kinder- und Jugendbuchverlag
in der Penguin Random House Verlagsgruppe GmbH,
Neumarkter Str. 28, 81673 München
Alle deutschsprachigen Rechte vorbehalten
Übersetzung: Andreas Decker
Lektorat: Catherine Beck
Umschlaggestaltung: Carolin Liepins, München
unter Verwendung eines Fotos von © shutterstock (Joe Therasakdhi; carlo dapino; ESB Professional; Andreshkova Nastya; Audy39; tj_studio)
MP · Herstellung: AS
Satz: Buch-Werkstatt GmbH, Bad Aibling
Druck: GGP Media GmbH, Pößneck
ISBN 978-3-570-31134-9
Printed in Germany

www.cbj-verlag.de

DIE DREI GESETZE

Erlassen 1974

Seht ihr sie an, berührt sie nicht.

Berührt ihr sie, fühlt ja nichts.

Fühlt ihr etwas, lasst es nicht Liebe sein.

Niemals.

KAPITEL 1

Ich hätte ihn sterben lassen sollen. Hätte ich gewusst, was ich mir mit seiner Rettung einbrocke, hätte ich es vielleicht sogar getan.

Die U-Bahn, aus der ich eben ausgestiegen war, ratterte aus dem Bahnhof und hüllte mich in eine Wolke heiße, trockene Luft. Nach diesem grauenhaften Tag wollte ich nicht sofort nach Hause gehen. Das wusste ich. Also blieb ich auf dem Bahnsteig stehen.

Außer mir gab es nur noch ein paar spätabendliche Nachzügler und einen Obdachlosen, der gegen eine Werbetafel gelehnt auf dem Boden hockte. Ich holte mein Handy hervor. Keine neuen Nachrichten. Was hatte ich erwartet? Dass mir mein Boss eine Mail schickte, um mir zu sagen, dass er einen Fehler gemacht hatte? Dass man mich nicht gerade gefeuert hatte, sondern alles nur ein Bürostreich gewesen war? Haha. Da mich niemand mit dieser Pointe beglückt hatte, musste ich mich wohl damit abfinden, dass ich kein Glück hatte. Genauso wenig wie einen Job.

Die digitale Anzeigetafel über dem Bahnsteig zeigte 22:15 Uhr. Die nächste Bahn kam in drei Minuten. Während ich das Handy wieder verstaute, streifte mein Blick den Obdachlosen. Irgendwas an ihm ließ mich stutzen und nagte an dem Teil meines Verstands, der für die Dinge zuständig war, die ich vergessen hatte. Mit Stahlschnallen versehene Stiefel, eng anliegende Jeans voller Risse. Ein langer, zerlumpter Mantel bedeckte den Rest von ihm. Dem sorgfältigen Schnitt nach zu urteilen, war er nicht billig gewesen. Kleidung, die bewusst abgerissen aussehen sollte. Sein ungekämmtes Haar war möglicherweise absichtlich so gestylt. *Vielleicht ist er gar nicht obdachlos*, dachte ich. *Vermutlich nur besoffen*. Plötzlich kam er mir irgendwie bekannt vor. Hatte ich ihn nicht schon mal gesehen? Vielleicht sogar oft? So wie jeder Reporter in London? Langsam näherte ich mich ihm und täuschte Interesse an der Werbetafel vor. Ein Blick auf sein Gesicht würde es mir verraten.

Ein warmer Luftschwall verkündete die Ankunft der nächsten Bahn, zupfte an meinem Mantel und strich durch sein Haar. Er riss die Augen auf. Sein Blick fixierte mich mit skrupelloser Intensität. Einen Augenblick lang umgaben drei deutlich voneinander unterscheidbare Ringe voller klar konturierter Lichtsprenkel seine dunklen Pupillen. Er blinzelte und seine Augen nahmen eine weniger blendende Färbung an. Diese dreifarbigen Augen brachten ständig Tausende Fans in Verzückung.

Er war Sovereign, der berüchtigte Rockstar der Fae, der so gern die Medien provozierte.

Aber da stimmte irgendwas nicht. Er hätte nicht hier allein und zusammengesunken auf einem Bahnsteig liegen dürfen. Wo steckte sein Gefolge? Seine Groupies und Anhänger? Ich blickte mich um. Niemand schenkte uns Aufmerksamkeit. Mein Blick fiel auf den Ausgang und ich zog in Betracht, zu gehen. Mir fehlte wirklich die nötige Energie, mich um einen besoffenen Promi zu kümmern, ganz zu schweigen von einem toxischen Fae. Es sei denn … ich konnte Nutzen daraus schlagen. Ihn benutzen. Langsam näherte ich mich ihm. Er ließ mich nicht aus den Augen, musterte mich misstrauisch von Kopf bis Fuß.

Der Zug nach Leytonstone donnerte in den Bahnhof und kam kreischend hinter mir zum Stehen. Meine Gedanken rasten. Sovereigns Anwesenheit konnte der Durchbruch sein, den ich brauchte. Offensichtlich war etwas passiert und bei seinem Ruf würde das nachrichtenwürdig sein. Seine Fans würden sich überschlagen, um seine neueste Eskapade zu lesen. Statt einem anderen Reporter diesen Knüller zu überlassen, könnte dort mein Name unter dem Artikel stehen. Nein, er *würde* dort stehen.

»Alles in Ordnung?« Ich ging in die Hocke und fummelte an meiner Tasche herum, die mir von der Schulter zu rutschen drohte. »Brauchen Sie Hilfe?«

Er kniff die erdfarbenen Augen zusammen. Sein Gesicht wies die feinen Züge auf, die ihn wunderschön gemacht hätten, wäre da nicht das kalte Lächeln gewesen. Aus der Nähe war er unverkennbar. Neugier ließ mein Herz schneller pochen. Der berüchtigte Londoner Fae war in meinem Schoß gelandet.

Seine Hand schoss unter dem Mantel hervor und packte mich. Ein Aufschrei blieb in meiner Kehle stecken, ein stechendes Kribbeln schoss meinen Arm hinauf. »Hey!« Ich wehrte mich, aber er zog mich näher zu sich heran. Beinahe hätte ich das Gleichgewicht verloren und wäre mitten auf seinem Schoß gelandet. Der süße Duft von Herbstbeeren und etwas Dunklerem, schwer Männlichem und

Berauschendem erfüllte die Luft, während er an meiner Wange flüsterte.

»Hilf mir.« Es klang erstickt.

»Lassen Sie mich los.« Ich wandte den Kopf und starrte ihn finster an. Die facettenreichen Farben waren wieder da; grün, dann blau, dann violett. Aber dahinter schwelte etwas Hungriges und Wildes.

Sein Griff wurde kräftiger, und er blinzelte, was sämtliche Spuren dessen tilgte, was ich zu sehen geglaubt hatte. »Noch nicht.«

»Loslassen!« Fae sind schneller und stärker als wir, aber es war seine Berührung, die ich fürchtete. *Seht ihr sie an, berührt sie nicht …* Die Taubheit arbeitete sich zu meiner Schulter empor und brachte eine Woge der Übelkeit mit. Ich zerrte erneut, aber seine kühlen Finger hielten nur noch fester.

»Noch ein paar Sekunden«, knurrte er.

»Lassen Sie mich sofort los oder ich schreie«, fauchte ich. »Und ich kann mir nicht vorstellen, dass Sie diese Art Aufmerksamkeit wollen. Oder?«

In seiner Wange zuckte ein Muskel. »Hilf mir einfach in den nächsten Zug.«

»Nach Leytonstone?«

»Ist mir egal. Sie sind zu nah. Ich muss …« Er zuckte zusammen und Taubheit erfüllte meinen Arm.

»Sovereign, verdammt, lassen Sie los.«

Sekunden verstrichen. Er musterte mein Gesicht und suchte nach irgendwas, schien es aber auch zu finden. Seine Finger öffneten sich, kribbelnde Wärme schwappte in die von der Taubheit hinterlassene Leere. Ich richtete mich auf und rieb Gefühl in meine Hand zurück. Ich hätte an ihm vorbeigehen sollen, als ich ihn das erste Mal gesehen hatte. Aber vielleicht hatte ich diese Wahl nie gehabt. »Arschloch.«

Sein hartes Lächeln zuckte. »Schön, dich kennenzulernen.« Er streckte eine anmutige Hand aus, die in seinem ganzen Leben noch keinen Tag schwer gearbeitet hatte. »Hilf mir auf.«

»Ich helfe Ihnen nicht auf. Sie haben mich gerade angegriffen.«

Er bewegte sich langsam, rollte sich träge auf die Seite und auf ein Knie, als würde ihn die Bewegung schmerzen. Tat er nur so? Das sah den Fae nicht ähnlich. Sie alle verkörperten die Anmut des Laufstegs und verfügten über die perfekte Körperbeherrschung. Er sah aus, als wäre er unter einen Bus gekommen. Mit einem frustrierten Knurren grub ich die Finger in seinen Ärmel und zog. Er stolperte auf die Füße und lehnte sich schwer gegen mich. Die Drei Gesetze waren eindeutig, was den Umgang mit den Fae anging. *Seht ihr sie an, berührt sie nicht*, war der erste Schutz. Ich stieß ihn zurück und warf ihm einen finsteren Blick zu.

Er richtete sich zu seinen beeindruckenden mehr als zwei Metern auf, rollte mit den Schultern, um sie zu lockern, und überprüfte mit schnellen Blicken den Bahnsteig. Dann sah er schnell zum Ausgang. Auf der Suche nach verrückten Fangirls? Pendler bestiegen die U-Bahnwagen, ohne von meinem Streit mit einem Fae Notiz zu nehmen. War es Furcht, die ihn so nervös machte? Was in aller Welt konnte einen Fae wie ihn nur so verstören? Ich ertappte mich dabei, wie ich ebenfalls die Ein- und Ausgänge überprüfte; seine Nervosität war ansteckend.

»Hast du mit Fae ein Problem?«, fragte er.

Wer nicht? »Nein. Es ist nur … Noch nie zuvor habe ich einen aus der Nähe gesehen.« Allerdings hatte ich genügend ihrer Opfer interviewt.

»Glückwunsch. Jetzt hast du es geschafft.« Da war er wieder, dieser spöttische Ausdruck, der sich als Lächeln tarnte. Er senkte das Kinn und diese umwerfenden Augen weiteten sich und ließen die drei Farben aufblühen. »Es tut mir leid, dass ich die Berührung forciert habe. Nimmst du meine Entschuldigung an?«

Ich schnaubte. »Sparen Sie sich die Süßholzraspelei. Ich weiß, wer Sie sind, und ich falle nicht darauf herein.«

»Schön.« Das magische Wogen in seinen Augen löste sich auf. »Könntest du mir dann wenigstens in den Zug helfen?«

Das war meine Gelegenheit, ihn loszuwerden. Ich hätte auf diese Begegnung zurückblicken und der Glücksgöttin danken können, dass ich gegangen war. Das Erste Gesetz hatte er bereits gebrochen. Eine klügere Frau als ich hätte ihm bereits genau gesagt, wo er sich hinscheren sollte. Aber wenn ich um meinen Job kämpfen wollte, brauchte ich diese Geschichte, und was seinen Nachrichtenwert anging, war er heiß.

»Klar.«

Ich setzte mein freundlichstes Lächeln auf, strich das Haar zurück und hoffte, dass er das Zittern meiner Hand nicht bemerkte. Er schien es mir abzukaufen. In letzter Sekunde – das Akustiksignal warnte bereits vor dem Schließen der Türen – stolperten wir in den leeren Wagen. Er brach auf einem der Sitze zusammen. Dabei streckte er die schlanken Glieder von sich und schaffte es, so viel Platz wie nur möglich in Anspruch zu nehmen. Draußen vor dem Zug erregte eine Bewegung meine Aufmerksamkeit. Drei Männer eilten auf den Bahnsteig. Alle waren groß und so schlank und biegsam wie eine Gerte; alle hatten die gleiche feine Knochenstruktur und eine schon beinahe lächerlich perfekte Gestalt. Aber unter ihren langen Mänteln blitzten auf Hochglanz polierte Waffen hervor. Fae-Dolche und Kurzschwerter, Klingen so tödlich wie ihre Träger. In der Öffentlichkeit war es allein der Fae-Autorität erlaubt, Klingen zu tragen. Wenn das nicht ein Abend der Überraschungen war. Sie entdeckten Sovereign und eilten auf unseren Wagen zu.

»Freunde von Ihnen?«, fragte ich.

Er wandte den Kopf und spuckte einen kreativen Fluch aus. Die Gesichter der Verfolger verfinsterten sich. Einer der Krieger der Autorität zeigte auf uns und bellte einen Befehl, aber da setzte sich der Zug mit einem Ruck in Bewegung, verschwand im Tunnel und ließ Reigns Verfolger zurück. Man brauchte kein Genie zu sein, um darauf zu kommen, dass er in Schwierigkeiten steckte. In Nähe der geschlossenen Türen stehend, musterte ich ihn erneut.

Im Fernsehen war er für gewöhnlich herausgeputzt und bot das perfekt durchgestylte Abbild lässiger Abgerissenheit, aber jetzt war die polierte Fassade befleckt. Überall war Schmutz und etwas, das verdächtig nach Blut aussah. *Seht ihr sie an, berührt sie nicht.* Nicht vertrauenswürdig, egozentrisch, manipulativ, immer nur hinter einer Sache her: der Berührung. So waren die Fae.

»Wie heißt du?« Er öffnete die Augen und starrte mich wieder an.

»Alina.«

»Ich freue mich, dich kennenzulernen, Alina. Ich bin Sovereign.« Er sagte es, als erwarte er Applaus.

Ich hob eine Braue. »Ich weiß.«

Ein breites, wichtigtuerisches Lächeln umspielte seine Lippen. »Meine Freunde nennen mich Reign.« Natürlich ließ er es wie eine Ehre klingen, seinen Namen aussprechen zu dürfen.

»Sie haben Freunde?«

»Autsch.« Er ballte eine Hand vor der Brust und zuckte übertrieben zusammen. »Das trifft tief.«

Ein kleines Lächeln trat auf meine Lippen, bevor ich es verhindern konnte.

»Du bist Amerikanerin?«

»Ja.« Ich zögerte. Seit fast einem Jahr lebte ich in London und hatte nie die Sorge gehabt, dass mich mein Akzent als Ausländer kennzeichnete, aber London mit seinem Labyrinth uralter Straßen und vergessener Gassen schließt verlorene Seelen in seine Arme. Ich war nur ein weiteres anonymes Gesicht unter tausenden.

»Amerikanerin, hm …«, bemerkte Reign. Er ließ meinen Blick nicht los, als könnte er mich auf diese Weise zwingen, ihm mehr zu verraten. Aber ich hatte mit Sicherheit nicht die Absicht, ihm mehr zu sagen, als ich wollte. Erst recht, wenn man bedachte, dass er mich angefasst und damit das Gesetz gebrochen hatte. Er war offensichtlich schwach gewesen und ein schwacher Fae ist gefährlich.

»Entspann dich«, sagte er gedehnt, weil ihm mein Stirnrunzeln nicht entgangen war. »Ich nahm von deinem Draíocht nur ein kleines bisschen. Es wird keine Nachwirkungen geben.« Als aus meinem Unmut ein finsterer Blick wurde, runzelte er die Stirn. »Mir blieb keine andere Wahl.« Er hielt inne, um seinen nächsten Worten die nötige Bedeutung zu verleihen. »Ich stehe in deiner Schuld.«

Mein Draíocht; die Energieaura, die alle lebenden Dinge ausstrahlten. Er sprach es wie Dree-ocht aus und legte eine Art Akzent in das Wort, was ihm etwas Exotisches verlieh.

Die Fae brauchten es zum Leben. Zufälligerweise hatten wir Menschen so viel davon, dass sie es anzapfen konnten; wir konnten unsere Reserven auch wieder auffrischen.

Ich trat von einem Fuß auf den anderen. Schenkte man den Flugblättern und behördlichen Verlautbarungen Glauben, hinterließ eine einzige Berührung keinen dauerhaften Schaden. Dennoch stieg ein seltsames Gefühl in mir auf. Ich fühlte mich entblößt. Unter meiner Handfläche war eine seltsame kribbelnde Taubheit. Vielleicht konnte ich diese Erfahrung wie eine Recherche behandeln. Ich hatte meinen Anteil an Geschichten über Fae-Opfer schreiben müssen. Nun, jetzt konnte ich auf eine Erfahrung aus erster Hand zurückblicken. Als man mich bei meiner Praktikantenstelle gefeuert hatte, war ich gerade in eine Story über einen Fae-Bann vertieft gewesen, und auch wenn ich nicht die geringste Lust verspürte, zum Opfer dieses Fae zu werden, würde ich mir auch nicht die Gelegenheit entgehen lassen, näher an ihn heranzukommen.

»Eine andere wäre vielleicht nicht so nachsichtig …« Ich führte den Satz nicht zu Ende, als er beide Stiefel fest auf den Boden setzte und sich nach vorn beugte.

Sein Blick ging tiefer. Er sah durch mich hindurch, in mich hinein, was ein nervöses Zittern unter meiner Haut auslöste. Von der Bewegung des Zugs erfasst, legte er den

Kopf schräg und studierte mich. Ich starrte einfach nur zurück. Wenn er glaubte, ich würde unter diesem Blick zusammenschrumpfen, erwartete ihn eine Überraschung.

»Glaubst du an das Schicksal?«

Das Schicksal? Ich hätte lachen können. Ich verspürte sogar das Bedürfnis, wenn auch nur, um die unerwartete Anspannung loszuwerden.

»Nein.«

»Nein?«

»Sie denn?«

»Nein.«

»Moment mal, was? Warum fragen Sie dann?«

»Weil es schlimmere Dinge gibt als das Schicksal.«

War er etwa high? Kopfschüttelnd verschränkte ich die Arme vor der Brust. »Hat das etwas mit der *FA* zu tun, die Ihnen auf den Fersen ist?«

Er zuckte zusammen und senkte den Blick. »Ja.« Als er mich jetzt wieder ansah, war die Intensität verschwunden. »Hättest du mir nicht geholfen, hätten sie mich erwischt, und in dem Zustand, in dem ich mich befand …« Er senkte den Kopf und verlor sich anscheinend in seinen Gedanken.

Dieses traurige, verprügelte und innerlich müde Exemplar von einem Fae schleppte die Art Last auf seinen Schultern, die ihn irgendwann zermalmen würde. Das war nicht der Sovereign, der Sexappeal ausstrahlte und den die Kameras liebten. Ich war mir nicht sicher, was ich von ihm halten sollte.

»Warum sind sie so wütend? Was haben Sie getan?«

»Da gibt es eine Liste.« Er hob den Kopf und blinzelte.

»Irgendwo gibt es eine sehr lange Liste mit meinem Namen und den Verbrechen, die ich angeblich begangen habe.«

»Ach so, aber in Wirklichkeit sind Sie unschuldig.«

Sein Grinsen war durchtrieben, es erreichte seine Augen nicht. Vermutlich steckte überhaupt nichts hinter diesem ständigen Lächeln, das sein Publikum verführen sollte.

»Bis das Gegenteil erwiesen ist.«

Ich konnte verstehen, warum so mancher sonst etwas dafür gegeben hätte, ihn kennenzulernen. Er verfügte über das nötige Aussehen und seine Schlagfertigkeit vervollkommnete das begehrenswerte Paket. Aber wie alle Fae war Sovereign zu gefährlich, um ihn zu berühren. Es fiel viel zu leicht, ihm auf den Leim zu gehen. Und bevor man es bemerkte, hatte man die Drei Gesetze gebrochen und jede Hoffnung verscherzt, ihm wieder zu entkommen. Und dazu auch nicht mehr den Wunsch.

Als hätte er meine Gedanken gelesen, fragte er: »Hast du je die Regeln gebrochen, Alina? Vielleicht mal etwas getan, das du nicht hättest tun sollen?« Er wartete meine Antwort nicht ab, sondern schüttelte abwertend den Kopf. »Natürlich nicht. Ich verrate dir etwas, Mädchen aus Amerika, ohne eine Gegenleistung haben zu wollen. Das Schicksal ist ein Miststück, das dich in den Hintern beißt, ob du dich nun richtig oder falsch entschieden hast.«

Die U-Bahn raste über die Schienen und ächzte und erbebte dabei. Haltsuchend griff ich nach der Stange und ließ seine Worte und ihren Ernst sacken. Dem Aussehen nach zu urteilen, war er nicht viel älter als ich, und doch trugen seine Worte ein Leben voller Erfahrungen mit sich.

»Und? Welche Fehler hast du gemacht?«, wollte er wissen.

Sollte ich diesem arroganten Fae raten, sich um seine eigenen Angelegenheiten zu kümmern, oder ihm etwas vorspielen und die Angel langsam einholen? Selbst kleine Lügen gingen mir gegen den Strich, dennoch war da dieses seltsame Gefühl der Panik, wenn ich daran dachte, dass ich ihn an der nächsten Haltestelle verlassen musste. Wie weit wollte ich gehen, um mehr über ihn in Erfahrung zu bringen? Warum war er hier? Was hatte er getan?

Er wartete auf meine Antwort. Zumindest lag in seinem Blick Ehrlichkeit. Aber da gab es auch noch etwas anderes. Wie ein Jucken, das ich nicht wegkratzen konnte, oder wie das unerfreuliche Gefühl, genau zu wissen, dass man etwas Wichtiges vergessen hatte, dass ich das Offensichtliche übersah. Als wäre seine Anwesenheit von großer Bedeutung und ich hätte den Grund dafür wissen müssen.

Ich überging seine Frage. »Sind wir uns schon mal begegnet?«

Er lehnte sich wieder zurück und ließ den Blick durch den leeren Wagen schweifen. »Das glaube ich nicht. Ich habe ein gutes Personengedächtnis und dein Gesicht ist mir neu.«

Wieder wackelte der Wagen, dann kreischten Bremsen. Stieg ich im nächsten Bahnhof aus, würde ich ihn vermutlich nie wiedersehen. Ein kleiner Stich der Panik ließ mein Herz einen Schlag überspringen. Als hätte Reign das gespürt, fixierte er mich wieder. So funktionierte diese Stadt. So viele Menschen, so viele Gelegenheiten. So sehr ich auch hasste, das zugeben zu müssen, in diesem Moment brauchte ich ihn.

Vielleicht gab es ja doch so was wie Schicksal. Vielleicht rührte daher das zerfahrene Gefühl, das mir so unter die

Haut gegangen war. Vielleicht würden meine Karriere und mein Leben in London vorüber sein, wenn ich mich jetzt abwandte. Und wenn er die eine Gelegenheit war, die Dinge wieder in Ordnung zu bringen? Und was vielleicht noch wichtiger war: Konnte ich überhaupt noch gehen?

»Kommen Sie zurecht?« Ich hob meine Stimme, um den Lärm der U-Bahn zu übertönen.

Kurz blitzte bei ihm so etwas wie ein ehrliches Lächeln auf. »Vielen Dank.«

Die Bahn hielt an.

Er schaukelte auf seinem Sitz und verabschiedete sich mit einem kurzen Salut. »Ich wünsche dir noch ein schönes Leben, Alina.«

Zischend glitten die Türen auf. Das war meine Haltestelle. Und es war ein Abschied. Ich lächelte zögernd und zermarterte mir das Gehirn nach einer Ausrede, um doch noch zu bleiben, aber sie sollte mich nicht wie eine verzweifelte Reporterin klingen lassen. Ich wandte mich dem Ausgang zu. Eine Gestalt versperrte mir den Weg. Der warme Ledergeruch ihres Mantels stieg mir in die Nase. Ich riss den Kopf hoch und entdeckte die unverkennbaren dreifarbigen Augen eines Fae, aber da endete die Ähnlichkeit mit Reign auch schon. Diese Augen waren so grau wie Gewitterwolken und genauso wütend. Schmale, blutlose Lippen spannten sich über scharfen Fae-Reißzähnen.

»Warum versperren Sie mir den Weg?«, murrte ich.

Mit Händen wie Stahl packte er meine Handgelenke, riss mich herum und stieß mich zur Seite. »Verschwinde, Mädchen«, knurrte er. Sein finsterer Blick richtete sich auf Reign.

»He!« Für wen zum Teufel hielt er sich? Gerade wollte ich ihm gehörig die Meinung sagen, als er einen Dolch aus dem Mantel zog. Auf der wie ein Grinsen gekrümmten Klinge spiegelte sich das Licht, genau wie von den in der Parierstange eingebetteten winzigen Edelsteinen. Die Lampen des Wagens flackerten und ließen ein gutes halbes Dutzend am in Leder gekleideten Leib des Mannes geschnallter Dolche und Messer funkeln. Er gehörte zur *FA* und war ernst zu nehmen.

Die Türen glitten zu. Schaukelnd setzte sich der Zug wieder in Bewegung.

Reign sprang auf die Füße und wich im Mittelgang zurück. Er hob er den Kopf, lächelte und winkte den Fae mit einem Fingerkrümmen heran. »Ein hübsches Messer, General, aber Größe ist nicht alles. Wollen Sie mich beeindrucken?«

Die schmalen Lippen des Generals entließen ein Knurren. »Sovereign. Laut Befehl der Fae-Autorität entziehe ich Ihnen das Recht der freien Bewegung. Sie werden sich ergeben und Gehorsam leisten, sonst wird tödliche Gewalt eingesetzt.«

Reign zeigte ihm den Finger, was den General handeln ließ. Blitzartig warf er sich auf Reign, bohrte ihm die Schulter in die Brust und rammte ihn durch die geschlossene Tür zum Nachbarwagen, als bestünde sie aus Papier. Reign klammerte die Arme um den General und entging nur knapp dem Sturz auf die Gleise. Die U-Bahn erbebte und donnerte durch den Tunnel. Reigns nach oben gerissenes Knie traf etwas Empfindliches. Der General stieß die Luft aus und klappte nach vorn, was ihn für den Ellbogen entblößte, den Reign in seinen Nacken sausen ließ. Aus nächster Nähe kämpften sie mit allen schmutzigen Tricks, grunzten und keuchten mehr wie Tiere als wie Männer. Das hier war etwas Persönliches.

Als der General zu Boden ging, hielt Reign ihn fest und rammte ihm eine Faust in die Seite, aber das schien keine große Wirkung zu zeigen. Der General bäumte sich auf, verdrehte den Körper und hieb mit dem Messer zu. Reign fing sein Handgelenk ab und blockierte den Hieb, bevor er ihm die Wange aufschlitzen konnte. Der Fae riss den Kopf zurück und traf Reigns Kinn. Der Kopf des Rockstars flog nach hinten.

Es fiel mir schwer, ihren Bewegungen zu folgen; ich war hin- und hergerissen zwischen dem Bedürfnis, aus Mitgefühl zusammenzuzucken und ja nichts von dem Kampf zu verpassen. Der General rang nun mit Reign um den Dolch. Er stieß den Rockstar gegen ein Fenster. Glas zersplitterte. Die Tunnelluft mit ihren Stadtgerüchen nach Ozon und Staub wehte durch den U-Bahn-Wagen.

Ich musste etwas unternehmen. Das hier war keine beliebige Prügelei. Sie waren auf Blut aus. Jemand würde hier getötet werden.

»Hey!« Ich konnte nicht einfach danebenstehen und zusehen. »Aufhören.«

Keiner von ihnen schenkte mir auch nur die geringste Aufmerksamkeit. Suchend glitt mein Blick durch den Wagen und fand den Alarmknopf für den Fall, dass sich etwas wirklich Übles abspielte. Ich zerschlug die Plastikabdeckung, packte den Griff und riss daran. Bremsen kreischten auf, die Räder blockierten, dann flog ich durch den Mittelgang. Schmerz durchzuckte meinen Schädel. Der scharfe Kupfergeschmack von Blut auf meiner Zunge verschlimmerte nur noch die Bedrohung, mich entweder gleich übergeben zu müssen oder das Bewusstsein zu verlieren. Reigns Umrisse verschwammen. Lichtfunken lösten sich von scharfen Umrissen, wieder ertönte das Knurren, aber ich verlor jedes Interesse daran, zuzusehen. Vielleicht konnte ich ja ein Nickerchen machen, gleich hier, auf dem klebrigen Boden des Wagens. Vielleicht würde ich nicht mal den nächsten Tag erleben.

Eine Hand riss meinen schlaffen Körper auf nachgiebige Beine. Ohne Erklärung oder Vorwarnung waren wir draußen auf den eiskalten Straßen von London. Ein Bus donnerte an uns vorbei und tränkte mich mit Pfützenwasser. Ich wollte fragen, wie es möglich sein konnte, dass wir über der Erde waren, fand aber nicht die nötige Kraft.

»Wo wohnst du?« Reigns farbige Augen waren alles, was ich sah. So wunderschön wie Schmetterlingsflügel. Er schüttelte mich und murmelte einen Fluch. »Alina ... sag es mir. Sprich die Worte aus. Ich kann dich nach Hause schaffen.«

»Mile End.« Ich murmelte etwas wie eine Adresse, vermutlich meine, stolperte und sackte gegen ihn.

Und wieder bewegten wir uns eingehüllt vom Duft süßer, verbotener Dinge, die einen kurzen Augenblick lang Fragen aufwerfen. Oder doch nicht? Die Straße kippte. Farben gingen ineinander über, gelbes Straßenlicht tanzte mit den roten Rückleuchten vorbeifahrender Autos. Reign schloss die Arme um mich und zog mich an sich.

»Alles kommt wieder in Ordnung«, sagte er. »Du bist bei mir sicher, zumindest eine Weile.«

Beinahe glaubte ich ihm. Im nächsten magenumdrehenden Augenblick standen wir in meinem winzigen Apartment im Dunkeln und tropften schmutziges Straßenwasser auf den Boden. Ein »Oh« entschlüpfte meine Lippen, bevor mich die Finsternis übermannte.

KAPITEL 2

In meiner Küche stand ein Fae.

Ich schlief noch immer, oder? Ich hatte die verrückten Ereignisse in der U-Bahn nur geträumt, weil so was unmöglich wirklich geschehen konnte. Und hatte ich es geträumt, hatte auch vermutlich der Verlust meines Jobs nur im Traum stattgefunden.

Aus dem Hahn über der Spüle gurgelte Wasser. Ich schoss aus dem Bett und stolperte dabei beinahe über die eigenen Füße. Okay, ich trug T-Shirt und Höschen, und aus irgendeinem Grund auch Socken, aber mir fehlte jede Erinnerung daran, wie ich ins Bett gekommen war oder mich ausgezogen hatte. Und in meiner Küche stand definitiv ein Fae. Zumindest nahm ich an, dass er es war – Reign. Der arrogante, aufgeblasene *Du-solltest-mich-kennen*-Reign. Allerdings konnte es sich bei dem Eindringling auch um den General der *FA* handeln. Und wenn er mir gefolgt war? Waffe. Ich brauchte eine Waffe.

Vom Schminktisch schnappte ich mir das Glätteisen. Dann schlich ich zur Schlafzimmertür und warf einen verstohlenen Blick in den Nebenraum, der gleichzeitig Wohnbereich und Küche war. Der Eindringling knallte Schranktüren zu und wühlte in Schubladen herum. Wer auch immer er war, er nahm keine Rücksicht auf meinen Schlaf. Ich öffnete die Tür ein paar Zentimeter weiter, gerade genug, um den Kopf durchstecken zu können.

O ja, das war Reign. Er wandte mir den Rücken zu und hatte den Kopf gesenkt; der Schnitt seines schwarzen Tanktops und die Bewegung seiner Schultermuskeln enthüllten das Stück einer Spinnentätowierung. Ich zwang meinen umherschweifenden Blick nach oben, wo sein zerzauster Haarschnitt die eleganten Spitzen seiner Ohren enthüllte.

Fae. Ein echter Fae-Promi suchte etwas in meinen Küchenschränken.

Er nahm ein Glas und ich erhielt einen guten Blick auf die drahtige Bewegung der Muskelbündel an seinem Arm. Zog man in Betracht, dass er vermutlich mehr Zeit auf Partys als im Sportstudio verbrachte, hatte er die Gestalt eines Raubtiers. Der Überlebenskampf hatte seine Muskeln geformt und zum Höhepunkt der Evolution entwickelt. Und wir hatten geglaubt, die Spitze der Nahrungskette zu sein. Jedenfalls bis die Fae sich »geoutet« und unser zerbrechliches menschliches Ego zerschlagen hatten.

»Willst du mich mit dem Glätteisen angreifen? Soll ich meinen Stylisten rufen?«

Erwischt. Ich warf das Gerät aufs Bett. Als ich mich wieder umdrehte, stand er bereits nah genug vor mir, dass ich das Spiel der Farben in seinen Augen sehen konnte, die wie Öl auf Wasser tanzten. Ein paar Abschürfungen verunstalteten seine Wangen; das einzige Anzeichen, dass er sich in einer U-Bahn geprügelt hatte. Ich schluckte und brachte meine rasenden Gedanken zum Schweigen. »Du bezahlst tatsächlich jemanden dafür, so auszusehen?«

»Ich bezahle für gar nichts«, schnurrte er. Sein Blick wanderte nach unten zu Stellen, wo er nichts zu suchen hatte.

»Hey, Kumpel.« Ich zog den Saum meines T-Shirts tiefer und nahm die Schultern zurück. »Ich habe dich nicht darum gebeten, mit in meine Wohnung zu kommen. Ich sollte die Polizei rufen.«

Er trat einen Schritt zurück. Sein Lächeln wurde schief, als könnte es jeden Augenblick von seinen Lippen rutschen. »Du warst kurz davor, auf der Straße ohnmächtig zu werden.«

»Und wessen Schuld war das?« Ich berührte meinen Kopf und zuckte zusammen. Reigns Lächeln half nicht. Ich starrte ihn böse an und versuchte eine energische Drohung in meinen Ausdruck zu legen, dann ging ich in mein Schlafzimmer zurück und sperrte ihn aus. Ich würde mich bestimmt nicht zur Hälfte unbekleidet mit einem Fremden in meinem Apartment herumstreiten. Ich schlüpfte in eine Skinny Jeans und eine lose fallende Bluse. Dann strich ich das Haar zurück und band es zusammen. Dabei murmelte ich die ganze Zeit vor mich hin. *Okay, beruhige dich. Denk ganz vernünftig darüber nach.*

Er war verletzt gewesen, ich hatte ihm geholfen. Die *FA* hatte ihn angegriffen. Genauer gesagt, der General der *FA* hatte ihn festnehmen wollen. Ich hatte mich eingemischt, mir den Kopf gestoßen, und irgendwie waren wir hier gelandet. Klang ganz einfach. Dabei ging es um viel mehr. Warum war er verletzt gewesen? Warum war die Fae-Autorität hinter ihm her? Was war aus dem General geworden?

Fragen waren mein Beruf. Oder wären es gewesen, hätte man mich nicht gefeuert. Aber ich war dabei, mein Glück zu wenden. Wir machen unser eigenes Schicksal, und was auch immer Reign getan hatte, die Story würde mit Sicherheit einen Platz auf Seite zwei bekommen, es vielleicht sogar auf die Titelseite schaffen. *Mit ihm könnte ich Karriere machen.*

Ich schüttelte den Kopf über mein Spiegelbild und musterte finster die Schwellung über meinem rechten Auge. Alles hätte viel schlimmer sein können. Die *FA* war alles andere als zimperlich. Der General hätte Reign auch direkt vor meinen Augen den Bauch aufschlitzen können. Vielleicht war mir der Rockstar nicht besonders sympathisch, aber das hieß nicht, dass ich Zeugin seines Todes sein wollte. Wie hatte er uns vom General weggeschafft? Schließlich hatte er nicht gerade vor Kraft gestrotzt, als ich über ihn gestolpert war.

Ein seltsames Kribbeln tanzte meinen angespannten Arm hinauf. Um es loszuwerden, schüttelte ich ihn. Reign hatte mein Draíocht genommen. Fae brauchten mehr als nur eine Berührung, um ihren Opfern einen Bann aufzuzwingen, aber diese eine Berührung reichte aus, um schwachen Persönlichkeiten einen Keim der Suggestion einzupflanzen. Seit ich mich erinnern konnte, hatte man mir die Drei Gesetze eingehämmert.

Seht ihr sie an, berührt sie nicht.

Berührt ihr sie, fühlt ja nichts.

Fühlt ihr etwas, lasst es nicht Liebe sein.

Drei Schutzwälle. Scheiterten diese Sicherheitsvorkehrungen, konnte man sich im Grunde von seinem freien Willen verabschieden und seinem neuen Fae-Meister zu Füßen werfen. Von einem Fae mit seinem Bann belegt zu werden, kam bei Weitem nicht so selten vor, wie es den Behörden gefallen hätte. Darum auch die Bewusstseinskampagnen im Fernsehen, die Pressemitteilungen und Wahlversprechen.

»Brauchst du Hilfe?« Selbst in seiner glatten Stimme, die durch die Tür drang, lag ein spöttisches Grinsen.

Ich öffnete sie und ging um seine hochgewachsene, träge an der Wand lehnende Gestalt herum. Eine Einstellung wie eine Katze. *Du musst um mich herumgehen.*

»Nenn mir einen guten Grund, warum ich dich nicht auf der Stelle rauswerfen sollte.«

»Du bist neugierig.«

»Nein.« Meine Stimme kletterte in die Höhe und untergrub meine Lüge. Verdammt, er hatte mich bereits durchschaut. Vielleicht war er ja doch mehr als nur ein hübsches Gesicht. Oder ich war so durchschaubar. »Wie sind wir hier gelandet?«

»Nachdem ich dein Draíocht nahm, bin ich mit uns hergesprungen.«

Bei ihm klang das nach der natürlichsten Sache der Welt.

»Du bist mit mir gesprungen? Ich wusste gar nicht, dass Fae so etwas können.« Welch eine Vorstellung. Fae, die nach Lust und Laune auftauchen und verschwinden konnten. Dabei waren sie bereits doppelt so stark wie wir. Und schneller.

Vermutlich blieb ihm die Besorgnis in meinem Gesicht nicht verborgen, denn da war wieder dieses spöttische Grinsen. »Die anderen können das nicht. Ich bin etwas Besonderes. Das kannst du meiner außergewöhnlich langen Liste von Talenten hinzufügen.«

Das würde ich bestimmt tun – sobald ich meine Story abgegeben hatte. Seine treuen Fans würden diese kleine Information lieben, erst recht, wenn er damit den Behörden eins ausgewischt hatte. Fae durften ihre Fähigkeiten in der Öffentlichkeit nicht anwenden, also auch kein Draíocht stehlen. Wurde so etwas bekannt, entzog ihnen die *FA* das Recht der freien Bewegung, was sie praktisch unter Hausarrest stellte. War die *FA* darum hinter ihm her? Hatte er mit seinen »besonderen« Fähigkeiten angegeben? Es war ganz offensichtlich, dass Reign entweder auf Ärger aus war oder davor weglief, und ich würde herausfinden, was es war.

»Ist das riskant?«, lockte ich ihn.

Er zuckte mit den Schultern und stieß sich von der Wand ab, um durch mein winziges Apartment zu streifen. »Ich würde es nicht zur Gewohnheit machen. Es erschöpft mich schnell.« Vor meinem kalten Kamin blieb er stehen und stützte einen Arm auf den Sims. Senkte den Kopf. »Wohnst du hier schon lange?«

»Ein Jahr.«

»Du kommst wohl nicht viel raus?«

»Was?«

»Dein Heim ist spartanisch.« Er deutete auf den Raum. »Kalt. Keine Fotos. Nichts Persönliches.«

Ich folgte seinem Blick. Klar, meine Wohnung war funktional. Ein Sofa und einen Fernseher, was brauchte der Mensch sonst noch? Ich zuckte mit den Schultern. »Es ist ein Dach über dem Kopf.«

»Hast du einen Freund?«

»Das geht dich nichts an.« Hätte ich nicht die Fragen stellen sollen? »Du sagst einfach, was dir in den Sinn kommt, nicht wahr? Du kannst die Leute doch nicht so ausfragen, was persönliche Dinge betrifft.«

»Warum nicht?« Seine Augen funkelten.

»Das ist … persönlich. Ich kenne dich nicht.«

»Das sollten wir ändern. Frag mich, was du willst.«

Endlich. »Was hattest du gestern Nacht auf dem U-Bahnhof zu suchen?«

»Ich wollte dem Tod entgehen. Und du?«

»Man hat mich gefeuert. Darum war ich noch so spät unterwegs. Ich musste den Kopf freikriegen.« Ich riss mich zusammen, bevor ich zu viel verraten konnte. »Hast du wirklich im Sterben gelegen?«

»Ja. Wir können Draíocht nicht so einfach ersetzen wie ihr.« Er blieb am Wohnzimmertisch stehen und blätterte in der Ausgabe von *Hello* herum. »Ich sollte aber darauf hinweisen, dass ich auf allen anderen Gebieten hervorragend bin.« Als in dem Magazin etwas seine Aufmerksamkeit erregte, entfuhr ihm ein leises Lachen. »Sie kriegen die Tatsachen doch nie richtig hin. Würde man sich die Mühe machen und mich fragen, würde ich ihnen die Wahrheit sagen. Ich habe nicht mit ihr geschlafen. Aber ich kann mich an sie erinnern … an ihren angewiderten Ausdruck, als ich Nein gesagt habe.«

»Schön für dich«, murmelte ich. »Und der Fae mit dem Dolch? Der General. Ist er tot?«

Den Artikel vergessend, richtete er sich auf und runzelte die Stirn, was die stolzen Züge seines Gesichts verunstaltete. »Leider nicht. Die *FA* ist beeindruckend. Und der General erst recht. Ich hätte ihn mir bestimmt nicht ausgesucht, um ihn sauer zu machen.« Er rieb sich den Nacken und fuhr über die Spinnentätowierung. »Im Vollbesitz meiner Kräfte hätte ich ihn besiegen können, aber nicht in meinem jetzigen Zustand. Ich nehme nicht an, dass du mir dabei etwas helfen würdest … Willst du noch ein kleines bisschen von dir teilen?« Seine Stimme wurde samtweich und fragte schnurrend: »Noch einen kleinen Schluck?«

Meine Miene verfinsterte sich. »Ich bin keines deiner rehäugigen Fangirls.«

»Das habe ich auch nicht angenommen.« Er ging weiter durch mein Wohnzimmer fort und kehrte in die Küche zurück, um die Schränke weiter zu durchsuchen. »Ich brauche was zu essen. Hast du denn nichts in diesen leeren Schränken?«

»Wow, du sagst wirklich einfach, was dir gerade in den Sinn kommt.«

»Das ist ein Talent.« Er öffnete den Kühlschrank. »Neben vielen anderen außergewöhnlichen Talenten. Frag mich doch mal, was ich alles mit meiner Zunge anstellen kann.«

»Nein, vielen Dank.«

»Ach komm schon, ich sehe doch, wie du dich vor Fragen verzehrst, Mädchen aus Amerika. Du bist neugierig auf mich, was ich alles kann. Ich habe im kleinen Finger mehr Talent, als die meisten Menschen in ihrem ganzen Leben zustande bringen.«

»Ich vermute mal, dass Bescheidenheit nicht dazugehört?«

»Ich *bin* bescheiden. Würde ich meinen Charme anwerfen, würdest du deinen Namen vergessen und mich anbetteln, dass ich ihn dir verrate.«

Ich verdrehte die Augen. Arrogant. Selbstgefällig. Bestimmt hatte er vom wahren Leben nicht die geringste Ahnung. Suchte sein Stylist aus, was er anzog? Vermutlich kümmerte sich sein Persönlicher Assistent um seine Rechnungen und regelte den Alltagskram, damit er nichts damit zu tun hatte. Hatte er jemanden, der ihm rund um die Uhr das Ego streichelte? Nein, dafür brauchte er offensichtlich keine Hilfe.

»Was arbeitest du, Alina?«

Meine Gedanken gerieten ins Stolpern. Ich suchte nach einer Lüge.

Lehrerin? Nein, wo kam das plötzlich her? Kindermädchen? Kinder – igitt! Lass dir einen normalen Job einfallen, und das schnell. Tierpflegerin im Zoo. Ach, verdammt noch mal. Ich hätte nicht mal überzeugend lügen können, wäre es um mein Leben gegangen.

»Soll ich eine einfachere Frage stellen? Ich weiß, es muss schwer sein, einen Prominenten meines Kalibers in der Wohnung zu haben. Ich fürchte, ich vergesse immer, welche Wirkung ich auf deinesgleichen habe.« Er warf einen spielerischen Blick über die Schulter, die Sorte Blick, die in der Öffentlichkeit nichts zu suchen hatte. Ein privater Seitenblick voller anzüglicher Absichten. Er war ernst gemeint. Möglicherweise war es sogar der erste ernst gemeinte Blick, seit wir uns kennengelernt hatten. Und mir kam der Gedanke, dass Reign ganz genau wusste, welches Stereotyp er da bediente. Und er machte das sehr gut. Es war nur Theater. Das alles. Das Ego, die Angeberei. Eine Darbietung, die mich entwaffnen und meine vorgefasste Meinung bedienen sollte.

Und ich war darauf reingefallen, hatte ihm direkt in die Hände gespielt. Tief verborgen hinter der Spöttelei, der Schlagfertigkeit und dem leeren Lächeln war Reign ein ganz anderer. Oh, er war viel klüger, als mir klar gewesen war.

Mit diesem Blick hatte er ganz kurz den Vorhang vor der Wahrheit gelüftet.

Also konfrontierte ich ihn im Gegenzug ebenfalls mit einer kleinen Wahrheit. »Journalistin«, erwiderte ich und räusperte mich. »Zumindest gewissermaßen. Ich war Assistentin bei der *Metro*, aber … das ist vorbei. Schwere Zeiten; das Internet macht die Presse kaputt, bla bla.«

Er erstarrte, und ein paar Sekunden lang fragte ich mich, ob ich jetzt eine weniger charmante Seite Reigns kennenlernen würde. Er warf die Kühlschranktür zu und schenkte mir seine volle Aufmerksamkeit. »Du bist Reporterin?« Er kicherte, fuhr sich mit den Händen durchs Haar. »Von allen Leuten …«

»Ehemalige Reporterin.«

Er musterte mich entschieden unfreundlich. »Also hast du alles über mich gelesen. Du glaubst mich zu kennen, richtig?«

»Ich weiß genug. Du bist der Sänger dieser Band. Wie heißt sie noch gleich? Touché?«

Er verdrehte die Augen. »Du bist offensichtlich inkompetent. Mir ist klar, warum man dich gefeuert hat.«

Ich schnippte mit den Fingern. »Tatiana?«

Er hob eine Braue. »Willst du mit Gewalt witzig sein?«

Ich hatte einen Fae geärgert und es gefiel mir. »Nun ja, *so* berühmt bist du nun auch wieder nicht.«

»Sag das meinem Agenten. Es heißt *Touched.*« *Berührt.* Er schnaubte abschätzig. »Komm ja nicht auf Ideen, Mädchen aus Amerika. Ich bin nicht deine Story. Ich habe auch so schon genug am Hals, ohne dass du der Sensationspresse meine Geheimnisse verrätst.«

»Es gibt Geheimnisse?« Ich kaute an einem Nagel herum und täuschte Desinteresse vor.

»Ich bin in diesem Rattenloch, am Arsch der Welt, wo ich doch mit einer Rothaarigen zwischen Seidenlaken in Kensington liegen und mich geistig auf mein Konzert am Ende der Woche vorbereiten sollte. Du bist die Reporterin, also finde es heraus.« Sein Blick war hart und erbarmungslos, forderte mich auf, mich dem zu stellen.

Ja, und ob es Geheimnisse gab. Er mochte relativ harmlos aussehen, aber das war er nicht. Verführerisch, geheimnisvoll, unnahbar – und jede Reporterin würde ihren rechten Arm für die wahre Geschichte von Sovereign geben, dem Leadsänger von Touched. Was ihm völlig klar war, darum auch der finstere Blick.

»Verkaufst du mich?« Er schluckte seinen Zorn herunter.

»Eigentlich ist doch nichts passiert.« Noch nicht. »Was sollte es da zu verkaufen geben?«

Es klopfte energisch an meiner Wohnungstür. Ich sah hin, dann wieder zu Reign, der nicht mehr so überheblich wirkte wie noch vor einer Sekunde.

»Miss Alina O'Connor? Würden Sie bitte die Tür öffnen? Hier sind Detective Andrews und Detective Miles von der Metropolitan Police.«

Reign drang mit seiner ganzen unverhohlenen Faeness in meinen persönlichen Raum ein. Hätte ich Zeit zum Reagieren gehabt, hätte ich ihn weggestoßen, aber bevor ich überhaupt blinzeln konnte, senkte er den Kopf und flüsterte an meine Wange gelehnt: »Du glaubst mich zu kennen. Das tust du nicht.«

Ich stemmte die Hände gegen seine Brust, aber seine

Worte ließen mich erstarren, bevor ich ihn zurückstoßen konnte.

»Du glaubst zu wissen, worum es hier geht. Das tust du nicht. Das ist nicht meine Story, Alina, sondern deine.«

Die Luft in dem hauchdünnen Abstand zwischen uns waberte und ließ meine Sicht verschwimmen, dann waren die Konturen schlagartig wieder scharf. Aber ohne Reigns drohende, schwarz gekleidete Präsenz. Er war einfach verschwunden und hatte den Nachhall seiner Worte geisterhaft in meinen Ohren zurückgelassen.

Wieder klopften die Polizisten. »Miss O'Connor? Es liegt in Ihrem Interesse, uns reinzulassen. Es geht um den flüchtigen Fae, mit dem man Sie gestern Abend gesehen hat.«

Der flüchtige Fae? *Verdammt, Reign.* Was sollte ich der Polizei sagen? Was zum Teufel hatte er damit gemeint, dass ich nicht begriff, worum es hier ging? Was genau hatte er angestellt? Ich holte ein paarmal tief Luft, um mich zu beruhigen, wiederholte im Kopf das Mantra »Ich habe nichts zu befürchten«, setzte ein, wie ich hoffte, unschuldiges Lächeln auf und öffnete die Tür.

KAPITEL 3

Die Polizisten in Zivil machten es sich in meiner Wohnung bequem und nahmen den angebotenen Kaffee an, während sie sich wie Krähen auf ein Gartentor auf mein zweisitziges Sofa hockten. Dank der unglückseligen Angewohnheit, schuldig zu wirken, auch wenn ich nichts getan hatte, hielt ich ihnen den Rücken zugewandt, während ich mich um ihren Kaffee kümmerte und dabei auf der Lippe herumkaute. *Du glaubst zu wissen, worum es hier geht. Das tust du nicht. Das ist nicht meine Story, Alina, sondern deine.* Reigns Worte polterten durch meinen Kopf.

»Wissen Sie viel über die Fae, Miss O'Connor?«, fragte Detective Andrews mit honigsüßer Stimme, die weder höher noch tiefer wurde. Die Art Stimme, wie sie fürs Radio geschaffen war. Eine *Vertrau-mir*-Stimme.

»Es geht. Das Übliche.« In meinem rechten Arm kribbelte es, was mir erneut Anlass gab, Reign stumm zu verfluchen.

»Sind Sie schon lange in London?«, fragte sein Partner Detective Miles, dessen Cockney-Akzent vergleichsweise stechend war. Sein Kopf ruckte vogelgleich nach vorn, die kleinen Knopfaugen starrten mich an. Miles musste doppelt so alt sein wie sein Partner, bestimmt Ende vierzig, und doch nahm in diesem Raum der bedeutend jüngere Andrews die Autorität für sich in Anspruch. Vielleicht lag das an der Art, wie er dasaß, als würde er an jedem meiner Worte hängen. Er musterte mich auf diese Polizistenart, nahm alles in sich auf und setzte nichts voraus. In seinem Blick lag unerschütterliche Intelligenz, die mich warnte, ihn nicht auf die Probe zu stellen.

»Ein Jahr.«

Miles kramte in seinem übergroßen Mantel herum, bevor er Kugelschreiber und Notizblock zückte. »Ein Jahr, hm. Sie sind Amerikanerin? Gibt es drüben viele Fae?« Weder schaute er auf, noch schien ihn die Antwort besonders zu interessieren.

»Ein paar.«

Andrews blinzelte. Für ein paar Momente trafen sich unsere Blicke, bevor er sich am Kinn kratzte und räusperte. »Was tun Sie beruflich, Miss O'Connor?«

Ich verriet es ihm und unterschlug dabei meine kürzlich erfolgte Kündigung, dann blickte ich über die Schulter, während ich heißes Wasser in ihre Tassen goss. Miles kritzelte etwas auf seinen Block. »Gibt es etwas, das ich wissen sollte?«, fragte ich. »Sie sagten, dieses Gespräch sei in meinem Interesse?«

Andrews rutschte nach vorn und räusperte sich. »Sie waren gestern Abend im U-Bahnhof Chancery Lane?«

»Ja.« Ich reichte ihnen den Kaffee. Da für mich kein Sitzplatz mehr vorhanden war, blieb ich an der Küchentheke stehen und bemühte mich, nicht unruhig zu erscheinen, aber je mehr ich mich darum bemühte, ruhig zu stehen, desto nervöser wurde ich. Dabei gab es nichts, weswegen ich mich hätte sorgen müssen. *Und warum wird es dann hier so heiß?*

»Sie sahen den Fae, der als Sovereign bekannt ist?«

Wie viel sollte ich ihnen verraten? Wie viel wussten sie bereits? »Ich half einem Mann in den Wagen, falls Sie den meinen.«

»Sie haben ihn nicht erkannt?« Andrews probierte seinen Kaffee und verzog das Gesicht.

»Doch, sicher. Er sticht aus der Menge hervor …«

»Hat er Sie berührt?« Er stellte die Tasse ab und schob sie von sich, als würde es sich um ein totes Tier handeln.

»Wie bitte?«

»Das ist eine ganz einfache Frage«, meinte er locker, aber die Antwort war alles andere als einfach. Wenn die Beamten wussten, dass Reign mich berührt hatte und wir Hautkontakt gehabt hatten, würden sie annehmen, dass mich der Fae mit einem Makel versehen hatte. Mir sein Zeichen aufgedrückt hatte. Und keines meiner Worte würde noch vertrauenswürdig sein.

»Ich half ihm auf, also ja, vermutlich schon.«

Er kratzte sich am Kinn und richtete wieder seinen aufmerksamen Blick auf mich. »Miss O'Connor, Sie wissen schon, dass man Fae nicht anfassen soll?«

Er war nicht viel älter als ich, und trotzdem hatte ich das Gefühl, zurechtgewiesen zu werden, was mir gar nicht gefiel. »Ja, das weiß ich. Ich habe weder seine Hand noch sonst etwas berührt, sondern nur seinen Ärmel.« Die Lüge kam mir leichter über die Lippen als gedacht. Ich verschränkte die Arme und versuchte höflich zu lächeln, während meine Hand juckte.

Andrews schenkte mir einen neutralen, unvoreingenommenen Blick. Unschuldig, bis die Schuld erwiesen ist. Ich ging jede Wette ein, dass er genauso leutselig und gelassen blickte, wenn er den bösen Jungs Handschellen anlegte. Ich schob eine Haarlocke aus dem Gesicht. »Ich habe ihm nur auf die Beine geholfen, das ist kein Verbrechen.«

»Aha.« Er warf seinem Partner einen Blick zu, der noch immer die Seite mit seiner Kritzelei füllte. »Haben Sie sich lange in der Chancery Lane aufgehalten?«

Wow, seine Fragen drangen rücksichtlos direkt zum Kern der Angelegenheit vor. Er hielt nichts von Geplauder. »Nein, ein paar Minuten. Bis die nächste Bahn kam.«

»Sie haben sich nicht auf dem Bahnsteig umgesehen?«

Dort gibt es nicht viel zu sehen, dachte ich. Worauf wollte er eigentlich hinaus? »Nein. Wir sind eingestiegen, haben ein paar Worte gewechselt, und ich stieg wieder aus. Warum sollte ich mir den Bahnhof ansehen?«

»Ist Ihnen bekannt, dass es ein paar stillgelegte Tunnel gibt, die in den Bahnhof münden?« Andrews ignorierte den Seitenblick seines Partners.

»Nein, ich bin kein Bauingenieur. Was hat das mit allem zu tun?«

»Wo genau sind Sie ausgestiegen?«, hakte Andrews ungerührt nach.

»Was?«

»Wo Sie aus dem Zug ausgestiegen sind, Miss O'Connor?«

Ich blinzelte. Falls er mich verwirren wollte, gelang ihm das verdammt gut. »Mile End. Hören Sie, sollte ich mir Sorgen machen? Ich habe nichts Falsches getan.«

Er blinzelte und gab mir eine Sekunde, um mich glauben zu machen, mir eine Atempause gegeben zu haben.

»Haben Sie beim Aussteigen Ihre Karte benutzt?«, fragte er dann.

»Meine was? Ach, meine Fahrkarte. Äh, nun ja, natürlich. Ich meine, was sonst?« Sollten sie das überprüfen, würden sie wissen, dass ich es nicht getan hatte. Ich zuckte mit den Schultern. Ein unbehagliches Schweigen kehrte ein. »Ich habe nichts Falsches getan.«

»Das wollen wir auch nicht andeuten. Das sind nur ein paar Routinefragen, um die Ereignisse in einen zeitlichen Rahmen zu setzen.« Andrews blinzelte ganz harmlos. »Hat Sovereign etwas Ungewöhnliches gesagt?«

Ich schluckte. Die ganze Unterhaltung mit Reign im Zug war ungewöhnlich gewesen, vom Schicksal bis zu den Fehlern. »Ich, äh … nein, hauptsächlich Small Talk, Sie wissen schon, das Wetter.« Die Briten redeten gern über das Wetter, also würde er es glauben.

»Wie sah er aus?«

Es schien eine ganz einfache Frage zu sein. So wie alle seine Fragen. Aber hinter seinen Worten lauerten Abgründe. Bedeutungen, die sich mir entzogen. So entspannt, so höflich. Vielleicht hätte ich ihm vertrauen sollen. Und ihm alles erzählen. Offensichtlich steckte Reign in ernsten Problemen, wenn selbst die Metropolitan Police nach ihm suchte. Aber erzählte ich Andrews alle Einzelheiten und Reign entdeckte es später, würde er mir nie wieder genug vertrauen, um mir zu verraten, warum er auf dem Bahnsteig gelegen hatte. Meine Story hätte sich erledigt.

Miles klopfte mit dem Stift auf den Block. Tipp-tipp … *Alina, wir wissen, dass du lügst* … tipp-tipp.

»Er, äh, er sah aus wie ein Fae?«

Andrews' unbeeindrucktes Stirnrunzeln verkündete: *Versuch es noch mal.*

Ich befeuchtete mir die trockenen Lippen. »Ich weiß nicht, irgendwie abgerissen?« Die dunklen Flecken auf Reigns Kleidung waren vermutlich vergossener Wein gewesen. *Ja, Wein, definitiv Wein und kein Blut.*

»Er ist nicht zusammen mit Ihnen ausgestiegen?«

»Nein. Ich ließ ihn im Zug zurück. Steckt er denn in Schwierigkeiten?«

»Das könnte man so sagen. Zwar können wir einen Fae nicht offiziell verhaften, die haben da ihre eigenen Methoden, aber wir dürfen seinen Aufenthaltsort ermitteln. Man betrachtet ihn als öffentliche Gefahr; wir versuchen ihn schnell aufzuspüren.«

»Eine öffentliche Gefahr?« Ich schnaubte, dann fiel mir wieder ein, wie sich Reign gegen den General behauptet hatte. Hätte ich nicht die Notbremse gezogen, wäre bei diesem Kampf nur einer übrig geblieben, und zwar bestimmt Reign. »Was hat er getan? Einen verliebten Fan gegen sich aufgebracht? Ein Hotelzimmer verwüstet?«

Steinerne Gesichter blickten mich an, bis mein Lächeln verdorrte und starb.

»Es steht uns nicht frei, über die Einzelheiten zu sprechen.« Andrews griff in die Tasche, zog eine Brieftasche hervor und nahm eine Visitenkarte der Metropolitan Police heraus. »Sollten Sie ihm erneut begegnen, rate ich Ihnen dringend, uns zu benachrichtigen.«

Ich konnte einen Blick auf das Foto in seiner Brieftasche werfen, er mit einem jungen Mädchen, sie beide noch Jugendliche, und ein älterer Bursche mit den gleichen Augen wie Andrews, der den Arm um das Mädchen gelegt hatte. Alle lächelten unbekümmert. Älterer Bruder und jüngere Schwester?

Er ließ die Brieftasche zuschnappen und legte die Karte auf meinen Tisch. Dann stand er auf und Miles schloss sich ihm an. Sie bedankten sich für den Kaffee und gingen zur Tür.

Das war's? Hatte ich was verpasst? Ich folgte ihnen, weil ich es nicht erwarten konnte, die Tür hinter ihnen zu schließen. Da drehte sich Andrews um.

»Sie erinnern sich nicht an einen Kampf? Der Zug hielt nicht plötzlich an? Bei der Heimfahrt gestern Abend gab es nichts Besonderes?«

Ich kämpfte darum, mein Lächeln zu behalten. »Nein. Wie ich bereits sagte, ich war nach einem langen Tag ziemlich kaputt.« *Er weiß Bescheid.*

»Wo haben Sie sich das geholt?« Er zeigte auf meine Stirn.

Reflexartig schoss meine Hand zu der Schwellung. *Sag nicht, du bist gegen eine Tür gelaufen, sag nicht …* »Ich … es ist idiotisch, der Küchenschrank, die Tür stand auf … ich bin ein Trampel.«

Ein Lächeln stahl sich auf Andrews' neutrale Miene, was den unerschütterlichen Polizisten zugänglicher erscheinen ließ. Es war ein sanftes Lächeln, aber ehrlich. »Sollte Ihnen noch etwas einfallen, egal was, rufen Sie mich an, Alina. Oder wenn Sie Sovereign noch einmal sehen sollten.«

»Auf jeden Fall, Detective.« Ich schloss die Tür hinter ihnen und seufzte. Sie wussten, dass ich log. Vermutlich hatten sie sich alles auf der Aufnahme einer Überwachungskamera angesehen, einschließlich Reigns Trick mit dem spurlosen

Verschwinden. Also warum hatten sie mich nicht darauf festgenagelt? Worum es bei der Sache auch ging, sie war nicht vorbei. Der Besuch der Met hatte mir nur bestätigt, was ich bereits wusste. Ich brauchte Antworten.

Ich gab den beiden Bullen zehn Minuten, um zu verschwinden, dann schnappte ich mir meinen Mantel und verließ die Wohnung. Es gab nur einen Ort, an dem ich Näheres über Reign in Erfahrung bringen würde. Das Büro der *Metro* in Kensington. Ich musste meinen Schreibtisch räumen, dabei konnte ich ein paar Recherchen betreiben. Was für ein Verbrechen Reign auch immer begangen hatte – oder auch nicht –, die Datenbank der *Metro* würde es wissen. In ihrem Netzwerk standen Informationen, die jedem Politiker die Röte ins Gesicht getrieben hätten. Ich würde alles erfahren, was Mister »*Ich brauche für nichts zu bezahlen*« verbergen wollte.

KAPITEL 4

Mein Ausweis gestattete mir keinen Zugang ins Büro der *Metro* im Northcliff House. Ich musste mir den Eintritt erbetteln, indem ich mich auf einen Kollegen berief. Nicht mal einen Tag gekündigt und man hatte mich bereits vergessen.

Es war noch keine sieben Uhr morgens und die Büros summten förmlich vor Enthusiasmus. Eine Story lag in der Luft. Im Vorbeigehen schnappte ich ein paar Fetzen auf. Eine hochkarätige Party hatte ein böses Ende genommen. Noch am Vortag hätte ich mich darauf gestürzt, aber an diesem Morgen hielt ich mich bedeckt und ging schneller.

Northcliff House ist ein großes Gebäude im Art-Deco-Stil. Kühle weiße Säulen rahmen große und aufwendig gestaltete schwarze Fenster ein, die den Bau vom Dach bis zu dem Vordach über dem Eingang einzuhüllen schienen. Die einflussreichsten und irgendwie berüchtigsten Mitglieder der Presse bezeichneten es als ihr Zuhause. Das hatte ich ebenfalls. Aber über den Verlust meines Jobs konnte ich später noch jammern, und falls ich bei Reign richtig lag, würde es nichts zu jammern geben. Ich würde sofort wieder an meinem Schreibtisch sitzen, wo ich auch hingehörte.

Die Server der *Metro* enthalten Akten über jeden Prominenten, für den Fall, dass sie plötzlich Titelseitenmaterial sein sollten. Reign hatte eine Akte, und zwar eine große.

Wie jede bekannte Gestalt des öffentlichen Lebens war sein Verhältnis zur Presse von Hassliebe geprägt. Beziehungsweise: In seinem Fall liebte ihn die Presse, weil seine Eskapaden den Absatz steigerten, während er sie hasste, weil er nicht mal niesen konnte, ohne dass jemand daraus eine Story strickte. Aber er half seiner Sache auch nicht gerade. Manchmal waren Klischees einfach nicht totzukriegen. Sex, Drogen und Rock'n'Roll. Reign benutzte die Klischees als Anleitung, und da er ein Fae war, brauchte er sich allein vor seinen Artgenossen zu rechtfertigen. Der Größe seiner Akte nach zu urteilen, folgte ihm der Ärger einfach auf dem Fuße, oder er erschuf ihn.

Vor zwei Abenden war er dabei fotografiert worden, wie er mitsamt seiner Entourage nach einem Konzert zu seiner eigenen exklusiven Privatparty eingetroffen war. In den frühen Morgenstunden hatte sich die Fae-Autorität auf die Feiernden gestürzt und die Gäste bis zum Tagesanbruch am Aufbruch oder Eintritt gehindert. Seitdem war die Akte nicht mehr aktualisiert worden, aber offensichtlich musste etwas geschehen sein. War die Party der Grund, aus dem Reign auf der Flucht war? Ich überflog die Gästeliste. Londons Elite trug gern ihre engen Kontakte zu den Fae zur Schau; als könnte sie mit ihrer exotischen und tödlichen Schönheit mithalten.

Ich gab den Befehl, Reigns Akte komplett auszudrucken, und eilte in den Druckerraum, bevor es jemandem auffiel. Drucker summten, während ich hinter mir die Tür schloss. Glücklicherweise war ich ganz allein und froh, meine Handlungen nicht erklären zu müssen. Ich fand meinen Drucker, wischte ein paar Spinnweben weg und sah zu, wie meine

Unterlagen über Reign ausgespuckt wurden. Die Informationen konnte ich zu Hause durcharbeiten. Was ich damit anstellen wollte, war eine ganz andere Sache. Diese potenzielle Story lag weit oberhalb meiner Gehaltsstufe, und da sich Reign aus dem Staub gemacht hatte, war meine Verbindung zu den Geschehnissen verschwunden. Aber ich konnte nicht davon lassen, nicht jetzt, da ich die Spur aufgenommen hatte. Erst recht nicht nach Reigns geheimnisvollen Abschiedsworten. *Das ist nicht meine Story, Alina …*

Der Drucker jaulte auf und zerknüllte eine Seite. »Verdammt.« Als ich danach griff, bewegte sich rechts von mir was, und ich sah zu der Druckerreihe an der anderen Wand. Bei ungefähr einem Dutzend Geräten blinkten verschiedenfarbige Lichter, aber sonst war alles in Ordnung.

Ich hatte die Gästeliste der Party endlich aus dem Druckerfach gezerrt, als sich meine Nackenhaare aufstellten und eine Gänsehaut über meinen ganzen Körper lief. Ich war nicht allein. Zeit, zu gehen.

Ich stopfte die Papiere in die Tasche. Über mir erklang ein Klicken, als würden Murmeln zu Boden fallen. Angst verwandelte mein Blut in Eiswasser. Ich riss den Kopf hoch und zuckte beim Anblick eines Dutzend tintiger Rinnsale zurück, die dem Mittelpunkt der Decke zuströmten. *Was zum Teufel?* In den Zimmerecken sammelten sich Schatten. Sie wogten und zerrissen, spien eine Flut von Insekten aus.

Der rationale Teil meines Verstands sagte mir, dass das unmöglich war. Insekten verhielten sich nicht so. Meine Haut juckte, der Instinkt drängte mich dazu, zur Tür zu stürzen, aber die Insekten waren vor mir da. Zahllose winzige glänzende Körper strömten vom Türbalken. Lag eine

Absicht dahinter? *Nein. Unmöglich.* Es musste sich um eine bizarre Laune der Natur handeln, wie eine Heuschreckenplage.

Keuchend und mit pochendem Herzen wich ich zurück. Unter meinen Füßen knackte etwas. Ich floh vor der Flut aus … *Spinnen*? Ihre Zahl an der Decke schwoll an und hing unter ihrem eigenen Gewicht durch, bis sie zu Boden regneten. Das zuckende Meer zu meinen Füßen wuchs und stieg dann in die Höhe; in ihrer Hast, mich zu erreichen, kletterten die Spinnen übereinander.

Ich stieß gegen das Fenster. Zwischen den zahllosen Körpern wehten winzige grüne Dunstschwaden hervor, die offenbar einen Lichtfaden durch sie hindurchweben wollten. *Illegale Fae-Magie.* Die Spinnensäule wogte und schwankte. Wie gelähmt vor Entsetzen starrte ich sie an.

»Du kommst mit uns …« Die Worte zischten aus dem Rascheln ihrer Körper; sie sprachen nicht richtig, sondern produzierten mit ihrer sich ununterbrochen bewegenden Masse Laute. Mir drehte sich der Magen um und ich drückte mich gegen das Fenster. Die Tür war viel zu weit weg, die Straße lag zu tief für einen Sprung.

»Aliiinnaa …«, knisterten sie.

KAPITEL 5

Ich krallte die Finger in die Fensterbänke von Northcliff House, während ich mich ansonsten nicht bewegte. Die Spinnensäule wogte nach vorn. Ohne die Insektenströme zu überqueren, war jede Flucht unmöglich. Die Fenster hinter mir würden keine große Hilfe sein. Selbst wenn ich sie aufbekommen hätte, befand ich mich im vierten Stock. Die Gasse hinter Northcliff House hatte noch nie so weit weg ausgesehen.

»Wir kommen von der Königin … sssie schickte nach dir … du mussst zurückkehren.«

»Die Königin?« Die Fae hatten eine Königin? Seit wann?

Die Tür war meine einzige Chance, aber um dorthin zu gelangen, musste ich direkt an dem lebendigen, zuckenden Pfeiler vorbei. *Okay, bei drei renne ich zur Tür. Eins, zwei …*

Ich hatte es bis zwei geschafft, als die Spinnen nach vorn kippten, sich über den Boden ergossen und über meine Schuhe fluteten. Kreischend stolperte ich zurück, aber es war zu spät. Fünf, nein sechs krabbelten meine Schienbeine hinauf, erreichten meine Knie. Ich schlug sie von mir runter, aber da stürmten noch mehr heran und umspülten meine Schuhe und Knöchel, um meine Beine hochzueilen. Es waren Dutzende. Ich streifte sie so schnell ab, wie sie über meine Kleidung krabbelten. *Nein, mein Gott, nein! Runter von mir, nehmt sie runter von mir!* Der kühle Druck des Fensters erinnerte mich nur daran, dass ich keinen Ausweg hatte.

Hinter mir explodierte Glas. Ich duckte mich vom Fenster weg, aber ein stahlharter Griff legte sich um meine Taille und zog mich nach hinten, riss mich aus dem Gebäude. Ein paar zerbrechliche Augenblicke lang baumelten meine Füße nutzlos in der Luft. Spinnen lösten sich von meinen Schuhen und stürzten mehrere Stockwerke tief auf die Straße. Jede Sekunde würde ich ihnen folgen, und ich würde sterben, ohne je meine Antworten gefunden zu haben.

Dann zogen mich die stählernen Arme mit einem durch Mark und Bein gehenden Ruck in eine so enge Umarmung, dass ich nicht mal den Kopf heben konnte, um zu sehen, wer oder was mich da gepackt hielt.

»Fürchtest du dich vor Spinnen, Alina?«, schnurrte Reign.

Ich klammerte mich an ihn, grub die Nägel in seinen Rücken und umschlang seine Taille mit den Beinen. »Verfluchte Scheiße, Reign, was machst du? Hast du das gesehen? Das sind Spinnen. Lass mich nicht los.« Ich machte den Fehler, nach unten zu sehen. »O mein Gott.« Ich kniff die Augen fest zusammen. »Das ist verrückt. Wir werden sterben!«

Er grunzte. »Wenn du noch stärker drückst, könnte mir das durchaus passieren.«

Mit einer gewaltigen Kraftanstrengung hob ich den Kopf. Eines dieser allwissenden Lächeln umspielte seine Lippen, während er sich mit einer Hand an einer der Säulen festhielt und mich mit der anderen an sich drückte. Loderndes

Draíocht ließ seine Fae-Augen hell funkeln. »Hast du etwa auch Angst vor Höhen?«

Hinter mir ergossen sich Spinnen über den Fensterrahmen und regneten auf die Straße. Angst verkrampfte meine Muskeln, was Reign scharf Luft holen ließ.

»Es gibt nur einen Weg nach unten.«

Er ließ das Gebäude los. Wir stürzten. Mein Magen schien nach oben in meinen Mund klettern zu wollen. Ich schrie. Bestimmt. Möglicherweise schrie ich noch immer, als ich die Augen wieder öffnete und uns auf dem Dach des Anhängers eines geparkten Lastwagens stehend fand.

»Mir ist schlecht«, stöhnte ich.

Schon waren wir wieder in Bewegung. Er sprang. Ich kniff die Augen zusammen, hielt die Luft an und betete darum, wieder festen Boden unter den Füßen zu haben.

Reign landete mit einem Grunzen. Die leichte Last, die ich darstellte, trug er mühelos. Sein Griff lockerte sich, was mir den nötigen Platz verschaffte, um mich aus seiner Umarmung zu befreien. Kopfschüttelnd stolperte ich zurück. Die Menge an Wahnsinn, die ein Mensch ertragen kann, hat Grenzen. Das war zu viel. Organisierte Spinnen, Gebäude herunterzuspringen … Sprachlos stolperte ich weiter.

»Hey … «, rief Reign.

Ich winkte ab und bedeutete ihm, sich von mir fernzuhalten. *Nein. Noch nicht. Ich kann mich damit noch nicht auseinandersetzen.* Mein Herz schlug so schnell, dass ich befürchtete, es würde mir aus der Brust springen. Bei jedem Schritt drohten meine Beine nachzugeben. In den Armen eines Fae-Promis aus der vierten Etage von Northcliff House zu springen, um einer Flut sprechender Spinnen zu entkommen, war definitiv nicht normal.

»Alina.«

Er folgte mir. Das verriet mir ein Blick nach hinten. Sein Mantel bauschte sich auf, die Schritte waren lang und energisch. Jede Sekunde würde er mich eingeholt haben und er war nicht mal außer Atem.

»Gib mir einfach ... eine Minute.« Bestimmt würde ich mich gleich übergeben. Ich floh schneller, verwandelte mein Stolpern in einen Laufschritt. Reign war nicht die Ursache meiner Übelkeit. Das waren nicht mal die Spinnen. Blut raste durch meine Adern. Meine Hand juckte, als wollte sich etwas von innen durch die Haut bohren. Desorientiert und schwindelig brauchte ich einfach Platz, um atmen und denken zu können, um auf festem Boden wieder Halt zu finden. Die vergangenen vierundzwanzig Stunden hatten mich endlich eingeholt.

Ich verließ den Bürgersteig. Meine Gedanken rasten, meine Sicht war verschwommen. Eine schrille Hupe und ein viel zu nah vorbeirasendes Auto ließen mich ruckartig stehen bleiben. Reigns Hand landete auf meiner Schulter und drehte mich um. Eine Sekunde lang waren seine Augen zu Schlitzen verzogen und seine Haut schien sich enger über die Wangenknochen zu spannen, was sein Gesicht plötzlich scharf und hart erscheinen ließ. Mir stockte der Atem, und mein Körper wollte zurückweichen, aber er packte mein Top und riss mich zu sich, während ein Taxi dicht an mir vorbeifuhr.

Ich prallte gegen ihn. Meine Handballen trafen seine Brust, aber er bewegte sich genauso wenig, wie es ein Felsen getan hätte. »Verpiss dich, Fae«, knurrte ich.

Er hob mich vom Boden, drehte mich um und stieß mich mit gerade genug Kraft von sich, dass sich ein kleines Stück freier Raum zwischen uns befand. »Was wollten die Spinnen von dir?«

Ich starrte ihn finster an. Wen glaubte er hier herumzustoßen? »Das ist alles deine Schuld. Du schuldest mir ein paar Antworten.«

»Ich schulde dir gar nichts, Mädchen aus Amerika. Du solltest mir danken. Ich habe dir gerade dort oben den Hintern gerettet und dich daran gehindert, überfahren zu werden.«

Ich sollte ihm danken? »Du erzählst eine solche Scheiße, ist dir das eigentlich klar? Ich bin nur aus einem einzigen Grund hier; ich will herausfinden, was mit dir los ist!« Verflucht, ich hatte die komplette Recherche bei den Spinnen gelassen. Abgesehen von einer Seite. Schließlich hatte ich mir nur die Gästeliste schnappen können. Ich tastete nach meiner Tasche. *Ja, noch da.* Immerhin etwas.

Ich rieb mir die Arme, als wollte ich die Gänsehaut wegstreichen, schloss die Augen und schüttelte den Kopf. »Sind die Spinnen noch da oben? Wird sie jemand finden?«

»Nein«, erwiderte er etwas sanfter. »Sie sind deinetwegen gekommen. Mittlerweile dürften sie verschwunden sein.«

»Das Fenster? Wir sollten jemandem Bescheid sagen.«

Die Idee schien ihn wenig zu beeindrucken. »Ich soll in das Hauptbüro von Londons Presse gehen und erzählen, dass ich an ihrem Gebäude raufgeklettert bin, um dort einzubrechen und dich vor einer Horde Spinnen zu retten? Ich hätte eine Anklage wegen Sachbeschädigung am Hals und säße in einer Zelle, bevor ich auch nur das Wort

Klage sagen könnte.« Er breitete die Hände aus. »Großer Auftritt des Fae-Rockstars endet mit Festnahme durch die *FA*.« Er verstummte und wartete auf meinen Widerspruch.

»Ja, vielleicht sollten wir das mit dem Fenster besser für uns behalten.«

Ein paar Schritte von uns entfernt hielt ein Wagen an und ein Pärchen stieg aus. Reign schien wieder einzufallen, dass wir auf offener Straße standen und er ein gesuchter Fae war. Er ging um mich herum und lehnte seine anmutige Gestalt gegen eine Mauer, hielt den Kopf aber gesenkt.

»Was hat das Konstrukt gesagt?«, fragte er, ohne aufzusehen.

»Was ist ein Konstrukt?«

»Ein Avatar, eine Puppe«, fauchte er ungeduldig. »Was hat es gesagt?«

»Reign, was zum Teufel geht hier vor? Gestern um diese Zeit saß ich an meinem Schreibtisch und tippte Berichte, und jetzt steht die Polizei vor meiner Tür. Und ich muss vor gemeinsam handelnden Spinnen fliehen, die mich fressen wollen.«

Ich schloss die Augen und nahm die Stadtgeräusche in mich auf, ließ sie in meine Gedanken eindringen und mir von ihnen Halt geben.

»War das Magie?«, fragte ich dann. »Ich sah ihn ... Draíocht-Dunst. Ich habe ihn gefühlt.« Ein Frösteln rieselte meinen Rücken hinunter. »Wie ist das überhaupt möglich?«

Die Andeutung eines unerfreulichen Lächelns huschte über seine Lippen, bevor seine Zungenspitze es wegleckte. Wie konnte er wagen zu lächeln, als wäre das alles nur ein Spiel?

»Du sagst mir jetzt, was hier los ist, Reign, oder ich übergebe dich der *FA*.«

»Alina.« Ein scharfer Unterton trat in seine Stimme. Er sprach meinen Namen aus, als wäre er eine Waffe. Sein Kopf hob sich und er sah mich direkt an. »Es ist sehr wichtig, dass du meiner Frage nicht länger ausweichst und mir genau sagst, was es zu dir gesagt hat.«

Ich pustete mir Haare aus dem Gesicht und legte eine Hand auf die Hüfte. »Ich weiche deiner Frage nicht aus.«

»Dann beantworte sie.« Seine Worte schienen scharf und spitz zu sein, genau wie die kleinen Reißzähne, die zum Vorschein traten, wenn er sprach.

»Das Ding sagte irgendwas von der Königin.«

Seine Augen wurden groß. Er stieß sich von der Wand ab und kam auf mich zu, was mich zurückweichen ließ. Ich brachte mich wieder unter Kontrolle, riss das Kinn hoch und starrte ihn finster an. »Schüchterst du auch deine Groupies ein, um zu kriegen, was du willst? Das ist eine Seite von Sovereign, über die wir nichts in der Presse lesen. Ich weiß, dass deine Art einst brutal war bis zur Grausamkeit. Bist du das?«

Er zuckte zusammen. Die Bewegung seiner Wange verriet, wie er hinter zusammengepressten Lippen die Zähne zusammenbiss. Ich hatte ihn verletzt. Gut. Er erwiderte meinen Blick.

»Was hat das magische Konstrukt über die Königin gesagt, Alina?«

Die Art, wie er meinen Namen aussprach, ließ tief in meinem Bauch etwas erbeben. »Ich, äh …« Er stand viel zu nah bei mir, sodass ich mühelos die Hände wieder auf seine

Brust hätte legen können. Aber vielleicht ging es ja genau darum. Ich *wollte* ihn berühren. Verdammt. Langsam ging er mir unter die Haut. Vielleicht hatte diese erste Berührung ja doch mehr Schaden angerichtet, als mir klar war. Ich durfte diese Gedanken nicht wälzen. »Tritt zurück, und ich rede vernünftig mit dir. Kommst du mir noch einmal so nah, schreie ich *erzwungener Bann* und lasse dein Recht auf freie Bewegung kassieren.«

»Zu spät. Schon vergessen, ich habe das Gesetz der Fae bereits gebrochen.« Seine Mundwinkel senkten sich. »Falls ich dich in meinen Bann schlagen wollte, Mädchen aus Amerika, würdest du es zulassen.«

Seine Zunge fuhr über die Unterlippe und löschte jeden vernünftigen Gedanken in mir aus. Er beugte sich näher heran und legte den Kopf schräg, als wollte er mich küssen. Aufsteigende Panik schien mein Herz zur Flucht treiben zu wollen. Aber ein paar Zentimeter von mir entfernt hielt er inne, so verdammt nah, dass ich die Arme hob. Er stemmte sich gegen meine Handflächen. Er fühlte sich warm und hart an. Er hatte mir Angst einjagen wollen, aber der Ausdruck in seinen Augen kündete nicht von Aggression. Sein gleichmäßiger, kontrollierter Atem machte mein abgehacktes Keuchen zu blankem Hohn. Falls das ein Einschüchterungsversuch war, funktionierte er, aber nicht aus dem von ihm gewünschten Grund.

Ich hatte schon Liebende gesehen, die weiter voneinander entfernt gestanden hatten als wir jetzt, während sie sich berührten und küssten. Seine Finger strichen über meine Schulter und mein Haar. Sollte er es wagen, meine Wange zu berühren, würde ich schreien. Sie verharrten neben meinem

Gesicht. Ohne das kaum merkliche Weiten seiner Augen hätte ich es für eine Drohung gehalten. Wollte er, dass ich zurückwich? Einfach einknickte?

Ich schürzte die Lippen, ignorierte die in meinen Wangen aufsteigende Wärme und starrte ihn finster an.

»Hattest du nicht behauptet, kein Problem mit den Fae zu haben?« Seine Lippen verzogen sich.

»Das habe ich auch nicht.«

»Von meinem Standpunkt aus sieht es aber so aus.«

»Weil du zu nah stehst.« Zaghaft versetzte ich ihm einen Stoß.

Er wich zurück, ließ sich dabei aber alle Zeit der Welt.

»Es sind nicht die Fae«, sagte ich und seufzte erleichtert. Aber auch enttäuscht, was weitaus beunruhigender war.

»Dann bin ich es?«

Ich antwortete nicht, aber das war auch nicht nötig. Reign verkörperte alles, was wir an den Fae liebten und hassten. Dafür war dieses kleine Machtspielchen der Beweis. Leute wie er waren toxisch.

Er musste es mir vom Gesicht abgelesen haben, warf die Hände in die Höhe und lachte kurz und scharf. Verächtlich. »Weißt du was … meine Schuld ist beglichen. Du hast mich in der Chancery Lane gerettet. Ich habe dich hier gerettet. Wir sind quitt. Noch ein schönes Leben, Mädchen aus Amerika.«

Er rückte den Mantel zurecht und setzte sich in Bewegung, ließ mich mit pochendem Herzen auf dem Bürgersteig stehen und zusehen, wie er den Passanten auswich. *Da verschwindet meine Story.*

»Hey!«, rief ich und lief ihm nach. »Warte.«

Er ging mit langen, selbstbewussten Schritten weiter. Die Menschen um uns herum wogten vor und zurück, mit leeren Blicken und auf ihre Ziele konzentriert. Reign ragte aus ihnen hervor wie ein Panther aus einem Wurf Kätzchen.

Ich berührte seinen Arm durch den Ärmel hindurch. Er zuckte zusammen und riss ihn weg, und einen Augenblick lang sah er mich an, als könnte *ich ihn* verletzen. Aber dann kehrte der Spott an seinen angestammten Platz auf seinen Lippen zurück und er ging weiter. Ich hielt mit ihm mit.

»Das Konstrukt sagte, es sei für mich gekommen.«

Er blieb stehen. Abrupt hielt ich ebenfalls an. Wir bildeten eine Insel im Fußgängerstrom. In diesem Augenblick gaben mir der Lärm der Schritte und der vorbeifahrenden Autos sowie mein rasendes Herzklopfen Halt.

»Was hat das zu bedeuten?«, fragte ich.

Er hob den Kopf und blickte auf eine Stelle hinter mir. »Es bedeutet, dass du London verlassen solltest.«

Ich schluckte. »Das geht nicht.«

Die Aggression, die ich noch Momente zuvor gesehen hatte, verflüchtigte sich. Seine Augen waren wieder normal – so normal, wie sie bei einem Fae sein konnten –, und sein Gesicht hatte die Schatten verloren, die ihn beinahe wie einen Außerirdischen hatten aussehen lassen. Er blinzelte und hob die Hand zu meinem Gesicht, berührte es dann aber doch nicht. Seine Stirn legte sich in Falten, sein Mund öffnete sich einen Spalt. Warum musterte er mich, als sei ich ein Rätsel?

»Wer ist die Königin, Reign?«, fragte ich leise.

Ein Hauch Furcht brachte Anspannung in seine Züge. Er nahm die Hand zurück und verbarg die Verwirrung hinter einer stoischen Maske. »Geh nach Hause, Alina.«

Er wandte sich ab und ging. Die Menge verschluckte ihn und ließ mich allein und von Fremden umgeben zurück.

KAPITEL 6

Das Reihenhaus hatte die Erhabenheit eines Landsitzes, der auf drei Etagen komprimiert und zwischen die identischen benachbarten roten Ziegelbauten gequetscht war. Eisengeländer führten Marmorstufen zu einer funkelnden schwarzen Eingangstür hinauf. Ich klopfte und wartete. Eine kühle Herbstbrise ließ die Blätter der in gleichmäßigen Abständen am Bürgersteig stehenden Bäume flüstern.

Ich hatte mich gefasst, mir die Gästeliste genau angesehen und angefangen, an sämtliche Türen zu klopfen, und das keine Stunde, nachdem Reign mich mit nichts als mehr Fragen und dem nagenden Gefühl stehen gelassen hatte, irgendwie tiefer in diesen Schlamassel verwickelt zu sein, als mir lieb war.

Das viktorianische Reihenhaus war mein dritter Versuch. Bei der ersten Adresse war niemand zu Hause gewesen, bei der zweiten hatte der Bewohner, ein bekannter Politiker, mir einfach nicht aufgemacht. Bis jetzt blieb mir mein Pech also treu.

Mit dem Fuß stieß ich gegen eine gefaltete Zeitung. Ich schob sie zurecht und warf einen Blick auf die Schlagzeile: EIN FAE-OPFER BEI UNFALL. Unter dem Knick berichtete ein kleinerer Artikel über den Anstieg von Zusammenstößen zwischen Menschen und Fae. Ich hob die Zeitung auf, aber bevor ich lesen konnte, klapperte der Türknauf. Die Tür öffnete sich ein paar Zentimeter und wurde dann von der Sicherheitskette aufgehalten. Durch den schmalen Spalt erhaschte ich einen kleinen Blick auf Charmaine, die Moderatorin einer sonntäglichen Talkshow bei der BBC. Blassblaue Augen musterten mich, glitten von Gesicht, Brust und Beinen zurück nach oben. Kecke Lippen wie die einer Chinesin zuckten. Ihre Haut war wie Milch; bleich und makellos. Ich war so daran gewöhnt, sie lächelnd und lebendig auf dem Bildschirm zu sehen, dass ich sie ein paar Augenblicke nur anstarren konnte.

»Hallo, ich bin Alina O'Connor.« Ich hielt ihr die Zeitung hin.

Sie zögerte, schnappte sie sich und wirkte angespannt. Ich rammte den Fuß in dem Moment in die Tür, in dem sie sie zuknallen wollte. Mein freundliches Lächeln verlor ein wenig Freundlichkeit.

»Bitte, ich muss nur mit jemandem sprechen, der bei Sovereigns Party war.«

Ihr Blick fiel auf meinen Fuß und glitt dann langsam meinen Körper hinauf. Als sich unsere Blicke wieder trafen, trug ihr wunderschönes Gesicht einen feindseligen Ausdruck. »Dann sprechen Sie mit jemand anderem.« Ihre sprudelnde, helle Stimme wies einen hauchzarten Akzent auf. Alle Fae hatten den gleichen Akzent. Manche gaben sich mehr Mühe als andere, ihn loszuwerden, so wie manche sich mehr Mühe als andere gaben, sich der Allgemeinheit anzupassen. Reign hatte seinen Akzent verloren.

»Bitte.« Ihr zu erzählen, dass ich Reporterin war, würde nicht helfen. Der Augenblick war gekommen, die großen

Geschütze hervorzuholen. »Was wissen Sie über die Königin?«

Ihre Augen weiteten sich, so ähnlich wie bei Reign, als ich die Königin erwähnt hatte. »Welche Königin?«

»Ihr Ernst?« In ihrer Miene schien sich Furcht widerzuspiegeln.

»Warum sind Sie wirklich hier? Ich habe nichts getan. Ich habe nicht mal gesehen, was passiert ist. Ich tanzte mit Jeremy von Radio London. Der Idiot war so betrunken, dass er sein T-Shirt auf links trug, ohne es zu bemerken. Ist das zu fassen?« Sie öffnete die Tür ein Stück weiter und ich bekam einen Hauch feiner Seide auf einer schmalen Schulter zu sehen. »Wissen Sie, was er mir gesagt hat? Nur damit ich ihn berühre. Als wäre das ein Scherz. Auf diese Art Ärger kann ich verzichten. Warum können sie einen nicht einfach nur … ansehen, so wie es im Gesetz steht? Das schadet niemandem. Aber nein, sie sind alle gleich, sie müssen einen unbedingt anfassen, und zum Teufel mit den Konsequenzen. Nun, es ist nicht meine Schuld. Ich kann nicht ändern, wer ich bin, oder?«

»Nein«, erwiderte ich und verarbeitete die Informationsflut.

»Vielleicht hätte ich ihn berühren sollen.« Sie zuckte mit den Schultern, schob die Zeitung unter den Arm und lehnte sich gegen den Türrahmen. Betrachtete ihre manikürten Nägel. »Dann wüsste er es besser und würde nie wieder danach fragen. Ich hätte es tun können. Es gefällt mir, so wie uns allen. Aber hier oben gefällt es mir auch. Ich mag das Sonnenlicht, es fühlt sich an wie flüssige Wärme, wussten Sie das?«

Nein, eigentlich nicht, aber sie redete, und ich würde sie bestimmt nicht unterbrechen. »Hat Jeremy gesehen, was passiert ist?«

Sie schnaubte. »Falls ja, war er zu betrunken, um sich deswegen zu kümmern. Es betrifft sie sowieso nicht. Wir sind diejenigen, die …« Sie verstummte, und ich versuchte, unschuldig und unaufdringlich auszusehen. »Wer sind Sie noch gleich?«

»Alina.« *Klein und harmlos, sieh doch, wie nett und freundlich ich bin.*

Sie schürzte die Lippen und verzog sie dann, als würde sie etwas Bitteres schmecken. »Wo haben Sie was von einer Königin gehört?«

»Ach, das hat sich so ergeben. Also gibt es eine Königin? Wo ist sie?«

»Kommen Sie von der Polizei?«

»Nein. Ich … hören Sie, ich brauche einfach nur Hilfe, um ein paar Dinge zu verstehen. Ich muss alles über die Königin erfahren … und die Party. Vor zwei Nächten gab es einen Zwischenfall, das weiß ich.«

»Sie starb, ja. Schrecklich, das ist mein Ernst.«

»Was?«

»Es ist doch überall in den Nachrichten.«

Wann hatte ich das letzte Mal ferngesehen oder das Radio angestellt? Was war ich doch für eine Idiotin! Ich war so mit meinem eigenen Drama beschäftigt gewesen und Informationen über Reign nachgejagt, dass ich nicht mal Nachrichten gehört hatte. Mein Herz schlug schneller.

»Und wer genau ist gestorben?«

»Caroline.« Charmaine seufzte. »Ein paar unserer Alten

sind schwierig, aber Caroline war anders. Still. Immer höflich. Ruhig. Ich mochte sie. Sicher, sie konnte ein Miststück sein …« Charmaine rümpfte die Nase. »Sie und die anderen drei sprachen immer von Regeln und Zurückhaltung. Dass wir *unten* bleiben sollten. Dass wir anders sind. *Macht es euch hier nicht zu bequem*. Als bliebe uns eine Wahl.«

»Genau«, stimmte ich ihr zu, ohne die geringste Ahnung zu haben, was ich da abnickte. Offensichtlich redete Charmaine gern, also brauchte ich sie nur wieder auf das Thema zu lenken. »Sie starb. Riegelte die *FA* die Party darum ab?«

»Sie erschufen die Autorität. Caroline, Jonah, die anderen Alten.« Charmaines Aufmerksamkeit schwankte; in ihren hellblauen Augen funkelte es farbig. »Man behauptet, es sei ein Unfall gewesen.« Charmaine hielt meinen Blick fest und wartete auf meine Antwort.

»Wieso ein Unfall?«

»Caroline ist nicht durch einen Unfall gestorben. Sie war fast fünfhundert Jahre alt. Fünfhundert Jahre alte Fae haben keine Unfälle. Davon abgesehen zerfetzt ein Unfall für gewöhnlich keinen Körper.« Charmaine trat meinen Fuß zurück und entfernte ihn aus der Tür. »Mehr kann ich nicht sagen. Ich habe schon zu viel gesagt. Kein Fae wird mit Ihnen sprechen, Alina O'Connor.« Sie knallte mir die Tür vor der Nase zu.

Ich öffnete den Briefkastenschlitz und spähte hinein. »Charmaine, bitte. Hat sie jemand umgebracht? Wollen Sie mir das damit sagen? Bitte, ich muss noch mit Ihnen sprechen.« Schweigen war meine einzige Antwort.

»Verdammt.« Ich lief die Treppe hinunter und blieb auf dem Bürgersteig stehen. Brüchige braune Blätter raschelten unter meinen Schuhen, die Brise trug Stadtgeräusche heran. Auf der Party war eine Fae getötet worden. Kein Wunder, dass die Fae-Autorität so nervös war. Ein paar Stunden blieben mir noch, genug Zeit, weiter Leute von der Gästeliste zu überfallen.

Neben mir fuhr ein Wagen an den Bürgersteig. Ich sah durch das Beifahrerfenster und begegnete Andrews' finsterem Polizistenblick. Ich grinste ihn an, richtete meine Tasche und ging in Richtung der nächsten U-Bahn-Station. Nach wenigen Schritten hallte der Knall einer zuschlagenden Autotür durch die Straße.

»Miss O'Connor.«

Verdammt. Ich drehte mich um und lächelte unschuldig.

Er legte eine Hand auf die Hüfte, schob die Anzugjacke zurück und blickte die Treppe zu Charmaines Haus hinauf. Er benötigte genau drei Sekunden, um sich darüber klar zu werden, dass ich herumgeschnüffelt hatte, dann richtete sich sein missbilligender Blick auf mich. »Wir müssen uns unterhalten.«

KAPITEL 7

Detective Andrews' Wagen roch nach Pfefferminz und Toner. Ich setzte mich auf den Beifahrersitz, legte die Hände in den Schoß und wartete darauf, dass er den Motor startete, losfuhr und mich zur Befragung brachte. Aber das tat er nicht. Er drehte sich auf dem Fahrersitz um, lehnte sich gegen die Tür und betrachtete mich.

Ich hob eine Braue. »Legen Sie mir jetzt Handschellen an, oder was?«

»Sie haben nichts Falsches getan.«

Der war gut.

»Jedenfalls kann ich nichts finden.«

Oh.

»Also muss ich die Handschellen in der Tasche lassen. Es sei denn, Sie hätten mir etwas zu sagen?«

»Meinen Sie, ich hätte etwas zu beichten?«

Er lächelte schief, was seine strenge Miene zunichtemachte. »Ich bin kein Priester. Ich bin mehr daran interessiert, wo sich Sovereign aufhält.«

»Warum?«

»Das ist mein Job. Und da wir gerade davon sprechen ...« Er beugte sich über mich, öffnete das Handschuhfach und holte eine mit einem Polizeistempel gekennzeichnete Mappe heraus. Dabei streifte seine Hand mein Knie, was uns beide zusammenzucken ließ. »Entschuldigung«, murmelte er. »Wir hatten noch eine davon auf dem Revier.«

Geringschätzig musterte ich die Fae-Verhaltensmappe. »Was soll ich damit machen? Reign schlagen?«

»Aber nein, das wäre ein tätlicher Angriff, und dann müsste ich Sie tatsächlich verhaften. Ich dachte mir nur …« Er kratzte sich am Kinn. Er verfügte über eine lässige Lebhaftigkeit, die sich in kleinen Dingen bemerkbar machte. Wie Nachdenklichkeit und Neugier. »Vielleicht könnten Sie einen Rat brauchen?«

War das sein Ernst? Der Blick seiner haselnussbraunen Augen und sein zuvorkommender Ausdruck waren völlig humorlos. Ich seufzte und nahm die Mappe. Bestimmt hatte er allein mit diesem Blick schon Verdächtige geknackt. Diese Augen wollten mich dazu bringen, ihm jede meiner Sünden zu gestehen, nur um ihn zu besänftigen. Die Mappe zu nehmen, würde ihn vielleicht auf meine Seite bringen. Spielte ich meine Karten richtig aus, erzählte er mit vielleicht mehr über Reigns Verfehlungen.

»Miss O'Connor, sagen Sie mir, dass Sie nicht an dieser Story dran sind.«

»Ich bin nicht an dieser Story dran.«

Das beeindruckte ihn nicht. »Sie sind eine schreckliche Lügnerin.«

»Nein, Sie sind ein guter Polizist.« Ich kramte in der Mappe herum. Ich hatte sie schon gesehen. So wie jeder. Jedes Jahr bekam man sie nach Hause geliefert. Man fand sie in jeder Postfiliale und jedem Touristeninformationszentrum. Überall. Wie man Fae am besten aus dem Weg ging und was zu tun war, wenn man Mist baute und einen von ihnen berührte. Oder den Wunsch verspürte, einen von ihnen zu berühren. Ja, das konnte ich nachvollziehen.

»Vielen Dank dafür, aber er hat mich nicht mit seinem Bann belegt.« *Jedenfalls noch nicht*, fügte ich in Gedanken hinzu und legte die Mappe auf den Schoß. »Auf Reigns Party starb eine Fae.«

»Es war ein Unfall, aber ja, eine Fae starb.«

»Ein Unfall«, wiederholte ich und hielt bei ihm Ausschau nach Anzeichen für eine Täuschung. Nichts. Er glaubte daran. »Können Sie mir sagen, was für ein Unfall?«

»Nein.«

»Wie ist sie gestorben?«

»Das kann ich Ihnen nicht sagen.«

»Wissen Sie es denn?«

Er runzelte die Stirn. »Die *FA* hält nicht viel von Informationsaustausch.«

»Warum haben Sie nichts davon gesagt, als Sie und Miles bei mir waren?«

»Weil Sie Reporterin sind, und ich wäre kein guter Polizist, würde ich Angehörige der Öffentlichkeit über Dinge informieren, die sie nicht zu wissen brauchen.«

»Woher wissen Sie, dass sie sie nicht wissen müssen?«

Andrews sah mich an und wandte dann das Gesicht ab. In seinen Augen funkelte es belustigt. »Sie holen nicht mal Luft, was?«

Ich blinzelte und bemühte mich, so unschuldig wie möglich zu erscheinen. »Hatte Sovereign etwas damit zu tun?«

Er befeuchtete die Lippen und verscheuchte damit das flüchtige Lächeln. »Die *FA* will ihn um jeden Preis erwischen, sie hat sich sogar dazu herabgelassen, die Met um

Hilfe zu bitten. Ich bin noch nicht lange bei der SO-Dreißig, aber anscheinend hat die *FA* noch nie um Hilfe gebeten. Falls Sovereign nicht direkt in die Sache verwickelt ist, kennt er jemanden, der es war.« Er hielt inne, jetzt todernst. »Er mag ja charmant erscheinen, Miss O'Connor, aber die Fae sind gefährlich.«

»Wissen Sie, ich bin kein verliebtes Groupie. Ich habe genug willige und unfreiwillige Fae-Opfer kennengelernt, um mir nicht die Finger zu verbrennen. Ich bin ein großes Mädchen, Detective.«

»Hören Sie mit der Schnüffelei auf. Überlassen Sie das den Profis. Ich will nicht, dass in meiner Schicht der Anruf mit Ihrem Namen reinkommt.«

Nun, anscheinend schien jeder auf mich aufpassen zu müssen. Wie nett. Zuerst befahl mir Sovereign, nach Hause zu gehen, jetzt warnte mich einer der besten Polizisten der Met. Ich legte die Hand aufs Herz und klimperte mit den Wimpern. »Klingt ja fast so, als würden Sie sich um mich sorgen.«

Er verzog den Mund. »Es ist nur … ich weiß, wie die Fae vorgehen. Sie sind allein in dieser Stadt, keine Familie, kürzlich entlassen.«

Ich zuckte zusammen.

»Ein Fae wie Sovereign könnte Sie mühelos verschwinden lassen.«

Sprach er da aus seiner Erfahrung als Polizist oder hatte er selbst Erfahrungen mit dem Fae-Bann? »Ich weiß das zu schätzen, aber … nichts für ungut, aber Sie kennen mich nicht. Mit Reign komme ich schon klar.« Ich schwenkte die Mappe. »Und wenn nicht, haue ich ihn hiermit.«

Andrews setzte sich zurück und stützte die Handgelenke aufs Lenkrad. »Sie gehen also davon aus, dass Sie ihn wiedersehen?«

Ich musste daran denken, wie Reign mich aus einem Zimmer voller Spinnen gerissen und wie gereizt er dann reagiert hatte, als er erfuhr, was die Spinnen mir gesagt hatten. Er schien mir zu misstrauen, als wäre ich hier diejenige, die nicht vertrauenswürdig war. Aber die Tatsache, dass er vor Northcliff House herumgelungert hatte, bedeutete, dass er schon vor dem Spinnenangriff neugierig gewesen war.

»Vielleicht. Vermutlich. Sie könnten recht haben. Er weiß etwas. Was passiert, wenn ihn die *FA* erwischt?«

Andrews verzog den Mund, als würde er etwas Bitteres schmecken. »Falls er in die Sache verwickelt ist, müssen sie zuerst sein Recht auf freie Bewegung widerrufen. Falls man das nicht bereits schon getan hat. Dann kann er sich ohne *FA*-Eskorte nicht mehr frei in der Öffentlichkeit bewegen. Für jemanden wie Sovereign wäre das das Karriere-Aus.« Andrews richtete den Blick aus dem Wagenfenster. »Wir vermuten, dass sie ihre tödlicheren Verdächtigen einsperren, wissen aber nicht, wo.«

Wieder richtete er den Blick auf mich, diesmal trat ein durchtriebenes Funkeln in seine Augen.

»Es sind außerordentlich verschwiegene Leute. Wir haben versucht, mehr darüber herauszufinden, aber sie geben genauso wenig über ihre Methoden preis wie wir. Wenn wir die *FA* rufen müssen, damit sie einen ihrer Leute einsammelt, sehen wir den Verdächtigen nur selten in London wieder. Entweder sie sperren sie weg oder *schicken* sie weg.«

Verschwiegen, und doch genossen sie die Aufmerksamkeit. Fae liebten das Rampenlicht. Wir machten sie gern zu Prominenten, auch wenn sie uns mit ihrer schrecklichen Anziehungskraft verzauberten. So viel zur verdrehten menschlichen Psyche.

Ich hielt Reign nicht für schlecht, aber was wusste ich schon? Ich konnte es Instinkt oder Intuition nennen, aber ich war genauso anfällig für die Fae wie jeder andere auch. Das Leben muss so viel einfacher gewesen sein, als sie uns noch nicht ablenkten.

»Glauben Sie, dass die Fae schon immer unter uns waren?«

»Nein.«

Andrews Antwort kam zu schnell, um Platz für Zweifel zu lassen.

»Sie gehören nicht her. Als sie 1974 ihre Existenz enthüllten, waren es nur wenige, die weit voneinander entfernt lebten. Aber jetzt ... sammeln sie sich, rücken zusammen.«

»Klingt, als hätten Sie Ihre Hausaufgaben gemacht.«

Sein anpassungsfähiges Lächeln erhellte seine Miene. »Ich hatte meine Gründe.«

Ich sparte mir den Einwand, dass auch Menschen auf diese Weise zusammenrückten. »Sicherheit in der Menge?«

»So was in der Art. Aber ich glaube, es hat mehr was damit zu tun, wie sie Draíocht ernten.« Er schluckte, sein Lächeln verblasste trotz seiner Bemühungen. »Der Bahnhof Chancery Lane, wo Sie Sovereign begegneten ... darunter gibt es aufgegebene Tunnel. Tiefer als die U-Bahn. Im Umkreis verzeichnen wir einen deutlichen Zuwachs an Fae-Zwischenfällen.«

»Was für Zwischenfälle denn?«

»Streit untereinander. Viele Vorfälle von nicht einvernehmlichem Bann. Einzeln betrachtet nichts, was für Aufsehen sorgen würde, aber das Gesamtbild erzählt eine andere Geschichte. Chancery Lane ist ein Fae-Hotspot.« Andrews Augen funkelten und ich erhaschte einen Blick auf den echten Mann hinter dem harten Detective. Offensichtlich interessierte er sich sehr dafür.

»Sie haben eine Theorie?«

»Ja.« Er klopfte gegen das Lenkrad. »Aber dazu kann ich Ihnen nichts sagen, das ist vertraulich. Ich habe Chancery Lane durchsucht, und zwar mit dem Staubkamm, und offiziell gibt es dort nichts.«

»Nichts?«

Sein verstohlener Blick in meine Richtung verriet mir, dass er darauf brannte, es mir zu sagen, aber vielleicht hielt ihn das offizielle Protokoll davon ab, einer Reporterin, die dringend eine Story brauchte, Berufsgeheimnisse zu verraten. »Wem sollte ich es denn erzählen? Keine Familie, kein Job?«

Er lächelte schief. »Netter Versuch.« Er startete den Motor. »Ich fahre Sie nach Hause. Da wollten Sie doch hin, oder?«

»Eigentlich wollte ich die anderen Namen auf der Gästeliste besuchen.« Ich klimperte mit den Wimpern, aber seine wenig beeindruckte Miene verriet mir, dass er mir das nicht glaubte. »Nach Hause.«

KAPITEL 8

Ich stieg aus Andrews Wagen, bedankte mich, suchte nach meinen Schlüsseln, schloss die Haustür des Apartmenthauses auf und erstarrte. Das Gefühl, beobachtet zu werden, ließ mich frösteln. Hinter mir bog Andrews' Wagen um die Ecke. Es war Mittagszeit, hätten nicht mehr Leute unterwegs sein müssen? Meine Hand zuckte. Ich holte tief Luft, drehte mich um und rechnete damit, dass dort jemand stand, aber die Straße lag verlassen da. Okay … der Zwischenfall mit den Spinnen hatte offensichtlich meine Nerven erschüttert.

Ich stieß die Tür auf, trat ein und ging zur Treppe. Den Fuß auf die erste Stufe gesetzt, hielt ich inne. Ohne hinsehen zu müssen, wusste ich, wer hinter mir durch die Tür geschlüpft war, und dieses Wissen ängstigte mich mehr als sein verstohlener Auftritt. Da war sein leises Atmen, das sanfte Rascheln seiner Kleidung. Und ich glaubte fast, das gleichmäßige Pochen seines Herzens zu hören. Aber das war unmöglich.

»Reign.«

»Alina.«

Ich griff nach dem kühlen Geländer und wandte den Kopf. Die Hand in der Tasche, die Augenbrauen gewölbt und ein dreistes Lächeln auf den Lippen, stand er zwischen mir und der Haustür. Zog man in Betracht, wie er mich auf der Straße stehen gelassen hatte, hatte er kein Recht, so unverschämt sexy auszusehen. Meine menschlichen Hormone und Instinkte rangen darum, ob ich das Verbotene kosten oder die Flucht ergreifen sollte. Sein Blick fiel auf die Fae-Verhaltensmappe in meiner Hand. Ich schüttelte den Kopf und setzte mich in Bewegung.

»Hast du dich nett mit dem Detective unterhalten?« Mit leisen Schritten kam er hinter mir die Treppe herauf.

»Ja, danke der Nachfrage.«

»Er glaubt, ich hätte dich mit meinem Bann belegt.«

»Ja.«

»Fühlst du denn etwas für mich?«

»Du meinst, außer dem überwältigenden Verlangen, dir eine reinzuhauen? Nein, eigentlich nicht.«

»Dann stehst du auch nicht unter einem Bann. Um dir darüber klar zu werden, brauchst du kein Propagandamaterial.«

»Reign, was willst du? Offensichtlich verfolgst du mich, was mehr als gruselig ist.«

»Ich habe Besseres zu tun, als dir durch London zu folgen. In erster Linie habe ich Probleme mit den Leuten, die *mir* folgen.«

Mir war keineswegs entgangen, dass er einer Antwort ausgewichen war, aber ich ließ es ihm durchgehen. Für den Augenblick. »Wie die Fae-Autorität?« Ich blieb auf dem Treppenabsatz stehen.

Er verharrte ein paar Stufen tiefer und sah mit seinen großen, betörenden Augen völlig unschuldig aus. Konnte er diesen Ausdruck nach Belieben aufsetzen? Wie der Rest von ihm war das verdammt ablenkend. »Wusstest du, dass auf deiner Party eine Fae getötet wurde?«

Seine Unbekümmertheit verschwand wie von Schatten verjagt. Er griff nach dem Geländer und packte fest genug zu, dass das Blut aus seinen Knöcheln wich. »Du musst diese Angelegenheit vergessen.«

»Nein, muss ich nicht. Du hast angedeutet, dass ich darin verwickelt bin. Wie sagtest du noch mal?« Ich räusperte mich, senkte die Stimme und versuchte meine beste sexy Fae-Imitation. »*Das ist nicht meine Geschichte, Alina* … Was soll das überhaupt heißen?«

Er rümpfte die Nase. »Also so klinge ich nun wirklich nicht.«

»Wer ist die Königin? Warum ist ihre Existenz ein Geheimnis?« Mit einem frustrierten Ausdruck überbrückte er die wenigen Stufen zwischen uns und griff nach mir, aber ich schüttelte ihn ab. »Fass mich nicht an, Reign. Das ist mein Ernst. Gott ist mein Zeuge, ich schlage dich mit dieser Mappe.« Bedrohlich fuchtelte ich mit dem Papier herum, was nun wirklich nicht einfach war.

Er verschluckte ein Lachen. Dann hob er kapitulierend die Hände und stieg wieder eine Stufe nach unten. »Okay.«

»Das ist nicht komisch.«

Er räusperte sich und hustete in die Hand. »Nein, das ist auch nicht komisch. Du bist ziemlich eindrucksvoll, wenn du mit Papier herumfuchtelst.«

Ich kniff die Augen zusammen und bemühte mich, angepisste Signale auszustrahlen, aber sein Lächeln untergrub meine Versuche. Ich senkte die Mappe. »Sag mir einfach die Wahrheit.«

»Das würde ich, wenn das so einfach wäre.«

Noch mehr vages Gerede. Allem auszuweichen, musste ein weiteres seiner sogenannten Talente sein. »Ich lasse nicht locker. Andrews und du könnt mich so viel warnen, wie ihr wollt. Das stärkt meine Entschlossenheit nur noch.«

Unbehaglich bewegte er sich, holte tief Luft, schaute zu Boden. »Warum tust du das?«

»Warum tue ich was? Meinen Job?«

»Du wurdest gefeuert.«

»Das ist nur temporär«, erwiderte ich hitzig.

»Du willst meine Story erfahren. Ist das alles?«

»Ja.« Sein misstrauisches Stirnrunzeln bremste mein blasiertes Benehmen. »Für den Anfang, ja. Aber hier geht noch viel mehr vor. Die Fae haben sich der Welt vor vierzig Jahren enthüllt und nicht ein einziges Mal wurde eine Königin erwähnt.« Ich zuckte mit den Schultern. »Vielleicht hat das ja alles nichts zu bedeuten, aber kaum habe ich dich kennengelernt, steht die Polizei vor meiner Tür und Spinnen sprechen mit mir. *Sprechende Spinnen*, Reign.« Meine erhobene Stimme hallte durchs Treppenhaus. »Das ist nicht normal. Was verschweigen die Fae uns? Was verschweigst du mir?«

Er sah mich nur blinzelnd an, die Unschuld in Person. »Du weißt alles, richtig? Und du willst es mir nicht sagen. Warum?«

»Weil die Wahrheit nichts ändern wird.«

»Solche Antworten treiben mich nur noch mehr an. Wir vertrauen den Fae. Nicht am Anfang, aber die Drei Gesetze haben das geändert. Wir *lieben* die Fae, ihr seid so hübsch.« Ich zeigte auf ihn. »Obwohl ihr alle toxisch seid. Aber wir können einfach nichts dagegen tun. Reign, da steckt mehr dahinter, das fühle ich doch. Sieh mir in die Augen und sag mir, dass ich mich irre, dass es nichts gibt, weswegen man sich Sorgen machen müsste.«

Er tat mir den Gefallen und lächelte.

Ich hatte es doch gewusst. »Das ist größer als ich«, sagte ich. »Ich kann es nicht auf sich beruhen lassen.«

Sein Lächeln verblasste. »Du wirst wirklich keine Ruhe geben, was?«

Ich drückte die Fae-Verhaltensmappe gegen die Brust und schüttelte den Kopf. »Im Leben nicht.« Da lag ein Hauch von Bewunderung in seinem Blick und noch etwas anderes. Trauer? Ich wollte ihm helfen. Worin er auch immer verwickelt war, was auch passiert war, sollte er unschuldig sein, würde ich alles tun, was in meiner Macht stand, um seine Geschichte an die Öffentlichkeit zu bringen. Ich wünschte nur, er würde mit mir reden.

»Du kannst mir vertrauen.«

»Dir vertrauen?« Er stieß ein leises, gekünsteltes Lachen aus, drehte sich um und stieg ein paar Stufen hinunter. »Ich kann ja nicht mal mir selbst vertrauen.«

»Reign.« Ich stieg ebenfalls nach unten, blieb aber stehen, als er sich mir wieder zuwandte. »Lass mich dir helfen.«

»Du kannst mir nicht helfen, Alina. Du bist Teil des Problems.«

»Wieso bin ich darin verwickelt?« Nun lief er die Treppe hinunter. Ich würde ihn auf keinen Fall gehen lassen. Also rannte ich ihm hinterher und erwischte noch gerade seinen Ärmel, bevor er die Tür öffnen und entkommen konnte. »Wenn du unschuldig bist, wovor hast du dann Angst?«

Er zuckte zusammen und riss sich los. »Ich bin nicht unschuldig.«

Seine Heftigkeit hätte mir Angst machen sollen, genau wie es beabsichtigt gewesen war, aber ich wusste, dass er jeden beliebigen Ausdruck parat hatte, um sein Publikum zu bedienen. Sein finsterer Blick ging nicht unter die Haut. Seine Fae-Augen verrieten die Wahrheit. Im Inneren litt er.

»Das glaubst du doch selbst nicht.«

Zögernder Unglaube trat in seine Miene. »Glaube ja nicht, mich zu kennen.«

»Dann zeig mir, was mir hier entgeht.« Ein Hauch von Furcht schärfte seinen Blick, genau wie bei unserer Konfrontation auf dem Bürgersteig vor dem *Metro*-Büro. Wovor hatte er so viel Angst?

»Zeig mir, wer du wirklich bist, *Sovereign, Leadsänger von Touched*. Denn das bist nicht du, oder? Genau wie die Fae, die auf deiner Party starb, nicht durch einen Unfall getötet wurde. Du hast gesagt, dass hier viel mehr vor sich geht. Ich weiß es. Erklär es mir, Reign.«

»Du willst wissen, wer ich bin?« Er schleuderte mir die Worte entgegen, aber ich wich nicht zurück. Jetzt nicht. »Schön.« Er streckte die Hand aus, die Handfläche nach oben gedreht.

Ich betrachtete sie. Weiche, geschmeidige Finger krümmten sich leicht verführerisch. »Ich kann dich nicht anfassen.«

»Das ist die einzige Möglichkeit.«

Wieder juckte meine Hand. Einmal hatte ich mich bereits verbrannt. Ich durfte ihn nicht noch mal berühren. »Ich kann nicht.«

»Unter London gibt es einen Ort. Man könnte ihn wohl

als Zuflucht bezeichnen. Du willst alles über mich und meine Art wissen? Und die Königin?«

Ich nagte auf der Unterlippe herum. Jetzt konnte ich nicht mehr zurück. Womöglich war das meine einzige Chance, Antworten zu erhalten. Im Geist ging ich alte Artikel durch und versuchte, mich an alles zu erinnern, was ich über den Fae-Bann geschrieben hatte. Eine Berührung reichte nicht aus, aber wie viele waren erforderlich, bevor ich in ihn verschossen war? Eine weitere würde nichts ausmachen, oder? Ich rieb mir die Hand an der Seite und versuchte, das Jucken zu vertreiben. Detective Andrews wäre damit nicht einverstanden gewesen.

Wollte ich Reigns sabbernde Sklavin sein? Seine Draíocht-Snackbar? Auf diese Weise erwischten sie einen. Eine Berührung, zwei, drei. Dann entwickelte man Gefühle für sie, tat buchstäblich alles, um ihnen zu gefallen … und dann … dann liebte man sie. Diese Liebe zerstörte einen. Sobald man sie liebte, war man verloren. Gegen Liebe gibt es keine Medizin.

»Es ist nur eine Berührung.« Er ließ es so unschuldig klingen. »Betrachte es als Sühne für die Wahrheit.« Seine Hand kam näher; er senkte das Kinn und hob den dreifarbigen Blick durch die dunklen Wimpern. »Sag mir, dass du es nicht willst.«

»Das will ich auch nicht.« Aber ich würde es tun. Ich warf die Mappe auf die Treppe hinter mir und streckte die Hand aus. Er ergriff sie fest und sofort schoss eine betäubende Hitze meinen Arm hinauf. Ich wimmerte leise und wollte zurückweichen. Reign trat einen Schritt vor, legte einen Arm um meine Taille und zog mich in eine Umarmung.

»Ich tue dir nicht weh … es sei denn, ich muss.«

Was meinte er damit? Mir blieb keine Zeit, darüber nachzudenken. Strom knisterte unter der Haut meiner Hand und schoss durch die Nervenenden. Lust und Schmerz wogten durch meinen Körper. So schnell wie ein Blinzeln waren wir von meiner Treppe in den U-Bahnhof Chancery Lane gesprungen. Mir kribbelte es vom Kopf bis zu den Zehen; ich blinzelte heftig. Reign stieß mich gegen eine geflieste Wand. Er kam so nah, dass sich unsere Wangen berührten. Köstliche kleine Funken tanzten zwischen uns. »Alles okay?«

»Ich glaube schon«, flüsterte ich.

»Lass mich nicht los, noch nicht. Um ins Unterland zu kommen, musst du festhalten. Dort gibt es Dinge in der Dunkelheit, die du nicht sehen solltest.«

Ich wollte nicht loslassen, hätte es aber tun sollen, als ich endlich begriff. Seine freie Hand ruhte in meinem Kreuz, während sich unsere Hände zwischen unseren Körpern umklammerten. Er roch nach süßen Beeren, nach köstlichen Dingen, die unbedingt probiert werden wollten, aber im Inneren ein Gift verbargen. Sein Haar kitzelte meine Wange, seine Lippen fuhren an meinem Ohr vorbei. Ich wollte den Kopf wenden und diese Lippen schmecken, meine freie Hand über seinen Rücken streifen lassen und ihn näher an mich ziehen. *Genauso spielt sich das ab, wenn sie dich zu ihrem Besitz machen*, sagte die Stimme der Vernunft in mir.

»Ich glaube …« Ich schluckte und befeuchtete meine trockene Kehle. »Ich glaube, ich muss jetzt loslassen.«

Er löste sich von mir und zog mich dann hinter sich her. Stufen hinauf, durch einfache Tunnel, nach links und nach rechts, noch mehr Stufen hinunter. Die Lampen flackerten.

Auf dem Boden lag Müll. Es gab immer weniger Menschen, bis wir schließlich die einzigen im Tunnel waren. Wir stiegen zerfallende Stufen hinab und traten durch eine Tür in die Dunkelheit.

Mit der freien Hand tastete ich umher. Reigns Griff wurde fester. Mit jedem unsicheren Schritt gewöhnte sich mein Augenlicht an die Dunkelheit. Der Gang, in dem wir uns befanden, schien eine nicht zueinander passende Mischung aus weißen Fliesen, zerbröckelnder Erde, Rohren und Kabeln zu sein. Ein verlassener U-Bahntunnel. Die Mehrzahl der Schienen war weg, trotzdem schaffte ich es über den Rest zu stolpern. Reign führte uns durch eine Personaltür und wieder veränderten sich die Korridore.

Ein fühlbarer Schleier statischer Elektrizität strich über mich hinweg, dann betraten wir einen unterirdischen Raum, der mindestens die Größe einer Kathedrale aufwies. Reihen bunter Glühbirnen erhellten ihn. *Wo sind wir hier?* Die Wände wurden von aufwendigen Wandteppichen geschmückt. Sie stellten Szenen flüssiger Dunkelheit dar; es gab diamantengeschmückte Bäume und verschlungene Wege, die irgendwo in einer eigentlich unmöglichen Ferne verschwanden. Diese traumähnlichen Bilder mussten die mythische Heimat der Fae darstellen. Das Feenland. *Es sind nur Wandteppiche, nichts Böses* ... Dennoch spürte ich, wie ich selbst von der anderen Seite des Raums förmlich in sie hineinfiel. Ich musste die Füße fest auf den Boden stellen, um den überwältigenden Drang zu bezwingen, zu ihnen zu laufen und sie zu berühren. *Berühre mich.* Genau wie die Fae. *Berühre mich*, schienen diese Wandteppiche zu flüstern.

Reign ließ meine Hand los, was den Bann brach. Der überwältigende Tanz aus Taubheit und Lust löste sich von mir. Haltsuchend griff ich nach der Wand und atmete keuchend. Panik stieg in mir auf. Was hatte ich getan? Ich hatte zu lange festgehalten. Selbst jetzt konnte ich es noch fühlen, diese Aufwallung, die nichts mit mir zu tun gehabt hatte. Ich hob den Blick und sah Reign durch die Strähnen meines Ponys an. Mit schief gelegtem Kopf runzelte er leicht die Stirn und für meinen faeberauschten Verstand sah er besser aus als Weihnachten. Verdammt, ich steckte ganz tief drin. Als die Nachwirkungen seiner Berührung abklangen, richtete ich mich auf und nahm die Schultern zurück. *Ich bin okay, ich habe die Kontrolle.*

In dem kuppelartigen Raum hingen ein Dutzend Fae wie wunderschöne Statuen aus Kalkstein zwischen anderen Farbtupfern herum. Ein paar hockten auf der Kante eines Billardtischs, andere saßen auf dem Boden. Einige räkelten sich auf Sofas herum. Wunderschön und träge nahmen sie unsere Ankunft kaum zur Kenntnis. Jedenfalls anfangs.

»Sovereign.« Von einem Sofa erhob sich eine Frau. Ein schmaler Kleiderträger rutschte von einer zierlichen Schulter. Sie war schön wie Sonnenlicht und Zuckerwatte und raubte mir den Atem. Ihre Haut war ganz blass, ihre Lippen und Wangen wiesen aber die Röte von Rosenblättern auf. Ihr Haar war eine kunstvolle Masse aus weißen Locken, die zur Hälfte hochgesteckt waren oder ungebändigt nach unten fielen. »Wir hatten schon befürchtet, du hättest uns für die Menschen im Stich gelassen.«

Reign, der die Dunkelheit zu ihrem Licht war, zog sie in eine Umarmung. »Niemals, Shay.« Sie verschmolz förmlich mit ihm; offensichtlich waren ihre Körper miteinander vertraut.

Die anderen lösten sich von ihren Plätzen und kamen langsam näher. Mich ignorierten sie, als wäre ich unsichtbar, und doch konnte ich das unheimliche Gefühl nicht abschütteln, beobachtet zu werden. Als könnte jemand irgendwo genau in mich hineinsehen. Ich fröstelte. Also verschränkte ich die Arme und kapselte mich von allem ab. Bevor mir überhaupt klar war, dass ich mich bewegt hatte, stand ich vor einem Wandteppich und strich vorsichtig mit den Fingern über die dicht bestickte Oberfläche.

Ich hatte den Biss eines Kribbelns erwartet, fühlte aber nur den verwitterten Stoff. Sie waren alt. Ich konnte das Alter in ihnen riechen. Ein Teppich zeigte die beschauliche Szene eines Pfads, der sich an den mit Diamanten geschmückten Bäumen vorbeischlängelte, ein anderer stellte eine Gruppe Fae bei einem Fest dar. Ein dritter zeigte ein blutiges Schlachtfeld. Alle Wandteppiche waren wunderschön. Aufwendig gestaltet. Beim letzten verweilte ich und betrachtete die Ungeheuer. Schreckliche Kreaturen, halb Mensch, halb Tier, gingen aufeinander los. Ein riesiger Hund, eine Spinne, eine Hyäne, jeder davon zur Hälfte eine hässliche Fae-Mutation mit glänzenden, bluttropfenden Krallen und Reißzähnen, schwarz vor Blut.

»Du hast *das* da hergebracht?« Eine männliche Stimme, tiefer als Reigns und brüchig vom Alter, zog meine Aufmerksamkeit wieder auf die Gruppe. Der Fae hatte eine Haut wie dunkler Mokka und löste sich von den anderen. Sein angewiderter Blick hätte vielleicht verletzend wirken können, hätte es mich interessiert. Er hinkte, aber weil ich das zu übersehen versuchte, starrte ich zu lange in sein Gesicht. Vom Kinn zum rechten Ohr verlief eine hässliche Narbe. Er trug Rot und Schwarz wie eine Warnung. Stahlschnallen schlossen eine Lederjacke, die kaum genug Platz zum Atmen ließ, von seiner Taille bis zum Hals. Ein paar Schritte vor mir blieb er stehen und deutete mit dem Kinn auf mich. »Sie halten nicht lange.«

Reign stand inmitten seiner seltsamen Gruppe. Umgeben von seinen Artgenossen sah er völlig entspannt aus. »Alina, sag hallo.«

»Äh, hallo …« Die Blicke eines Dutzend Fae trockneten meinen Mund aus und ließen mein Herz schneller schlagen. Noch nie zuvor hatte ich so viele gleichzeitig an einem Ort gesehen. Sie waren wirklich exotisch und ich kam mir bei ihnen viel zu menschlich vor. Vor allem der Narbige löste in mir den Fluchtinstinkt aus. Ich wollte mich verstecken.

»Du solltest nicht hier sein«, knurrte er. »Deine Anwesenheit ist eine Beleidigung. Was ist es für ein Gefühl, ein Nichts unter Höhergestellten zu sein?« Sein höhnisches Lächeln zupfte an der Narbe. Es musste eine schlimme Wunde gewesen sein, das Andenken eines tödlichen Angriffs.

»Warren«, sagte Reign, »ich habe alles unter Kontrolle.«

Warren schnaubte. »Da bin ich mir sicher. So wie deine Party?« Er drehte sich um und hinkte zur Bar.

»Ich habe es versucht«, knurrte Reign.

»Da hast du dich aber nicht gerade angestrengt. Caroline ist tot. Man sagt, es sei ein Unfall gewesen.« Den misstrauischen Unterton in Warrens Stimme bildete ich mir genauso wenig ein, wie er Reign dazu brachte, zu Boden zu schauen. »Ich sollte die *FA* über dein Kommen informieren.

Die würde dich einsperren und dein Bewegungsrecht widerrufen. Es gibt viele Fae, die die Freiheiten, die du genießt, weitaus mehr verdient hätten. Die es nicht so einfach verschwenden würden.«

Reign erstarrte. »Versuch es doch.«

Einen Augenblick lang befürchtete ich, Zeugin eines Kampfs wie in dem Zug zu werden, aber Warren lachte nur, was die Spannung sofort löste. »Du weißt genau, dass ich mich nur an meine eigenen Regeln halte. Caroline hätte besser aufpassen sollen. Ich habe sie vor *ihr* gewarnt, und vor dir auch.« Der Inhalt seines Glases schien ihn mehr zu interessieren, als Reign der *FA* auszuliefern. »Glaub ja nicht, du könntest einen Menschen herbringen. Wie hast du sie überhaupt hier hereingebracht?« Er grunzte. »Egal. Schaff sie einfach nur weg.« Er machte eine verächtliche Geste in meine Richtung. Seine Nägel waren sehr scharf.

Reign schüttelte Shay ab. »Es ist schön, auch dich zu sehen, Warren. Ich habe deine fröhliche Sicht auf das Leben richtig vermisst.« Er ging zur Theke und streckte die Hand aus.

Warren bedachte das Friedensangebot mit einer Miene, als würde er lieber einen Dolch durch diese Handfläche rammen, dann ergriff er Reigns Unterarm, und es wurde eine dieser ruppigen Männerbegrüßungen.

Warren grinste ihn an. »Dein Ego habe ich jedenfalls nicht vermisst, Sovereign.« Sie schüttelten sich lächelnd die Arme.

Also waren alle wieder Freunde? Freunde, die sich ständig herausforderten. Offensichtlich so ein Männerding.

Da man mich wieder mal ignorierte, betrachtete ich die

Fae. Mein Blick blieb an Shay hängen. Sie redete schnell und leise auf einen jungen Fae ein und gestikulierte dabei. Sie sah aus wie eine Männerfantasie, wie man sie auf Bildschirmschonern fand. Sie hätte auch auf den Postern im Zimmer eines Teenagers sein können, ihre Frisur fand man zur Imitation in Frauenmagazinen, ihre hellen dreifarbigen Augen waren das Vorbild für Kontaktlinsen. Der Gedanke, dass sie mich daran erinnerte, wie sehr ich hier fehl am Platz war, erfreute mich nicht gerade.

Mein Blick fiel auf Reign, der sie beobachtete. Warren erzählte gerade etwas von »Aufruhr«, und Reign nickte, hatte dabei aber nur Augen für Shay. So hatte er mich noch nie angesehen. Bewundernd mit einem Hauch Verlangen. Ich stutzte. Wo kam denn dieser Gedanke plötzlich her? Ich schob ihn zur Seite; diese unvermutete Eifersucht gab mir zu denken.

Shay schlenderte zum nächsten Sofa, nahm eine Fernbedienung und suchte im Fernsehen nach einem Musiksender, hatte schnell einen von Reigns Auftritten gefunden. Licht pulsierte im Rhythmus eines verführerischen Beats. Reigns Stimme erfüllte den Raum, eine unmögliche Kombination aus einer schmelzenden Melodie und einem tiefen Bass. Er beherrschte die Bühne und die Tausende in der Arena, die zusammen mit ihm sprangen und sich wanden. Die Kamera schwenkte auf die menschlichen Mitglieder der Band, den Drummer und den Gitarristen, die im Bann der eigenen Magie standen.

Ein paar der Fae fingen an zu tanzen, andere stimmten in den Song ein und fügten ihre sinnlichen Stimmen zum Chor.

Shay tanzte. Ihr schlanker Körper bewegte sich wie ein Blatt im Wind. Seidiges Haar fiel auf die schlanken Schultern. Sie bewegte sich anmutig und wie in Reigns Stimme lag Magie in ihren Bewegungen. Sie richtete den lüsternen Blick auf Reign und winkte mit den Fingern.

Die Stimme das Fernseh-Reigns ebbte ab und schwoll an wie die Gezeiten:

Die Leitungen unter Strom, nimm das Streichholz und entzünde das Feuer,

Ich bin dein Licht und deine Liebe, die hell brennen.

Reign lehnte an der Bar und genoss die Aufmerksamkeit. Die dreifarbigen Augen funkelten wie das bunte Spektakel auf der Bühne. Kaum merklich schüttelte er den Kopf und lehnte Shays Angebot ab, aber sein Blick verriet, dass er sie wollte. Die beiden hatten das perfekte Paar abgegeben. Wunderschön in ihrer Intimität. Wie er sie gehalten hatte, die Hand auf ihre Taille legte und sie an sich zog. Wie sie reagierte und sich harmonisch an ihn schmiegte. Auf diese Weise hatte mich noch nie jemand berührt, das wusste ich genau.

Ich schluckte, wandte mich ab und zwang mich, die Wandteppiche wieder zu bewundern. Reigns Stimme aus dem Fernseher umschmeichelte mich und drang tief in mein Inneres ein, glättete die Wogen des Kampfs zwischen Eifersucht und Bewunderung. Selbstverständlich konnten die normalen Menschen dieser Welt den Fae nicht widerstehen, *ihm* nicht widerstehen. In seiner Stimme, seiner Präsenz lag Magie, und er zog die Leute magnetisch an. Ich hatte dem noch nie zuvor besondere Aufmerksamkeit geschenkt, aber hier mit ihnen zusammen zuzuhören, wie

Reign mit seiner Stimme einen Zauber webte – und ihnen dabei zuzusehen, wie sie sich bewegten –, das machte unsere Unterschiede so offensichtlich. Und beunruhigend.

»Das ist Magie, meine Süße.« Plötzlich stand Shay neben mir. Ihre ätherische Schönheit rührte an den Kern meines Minderwertigkeitskomplexes. »Dein junger Verstand ist anfällig dafür, genau wie bei allen bewundernden Fans. Würde er ihnen befehlen, auf die Knie zu fallen und ihn anzubeten, würden sie es tun. Du auch. Er wird sich niemals etwas aus dir machen. Er wird dich verführen, denn auf diese Weise benutzt er deine Art, aber er *kann* sich nichts aus dir machen.« Ein kühler Finger legte sich unter mein Kinn und drückte meinen Mund zu. »Armes, formbares Hündchen.«

Ich riss den Kopf zurück und wischte mir das Kinn ab, wo die Erinnerung an ihre Berührung noch immer zu spüren war. »Fass mich nicht an. Und ich bin auch nicht an Reign interessiert.«

Sie warf den schönen Kopf zurück und lachte. Es war ein grausames Lachen, und doch war es zugleich so verflucht verführerisch wie der Rest von ihr grausam schön. »Dic Drei Gesetze können und werden dich nicht beschützen, Hündchen.« Sie tänzelte zurück zu Reign und sagte etwas, das ich wegen der dröhnenden Musik nicht mitbekam. Reign blickte kurz zu mir herüber, dann sah er wieder Shay an. Er senkte den Kopf und sprach dicht an ihrer Wange. Sie erstarrte, ihre Anmut verhärtete sich plötzlich, dann stolzierte sie aus dem Raum. Das lange weiße Gewand wallte hinter ihr.

»Kann bitte jemand Reign abstellen!«, brüllte Warren mit einem Glas in der Hand. Seine Lippen waren zu einem schmalen, grimmigen Strich verzogen. Er rieb sich die Stirn und kniff die Augen zusammen. »Noch lauter, und selbst die Königin hört sein Gejaule.«

Die Erwähnung der Königin wischte das Lächeln von Reigns Gesicht. Jemand schob den Lautstärkeregler nach unten, sehr zur Enttäuschung der tanzenden Fae. Da mir niemand Aufmerksamkeit schenkte, wanderte ich umher, während sie zu ihren Plätzen zurückkehrten und wieder ihre entspannten Posen einnahmen. Dabei ignorierten sie mich weiterhin, während ich mich zwischen ihnen bewegte. Überall lagen Bücher herum. Ich warf einen Blick auf ein paar Seiten, aber es war hoffnungslos, die aufwendig gestalteten Schnörkel verstehen zu wollen. Die Wandteppiche zogen meine Aufmerksamkeit öfter auf sich, als ich zählen konnte. Was war das hier für ein Ort? Warum hatten sich alle hier versammelt? Der Raum selbst schien irgendein altes Lager zu sein, aber die Fae hatten ihn übernommen. Wir waren von der Chancery Lane gekommen. Dieser Ort befand sich unter London, genau diesen Ort hatte Andrews als Hotspot bezeichnet. Lebten diese Fae hier? Residierte hier die Königin?

Ich vollendete meine Runde durch den Raum und blieb neben Reign stehen. Warren starrte mich an, was sich irgendwie wie eine Leistung anfühlte, wenn man bedachte, dass mich die anderen Fae alle ignoriert hatten. Ich grinste ihn an.

»Du kannst hier kein menschliches Schoßtier herumführen, Reign«, meinte er. »Bring es wieder dahin zurück, wo du es gefunden hast.«

»Hey!« Ich hatte genug von dieser Fae-Arroganz. »Ich bin

kein herrenloser Straßenköter, okay? Bringt endlich eure Egos unter Kontrolle.«

Warren entblößte seine Zähne in einem raubtierhaften Lächeln, das ernst genug war, um mich zusammenzucken zu lassen. »Du bist, was ich sage.«

»Was auch immer«, knurrte ich.

Reign lehnte an der Bar und schmunzelte.

»Du.« Ich zeigte mit dem Finger auf ihn. »Warum hast du mich hergebracht?«

»Du wolltest mehr über uns wissen. Und da sind wir.«

Ich war mir nicht sicher, was ich erwartet hatte, aber bestimmt kein Sammelsurium ausrangierter Möbel, die mit bezaubernden Fae dekoriert waren. »Okay, ich bin ganz Ohr. Wo sind wir hier?«

»Im Augenblick befindest du dich in Unterland, der Ort, den die Fae von London als ihr Zuhause bezeichnen. Es ist nicht viel, aber zumindest gehört es uns. Hier unten leben diejenigen, die sich das Recht verdient haben, sich »frei« bewegen zu können. Einige wie ich sind nicht gern eingesperrt, also wollen wir an die Oberfläche. Andere wie Shay ziehen den Aufenthalt hier unten vor.«

Ich senkte den Kopf, denn ich wollte nicht, dass er mir meine Gedanken über Shay vom Gesicht ablesen konnte. »Wo ist dieses Unterland?«

»Unter London gibt es Meilen vergessener Tunnel, Bunker und Speicher. Platz genug für Tausende.«

Tausende? Eine Stadt unter einer Stadt? War so was überhaupt möglich? Reign schien es ehrlich zu meinen. Das war eine gewaltige Enthüllung. Die Schlussfolgerungen waren erschreckend. Wir glaubten, die Fae zu kennen. Sie waren unsere Nachbarn. Freunde. Eine Mutter am Schultor, ein Kollege im Büro. Aber das Unterland war nicht normal. Nicht mal hier kam mir irgendwas normal vor. Die nicht zueinanderpassenden durchgesessenen Sofas, die erstaunlichen Wandbehänge und die Fae selbst. Es kam einem wie ein Unfall vor, wie der Versuch, Puzzlestücke zusammenzufügen, die einfach nicht zueinanderpassen wollten.

»Was ist mit der Königin?« Ich befeuchtete die trockenen Lippen.

»Die Königin …« Reign stützte einen Arm auf die Theke und wies mit dem Kopf auf die Wandteppiche. »Sie hat sie gewebt.« In seinen Worten lag eine gewisse Traurigkeit. »Das ist so lange her, dass sie sich nicht mehr daran erinnern kann. Es gab eine Zeit, in der sie sich sehr von dem unterschied, was sie heute ist.« Er schenkte mir ein halbherziges kleines Lächeln und spürte vermutlich, dass ich ihn mit Fragen überfallen wollte. »Den Spinnen nach zu urteilen, die dich angegriffen haben, hast du etwas, das die Königin haben will, ob du dir dessen bewusst bist oder nicht. Sie schickt ihre Konstrukte nicht jedem auf den Hals; ihre Erschaffung benötigt viel Draíocht.«

»Ist sie hier?« Meine Nackenhaare stellten sich auf.

»In der Nähe.«

Ich lehnte mich gegen die Bar. »Bis gestern bin ich nicht mal einem Fae begegnet. Was auch immer sie will, hat mit dir zu tun. Du bist ein bekannter Fae. Die Polizei bat mich, sie zu verständigen, solltest du wieder auftauchen. Bevor ich dir begegnete …«

»War dein Leben noch nicht erfüllt?«

»Mein Leben war …« Mir fehlten die Worte. Ich suchte

nach irgendeinem definierenden Satz und scheiterte. »Mir ging es gut. Ich war glücklich. Das war mein Leben. Ist es noch. Hier geht es nicht um mich.« Ich rieb mir die Hand. »Erzähl mir mehr über die Königin.«

Reign blickte kurz zu Warren, der sein Glas leerte und auf die Theke knallte. Er fuhr sich durch das kinnlange Haar und strich mit den Fingern über die rechte Ohrenspitze, zog meinen Blick auf die Stelle, wo die Narbe weiterverlief. Er hatte die Spitze des Ohrs verloren. Ich sah weg, aber er hatte meine Reaktion bemerkt und beugte sich über die Theke.

»Wenn du Narben wie ich haben willst, musst du nur den eingeschlagenen Weg weiter beschreiten. Du wirst sie bald genug sammeln. Immer vorausgesetzt natürlich, dass du überlebst. Menschen sind schwach, zerbrechlich ...«

»Ich gehe auf gar keinem Weg.«

»Nein? Beschreiten wir nicht alle irgendwelche Wege?« Er machte eine Geste, als wollte er mich von sich stoßen. »Das da wird dir Ärger einbringen, Reign. Du solltest *es* jetzt töten und von seinem Elend erlösen. Oder *es* zumindest in deinen Bann schlagen. Hindere *es* daran, über das zu sprechen, was *es* hier gesehen hat.«

Mir reichte es. »Hör zu, Kumpel, du kannst Menschen nicht als *es* bezeichnen. Ich respektiere, was ihr seid, also warum erweist du mir nicht die Höflichkeit, im Gegenzug mich anzuerkennen?«

Warrens Miene erstarrte. Der ältere Fae holte zischend Luft. »Sie gehört nicht her. Schaff sie hier raus, sonst tue ich es.«

»Oh, du bist mir schon einer«, knurrte ich. Reign

schnappte meinen Arm, aber ich riss mich los und zeigte mit dem Finger auf Warren. »Für Leute wie dich gibt es Bezeichnungen.« Reign versuchte es erneut und schnappte sich mein Handgelenk. Er wollte mich von der Bar wegziehen. »Wie zum Beispiel Rassist. Ist dir das klar? Was Menschen angeht, bist du ein Rassist. Und weißt du was, Kumpel? Du bist in unserer Stadt, also hast du nach unseren Regeln zu spielen. Niemand zwingt dich, in London zu bleiben!«

»Alina«, warnte Reign und schob mich in Richtung Tür.

Warren grinste. »Und schon wieder irrst du dich.«

Reign warf ihm einen warnenden Blick zu. Moment, da war ich auf etwas Wichtiges gestoßen. »Wer hält dich hier fest?«, stieß ich hervor.

Warren knurrte und Reign blieb stehen.

»Die Königin?«

»Alina!« Reign riss an meinem Arm und zerrte mich zur Tür.

Ich versuchte ihn abzuschütteln, was aber völlig sinnlos war. Ich wand mich wie ein Wurm am Haken, aber sein Griff wurde nur fester. »Du brachtest mich her, damit ich Antworten bekomme. Du kannst mich nicht rauswerfen, wenn ich Fragen stelle.«

»Lass dich nicht von ihm reizen«, knurrte er.

Ich wehrte mich gegen ihn, aber er zerrte mich hinter sich her. »Lass los!«

»Du musst dich beruhigen.«

»Nein.« Ich stemmte mich gegen ihn, was uns an der Tür abrupt stehen bleiben ließ. Ich spürte die Hitze eines Dutzend Blicke im Nacken brennen. »Du hast mich hergebracht, also solltest du auch die Eier haben, zu deiner Entscheidung zu stehen.« Hinter mir kicherte jemand. Reign warf einen Blick über die Schulter und derjenige verstummte.

»So einfach ist das nicht.«

»Ich bin ein großes Mädchen, ich komme selbst drauf, was einfach ist und was nicht.«

»Du bist neunzehn.«

»Und? Wie alt bist du? Dreiundzwanzig?«

Er unterdrückte ein Lächeln. »Etwas älter schon.« Ihm schien bewusst zu werden, dass er noch immer meinen Arm hielt, und er ließ los.

»Fünfundzwanzig?« Ich richtete meine Jacke und strich über den Arm, massierte die Schmerzen weg, die er mir zugefügt hatte.

»Bei zweihundert habe ich aufgehört zu zählen.«

Zweihundert? Mein Unterkiefer klappte nach unten. Ausdruckslos erwiderte er meinen ungläubigen Blick. Hinter uns stellte jemand wieder den Fernseher lauter. Er war zweihundert Jahre alt? Er sah keinen Tag älter aus als fünfundzwanzig. Mir war bekannt, dass die Fae langsamer alterten – ein weiterer Grund, warum wir sie beneideten –, aber er war zwei Jahrhunderte alt? Ich konnte mir das einfach nicht vorstellen. Ich warf einen Blick nach hinten, auf die surreale Schönheit, die ihnen allen zu eigen war. Nun kam ich mir noch mehr fehl am Platz und menschlicher vor.

»Es gibt so vieles, was du nicht verstehst«, sagte Reign in einem sanfteren Ton.

»Dann hilf mir, es zu verstehen.«

Wieder sah er über meine Schulter, vielleicht um sich zu vergewissern, wer uns alles zuhörte. Gebannt betrachtete ich ihn dabei und hielt nach der geringsten Veränderung in seiner Miene Ausschau. Winzige Sorgenfältchen spannten sich um seine Augen. Was bereitete ihm so große Sorgen? War es Warren?

»Nicht hier.« Er öffnete die Tür und brachte mich in die kühlen Tunnel. Wir gingen an aufgegebenen U-Bahn-Schienen vorbei. Von der Decke baumelten provisorisch angebrachte Lampen, die die Dunkelheit in die Rundungen der Wände zurückdrängten. Gelegentlich ließ ein Grollen den Schotter zu unseren Füßen erbeben. Die Luft hätte feucht und abgestanden riechen müssen, aber das tat sie nicht. Sie schmeckte sauber und frisch; in ihr lag sogar ein Hauch von Blumen.

Ich hielt mich nah bei Reign, die Hände tief in den Taschen vergraben für den Fall, dass der Drang, ihn berühren zu wollen, wieder außer Kontrolle geriet. Ich hatte noch immer Gänsehaut. Ich wusste nicht, wie wir an diesen Ort gelangt waren oder wie ich zurückkommen sollte, und Reign war mein einziger Führer. Und er war ein Fremder und ein Fae.

Mir fielen wieder seine Worte auf der Treppe ein. »Du sagtest, du würdest mich nicht verletzen, es sei denn, du müsstest es?«

Er antwortete nicht und ging einfach weiter.

Ich versuchte es mit einer neuen Taktik. »Was meinte Warren damit, dass ihr hier festsitzt?«

Er marschierte leichtfüßig und mit wogenden Mantelschößen auf den Schienen weiter. »Wo wir hingehen, bekommen wir beide unsere Antworten.«

»Und wo gehen wir hin?« Die Stille schien meine Stimme zu verschlingen.

»Zur Königin.«

Eine Feenkönigin. Königliches Geblüt. Wie würde sie sein? Wenn die normalen Fae bereits atemberaubend waren, was für einer Frau würde ich wohl gegenübertreten? »Sollte ich, keine Ahnung, mich verbeugen oder einen Knicks machen?«

»Nein«, knurrte Reign. Sein Gesicht war kalt und abweisend, der Blick stur nach vorn gerichtet. »Wenn wir eintreten, will ich, dass du außer Sicht zurückbleibst. Ich weiß nicht, wie sie auf deinen Anblick reagiert.«

Ich verschränkte die Arme und hoffte, dass sie Menschen nicht hasste. So wie Warren. Ich hatte ein paar Vorkommnisse recherchiert, bei denen Fae Menschen angegriffen hatten. Das war hauptsächlich am Anfang gewesen, kurz nachdem die Fae der Welt ihre Existenz enthüllt hatten. Lange vor meiner Zeit, aber gelegentlich kamen heute Geschichten über vergessene Verbrechen ans Tageslicht. Ohne die Drei Gesetze hatten Fae Menschen einfach entführt. Das war jahrelang so gegangen, lange bevor sie ins Rampenlicht getreten waren. Selbst jetzt, nachdem die Drei Gesetze eine nicht zu übertretende Grenze vorgegeben hatten, war der Waffenstillstand zwischen Fae und Menschen brüchig. Dieses Unterland repräsentierte unsere angeborenen Ängste vor diesen Wesen; dass sie gar nicht das waren, wofür wir sie hielten, dass ihr Glamour eine Lüge war. Offensichtlich hegten einige von ihnen noch immer einen Groll gegen uns. Falls die Königin auch nur annähernd wie Warren war, würden wir vermutlich nicht miteinander auskommen.

Ich fröstelte. »Hat sie einen Namen?«

Ein weiteres Grollen erschütterte den Boden und ließ Staub von der Decke regnen. Die Lampen flackerten. Reign achtete nicht darauf.

»Früher schon.«

Ich musste laufen, um mit Reigns gnadenlosem Schritt mithalten zu können. Mehr verriet er nicht, sondern stürmte mit zusammengebissenen Zähnen und entschlossenem Blick weiter. In den letzten fünf Minuten hatte er mich nicht einmal angesehen, sondern völlig ausgeschlossen.

»Bist du wütend auf mich, weil ich Warren widersprochen habe? Ich werde mich nicht entschuldigen. Er ist ein Arsch.«

Reigns Lippen zuckten, trotzdem hatte sich meine Bemerkung kein richtiges Lächeln verdient. »Warren stammt aus einer anderen Zeit, einer älteren Zeit. Er erinnert sich an die alten Sitten und zieht sie vor.«

»Er ist trotzdem ein Arsch.«

Wir traten um eine Ecke und kamen durch einen Torbogen in eine Art Vorraum aus roten Ziegeln. Eine Eisentür versperrte uns den Weg. Die Angeln waren verrostet. Sie sah aus wie ein Stück des alten London, das wie alles andere hier unten in Vergessenheit geraten war. Kirchen hatten solche Eisentüren, um Dämonen fernzuhalten. Jetzt fragte ich mich, ob wir uns da nicht geirrt hatten, ob sie nicht die Fae fernhalten sollten.

Reign holte tief Luft. »Okay, du sagst nichts und tust nichts. Sobald wir drinnen sind, will ich, dass du hinter mir bleibst. Zieh keine Aufmerksamkeit auf dich, es sei denn, ich rufe dich.«

Ich nickte und versuchte, mir etwas Wärme in die Arme

zu reiben. Reigns Atem verwandelte sich in Nebel, aber davon abgesehen schien ihn die bittere Kälte nicht zu stören.

Also befand sich die Königin hinter dieser Tür. Ich hatte etwas Majestätischeres und weniger Kerkerhaftes erwartet. Die verrostete Tür sah nicht mal so aus, als würde sie sich öffnen.

»Es ist noch nicht zu spät, wieder in dein glückliches kleines Leben zurückzukehren.«

Stirnrunzelnd sah ich zu ihm hoch. »Was auch immer dort drin ist, ich komme schon damit klar.«

Er sah nicht überzeugt aus. Tatsächlich hatte es den Anschein, als würde er mich am liebsten packen und meinen Hintern hier rausschleifen. Besorgnis hatte tiefe Falten in sein Gesicht gegraben. Die Angst, die ich bereits bemerkt hatte, war wieder da, aber diesmal machte er sich nicht die Mühe, sie zu verbergen.

»Reign, sollte ich Angst haben?«

Er schluckte, biss die Zähne zusammen und legte die Finger auf die Eisenklinke. »Ja.«

KAPITEL 9

Er zerrte die Eisentür auf. Gealtertes Metall und brüchige Angeln ächzten und stöhnten. Reign zuckte vor Schmerz zusammen und ließ ruckartig los. Die Tatsache, dass Eisen ihn zu verbrennen schien, war die geringste meiner Sorgen, als er die protestierende Tür wieder hinter uns schloss. Voraus führten zahllose Ziegeltorbogen in die Ferne. Kerzenlicht flackerte über schwarzen Pfützen, die den Schein auf das zerbröckelnde Mauerwerk reflektierten. Wie ein Spiegelkabinett schien sich das Torbogenlabyrinth selbst widerzuspiegeln, bis mein Verstand völlig verwirrt war. Reigns Schritte verhallten in der Ferne, verschluckt von endloser Stille. Das Geräusch tropfenden Wassers half nicht gerade dabei, die Furcht zu unterdrücken, die sich mein Rückgrat hinaufschlich.

Ich wollte Reign folgen, aber er schüttelte den Kopf und bedeutete mir zurückzubleiben. Er ging weiter, seine Stiefel wühlten die Pfützen auf.

Das alles hier gefällt mir nicht. Und es war nicht nur das Unheimliche. Ich wurde beobachtet. Von wo und von wem vermochte ich nicht zu sagen, aber hier gab es etwas, das Urinstinkte weckte und mir eindringlich empfahl, zu verschwinden und mich zu verstecken. *Was für eine Königin lebt denn an so einem Ort?*

Eine Bewegung zu meiner Rechten erregte meine Aufmerksamkeit. Ich starrte in die Schatten und beobachtete, wie das Kerzenlicht die Dunkelheit tanzen ließ, konnte aber nichts entdecken, was die Bewegung erklärte. *Das ist nur mein Verstand, der mir Streiche spielt.*

Reign war weit genug gegangen, dass ich seinen Ausdruck nicht länger erkennen konnte, als er einen Blick über die Schulter warf. Ich ging näher an einen der Torbögen heran, damit ich zumindest nicht mehr das Gefühl hatte, völlig entblößt im Freien zu stehen. Ein leises Zischen drang aus der Stille, als öffnete sich ein Wasserhahn, nur nicht ganz so laut. Vielleicht ein Windhauch? Obwohl ich keine Bewegung in der Luft zu spüren glaubte.

»Ah, mein Sovereign … Du bist spät. Man könnte meinen, du wolltest mir aus dem Weg gehen. Ist es vollbracht?«

Ich zuckte zusammen und drängte mich außer Sicht in den Torbogen. Die Stimme war weiblich und seltsam. Ganz brüchig, als wären die Worte irgendwo zwischen Kehle und Lippen geborsten. Ich konnte Reign sehen. Vor ihm gerieten die Schatten in Bewegung.

»Das wisst Ihr doch.« Verglichen mit diesem Ton erschien Reigns Stimme seidenweich, was die Königin noch schrecklicher klingen ließ. »Das haben Eure Spione Euch doch sicher mitgeteilt.«

»Ich spüre deine Zweifel, Jüngling. Vertraust du deiner Königin nicht?«

In dem Torbogen vor Reign kam Bewegung in die Schatten. Zwischen Bogenwölbung und Decke klammerte sich etwas an die Ziegel. Aber das ergab keinen Sinn. Ein knollenförmiger Körper. Acht gebogene Beine. *Das ist unmöglich.*

Eine Spinne. Eine Riesenspinne. Eines ihrer acht nadelspitzen Beine tappte gegen die Steine. Ihr angeschwollener Leib wogte und zog meinen Blick auf das sägezahnartige blutrote Muster auf dem schwarzen Exoskelett. Rot auf Schwarz; eine Warnung.

In mir stieg ein Schrei auf. *Nein, nein, das kann nicht real sein.* Ich drückte mich gegen das Mauerwerk und hoffte, dass es mich irgendwie vor diesem Ding verbergen würde. Wieder bewegte sich der Unterleib, und die hinteren Beine spannen einen silbrigen Faden aus den Drüsen, häkelten ihn klappernd. Mein Magen verkrampfte sich, Adrenalin strömte durch meine Adern, kämpfen oder fliehen … *Lauf*!

»Du wärst beinahe gescheitert. Muss ich dich an deine Möglichkeiten erinnern? Du bist eines meiner vielen Augen. Mein Netz reicht weit, Jüngling, ein Netz der Spione. Du bist nicht mein einziger loyaler Diener. Hast du vergessen, dass ich deine Fäden halte?«

»Nein.«

»Ich kontrolliere dich. Vergiss das nie.«

»Das habe ich auch nicht.«

Sie schoss aus der Dunkelheit und überragte Reign in ihrer ganzen monströsen Pracht. Fae und Spinne. Ihr Oberkörper glich dem einer menschlichen Frau, aber von der Taille abwärts war sie ganz Spinne. Der Wandteppich, den ich betrachtet hatte – die Ungeheuer, die sich brutal bekämpft hatten. Die Spinne, der Hund und die Hyäne. Ich schlug eine Hand vor den Mund und unterdrückte einen Aufschrei.

Reglos stand Reign vor ihr. Sie bedrängte ihn. Er zuckte

nicht mal zusammen, als sich die astähnlichen Beine um ihn legten.

»Mein Jüngling, du bist ja ganz schwach. Du bewegst dich unter ihnen und doch hungerst du. Das wird dein Untergang sein. Du solltest dich nicht vor dir selbst fürchten. Du hast das Potenzial, großen Ruhm zu erlangen.«

»Ja, meine Königin.«

Ein Rasseln drang aus ihrem Mund. »Verspotte mich nicht. Ich bin deine Verzögerungen und Insubordination leid. Wie kann ich darauf vertrauen, dass du diese Angelegenheit zu ihrem Ende bringst?« Eines ihrer Beine hob sich und dieses Mal nahm Reign das Gesicht zur Seite. Sie wich zurück. Die schwarzen Vorderbeine zuckten in die Höhe, ihr maskenhaftes Antlitz verzerrte sich vor Zorn. »Wie kannst du es wagen, dein Gesicht abzuwenden?«

Um ein Haar wäre ich aus meinem Versteck geschossen. Reign ließ sich auf ein Knie nieder und senkte den Kopf. »Ich diene Euch, so wie ich es immer tat. Ich habe jedem Befehl gehorcht und noch nie versagt.«

Seine Unterwerfung schien sie zu beschwichtigen. Ich drängte mich noch enger an die Wand.

»Und du wirst mich auch nicht im Stich lassen, oder? Du weißt, dass ich allein dich kontrolliere. Mein Draíocht spricht mit deinem. Wir entspringen der alten Welt, du und ich. Du bist ein alter Geist in einer jungen Seele. Ich nahm dich gefangen, brachte dich her. Ich bin deine Königin.« Mit wogenden Beinen bewegte sie sich rückwärts, ihr schlanker Körper zuckte. Die Beine schlugen einen Rhythmus. *Tap-tap.*

Reign hob den Kopf. »Da ist ein Mädchen …«

Die Königin brachte ihn mit einem scharfen Blick zum Schweigen. »Das Mädchen … mach dir wegen dem Mädchen keine Sorgen. Sie gehört mir.« Gelächter perlte über ihre Lippen. Kerzenlicht flackerte über tropfende Reißzähne. Sie kletterte die Wand hinauf und kehrte in ihre Schatten zurück. »Hüte dich vor dem letzten Bewahrer. Er ahnt, dass wir nah dran sind. Was wirst du ihm sagen?«

»Nur, dass ich meiner Königin diene«, erwiderte Reign tonlos. In seiner Stimme lag nicht die geringste Gefühlsregung.

Ein Kribbeln fuhr meinen Nacken entlang. Hätte ich mir nicht schon die Hand vor den Mund gehalten, hätte ich aufgeschrien. Ich fuhr über die Stelle und strich etwas Zerbrechliches zu Boden. Mein Blick folgte ihm und bemerkte mit einer seltsamen Ruhe, wie es auf seltsame Art glitzerte. Das Zischen von eben flutete in meine Ohren. Ein schreckliches, monotones weißes Rauschen. Eine fette, aber schnelle Spinne krabbelte über meine Hand. Aufkeuchend schüttelte ich sie ab und stolperte zurück. Ich zertrat etwas und griff nach dem Torbogen, zuckte aber zurück, als eine schwarze Woge die Ziegel emporströmte. *Spinnen.* Der Boden geriet in Bewegung. Die Pfützen wölbten sich empor, um den Raum zu fluten. *Das ist kein Wasser. Es war nie Wasser.*

Die Spinnenflut kam auf mich zu. Wieder schlug ich mir die Hand vor den Mund und zerbiss einen Schrei. *Mein Gott, nein … bitte, bitte, wecke mich doch einer aus diesem Albtraum. Im Traum kann man nicht sterben. Man wacht immer auf. Ich will aufwachen. Ich muss aufwachen.*

Spinnen umkreisten mein Bein. Zuerst schienen sie sich nicht für mich zu interessieren, aber dann schwoll ihre Zahl an, und der Strom arbeitete sich spiralförmig um einen Unterschenkel, über mein Knie, meinen Oberschenkel.

Dann eilten sie schnell und hungrig nach oben. Ich schrie auf, drehte mich um und wollte verzweifelt fliehen. Und stürzte. Der schwarze Schwarm verschlang meinen Arm, meine Schulter, meinen Nacken. Hunderte Beine krabbelten über meine Haut. *Nein, nein, nein …*

»Reignnn …«

Sie krabbelten über meine Lippen, meine Zunge, dann eilten sie meine Kehle hinunter.

KAPITEL 10

Ich schoss so schnell aus dem Bett, dass meine Beine nachgaben. Kopfüber stürzte ich zu Boden. *Spinnen, überall Spinnen.* Blindlings setzte ich mich auf allen vieren in Bewegung, um gleich gegen die Wand zu stoßen. Ich blinzelte Vernunft in meinen Schädel. *Mein Schlafzimmer. Keine Spinnen.* Etwas Weiches und Nachgiebiges kitzelte mich im Nacken.

Aufschreiend warf ich mich zur Seite, kam auf die Füße, drehte mich um die eigene Achse und schlug auf meine Schultern ein, um das verdammte Ding loszuwerden. Mein Spiegelbild ließ mich erstarren. Ich erkannte die Haarsträhnen, die sich aus dem Band gelöst hatten. Keine Spinnen. Verflucht, ich sah aus, als wäre ich unter ein Auto gekommen. Zweimal. Es war kein Traum gewesen. Ein Schuh fehlte, und der andere war voller Schlamm und Geröll aus einem Tunnel, genau wie der Rest von mir.

Ich riss das Haarband herunter, befreite mein Haar und schüttelte es aus. Eine Spinne fiel zu Boden. Aufkreischend trampelte ich darauf herum. Eine zweite folgte. Ihre Beine waren nach innen gekrümmt. Sie war tot. Die Erste mochte ebenfalls tot gewesen sein, aber darauf hatte ich mich nicht verlassen. Eine dritte Spinne fiel zu Boden. Ich zertrat sie und floh in die Sicherheit meiner Dusche, riss mir würgend die Klamotten vom Leib. Plötzlich hatte mich die

Angst ergriffen, Hunderte der Krabbelviecher auf mir zu haben.

Erst als das brühend heiße Wasser auf meine bleiche Haut prasselte, fühlte ich mich wieder halbwegs normal. Die Spinnen waren real, das Unterland war real, ergo war auch die Unterhaltung zwischen Reign und diesem *Ding* real gewesen.

Die Spinne war die Königin? Selbst im heißen Wasserstrom fröstelte ich. Ich schnappte mir die Seife und schäumte mich überall ein. Wenn es sein musste, würde ich mir eine Hautschicht abrubbeln. Wenn die Spinnen real waren, hatten sie mich dann wirklich eingehüllt? Ich ging davon aus, dass Reign mich nach Hause gebracht hatte, aber diese Erinnerung fehlte mir. Es spielte auch keine Rolle, wie er mich gerettet hatte, nicht in diesem Augenblick. Ich lebte. Ich war zu Hause. Wieder in der Realität.

Aber das, was ich beobachtet hatte, war ebenfalls real gewesen. Die Königin … wie sollte ich es schaffen, sie der Welt zu enthüllen? Es würde klingen wie das wirre Gestammel einer Person, die gerade den Verstand verlor. Oder die unter dem Bann eines Fae stand. Ich brauchte Beweise. Unmöglich konnte ich etwas von einer Riesenspinne schreiben, die unter London hauste. Es widersprach allem, was wir über die Fae wussten. Sie waren wunderschön und nicht schrecklich. Verdammt, ich würde zurückmüssen. Ich brauchte Beweise.

»Alina?«

Mir entfuhr ein leiser Schrei. Die Seife flog mir aus der Hand, schoss zwischen dem Duschvorhang vorbei und landete irgendwo außerhalb der Dusche auf dem Boden.

»Verflucht! Verpiss dich aus meinem Badezimmer, Reign.«

Mein Herz schlug rasend schnell, in meinen Ohren dröhnte der Puls. Ich hatte genug. Er hatte Glück, dass ich in der Dusche gefangen war, denn wäre ich angezogen gewesen, hätte ich ihm eine runtergehauen und ihn aus der Wohnung geworfen. Ganz egal, ob er mich gerettet hatte; schließlich war er es gewesen, der mich ohne Vorwarnung in diesen Albtraum gezerrt hatte.

»Alina.«

»Nein! Lass es einfach. Oder bist du gekommen, um mir zu sagen, dass alles nur ein Trick war, eine Illusion?« Ich wusste, dass es nicht so war, hätte mich aber gern davon überzeugen lassen.

»Nein, sie war echt.«

Ich legte die Hand auf die kühlen Kacheln und senkte den Kopf unter dem Wasserstrom. *Sie war echt.* Tränen vermengten sich mit dem Wasser, das über mein Gesicht lief. Wenn die Königin echt war, was lauerte dann noch dort unten? Welche schrecklichen Dinge verbargen sich unter London? Zeigten die Szenen auf den Wandteppichen die Realität? Jetzt, da ich die Wahrheit kannte, hätte ich sie am liebsten wieder verdrängt. Das hier war größer als ich. Ich war eine arbeitslose Reporterin, die nicht die geringste Ahnung hatte, wie sie mit dieser hässlichen Wahrheit umgehen sollte.

»Bist du okay?«

Ich lachte, und es war mir egal, dass ich wie eine Verrückte klang. »Ich bin so weit von okay entfernt, dass ich genauso gut wahnsinnig sein könnte.«

Reigns Hand schob sich mit der Seife zwischen den Duschvorhängen vorbei.

Ich starrte sie an. »Lass sie fallen.«

Er gehorchte.

Ich hob sie auf. »Perversling.«

»Ich glaube, du hast *Perversling* gesagt, aber eigentlich höre ich *Danke.*«

»Und ich glaubte, Fae verfügten über ein ausgezeichnetes Hörvermögen.« Durch den Vorhang zeichnete sich ein schwarzer Umriss in der Badezimmertür ab. Er bewegte sich nicht.

»Das Wort, das du suchst, ist *selektiv*«, meinte er.

Ich wusch mir das Gesicht und zählte in Gedanken bis fünf. Als ich die Augen wieder öffnete, stand er noch immer da. Ich wollte ihn anbrüllen und der Lüge bezichtigen, dass er mich fehlgeleitet hatte. Ich wollte Antworten verlangen, die Wahrheit aus ihm herausschütteln, aber vor allem wollte ich nicht allein sein.

»Geh nicht.«

Sein Umriss bewegte sich, schien sich aber nicht entscheiden zu können, ob er weiter dort herumlungern oder gehen wollte. Ich ließ mir meine Worte noch mal durch den Kopf gehen und begriff, dass man sie auch völlig anders verstehen konnte.

»Ich meine, äh, ich muss mit dir reden, Reign. Kannst du bitte warten? Draußen?«

»Klar.«

»Reign …«, rief ich, als er gerade die Tür hinter sich schließen wollte. »Ich weiß nicht, ob ich das tun kann.«

»Willkommen in meiner Welt.«

»Bist du wie sie?«, fragte ich leise.

»Nicht mehr als du, Alina.«

»Ich bin ein Mensch, du nicht. Was bist du?«

»Verloren.« Die Tür schloss sich abrupt.

Sekunden später hatte ich die Dusche verlassen, weil mir der Gedanke zu duschen, während er in meinem Wohnzimmer wartete, einfach nur falsch erschien – und zwar auf eine Art, über die ich nicht nachdenken wollte. Nachdem ich mich angezogen hatte, fragte mich Reign, ob ich einen Ort wisse, an dem wir uns unterhalten konnten, ohne dass man ihn erkannte, wo es aber Zeugen gebe. Dabei sah er mich an, als würde ich ihm gleich etwas an den Kopf werfen. Ein Blick auf mein wildes Spiegelbild verriet mir den Grund. Vermutlich würde ich auf ihn losgehen, also war ein öffentlicher Ort keine schlechte Idee.

Auf dem Weg zu einem Café in der Nähe betrachtete ich sein Oberteil mit der Kapuze, die Khakihosen und die Stiefel und fragte mich, ob es einen Ort auf der Welt gab, an dem man ihn nicht erkannte. Sogar in der schlichten Kleidung hatte er diese Prominentenausstrahlung. Er zog eine Sonnenbrille aus der Tasche und setzte sie strahlend auf. Ja, die half überhaupt nicht. Jetzt sah er einfach nur wie jemand aus, der versuchte, nicht berühmt auszusehen.

Wir blieben vor einem Café stehen, das die Bewohner von Mile End eine Fressbude nannten: Es war berühmt für seine im Fett schwimmenden Würstchen. Reign rümpfte die Nase, behielt seine Kommentare aber für sich, während wir uns einen Platz abseits von den Fenstern weit hinten suchten. Die Handvoll Gäste starrte auf ihre Pommes und den dünnen Kaffee, ohne uns auch nur die geringste Aufmerksamkeit zu schenken. Genau wie Reign gewünscht hatte.

Wir waren den Block zum Café schweigend gegangen. Die Begegnung mit der Königin lastete schwer auf ihm, genau wie auf mir. Darum hatte ich mich entschieden, meine Tirade zu verschieben. Sollte er unverschämt werden, das Falsche sagen oder mich mit Lügen abspeisen, war ich mehr als bereit, mich auf ihn zu stürzen. Zu viel war passiert. Er musste ehrlich zu mir sein.

Ich bestellte Kaffee an der Theke und behielt Reign im Auge. Er rekelte sich in der Nische, einen Arm über die Lehne drapiert. Die Sonnenbrille hatte er abgenommen, um ins Leere zu starren, vermutlich in Gedanken an die Königin verloren. Er konnte nicht normal erscheinen, selbst wenn sein Leben davon abhinge. Sogar völlig entspannt verströmte er eine raubtierhafte Arroganz. Alle Fae hatten die gleiche tödliche Anziehungskraft, aber Reign schien sie im Übermaß zu besitzen. War das nur ein Teil seines Fae-Seins oder etwas anderes? Ich hatte ihn fälschlicherweise für einen verwöhnten Aufmerksamkeitsjunkie gehalten; die Tatsache, dass er diesen Eindruck unterstützte, half nicht gerade. Aber er war mehr als das. Er war vielschichtig und ich musste die unterschiedlichen Ebenen erst noch verstehen. Genau wie bei den Fae hatte ich kaum an der Oberfläche gekratzt.

Seine gelenkigen Finger spielten mit einer Tüte Ketchup, und ich ertappte mich bei dem Gedanken, wie es sich wohl anfühlte, diese Finger auf der Haut zu spüren. Ich wusste bereits, dass seine Berührung zugleich brannte und betäubte, aber vermutlich konnte er mit diesen schnellen Händen viel mehr anstellen. Dieser verfluchte Bann. Mit einem innerlichen Knurren verdrängte ich diesen Gedanken, nahm unsere Tassen entgegen und stellte seinen Kaffee vor ihm hin, während ich mich in die Nische schob.

»Ich hätte dich warnen sollen …«

Ich verzog das Gesicht. »Hättest du mir gesagt, dass wir eine Königin besuchen, die zur Hälfte Fae und Spinne ist, hätte ich dir ins Gesicht gelacht.« Hinter der Theke lief ein Fernseher, ohne dass jemand zusah, und die Klimaanlage summte laut genug, dass man unsere Unterhaltung nicht verstehen würde. Ich beugte mich vor und fragte leise: »Erklärst du sie mir?«

Er hob den Blick und sah dann weg. »Ich kann es versuchen, aber etwas wie sie … entzieht sich jeder Erklärung.«

»Versuch es«, drängte ich ihn in der Hoffnung, er würde sich nicht wieder hinter einer Mauer aus Unbestimmtheit verstecken. Zuerst hatte es den Anschein, er würde es doch versuchen, aber dann bemerkte er meine Ungeduld.

»Es wird dir nicht gefallen«, sagte er.

»Echt? Weil alles, was du mir bis jetzt gesagt hast, so unglaublich komisch war.«

»Sarkasmus steht dir.«

»Hör auf, dich zu zieren, und rede.«

Er nahm die Unterlippe zwischen die Zähne und konzentrierte sich auf das Beutelchen zwischen den Fingern. Plötzlich sah er ganz verletzlich und verloren aus. Als ein Muskel in seiner Wange zuckte, durchfuhr mich ein leiser Schauder der Beunruhigung. Was er auch sagen würde, es war eine große Sache.

»Die Königin ist ein Teil der Welt, aus der ich komme, ein Teil vom Feenland.« Er zog ein zweites Ketchuptütchen aus dem Ständer auf dem Tisch, mied meinen aufgeregten Blick und ignorierte das Aufstöhnen, das meinem Mund entfuhr.

»Das Feenland?«, stieß ich hervor. »Aber das gibt es in Wirklichkeit doch gar nicht.«

Er zuckte zusammen.

»Es ist real?«

»Ja.«

Aus der Beunruhigung wurde echte Angst. »Dort draußen gibt es eine andere Welt? Voller Fae wie dir, wie der Königin?« Mein Kreischen erregte ein paar besorgte Blicke. Ich schluckte schnell und spreizte die Finger auf der Tischplatte. *Okay, keine Panik. Lass ihn reden.* »Reign«, flüsterte ich zusammengeduckt, »du verarschst mich, oder?«

Kaum merklich schüttelte er den gesenkten Kopf. »Es ist real, aber mach dir deswegen keine Sorgen. Die Fae, die dort leben, interessieren sich nicht für diesen Ort, für diese Welt. Für sie gibt es hier nicht genug Draíocht, um sich dafür zu interessieren. Wir brauchen Draíocht, und verglichen mit dem Feenland ist dieser Ort eine Wüste.«

Ich kniff mir in die Nasenwurzel und schürzte die Lippen. Er machte keine Scherze. Das hier war die Realität. Wie die Königin. O Gott. Mein kleiner Artikel über einen heruntergekommenen Fae-Rockstar hatte sich in etwas zu Großes und Furchteinflößendes verwandelt, um es allein bewältigen zu können.

»Warum haben die Fae uns nicht die Wahrheit gesagt?« Meine Worte klangen abgehackt.

»Klar, weil Menschen ja dafür bekannt sind, Dinge zu tolerieren, die sie nicht verstehen.« Er verdrehte die Augen.

»Hättet ihr gewusst, dass wir von einem anderen Ort kommen, würdet ihr uns die wenige Freiheit nehmen, die wir haben.« Mit gequälter Miene nagte er auf der Unterlippe herum. »Bist du okay?«

»Ja. Super. Toll.« Wusste Andrews Bescheid? Sicherlich wusste es die Regierung. Vielleicht hatte man es der Öffentlichkeit verschwiegen, um Panik zu vermeiden.

»Im Augenblick ist das egal«, fuhr Reign fort. »Das Feenland ist hier nicht die Bedrohung.«

Mit zitternder Hand griff ich nach dem Kaffee. »Okay, ich spare mir diese Enthüllung für später auf.« Ich trank einen Schluck von dem kochend heißen Gebräu und hieß das Brennen auf der Zunge willkommen. Die Welt hatte sich nicht verändert, nur weil ich wusste, dass es das Feenland tatsächlich gab. Und er hatte recht, wir hatten dringendere Probleme. »Die Königin. Du wolltest mir von ihr erzählen.« Ich wartete gespannt auf eine Antwort.

»Wie man mir erzählte, war sie nicht immer korrumpiert«, sagte er. »Ein Geist namens Arachne kam zu ihr, weil sie dieses Talent zum Weben hatte.« Er senkte den Blick. »Ich weiß nicht, ob das stimmt. Es spielt auch keine Rolle. Das war vor langer Zeit, lange bevor ich auf der Welt war. Sie ist, was sie ist.«

»Und das wäre?«

»Völlig vergiftet. Vom Geist, von der Zeit.«

»Und das Unterland?«

»Das Unterland ist die Siedlung unter deinen Füßen, die aus vergessenen Teilen Londons entstanden ist.« Reign zögerte. Er schien abzuwägen, wie viel er sagen sollte.

»Spuck es einfach aus. Ich glaube, wir sind weit darüber hinaus, dass ich mir Notizen für meinen großen Durchbruch mache. Findest du nicht?«

»Wir wurden aus dem Feenland verbannt. Das gilt für alle Fae, die hier sind. Ursprünglich verteilten wir uns in der Welt und haben die weniger industrialisierten Gegenden bevorzugt. Menschen sind unsere Hauptquelle für Draíocht, und im Laufe der Zeit mussten wir uns unter sie mischen, wenn wir überleben wollten.«

Wie die Ratten, dachte ich und zuckte innerlich zusammen.

»Die Tunnel unter London haben das ideale Versteck geboten. Die vorsichtigsten von uns kamen und gingen; sie konnten sich unter die Bewohner mischen. Aber das reichte nicht. Wir sahen, was die Menschen hatten, und wir wollten es auch. Das ewige Versteckspiel hat uns unzufrieden gemacht, und wir konnten das nicht länger. Es lag nicht in unserer Natur. Nachdem wir unsere Existenz enthüllt hatten und die anfänglichen Integrationsprobleme durch die Einführung der Drei Gesetze ausgeräumt wurden, erlaubte die *FA* den wenigen von uns, die sich das Recht der freien Bewegung verdient hatten, das Unterland zu verlassen. Aber nur die Fae haben dort Zugang. Für einige ein Zuhause, für andere ein Gefängnis.«

Wir hatten das Unterland problemlos betreten und verlassen können. Zumindest hatte es so gewirkt. Aber es war auch irgendwie gewesen, als sei es von der Realität Londons abgekoppelt. Genau wie die Fae war das Unterland nicht gerade normal.

»Wenn ihr das Rampenlicht so sehr liebt, warum bleiben einige der Fae im Unterland?«

»Es gibt verschiedene Gesellschaftsschichten. Fae wie ich haben sich gewisse Privilegien verdient, aber andere haben daran kein Interesse oder ihnen fehlen die erforderlichen gesellschaftlichen Fähigkeiten.«

Die erforderlichen gesellschaftlichen Fähigkeiten bedeutete, dass sie keine Monster waren. »Wie der Königin?«

»Ja. Aber sie wurde mit Absicht dort festgesetzt. Sie ist labil. Und das schon seit langer Zeit. Das Eisen, das in den Tunneln und dem Untergrundreservoir verbaut wurde, hilft dabei, sie dort festzuhalten, aber da gibt es noch mehr. Sie kann nicht entkommen. Oder sollte es zumindest nicht.«

»Es hat sich was verändert?«

Er nickte und kratzte sich an der Augenbraue, rutschte unruhig auf dem Sitz herum. »Hauptsächlich die Zeit. Sie hatte Jahrhunderte, um ihre Pläne zu spinnen. An diesem Ort ist ihre Macht begrenzt, aber sie kann alle in ihrer Umgebung manipulieren.« Er hielt inne.

Mit einem Nicken ermunterte ich ihn fortzufahren.

»Jemand hilft ihr. Nicht alle Fae sind mit unserer Lebensart einverstanden. So schwach die Königin ist, sollte sie keine Konstrukte erschaffen können, aber sie tut es. Die Fae müssen ihr Opfer bringen.«

Ich schluckte mühsam. »Fae verfüttern Menschen an sie?«

Er stützte beide Arme auf den Tisch und beugte sich vor, blendete die Unterhaltungen um uns herum aus, damit wir nur noch zu flüstern brauchten. »Fae-Magie, unser Draíocht, kann Konstrukte erschaffen, wenn es mit organischen Elementen vermischt wird. So wie das Spinnenkonstrukt, das die Königin dir im Büro der *Metro* auf den Hals gehetzt hat. Dazu sind nur wenige Fae fähig. Darum hast du noch nie davon gehört. Aber Draíocht so zu weben – das ist anstrengend. Die Herstellung von Konstrukten sollte ihr alle Kräfte rauben.«

Ich trank einen Schluck Kaffee. Die Erinnerung an Reigns Begegnung mit der Königin verschaffte mir erneut eine Gänsehaut. »Sie wirkte nicht erschöpft.«

»Nein, sie wird stärker, weil sie frisst. Unter anderem.«

O Gott. »Tötet sie Menschen?«

Er spielte mit den Päckchen, richtete seine ganze Aufmerksamkeit darauf. »Ich habe versucht, die Tunnel zu durchsuchen, aber im Unterland findet man sich manchmal nur schwer zurecht. In der Tiefe gibt es noch andere Dinge, die man nicht stören sollte. Falls sie eine Speisekammer hat, konnte ich dafür keinen Beweis finden.«

In London wurden jedes Jahr Tausende Menschen als vermisst gemeldet. Entführten die Fae sie? Töteten sie? Nein, die Fae brauchten Draíocht. Sie töteten ihre Opfer nicht; der Bann machte ihre »Schoßtiere« nachgiebig und empfänglich für alles. So konnte man sich leichter von ihnen nähren. Falls die Königin sie nicht tötete, waren sie vielleicht irgendwo unter London noch am Leben. Andrews musste davon erfahren. Vielleicht konnte er etwas unternehmen.

»Wie kannst du so was zulassen?« Ich konnte das angewiderte Zischen nicht unterdrücken. »Kannst du sie aufhalten?«

Er zuckte zusammen, und mir fiel wieder ein, wie er vor ihr auf die Knie gegangen war. Half er ihr? Er hatte bereits behauptet, nicht unschuldig zu sein. »Das ist nicht so einfach.«

»Sicher ist es das. Sie ist gefangen, oder? Finde heraus, wer ihr hilft, schalte sie aus. Ich habe dich gegen den General kämpfen sehen. Du bist dazu fähig …«

»Ich habe es versucht, aber im Unterland sprechen nicht viele mit mir. Ihnen gefällt nicht, wie leicht ich mich bei den Menschen integriert habe. Oder wie nah ich der Königin stehe.« Sein unruhiger Blick huschte in jede Richtung, nur nicht in meine. »Sie vertrauen meiner Loyalität nicht.«

»Erzähl es der *FA*. Sie muss wissen, was dort vor sich geht.«

»Sie weiß es.«

Ich zuckte zurück. »Die *FA* weiß es und unternimmt nichts?«

»Soweit es sie betrifft, ist die Königin unter Kontrolle. Es gibt nicht den geringsten Beweis, dass sie etwas Ungehöriges tut. Gerüchte reichen nicht.«

»Reign, das darf nicht weitergehen. Wenn du nichts unternimmst, gehe ich mit meinem Handy wieder dort hinunter und mache Fotos. Ich verrate es der ganzen Welt.«

»Das kannst du nicht tun.« Er mied noch immer meinen Blick und spielte weiter mit gesenktem Kopf mit den Tütchen. Wäre ich der Meinung gewesen, ein Rockstar könne Scham empfinden, hätte ich geglaubt, er würde sich schämen.

»Warum nicht?«

»Du kommst ohne mich nicht hinein, das gilt auch für die Menschenbehörden.« Er sah auf. Seine einstige Selbstzufriedenheit war verflogen. »Glaubst du nicht, sie hätten es versucht? Deine Regierung will uns genauso wenig in London haben, wie wir hier sein wollen, aber sie können uns nicht rauswerfen, weil sie nicht zu uns vordringen können. Die Wurzeln des Unterlands reichen tief.«

»Und? Wir tun also nichts?«

»Ich arbeite daran.« Er rutschte in der Nische herum und lehnte eine Schulter gegen die Wand, damit er ein Bein auf die Bank legen und das Knie krümmen konnte. Nach allem, was wir gesehen hatten und was er mir gerade erzählt hatte – wie konnte er da nur so entspannt aussehen? »Was?« Er blinzelte. »Du hast diesen Blick.«

»Was für einen Blick?«

»Der Blick, der mir verrät, dass du mich für einen Lügner hältst.« Er ließ den Finger ums Gesicht kreisen. »Die Braue ein Stück erhoben, ein paar Falten auf der Stirn, die Andeutung eines Lächelns. Eben diesen Blick.«

Ein Lächeln huschte über meine Lippen. »Ich war mir nicht bewusst, dass ich einen *Blick* habe.«

»Bei mir schon.«

»Dann muss ich oft der Meinung sein, dass du lügst, denn das ist mein Alltagsgesicht.«

Er lächelte, aber es erreichte nicht seine Augen. »Ich habe einen Plan.«

»Und warum kannst du ihn mir nicht verraten?«

Er zögerte. »Ich fürchte, damit würde ich dich einem höheren Risiko aussetzen.«

Ich schenkte ihm *den Blick*. »Deinetwegen bin ich doch überhaupt erst in Gefahr.«

»Das glaube ich nicht. Es war kein Zufall, dass du in dem U-Bahnhof warst, als ich dich gebraucht habe.«

Ich verschränkte die Arme und ließ mich in den Sitz sacken. »Sicher war es das. Ich war auf dem Nachhauseweg.«

»Warum bist du ausgestiegen?« Er stellte die Frage ganz beiläufig und täuschte gleichzeitig Interesse am Fernsehprogramm vor, als spielte die Antwort keine Rolle.

»Was?«

»Du wohnst in Mile End. Warum bist du in Chancery Lane ausgestiegen?« Hinter dieser Frage lag schon etwas mehr Gewicht. Die Antwort spielte eine Rolle und das leichte Zusammenziehen seiner Augen bestätigte es.

»Ich …« Warum war ich ausgestiegen? Er hatte recht. Ich hätte weiterfahren sollen. Es war mir nicht mal in den Sinn gekommen, dass meine Handlungen sinnlos gewesen waren. »Ich weiß es nicht. Ich bin einfach … der Zug …« Ich versuchte mich daran zu erinnern, warum ich in Chancery Lane ausgestiegen war, aber die Erinnerung entglitt mir. Mit gerunzelter Stirn kämpfte ich darum, mir den Augenblick ins Gedächtnis zurückzurufen. Ich ging weiter zurück, zu der Spätschicht und der Besprechung mit meinem Chef, die weniger als eine Stunde zuvor stattgefunden hatte. Als man mich feuerte. Ich hatte die *Metro* verlassen, den Zug nach Hause erwischt und …

»Ich kann nicht … ich erinnere mich nicht.« Ich öffnete wieder die Augen und schaute in Reigns ernstes Gesicht. »Was willst du damit sagen?«

»Ich weiß nicht genau. Warum sagst du es mir nicht? Die Königin schickte ihr Konstrukt, um dich zurückzuholen – das hätte sie nicht leichtfertig getan, wenn man bedenkt, wie schwierig das für sie sein muss. Gestern Nacht hat sie gesagt, du gehörtest ihr. Was meint sie damit, was glaubst du?«

Ich schnaubte höhnisch. »Offensichtlich gehöre ich nicht ihr oder sonst jemandem. Ich bin ein Nichts. Ich gehe einer ganz normalen Arbeit nach, lebe mein Leben, das ist alles. Ich kenne weder Fae, noch habe ich Geheimnisse. Wie schon gesagt, ich habe keine Ahnung, was hier vor sich geht.«

Er probierte meinen *Blick* aus und richtete ihn auf mich.

»Reign, bevor ich dich kennengelernt habe, hatte ich nicht mal einen Fae aus der Nähe gesehen.« Mein Herz pochte und ein flüchtiges Unbehagen untergrub meinen Mut. *Hier geht es nicht um mich. Nein.* Es würde eine vernünftige Erklärung geben. Ich musste nur nachdenken, mich erinnern. Das war alles. »Warum sollte ich lügen?«

Zögernd dachte er über meine Worte nach. »Ich habe dein Gesicht gesehen, als die Spinnen über dich hinwegschwärmten. Das hast du nicht vorgetäuscht.«

»Danke, glaube ich. Aber hier geht es nicht um mich, sondern um dich.« Ich senkte die Stimme. »Alles führt zu der Frage zurück, warum du in diesem Bahnhof dem Tod nah warst.«

Reign drehte sich um und legte einen Arm auf den Tisch. Er rieb Zeigefinger und Daumen aneinander und richtete den Blick fest darauf – statt auf mich. »Ich habe ein paar Sachen gemacht, auf die ich nicht stolz bin. Und meine Vergangenheit tut mir leid, meine Untaten. Und wie du habe ich ein Leben. Das möchte ich nicht verlieren. Und ich werde es auch nicht verlieren.«

»Warum solltest du es verlieren?«

»Die Königin.« Er hielt inne, holte tief Luft und schloss die Augen. »Sie und ich sind miteinander verbunden.« Er seufzte und schien durch diese eine Geste ein paar Jahre zu altern. »In verschiedenster Weise, über die ich nicht sprechen kann.«

In seinen Augen loderte der Trotz. Das Gewicht seiner Worte, die Herausforderung in seinem Blick; ich wollte über den Tisch greifen und seine Hand nehmen. Und zum Teufel mit der toxischen Berührung. »Was hat die Königin vor?«

»Es gibt, gab, vier Fae, die mächtig genug sind, um sie gefangen zu halten. Die Hüter. Drei sind tot. Caroline war die dritte.« Er senkte den Kopf und konzentrierte sich darauf, die Tütchen über die Finger rollen zu lassen.

»Kanntest du sie?«

Er zog die Lippen nach unten. »Sie war eine der ältesten. Wir alle kennen die Alten.«

»Was geschieht, wenn sie alle tot sind?«

»Sie entkommt.«

Dieses Monster würde flüchten. Ein Albtraum würde durch London streifen. »Warum hält sie niemand auf, schickt sie zurück ins Feenreich?«

»Wir können nicht zurück. Das ist eine Einbahnstraße. Hier gibt es nicht genug Draíocht, um eine Heimreise zu weben. Davon abgesehen bin ich mir nicht sicher, ob die Fae sie aufhalten wollen. Die, die es für richtig halten, haben zu viel Angst. Sie hat überall ihre Spione. Es ist schwer zu sagen, wem man trauen kann. Spreche ich mit dem Falschen, ende ich vermutlich mit einem Dolch im Rücken. Und schaltet man einen ihrer Agenten aus, nimmt ein anderer seinen Platz ein.« Er ließ das Tütchen über die Finger tanzen.

Ich entriss es ihm und fing seinen protestierenden Blick ein. »Reign! Was ich da gesehen habe … bist du einer ihrer Agenten?«

Er erwiderte den Blick ohne den Hauch eines Zweifels. »Wünschst du dir je, eine andere sein zu können?« Seine

Stimme wurde sanfter, dann fügte er einen ergreifenden Hauch Trauer hinzu, der mein Herz berührte. Er brauchte es nicht zu bestätigen; der Verzicht auf eine Antwort machte klar, dass er ein Agent war. Er arbeitete für sie, aber mit Sicherheit nicht freiwillig.

»Nein«, sagte ich.

»Niemals? Dein bequemes kleines Leben ist nicht gerade inspirierend.«

»Weißt du, immer wenn ich denke, dass ich dich mag, sagst du irgendeine arrogante Fae-Scheiße und erinnerst mich daran, was für ein verwöhnter Promi-Arsch du bist.« Das entlockte ihm ein Lächeln und entschärfte die Anspannung, die sich schleichend aufgebaut hatte.

»Vielen Dank.« Er grinste, seine Miene hellte sich auf.

»Das war kein Kompliment. Du musst diesen Filter zwischen deinen Ohren ersetzen. Die Botschaft dringt nicht durch.« Ich warf das Tütchen nach ihm und machte es mir auf meiner Bank bequem. Seine Antworten vermischten sich in meinem Kopf mit zahllosen unausgesprochenen Fragen. Das war eine Menge. Zu viel auf einmal. Das Feenreich existierte wirklich. Die Königin war im Begriff zu entfliehen, und ich hatte es irgendwie geschafft, darin verwickelt zu werden. Ich brauchte Zeit, um das zu verarbeiten, brauchte Abstand von Reign, der eine Ablenkung darstellte. Ich erwischte ihn dabei, wie er mich auf seine übliche unverschämte Art analysierte. Mich unverhohlen anstarrte. »Was?« Sein prüfender Blick ließ mich erröten.

»Du streitest dich gern.«

»Mit dir kann man sich leicht streiten.«

»Du weißt, dass sich Gegensätze anziehen, oder?«

»Ich fühle mich nicht zu dir hingezogen.« Mir entschlüpfte ein nervöses Lachen. Ich rutschte auf der Bank herum. »Fallen Frauen wirklich auf deinen Blödsinn herein? Wie kommen sie überhaupt an deiner Selbstverliebtheit vorbei?«

Er kicherte. »Die meisten stört das nicht.«

»Was meinst du?«

»Es spielt keine Rolle.« Er bemerkte mein Interesse und verdrehte die Augen. »Diese Unterhaltung hier ist die wahrhaftigste, die ich seit Monaten, vielleicht sogar seit Jahren geführt habe.«

Ich rümpfte die Nase. »Diese Unterhaltung? Das hier? Über magische Feenreiche und Spinnenköniginnen? Das soll wahrhaftig sein?«

»Ja, das hier. Du hast keine Angst, zu sagen, was du denkst. Das gefällt mir. Manche finden mich einschüchternd.«

Einschüchternd. So konnte man es auch bezeichnen. »Ach, komm wieder runter.«

»Ich fange an, deine Ehrlichkeit anzuerkennen, Mädchen aus Amerika. Sie ist erfrischend.«

»Gebt dem Fae-Rockstar einen Orden; er hatte einen Durchbruch. Ihr hübschen Jungs seid doch alle gleich. Ihr seid von so vielen Ja-Sagern umgeben, dass kein Nein durch all die Lügen dringt.«

Er zögerte mit offen stehendem Mund, wollte es abstreiten. Aber das tat er dann doch nicht. Stattdessen erschien ein Grinsen. »Ganz genau.« Er richtete das Tütchen auf mich. »Du bist klüger, als du aussiehst.«

»Und du machst es schon wieder. Aus deinem Mund ist das kein Kompliment.«

»Außerdem bist du viel komplizierter, als du aussiehst. Ich werde meinen Charme verdoppeln müssen, damit du dich meinem Willen beugst.«

»Ich beuge mich nichts und niemandem, Mister.« Die Worte entfuhren mir, bevor ich sie aufhalten konnte. Um Himmels willen, hatte er mir wirklich einen vielversprechenden Blick zugeworfen und ich mir genau vorgestellt, wie ich mich ihm unterwarf? Ein Hauch von Verlangen durchrieselte mich und wärmte mich an Stellen, die ich durch weiteres Herumrutschen auf der Bank zu ignorieren versuchte. In seinem Blick schimmerte Hitze. Er wusste genau, was ich dachte, und hatte nicht die Absicht, seine Musterung in absehbarer Zeit einzustellen. Bei meinen Recherchen hatte ich ein paar Geschichten über ihn überflogen. Die Geschichten, die Frauen für viel Geld verkauft hatten; die Geschichten darüber, was für eine Art Liebhaber er war. In diesen schundigen Artikeln wiederholten sich ein paar Begriffe immer wieder. Begriffe wie *großzügig, sinnlich, unersättlich* … und *wild.*

Meine Wangen brannten. Ich griff nach meinem Kaffee, denn plötzlich war mein Hals wie ausgetrocknet. Funktionierte die Klimaanlage nicht? Seit wann war es hier schon so heiß? Ich brauchte wirklich frische Luft.

»Sovereign.« Eine scharfe, majestätische Stimme erklang vom Eingang her. »Laut Anordnung der Fae-Autorität setzen wir Sie hiermit …«

Reign schoss aus der Nische wie ein Pfeil von der Sehne. Er warf sich auf den ersten Fae, bevor der Krieger sein Kurzschwert ziehen konnte. Er rammte dem Fae-Polizisten die Schulter tief in die Brust und katapultierte ihn durch die

Café-Scheibe, die explosionsartig in tausend Splitter zerbarst. Alles geschah blitzschnell; ich und die anderen Gäste konnten nur starren. Die drei anderen Fae zogen die Waffen, und während sich zwei von ihnen auf Reign stürzten, richtete Nummer drei den dreifarbigen Blick auf mich.

KAPITEL 11

In meinem ganzen Leben war ich noch nie einer Situation ausgesetzt gewesen, die mich vor die Entscheidung gestellt hätte, entweder zu kämpfen oder die Flucht ergreifen zu müssen. *Bevor* Reign in mein Leben getreten war, war ich bestenfalls Zeugin einer kurzen Rauferei vor einem Nachtclub gewesen.

»Kommen Sie aus der Nische heraus.«

Ich hob die Hände und schob mich von der Bank. Genau wie der General, der Reign im Zug angegriffen hatte, war auch dieser Krieger schwer bewaffnet und beträchtlich größer als ich. Dabei war er so schlank wie ein Marathonläufer. Seine Miene verkündete: *Mach mir ja keinen Ärger.* Er wirkte nicht so unglaublich stark wie andere Fae, aber das bedeutete nicht, dass ich ihn herausfordern würde. Schnell? Ja, auf jeden Fall würde er schneller sein als ich. Ich warf einen Blick auf das zerstörte Fenster und suchte nach Reigns unverkennbarem Profil, aber da war nur eine größer werdende Menschenmenge zu sehen.

»Flucht wäre wirklich dumm.« Der Fae riss meine Arme in die Höhe und tastete mich mit klinischer Gleichgültigkeit ab. »Sie begleiten uns. Jeder Widerstand wird mit tödlicher Gewalt beantwortet.«

»Sie können mich nicht festhalten. Ich bin ein Mensch.

Und ich habe nichts getan.« Ich wollte fliehen. Bei meinem Wissen über die Königin, und so wie Warren auf meine Anwesenheit im Unterland reagiert hatte, war ich nicht davon überzeugt, dass die *FA* mein Wohlergehen im Sinn hatte. Mein Herz raste und jagte Adrenalin durch meine Adern. Das vertraute Kribbeln in meiner Hand kroch den Arm hinauf und hinterließ Unruhe. Der Drang, einfach abzuhauen, wollte nicht nachlassen. Ich ballte die Hand zur Faust und versuchte, das Gefühl loszuwerden, aber statt zu verschwinden, breitete sich das Kribbeln blitzschnell aus. Ein Ruck ging durch meinen Körper und ließ meine Muskeln sich anspannen, und bevor mir überhaupt bewusst wurde, was ich da tat, schnappte ich mir meine Kaffeetasse und schleuderte dem Fae den Inhalt ins Gesicht.

Einen Fluch ausstoßend, zuckte er zurück und griff nach dem Dolch in der Scheide an seiner Hüfte. Ein Knurren ertönte – das war ich. Meine Hand vergrub sich in seinem Haar, dann riss ich ihn nach unten und legte mein ganzes Gewicht in die Bewegung. Seine Stirn knallte gegen die Tischkante und er brach zusammen. Da ich ihn noch immer hielt, geriet ich ins Stolpern und bemühte mich, meine Finger aus seinen Haaren zu lösen. Der Puls hämmerte in meinen Schläfen, und die winzige Stimme meines Verstands brüllte mich an und wollte wissen, warum zum Teufel ich gerade einen Fae-Polizisten mit dem Gesicht gegen die Tischkante gerammt hatte.

»O mein Gott. O mein Gott.« Endlich konnte ich mich von ihm lösen und wich zurück. Er stöhnte; seine Finger zuckten viel zu nah an dem Dolch. Ich kam ihm zuvor und schnappte mir die Klinge, während er heftig blinzelte und vergeblich versuchte, seinen hypnotischen Blick auf mich zu richten. Ein schrecklicher, fast unwiderstehlicher Drang stieg in mir auf. Mir kamen grausame und zielgerichtete Gedanken. *Ich sollte ihn töten. Töte ihn jetzt, bevor er sich erholt.* Meine Finger fassten den Dolchgriff fester.

Töte ihn.

Reign marschierte in den Laden. Bedachte man, dass er gerade durch ein Fenster gesprungen war, sah er auf eine unmögliche Art unversehrt aus. Er musterte den zusammengesackten Fae und hob fragend die Brauen. »Erinnere mich daran, dich niemals sauer zu machen.« Er packte meinen Oberarm und zog mich auf unsicheren Beinen zu sich. »Alles in Ordnung?«

»Hm-ja.« Die scharfen, fremden Gedanken in meinem Kopf lösten sich in Wohlgefallen auf.

Er löste den Dolch aus meinem Todesgriff und schob mich in Richtung Tür. »Wir müssen gehen. Jetzt.«

Adrenalin schoss durch meine Adern. Ich warf dem sich erholenden Fae einen letzten Blick zu. »Dieses Schoßhündchen hat Zähne, Arschloch.« Ein Grinsen huschte über meine Lippen. Wir hatten ein Publikum versammelt, das aufstöhnte, während wir an den Tischen vorbeieilten. So viel zu dem unauffälligen Ort. Draußen hatte sich eine kleine Menge um den langsam wieder zu Bewusstsein kommenden Fae versammelt, den Reign verarztet hatte. Alle fotografierten mit ihren Handys. Ich hörte Rufe wie »Reign!«, »Es ist Reign«, »Sovereign!«, während er mich an den Leuten vorbeizerrte. Ich konnte mir die morgigen Schlagzeilen mühelos vorstellen. ROCKSTAR SOVEREIGN SCHLÄGT BEAMTEN DER FAE-AUTORITÄT BEWUSSTLOS. Oder KÖNIG

DES SCHRECKENS. Ja, das gefiel mir. Vielleicht hätte ich es selbst schreiben sollen.

Reign steuerte uns in eine kleine Seitenstraße mit Reihenhäusern, die nur wenig Verstecke bot. Abrupt blieb er stehen und ich lief in ihn hinein. Er hielt mich fest und grinste. »Bereit?«

»Wozu?«, keuchte ich.

Er schloss mich in die Arme. In einem Wimpernschlag sprangen wir von einem Ort zum anderen. Die ganze Welt wogte auf übelkeiterregende Weise, dann standen wir auf dem Flachdach eines hohen Gebäudes. Um uns herum erstreckte sich die Skyline Londons. In meinem Kopf drehte sich alles und ich stieß Reign von mir und stolperte zurück.

»Hey, Mann, warn mich gefälligst, bevor du das machst.« Ich krümmte mich zusammen, stützte mich mit den Händen auf den Oberschenkeln ab und konzentrierte mich auf meine Atmung. *Ein, aus … schön langsam. Kein Grund zur Panik.* Als hätte ich nicht gerade einen Krieger der *FA* bewusstlos geschlagen und wäre dann mit Londons berüchtigstem Fae vom Tatort geflohen.

Reigns Gegenwart war wie ein Stromschlag, was es verflucht schwierig machte, friedliche Gedanken zu hegen. »Ich habe einen Fae k.o. geschlagen«, murmelte ich. Falls ich mich richtig erinnerte, hatte ich seinen Kopf gegen eine Tischkante geknallt. Ich hatte die Hand in seinem Haar vergraben und wie aus dem Nichts diese Kraftanstrengung aufgebracht. Und dann diese Gedanken … war das das Adrenalin gewesen? Es stimmte, Adrenalin konnte einen die verrücktesten Dinge tun lassen, aber ich hätte niemals dazu fähig sein dürfen, einen Fae-Krieger zu besiegen. »Das ist unmöglich.«

Reign ging vor mir in die Hocke. Sein Atem ging schneller, aber er lächelte wie ich. »Wie fühlst du dich?«

Ein bisschen wackelig auf den Beinen und irgendwie flau im Magen, aber davon abgesehen fühlte ich mich wie neugeboren. »Verflucht großartig.« Ich richtete mich auf und zitterte dabei so sehr, als würde ich gleich in tausend Stücke zerspringen.

Mit einem leisen Kichern streckte er die Hand nach meinem Gesicht aus, zögerte dann aber. »Du hast da etwas Blut …«

Ich küsste ihn. Ich warf mich ihm entgegen, nahm seine Wangen in beide Hände und küsste ihn hart, was mich genauso überraschte wie ihn. Ich war mir nicht mal bewusst gewesen, dass ich ihn küssen wollte, bis ich ihn auf den Lippen schmeckte und noch mehr wollte. Sein Mund war weich, seine Lippen warm. Fae-Magie knisterte auf meiner Zunge. Er schmeckte erstaunlich. Süß und berauschend. Wie alle verbotenen Dinge machte es das noch viel köstlicher, eben weil es verboten war.

Aber er erwiderte den Kuss nicht. *Oh-kaay.* Mit brennenden Wangen zog ich mich zurück und leckte mir seinen Geschmack von den Lippen. »Es tut mir leid. Ich weiß nicht, was ich mir dabei gedacht habe. Ich meine, ich habe gar nicht gedacht, sondern nur … muss wohl die Aufregung gewesen sein.«

Stirnrunzelnd betrachtete er mich. Offensichtlich war ich eine Idiotin. Er wollte mich nicht. Ich hatte gerade einen Fae geküsst; ich ging in die Falle. *Der Bann.*

»Das wird nicht wieder vorkommen. Vermutlich ist das nur passiert, weil wir uns berührt haben und du, du weißt schon, mein Draíocht genommen hast. Ich habe zugelassen, dass du mir tiefer unter die Haut gingst, als mir klar war …«

Sein Blick verfinsterte sich. »Weil es unmöglich echt sein kann?«

»Echt?« Ich musste lachen. »Echt, nein. Nein. Natürlich nicht. Moment mal? Was?«

Reglos stand er da, an ihm regte sich wirklich nichts. Nur der Wind spielte mit seinem Haar. Ich erstarrte ebenfalls, denn mir wurde plötzlich klar, dass hier etwas geschah, das ich nicht begriff. Etwas Gefährliches. Meine Finger zuckten, ich verzog die Lippen. Wie lange dauerte das Schweigen jetzt schon? Minuten? Sollte ich es brechen? *Das ist ja so peinlich.*

»Reign … es tut mir leid, okay? Als du mich ins Unterland gebracht hast, fing die Berührung an, in mir zu arbeiten. Glaube ich. Die Drei Gesetze … verdammt.« Das war übel. Jetzt konnte ich mich eigentlich nur noch von ihm fernhalten, das war für uns beide das Beste.

Er setzte sich in Bewegung und jeder Schritt vermittelte Entschlossenheit. Wie aus eigenem Willen stolperten meine Füße zurück. Sein Ausdruck verkündete, dass er nicht erfreut war. Er hatte den »Furcht einflößenden Fae« viel zu gut drauf. Dann blieb er stehen und reichte mir den Dolch, den er mir im Café abgenommen hatte. »Behalte ihn. Ich schätze mal, du wirst ihn noch brauchen, da du gerade eben einen Mann der *FA* angegriffen hast.«

Ich nahm ihn entgegen und stieß einen leisen Schrei aus, als er plötzlich verschwand. »Reign!« O ja, der Kuss hatte ihn wütend gemacht. Ich drehte mich einmal um mich selbst und fluchte. »Reign!« Wie sollte ich ohne ihn von diesem Dach kommen? Da entdeckte ich eine Brandschutztür. Ich versteckte den Dolch unter der Kleidung und fand mich damit ab, den langen Rückweg nach Hause antreten zu müssen.

Da ich an diesem Abend nichts Besseres zu tun hatte, suchte ich im Internet nach Informationen über die Fae. Die gab es im Überfluss, aber es existierten nur wenig verlässliche Quellen. Die Wikipedia hatte alles von Shakespeares schelmischem Puck bis zu geflügelten Blumenfeen. Das Feenreich wurde erwähnt. Oft. In Märchen, Mythen und Legenden. Das Land der Fae. Aber niemand hielt es für echt, jedenfalls nicht mehr seit dem zwanzigsten Jahrhundert. Diejenigen, die es doch taten, bezeichnete man als »Alternative«. Möglicherweise hatten wir uns selbst davon überzeugt, dass das eine kulturelle Sache war. Nur eine Geschichte, die die Fae gern erzählten. So wie wir Geschichten vom Weihnachtsmann erzählten. Wie sehr wir uns doch irrten.

Die »offiziellen« Informationen der Fae erwähnten das Unterland nicht, oder wie man sie aus dem Feenreich verstoßen hatte. Dort stand nur, dass die Fae nicht zahlreich waren, in unserer Mitte lebten, und das schon seit Anfang der Geschichte, also gab es auch keinen Grund zur Panik. Ich kaute an einem Nagel herum und erinnerte mich daran, dass Reign mir erzählt hatte, wie man sie aus dem Feenreich geworfen hatte. Alle hier lebenden Fae waren Ausgestoßene. Vielleicht wusste oder ahnte Andrews mehr. Er hatte behauptet, dass sie nicht hier sein sollten.

Dann gab es genügend unerfreuliche Websites, auf denen

die Forderung gestellt wurde, die Fae streng zu überwachen. Einige gingen so weit vorzuschlagen, dass sie elektronische Überwachungsgeräte tragen sollten. Aber da die Fae nun mal begehrenswert und glamourös erschienen, hatten diese Websites nicht viel Einfluss. Den unerfreulichen Nebenwirkungen ihrer Berührungen wurde keine größere Bedeutung zugemessen; sie waren lediglich unerfreulich, aber die Drei Gesetze und die *FA* würden uns beschützen.

Hätte die Öffentlichkeit von der Königin und dem echten Feenreich erfahren, wäre sie mit Sicherheit nicht mehr so einfach zu beschwichtigen gewesen. Wäre bekannt geworden, dass Kreaturen wie sie direkt unter unseren Füßen lauerten, wären Überwachungsgeräte nicht mehr wie eine schlechte Idee erschienen. Gab es noch mehr wie sie? Hatte man noch mehr verstoßen und auf diese Welt geschickt?

Ich hatte jetzt die Pflicht, die Wahrheit zu enthüllen, selbst wenn mir die Vorstellung zutiefst missfiel. Hier stand nicht nur mein Lebensunterhalt auf dem Spiel, oder das Leben der Menschen, die die Königin zur Verstärkung ihrer Kräfte benutzt haben musste. Es ging um die weitreichenderen Konsequenzen. Was die Wahrheit für die Beziehungen zwischen Menschen und Fae bedeuten würde. Ich durfte das nicht falsch machen. Keine Fehler, keine Mutmaßungen. Bevor ich alles veröffentlichte, brauchte ich Fakten.

Nachdem ich den Fernseher eingeschaltet hatte, um die Stille zu verjagen, vertiefte ich mich in Google, aber die Fakten von der Fiktion zu trennen, war ohne einen gewissen Rockstar, der das Erfundene von der Wahrheit unterscheiden konnte, völlig unmöglich. Und ich wäre auch besser vorangekommen, hätte ich nicht ständig an Reign und den Kuss denken müssen. Konnte man es überhaupt als Kuss bezeichnen, wenn nur einer von beiden küsste? Obwohl es so viele Dinge gab, über die ich hätte nachdenken müssen – Spinnenköniginnen, die Tatsache, dass ich einem polizeilich gesuchten Fae geholfen hatte, den Behörden zu entkommen, das Gesamtbild – kam ich einfach nicht über diesen Kuss hinweg. Ich berührte meine Lippen mit den Fingerspitzen und schloss die Augen. Es war unglaublich gewesen, und dabei hatte er absolut nichts dazu beigetragen. Wie wäre es wohl gewesen, wenn er reagiert hätte wie gewünscht? Moment mal. Was? Seit wann hatte ich schon Lust auf ihn?

Ich knurrte laut und machte mich im Internet auf die Suche nach den Auswirkungen einer Fae-Verzauberung. Ich ignorierte die Werbung, die mir Fae-Kontaktlinsen verkaufen wollte, und mein Verdacht bestätigte sich. Bei den Opfern handelte es sich ausschließlich um Menschen, da die Fae einander nicht mit einem Bann belegen konnten. Die meisten Betroffenen benötigten mehrere »Kontakte«, um den Prozess in Gang zu setzen, aber sobald er begonnen hatte, gerieten sie unweigerlich in diesen Bann. Nahm ein Fae in diesen ersten Momenten des Kontakts vom Draíocht der Person, festigte sich die Verbindung noch schneller. Wie oft hatte ich ihn berührt? Zweimal? Dreimal, wenn ich den Kuss mitzählte. Oder öfter? Ich war so was von verloren.

Sofort suchte ich nach dem Gegenmittel. Eine Trennung. Ich musste gehen. Es gab Kliniken, die darauf spezialisiert waren, Menschen von ihrer Fae-Besessenheit zu befreien. Den Bann loszuwerden, wäre einfacher gewesen, hätte ich nicht bereits das zweite Stadium erreicht: Gefühle. Empfand ich etwas für ihn?

Das Ende eines Berichts im Fernsehen erregte meine Aufmerksamkeit. Archivaufnahmen von Reign, wie er sich eines Haufens Paparazzi erwehrte. Im erbarmungslosen Blitzlichtgewitter erschien er nur noch mehr wie ein Fae, war nur noch verlockender und unberührbarer. Dem Bericht zufolge stritt Reigns Publicitymanagerin ab, dass der Rockstar vermisst wurde, obwohl er mehrere TV-Termine hatte platzen lassen. Als man die Agentin nach den Fotos fragte, auf denen Reign anscheinend in Mile End mit einer Unbekannten – also mit mir – ein heruntergekommenes Café verließ, lächelte sie nur, als würde sie einen Witz mit der Welt teilen. So war der Playboy Reign nun mal. Jede Erklärung unnötig. Mit keinem Wort wurde die *FA* erwähnt, also war ihre Jagd auf ihn und die Tatsache, dass man ihm das Recht der freien Bewegung entzogen hatte, offensichtlich noch nicht öffentlich gemacht worden.

Das war eigentlich nicht überraschend. Es war genauso, wie Andrews gesagt hatte. Die *FA* behielt ihre Probleme am liebsten für sich. Die Publizistin erwähnte ein Konzert in der O_2 Arena, dem Millenium Dome, Ende der Woche. Er würde es »auf gar keinen Fall verpassen, denn er wollte nicht auf seine Gage verzichten«.

Aber Geld war für Reign keine Motivation. Ich kannte ihn jetzt seit ein paar Tagen, und so viel war offensichtlich. Im Augenblick hatte er größere Probleme als diesen Auftritt. Anscheinend hatte er einen Plan. Nur dass ich nicht vertrauenswürdig genug war, um ein Teil davon zu sein.

Das konnte ich ihm nicht verübeln. Er kannte meinen Beruf. Allerdings ergab sich daraus die Frage, warum er mich nicht schon früher kaltgestellt hatte. Die Antwort lag zweifellos in den Worten der Königin: *Sie gehört mir.*

Ich fröstelte. Was hatte die Königin nur damit gemeint? Wie konnte ich ihr gehören? Es ergab keinen Sinn. Man hatte mir die Spinnen aus einem bestimmten Grund auf den Hals gehetzt. Reign hatte behauptet, dass sie etwas wollten. Aber er wusste mehr. Da war diese seltsame Art, wie er mich manchmal betrachtet hatte, als wollte er in mich hineinsehen. Hatte es etwas mit meiner Arbeit zu tun? Ich zermarterte mir das Hirn nach irgendwelchen ungewöhnlichen Vorfällen vor Reigns Auftauchen. Ich hatte an einer Banngeschichte gearbeitet, aber das war nichts Neues. Was verschwieg er mir?

Mir fielen wieder die Worte der weißhaarigen Fae Shay ein: *Er wird dich verführen, denn auf diese Weise benutzt er deine Art, aber er kann sich nichts aus dir machen.* Benutzte er mich? War ich seine neueste Zerstreuung? Ein Kerl wie er konnte alles oder jeden haben. Nun, was auch immer er wollte, es spielte keine Rolle, denn es würde nicht dazu kommen. Jetzt war mir klar, dass ich mit den Folgen eines Banns zu kämpfen hatte. Also konnte ich darauf achten und mich fernhalten.

Vor mich hinmurmelnd suchte ich im Internet nach der Königin. Nichts. Allerdings fand ich etwas über die Hüter. Vier Fae, die die Fae-Autorität erschaffen hatten, um ihresgleichen unter Kontrolle zu halten. Andere Aufgaben der Hüter wurden nicht erwähnt, genauso wenig wie ihre Namen. Die BBC-Moderatorin Charmaine hatte nicht gescherzt, als sie gemeint hatte, die Fae würden nicht reden. Sie verbargen ihre Geheimnisse hinter ihrem strahlenden Lächeln.

Die Reportage berichtete nun über den Tod drei hochrangiger Fae, die kürzlich verschiedenen voneinander unabhängigen Unfällen zum Opfer gefallen waren. Carolines Name wurde erwähnt und neben dem abgesperrten Haus, in dem, wie ich vermutete, Reigns Party stattgefunden hatte, ihr Bild eingeblendet. Caroline hatte eine bescheidene, leicht gealterte Wärme ausgestrahlt, die den meisten Fae fehlte. Sie trug ein schwarzes Spitzengewand, in das rote Bänder eingewebt worden waren. Schwarz und rot ... Genau wie bei der Königin. Wie bei Warren.

Ich dachte an Reigns Ausdruck, als er von Caroline gesprochen hatte, wie er meinem Blick ausgewichen war. Er wusste, was passiert war, vermutlich wusste er auch, wer der Königin bei ihrer Flucht half. Ich würde mit Sicherheit nicht vergessen, wie er vor der schrecklichen Spinne auf die Knie gegangen war. Warum sollte er ihr helfen? Er hatte etwas von einer Verbindung zwischen ihnen gesagt. Wie konnte ein Fae wie er mit etwas wie ihr verbunden sein? So viele Fragen. »So viele Geheimnisse«, murmelte ich.

Ich schob den Laptop zur Seite, nahm mein Glas und wollte es in der Küche ausspülen. Da entdeckte ich neben der Spüle eine Spinne von der Größe meiner Hand. Nachdem ich von diesen Kreaturen verfolgt und unter ihnen begraben worden war, betrachtete ich diese achtbeinigen Freaks nicht mehr auf dieselbe Weise. Acht funkelnde schwarze Augen sahen zu, wie ich einen Schuh vom Fuß trat und den provisorischen Knüppel nach oben riss.

»Siehst du das? Größe sieben ist dein Begräbnis!«

Rasend schnell krabbelte sie zurück. Furcht und Abscheu durchzuckten mich. Ich schlug mit dem Schuh zu und schüttelte mich bei dem übelkeitserregenden Knirschen, das das Ableben meines unwillkommenen Mitbewohners signalisierte.

Reign hatte gesagt, die Königin würde unablässig alles beobachten. Ich ließ den Blick durch mein Wohnzimmer schweifen und suchte nach sich bewegenden Schatten. Der Schlaf ließ lange auf sich warten.

KAPITEL 12

»Beweg dich nicht. Gib keinen Laut von dir. Sei ganz, ganz still. Sie beobachten dich.«

Reigns dreifarbige Augen fixierten mich, während um uns herum Dunkelheit herrschte. Es dauerte ein paar Augenblicke, bis der Schleier des Schlafs verflog und ich begriff, dass der Druck, der mich untenhielt, Reigns Hände auf meinem Mund und meiner Taille waren. Er musste gesehen haben, wie sich meine Augen weiteten, oder hatte gehört, dass mein Herz schneller schlug, denn er schüttelte andeutungsweise den Kopf. Seine Lippen wurden zu einem schmalen Strich. Seine Augen blitzten. Wo war ich? In meinem Bett. In meinem Schlafzimmer. Aber …

In Gedanken wiederholte ich seine Worte. *Sie beobachten dich.* O nein. Da ich den Kopf nicht bewegen konnte, verdrehte ich die Augen, um in die Dunkelheit spähen zu können. Geflüster wisperte in der Stille. Die Wände funkelten.

Meine Brust hob und senkte sich panisch; ich fing Reigns Blick ein. Panik krallte nach meinen Gedanken. Meine Aufmerksamkeit löste sich von seinem Gesicht und richtete sich auf die Decke, wo die Dunkelheit wogte wie die Oberfläche eines Sees. Ich schob die Hand unter das Kissen, betont langsam. Meine Fingerspitzen strichen über den glatten, kühlen Dolchgriff. Ich ergriff die Waffe.

Reign kam näher. Seine Lippen strichen über mein Ohr. »Leg den Arm um mich. Ich springe mit uns hier raus.«

Ich gehorchte, bewegte mich so langsam, dass mir jeder Zentimeter vorkam wie Minuten. Mit pochendem Herzen lauschte ich Reigns gleichmäßiger Atmung. *Ja, konzentriere dich darauf, und nicht darauf, wie sich die Wände bewegen.* Seine Hand glitt mühelos um meine Taille, zerknüllte mein Nachthemd und rief auf meiner Haut eine Vielzahl von Empfindungen hervor, die nichts mit seiner Berührung und alles mit seiner Nähe zu tun hatten. Er zog mich in eine steife Umarmung. Das Gefühl, zu fallen, weckte ruckartig meine Instinkte, aber ich klammerte mich fest und hielt die Augen geschlossen. Reign roch honigsüß, wie etwas, das man essen konnte.

Ich atmete seinen Duft ein, während die Welt um mich herum kippte und sich aufbäumte. Selbst als meine Füße den Boden unter ihnen registrierten und sich mein Magen nicht länger umzustülpen drohte, klammerte ich mich noch immer fest. Gehalten zu werden, fühlte sich … gut an. Ich konnte mich nicht erinnern, wann mich jemand das letzte Mal gehalten hatte, nur um mir nah zu sein. Mein Kopf lag auf seiner Brust, der Rhythmus seines Herzschlages pochte in meinem Ohr. Seine Wärme hüllte mich ein. So hätte ich ewig bleiben können. So wollte ich bleiben. Gehalten werden. *Geliebt* werden.

Reign räusperte sich. »So entzückend das auch ist …«

Oh!

Knallrot vor Verlegenheit sprang ich förmlich von ihm weg und knallte gegen einen Tisch. Dabei warf ich eine Vase mit langstieligen Rosen um. Wasser floss über dunkles, auf

Hochglanz poliertes Holz und lief über den Rand auf einen teuer aussehenden Teppich. Ich warf den Dolch auf den Tisch und hechtete nach der Vase, um sie hoffentlich noch zu erwischen, bevor sie ebenfalls zu Boden fiel. Da fiel mir wieder ein, dass ich nur ein kurzes Nachthemd und ein Höschen trug, und ich erstarrte. Die Vase rollte über den Tischrand und zersplitterte dramatisch, während ich quer über dem Tisch lag und Reign einen ungehinderten Blick auf mein Hinterteil gewährte. Ich wollte seinen Ausdruck nicht sehen. Sollten mich die Spinnen auf der Stelle umbringen. Ich rutschte von der Tischplatte, räusperte mich und zupfte mein Haar zurecht, bevor ich den Blick hob.

Reign lehnte sich etwas zur Seite und hielt sich mit einer Hand an der Rückenlehne eines Sofas fest. Eine seiner dunklen Augenbrauen war gewölbt, und seine sündhaften Lippen bemühten sich krampfhaft, Gelächter zurückzuhalten. Er sackte etwas in sich zusammen und lehnte sich schwer gegen das Sofa. »Brauchst du … Hilfe?«, erkundigte er sich. Er lachte nicht. Noch nicht.

»Ich komme klar«, quetschte ich hervor und zerrte in der Hoffnung, damit meine Oberschenkel bedecken zu können, an meinem Nachthemd herum. Reign folgte der Bewegung, und ich erstarrte, gefangen zwischen Verlegenheit und Erwartung. »Also, äh …« Ich warf einen schnellen Blick in die Runde: eine hohe Decke, ein großer Marmorkamin, Holzfußboden, Sofas, die weich genug waren, um einen mit Haut und Haaren verschlucken zu können. Das musste Reigns Wohnung sein. »Danke … glaube ich. Äh, das ist irgendwie unangenehm.« Erst recht, weil ich ihm bei unserer letzten Begegnung die Zunge in den Hals gerammt hatte. Und jetzt das.

»Mir hat es gefallen.«

»Ja, nun.« Wieder zog ich an meinem Hemd. »Ich habe deine Vase zerbrochen.«

»Das habe ich gesehen.«

»Ich nehme nicht an, du könntest mal eben zurückspringen und dir ein paar Klamotten für mich schnappen?«

In seinen Augen funkelte es amüsiert. »Das würde ich lieber nicht tun. Dieser letzte Sprung hat mich erschöpft. Falls du nicht etwas von deinem Draíocht abgeben möchtest?«

Seinen hungrigen Ausdruck bildete ich mir nicht nur ein. Ich schluckte schwer und versuchte, meinen trockenen Hals zu befeuchten. Sein Lächeln wich Ernst, während sein Blick umherstreifte. Ich kaute auf der Unterlippe herum und trat von einem Fuß auf den anderen. »Nein, ich behalte mein Draíocht lieber selbst, danke. Hast du etwas zum Anziehen?«

»Klar.« Er holte tief Luft und stieß sich vom Sofa ab, dann durchquerte er den Raum und verschwand durch eine Tür.

»Dumm, dumm, dumm.« Was hatte er nur an sich, dass ich mich wie ein liebeskrankes Fangirl aufführte? Ich kniete und hob die Vasenstücke auf, um sie auf einen Haufen zu schichten, dabei schalt ich mich unhörbar. *Alles nur, weil ich eine Umarmung wollte. Was bin ich nur für ein nach Aufmerksamkeit hungerndes Weibsstück?* Das war nicht meine Schuld. Von Reign geweckt zu werden, war schon anstrengend genug, ohne noch ein Zimmer voller Spinnen drauflegen zu müssen. Diese Mistviecher sollten verflucht sein. Über eine Stunde hatte ich damit verbracht, jedes mögliche Versteck in meiner Wohnung zu entdecken und die Schatten von jedem verdächtigen Spinnennetz zu befreien. Wo zum Teufel waren sie hergekommen? Wie lange waren sie schon da gewesen? Wie lange war Reign dagewesen? Woher hatte er gewusst, in welchem Moment er auftauchen musste?

Ein Schmerz zuckte durch meinen Daumen. Mit einem Aufschrei ließ ich die scharfen Vasensplitter fallen.

»Hier.« Reign hielt einen Hauch von Kleid aus blauem Satin und Spitze.

An meinem blutenden Daumen lutschend nahm ich das Teil entgegen. »Danke. Glaube ich«, murmelte ich mit gerunzelter Stirn.

»Es gehört Shay und mehr habe ich nicht. Oder willst du ein Hemd von mir?«

Um keinen Preis wollte ich, dass er mitbekam, wie sehr die Vorstellung, eines seiner Hemden zu tragen, meinem vom Bann beeinflussten Verstand gefiel. »Nein, das geht schon.« Vermutlich sah das federleichte Kleid an Shay umwerfend aus. »Ich muss es nur … äh …«

»Durch die Tür, den Korridor entlang, zweite Tür links. Da kannst du dich umziehen.«

Reigns Apartment konnte man nur als königlich bezeichnen. Es ließ meine kleine, briefmarkengroße Wohnung schäbig aussehen. Auf dem kurzen Weg ins Badezimmer zählte ich fünf Türen, und ich hatte nicht den geringsten Zweifel, dass hinter jeder ein Zimmer lag, das vermutlich fünfmal so groß war wie mein ganzes Apartment. Das Badezimmer, in dem ich mich schnell auszog, funkelte vor Platin und Marmor. Ein paar zur Hälfte geschmolzene Stumpenkerzen flankierten eine prachtvolle Badewanne, und die Handtücher schrien förmlich »Fass mich an«, was ich natürlich tat. Hätte ich jemals irgendwelche Zweifel über die verschiedenen Welten gehabt, aus denen wir kamen, hätte Reigns Apartment alles in die richtige Perspektive gerückt.

Ein schneller Blick in den Spiegel enthüllte Schatten unter meinen Augen, die dort nicht hingehörten. Ich fuhr mir mit feuchten Fingern durchs Haar und zog das Kleid zurecht. Und was für ein Kleid das war. Für eine Bohnenstange von Fae gemacht, schwang der Spitzenstoff um meine Knöchel, floss meine Oberschenkel hinauf, umschmiegte meine Taille und betonte mein Dekolleté auf skandalöse Weise. An meiner menschlichen Gestalt sah es absurd aus. Ich hatte nicht die geringste Ahnung, wie ich dieses Ding mit Eleganz tragen sollte, aber es war immer noch besser als ein Nachthemd, das kaum meinen Hintern bedeckte. Mit etwas Lippenstift und einem Hauch Lidschatten wäre ich vermutlich als ganz hübsch durchgegangen. So wirkte ich wie jemand, der unbedingt wie eine Fae aussehen wollte und dabei jämmerlich scheiterte. Ich wandte den Kopf und studierte mein Profil. Vielleicht mit ein paar Fae-Kontaktlinsen und Spitzohren? Aber wen wollte ich verarschen?

Leise Musik drang durch die Badezimmertür und meine Miene erstarrte. Es war Zeit für ein paar Antworten. Ich konnte nicht länger damit weitermachen, mich nur im Kreis zu drehen. Offensichtlich hatten es die Spinnen auf mich abgesehen. Was wäre geschehen, wenn Reign nicht aufgetaucht wäre? Ich musste wissen, was diese Spinnen wollten. Wenn er es mir nicht sagen konnte, würde ich ins Unterland gehen und mir dort meine Antworten holen müssen. Und meine Beweise.

Ich warf meinem Spiegelbild einen strengen Blick zu. »Lass dich nicht von ihm mit all seinen hübschen Sachen ablenken, Alina. Dring zum Kern der Sache vor. Ignoriere die ganze Fae-Scheiße und finde die Wahrheit heraus.«

Ja, das war ich, die neugierige Reporterin, die in einem geliehenen Kleid im Badezimmer des Rockstars Sovereign stand und diesem selbstgefälligen Fae ganz genau sagen würde, was ich von ihm und seinem Zauberbann hielt. Ich konnte es schaffen. Ich konnte meine Story bekommen. Mein Leben zurückbekommen. Mich zusammenreißen. Und von Reign und seiner toxischen Berührung wegkommen, bevor es zu spät war.

Ich verließ das Badezimmer. Er marschierte mit dem Handy am Ohr vor dem Kamin auf und ab. Hinter ihm spielte ein gewaltiger, ultraschmaler Fernseher Musikvideos laut genug, um das Geräusch seiner Schritte zu verschlucken.

Er bemerkte mich, ließ den Blick über meinen Körper wandern und wieder zurück zu meinem Gesicht, wo er mein trockenes Lächeln registrierte, einen Finger hob und lautlos sagte: »Ich bin sofort für dich da.«

Ich hob eine Braue. Auf dem geradezu albern langen Wohnzimmertisch standen eine geöffnete Flasche Wein und zwei Gläser. Ich schenkte mir einen Schluck ein.

Nach Reigns nüchternem Ton und den einsilbigen Worten nach zu urteilen, sprach er vermutlich mit einer offiziellen Person, vielleicht seiner Agentin. Er verteidigte sein Verschwinden und klang mit jedem Schritt gereizter.

Das Glas Wein in der Hand, wanderte ich barfuß durch das Wohnzimmer und ging dabei Sofas, antiken Stühlen und Tischen aus dem Weg. Dazu hatte ich noch immer genug Platz. Dunkle Farben verkündeten *maskuliner Mieter*. Ich ging davon aus, dass er keine Beziehung hatte; die Zeitungsberichte hatten jedenfalls nichts von einer festen Freundin erwähnt. Dafür war die Rede von vielen oberflächlichen Bekanntschaften gewesen. Was nun Shay anging … Er hatte etwas für sie übrig, das war offensichtlich, und nicht nur, weil er ihre Kleider in seiner Wohnung hatte. Als er sie im Unterland in den Arm genommen hatte, hatten sie so gut zueinandergepasst, wie das bei perfekten Pärchen nun mal üblich war.

Ich strich über die Buchrücken in einem hohen, frei stehenden Regal und betrachtete dabei aus dem Augenwinkel das Rätsel namens Reign. Sein nicht zugeknöpftes Hemd bauschte sich bei jeder Bewegung. Schlanke, in einer Jeans steckende Beine fraßen den Raum vor dem Kamin. Schatten spielten mit den akzentuierten Winkeln seines Gesichts. Plötzlich hatte ich dieses Bild vor Augen, wie ich die Finger in sein Haar krallte und seinen Mund mit dem meinen plünderte. Hitze stieg mir in dic Wangen. Ich musste schlucken und wandte mich ab, während das Kribbeln meinen Arm hinaufstieg. Das war der Bann. *Lass dich davon nicht ablenken.* Ich konnte ihn schlagen. Das war nicht real. Alles, was ich für ihn fühlte, war nur ein Trick, eine Falle. Eine Lüge.

Abrupt beendete er den Anruf und warf das Handy mit einem Fluch auf einen Tisch. Er fuhr sich mit beiden Händen durchs Haar, legte den Kopf zurück und blickte mit einem leisen Knurren zur Decke. »Jeder will ein Stück von mir.«

Oh, echte Verzweiflung. Also war er doch nicht so unberührbar. »Ich kann gehen …«

»Nein«, zischte er. Dann entschärfte er die Ablehnung

mit einem trockenen Lächeln. »Nein. Es ist nur … das waren ein paar lange Tage.« Ein schneller Blick zur Tür folgte. Vielleicht erwartete er Besuch. »Ich hätte nicht herkommen sollen. Die *FA* wird noch immer nach mir suchen. Aber ich wollte diesen Ort noch einmal sehen, bevor man ihn mir wegnimmt.«

»Was meinst du damit?« Das geborgte Kleid wogte bei der kleinsten Bewegung wie Wasser. Es ergoss sich über mich, lag kühl auf der warmen Haut. Ich konnte mich nicht erinnern, wann ich das letzte Mal etwas so Glamouröses getragen hatte. Hatte ich das überhaupt schon mal? Reigns anerkennender Blick wanderte tiefer. Ich räusperte mich und verschränkte die Arme. Er konnte mich so lange mit den Augen ausziehen, wie er wollte, damit würde er nichts erreichen.

»Du siehst wunderbar aus.«

»O nein, spar dir das. Da falle ich nicht mehr drauf rein, Kumpel. Detective Andrews hatte recht, was dich betrifft.«

»Tatsächlich?«

»Ja, allerdings. Er ist sehr besorgt.«

Reign lächelte, schnappte sich die Flasche und das Glas und kam näher. »Natürlich ist er das.«

»Das ist er.«

»Wirklich?« Jetzt aus der Nähe sah er mich an wie ein Raubtier, das sich an seine Beute anpirschte.

»Jawohl.« Ich schob mein Haar hinter ein Ohr und sah zur Seite. Überall hin, nur nicht auf Reign. Aber meine Aufmerksamkeit wurde unweigerlich wieder von ihm angezogen. »Er glaubt, ich muss gerettet werden.«

»Vor mir?« Er blieb auf Griffnähe vor mir stehen und

löste sämtliche Alarmglocken in meinem Kopf aus. Ein paar atemlose Sekunden lang musterte er mich, ohne zu blinzeln oder auch nur einen Muskel zu rühren. In diesen bemerkenswerten Fae-Augen loderte Hunger, und er machte keine Anstalten, das zu verbergen. Sollte ich mich doch abwenden, wenn ich es konnte.

Er hob das Glas an die Lippen und probierte den Wein, während ich zu ignorieren versuchte, wie seine Zunge über die Unterlippe fuhr und diese winzige Geste meinen Atem beschleunigte.

»Er hat keinen Grund zur Sorge.« Seine Worte, kaum lauter als ein Flüstern, bescherten mir ein angenehmes Frösteln. »Wollte ich dich, hätte ich dich schon längst, Mädchen aus Amerika.«

Schließlich senkte er den Kopf und füllte mein Glas nach. *Wollte ich dich* … Ich bildete mir seine heißen Blicke doch nicht ein … oder wie seine Worte die eine Sache meinten, ihr Klang aber auf etwas ganz anderes verwies.

Ich schluckte meine Nervosität hinunter und lächelte strahlend. »Ganz genau.« Meine Brust wurde enger und ich verstand das Zweite Gesetz. *Berührt ihr sie, fühlt ja nichts.* Mann o Mann, und was ich alles fühlte. Ich fühlte, wie seine Worte so sicher Lust in meinem Inneren entfachten, wie der Alkohol Hemmungen löste. Verflucht, wo waren meine Vorsätze geblieben? Offensichtlich verschwunden, zusammen mit meinem gesunden Menschenverstand.

Er stellte die Weinflasche auf dem Tisch ab, berührte dabei absichtlich meinen Arm. Stocksteif stand ich da und weigerte mich, auch nur einen Zentimeter zu weichen. Es würde bei mir nicht funktionieren. Ich würde ihn nicht sehen lassen, wie sehr es mich schon erwischt hatte. Diese Willensschlacht würde er nicht gewinnen. Ich würde den Bann besiegen, *ihn* besiegen.

Als er sich wieder aufrichtete, war er irgendwie näher an mich herangekommen, ohne sich überhaupt zu bewegen. Er füllte mein ganzes Blickfeld mit unbestreitbar verführerischem Fae.

»Hätte ich dich in meinen Bann schlagen wollen, hätte ich dich mit der ersten Berührung erwischt.«

Er legte den Kopf schief, wirkte fragend, verführerisch und … suchend. Ich blinzelte ihn an, fest davon überzeugt, dass er mein Zittern und meine beschleunigte Atmung bemerkt hatte. In seinen Augen funkelte es raubtierhaft, die Pupillen wurden dunkler, während die drei deutlich zu unterscheidenden Farben miteinander verschwammen.

»Hätte ich dich gewollt, hättest du nicht dagegen ankämpfen können.«

Ich riss mich zusammen und trat einen Schritt zur Seite. Das Glas ließ ich auf dem Tisch stehen. Er wusste ganz genau, wie er mich ablenken musste, aber die aufreizenden Gedanken, die er ausgelöst hatte, durften nicht in die Tat umgesetzt werden.

»Also du willst mich nicht und ich will dich nicht«, erwiderte ich. »Schön, dass wir das geklärt haben.«

Meine Stimme zitterte. Das ging gar nicht. Ich würde nicht zulassen, dass er mich beeinflusste. Ich durchbohrte ihn mit einem kalten Blick. Jedenfalls hoffte ich das.

»Warum war mein Schlafzimmer voller Spinnen?« Ah, da war die Unnachgiebigkeit, von der ich wusste, dass ich sie hatte. Hielt ich mich an die Fakten, konnte ich dagegen ankämpfen, was es auch immer war.

»Entweder schickte sie ihre Spinnen, um dich zu beobachten … oder um dich zurückzuholen.« Er leerte das Glas und schenkte sich sofort nach. »Ich wünschte, ich wüsste, warum.« Er lächelte schmal und vorsichtig. »Alles wäre bedeutend einfacher, wenn ich es wüsste.« Mit gekrümmten Schultern lehnte er sich gegen das Regal.

So viele Fragen regten sich in meinem Kopf und rangen darum, zuerst an die Reihe zu kommen. Er senkte das Kinn und schloss die Augen. Sein leiser Seufzer sagte alles. Er rieb sich das Gesicht und konzentrierte sich erneut, dann setzte er dieses Lächeln auf, mit dem er immer sein Publikum becircte, um seine Erschöpfung zu überspielen.

»Warum erzählst du mir nicht die Wahrheit, Alina? Ersparst mir die Mühe, die Absichten der Königin zu erahnen? Du weißt etwas.«

»Wie oft muss ich es dir noch sagen? Ich weiß nichts. Wenn ich es täte, warum sollte ich es dir vorenthalten?«

»Gute Frage. Warum solltest du das tun?«

Ich zögerte und runzelte jetzt ebenfalls die Stirn. »Warum vertraust du mir nicht?«

»Warum sollte ich? Die Königin hätte mir befehlen können, das zu besorgen, was sie von dir will, aber das hat sie nicht. Sie sagte, du gehörst ihr …«

»Vielleicht meinte sie ja gar nicht mich.«

»Etwas stimmt nicht. Da ist etwas an dir … etwas …« Sein Blick durchbohrte mich. Er hielt mich für eine Lügnerin, und ich hatte keine Ahnung, wie ich ihn vom Gegenteil überzeugen sollte.

»Wieso tauchst du immer in genau dem Augenblick auf, in dem ich gerettet werden muss?«, fragte ich.

»Wäre es dir lieber, ich würde es nicht tun?«

»Du wirst mir zustimmen, dass es verdächtig ist.«

Er blinzelte und dachte über seine Erwiderung nach. »Ich habe dich beobachtet.«

Das war gruselig. »Wie ein Stalker?«

»Genau so.« Er lächelte breit und die Müdigkeit perlte von ihm ab. Dann nahm er die Schultern zurück und stieß sich von dem Regal ab, als hätte er nicht eben noch ausgesehen wie jemand, der dringend Schlaf brauchte. »Du solltest öfter nach oben schauen. Wie ein Fae denken. Würdest du mehr auf deine Umgebung achten, hättest du mich gesehen.« Er grinste und genoss meine finstere Miene offensichtlich. »Du musst zugeben, dass es nützlich ist, wenn ich in der Nähe bin.«

Ungefähr so nützlich wie eine Schoßkatze und genauso verlässlich. »Warum beobachtest du mich? Du hast es schließlich selbst gesagt: Du hast Besseres zu tun. Du bist auf der Flucht. Solltest du London nicht verlassen?«

Er stellte das Glas auf dem Tisch ab und überbrückte die Distanz zwischen uns. Ich wich zurück und stieß gegen ein Sofa.

Er lachte grollend und köstlich zugleich und wandte das Gesicht ab. »London verlassen?« Als er mich wieder ansah, lag nicht die geringste Spur von Belustigung in seinen Augen, sondern nur eine neue Härte. Dann schüttelte er den Kopf und schenkte mir ein gezwungenes Lächeln. »Ich kann nicht weg.«

Er stand zu nah bei mir, füllte mein Blickfeld, überforderte meine Sinne und verwirrte meine Gedanken. Ich griff hinter mich nach der Sofalehne und grub die Finger hinein, während ich mich gegen seinen ablenkenden Einfluss wehrte. Es war genau wie auf der Straße, als er versucht hatte, mich herauszufordern, aber dieses Mal lag eine Wildheit in ihm. Dieses Mal war sein Spiel gefährlich. Fragen. Die Fragen halfen mir, den Kontakt mit der Realität nicht zu verlieren.

»Reign, was hast du auf dieser Party getan?«, flüsterte ich, während ein Stück der Spinnentätowierung unter seinem Kragen meine Aufmerksamkeit erregte.

Wo ich Bedauern in seiner Miene erwartet hatte, entdeckte ich Hunger und nacktes, kaum kontrolliertes Verlangen. Dieser Ausdruck durchschlug meine Verteidigungsbarrieren und brach den Teil von mir auf, der das hier wollte. Der es schon immer gewollt hatte.

»Wir sind alle Gefangene«, flüsterte er so nah, dass sein Atem meine Wange kitzelte. »Auf die eine oder andere Art.« Er schmiegte sich an mich. »Die Fae im Exil. Wir sind die Fehler, die Vergessenen, denen man alles verweigert.«

Sein warmer, harter Körper machte den Rest meiner Vorsätze zunichte. Ich vergaß die Fragen, vergaß, dass ich ihn auf Armlänge halten musste, denn in dieser Nähe – so verdammt nah, dass ich ihn förmlich auf den Lippen schmecken konnte –, vermochte ich mich genauso wenig zu wehren wie meiner Ansicht nach jedes andere Fae-Opfer. Er war in meinem Blut, er war das süße Gift, das meinen Verstand verführte.

»Wir wurden hergeschickt, als würde man Unrat unter den Teppich kehren.« Er hauchte die Worte, goss sie in mich hinein. »Wir sind zu gefährlich, als dass man uns im Feenreich frei umherstreifen lassen dürfte. Die Königin ist nicht mal die schlimmste von uns. Ich … wir waren nicht wunderschön; wir waren nicht das, wofür du uns hältst.« Seine Lippen fuhren über den Pulsschlag in meinem Hals. »Wir sind die Ungeheuer, für die ihr uns insgeheim haltet und fürchtet.«

Er schnappte sich meine Hand, fand den Schnitt am Daumen und führte ihn zu den Lippen, bevor ich überhaupt auf die Idee kam, mich zu wehren. Sein Blick hielt mich fest, forderte mich heraus, ihn aufzuhalten, bot diese letzte Chance, Nein zu sagen. Ich konnte es nicht. Ich hätte es tun sollen. Ich hätte so vieles tun sollen. Es war falsch. Es durfte nicht passieren. Die Drei Gesetze …

Ich hätte das brave Mädchen sein sollen. Hätte einfach gehen sollen. Aber das hatte ich noch nicht geschafft, und ich hatte auch nicht die Absicht, mich selbst zu retten. Für mich war es bereits zu spät.

Er legte die Zungenspitze um meinen Daumen und leckte über den Schnitt. Flüssige Hitze rollte durch meine Adern. Ich klammerte mich an das Sofa hinter mir, denn ich brauchte jeden Halt, um ihn nicht zu packen und mich allen sündhaften Wünschen hinzugeben, die mein Verstand heraufbeschwor. Ein scharfes Stöhnen entfuhr meinen Lippen.

Seine Augen weiteten sich. Er drückte sich an mich. Ich konnte nicht entkommen und wollte es auch nicht. Er war die Gefahr in der Dunkelheit, die grausame Verlockung, nach der wir uns alle insgeheim sehnen. Er hatte mich gefangen genommen und ich wollte es. Lust drang in die Tiefen meines Selbst und loderte empor. Er schob meinen Daumen von sich und biss sich in die Unterlippe, schmeckte mich dort, reizte mich mit einem Blick, der meine Zurückhaltung lösen sollte. »Du schmeckst wie wir.«

Er sagte es wie eine Anklage, ließ mir aber keine Zeit, darüber nachzudenken. Seine Hand vergrub sich in meinem Haar und spannte sich zu einem besitzergreifenden Griff, der möglicherweise geschmerzt hätte, hätte ich nicht einen Arm um ihn gelegt und ihn dicht genug an mich gezogen, um meinen Atem einzuschränken. Es war kein Kuss, nichts so Süßes. Ich wühlte mich in seine Lippen und seine Zunge, schmeckte, biss sanft und stahl, und er reagierte wie ein Mann, der völlig ausgehungert nach mir war. Es war wild, verrückt und falsch. Und ich wollte mehr von ihm. Jeden verbotenen Zentimeter.

Ein leises Knurren der Zurückhaltung drang durch seine zusammengebissenen Zähne und er riss sich von mir los. Dann packte er mein Gesicht mit beiden Händen und atmete schwer, sah mich durchdringend an. Ein winziger Zweifel bröckelte von dem Wahnsinn ab, nur der Hauch einer Andeutung, dass nicht alles so war, wie es schien. Aber das Verlangen in seinem Antlitz, der Hunger in seinem Kuss und die Berührung …

Das alles spülte die Zweifel weg. Seine Berührung schickte das Kribbeln in meine Haut und ließ mich ein ums andere Mal erbeben. Er schob ein Knie zwischen meine Beine und hielt mich fest, während er sich einen heißen Weg von meinen Lippen meinen Kiefer entlang zum Hals küsste. Er nahm die Hände herunter, strich mit der einen über meinen Rücken, während die andere meinen Oberschenkel ergriff und mein Bein nach oben zog. Jeder heiße Zentimeter von ihm brannte sich durch den dünnen Stoff des Kleids.

Ich zitterte, als wäre mir kalt, als würde ich mich vielleicht sogar vor ihm fürchten, vor mir selbst, vor uns, aber das hielt mich nicht davon ab, über seine breiten Schultern zu streicheln und ihm das Hemd abzustreifen. Ich ließ die Zunge über seine Spinnentätowierung tanzen und fühlte sein Erbeben.

Er keuchte auf und zuckte zusammen, zischte durch die Zähne. »Alina. Ich …«

Ich wollte nichts von Worten wissen. Worte waren kompliziert. Was ich von ihm brauchte, war ganz einfach. Ich schob die Hand um seine Taille und strich tiefer, drückte ihn an mich.

»Es tut mir leid.« Er sagte es, als würden ihm die Worte körperlichen Schmerz zufügen, als müsste er sie knurrend tief aus seinem Inneren an die Oberfläche zerren.

Es tat ihm leid? Verwirrung zügelte meine rasenden Gedanken. Moment mal, was geschah hier? Reigns Atem klang abgehackt. Ich wandte ihm das Gesicht zu, strich mit den Lippen über seinen starren Kiefer. Er zitterte, aber die Veränderung in ihm war offensichtlich; das erkannte sogar mein von Lust überschwemmter Verstand. Als sein schamerfüllter Blick meinen traf, stimmte etwas nicht mit seinen Augen. Es waren nicht die gleichen wunderschönen Schmetterlingsaugen, die ich mittlerweile so bewunderte. Blutrot strömte es in seine Iris. Ich trat zurück, aber er strich mit der Hand meinen Arm hinauf und hinterließ dabei Taubheit. Schwäche schlug über mir zusammen und beraubte mich meiner Energie. Er stahl mein Draíocht. Schon wieder.

Ich riss den Arm zurück. »Hey! Reign, gottverdammt …«

»Ich musste es wissen.« Abrupt wandte er sich ab und stolperte ein paar Schritte, bevor er gegen den Tisch stieß.

Mich gegen das Sofa stützend, rieb ich etwas Gefühl in meinen Arm zurück. Er hatte nicht viel genommen, nicht so viel wie im U-Bahnhof, trotzdem hatte er es verdammt noch mal ohne meine Erlaubnis gestohlen. Einmal war ein Unfall. Aber zweimal? »Was soll das, Reign?«

Mit einer ruckartigen Bewegung zog er das Hemd wieder nach oben und stützte sich auf den Tisch. Mit gesenktem Kopf und bebenden Schultern stand er da, so erregt wie ich. Also warum musste er es verderben? »Du schmeckst wie sie«, sagte er leise.

»Du Arsch. Ich schmecke wie wer? Shay? Was soll das?« Ich stieß mich vom Sofa ab und wollte ihn zwingen, meinen Blick zu erwidern. Er drehte den Kopf und sah mich traurig an, seine Augen hatten wieder die normalen drei Farben eines Fac. Er wirkte so erschöpft und ausgelaugt wie damals auf dem Bahnhof. »Du bist schwach, du brauchst Draíocht. Wolltest du …« Meine Stimme brach. »Wolltest du mich verführen, um dich zu nähren?«

»Nein, ich …« Er rang um die richtigen Worte und seufzte. »Ja. Aber du verstehst nicht.« Er zuckte zusammen. »Es ist nicht das, wonach es aussieht. Ich musste eine Möglichkeit finden, dich zu schmecken.«

»Mich zu schmecken?« Ich ballte die Fäuste.

»Das Blut. Ich muss wissen, was du bist.«

»Ich bin angepisst, das bin ich. Gottverdammt, Reign, beinahe hättest du … wir hätten beinahe …«

Wie oft hatten wir uns berührt? Was hatte ich mir nur

dabei gedacht? Er wollte mein Draíocht. Er machte mich zu seinem nächsten Opfer. Die Anmache, der Alkohol. Er hatte mich sogar in Shays Kleid gesteckt; vielleicht half ihm das bei seiner Fantasie. War das seine Vorgehensweise? Brachte er seine Opfer in seine Luxuswohnung, verführte sie, stahl ihr Draíocht, unterwarf sie seinem Bann und behielt sie?

Ein Frösteln überkam mich. Ich rieb mir die nackten Arme. Er hatte mich gerade bewusst manipuliert, hatte den Zauber in dem Wissen eingesetzt, dass ich ihm nicht widerstehen konnte. Er hatte mich benutzt.

»Wie viele Menschen hast du hier deinem Bann unterworfen?« Meine Stimme klang hart und tonlos, wie kaltes Eisen.

Reign richtete sich auf, aber nicht lange. Er ging ein paar Schritte und stützte dann einen Arm gegen das Regal, kniff sich in die Nasenwurzel.

»Wie viele?«

Sein Grinsen tat weh. »Ich schade niemandem. Ich versklave niemanden. Ich hätte dich nicht verletzt, wenn ich … ich hätte … Scheiße, Alina. Bitte … » Er fuhr sich durchs Haar. »Ich versuche nur, dich zu beschützen.«

Schwachsinn. »Ich muss nur vor einem beschützt werden. Vor dir.«

Wieder zeigte er dieses dumme, beschwichtigende Lächeln. »Du weißt nicht, wie recht du hast.«

»Erzählst du das deinen Opfern? Dass es für sie ist? Zu ihrem eigenen Wohl?«

»So ist das nicht«, knurrte er. »Sie sind keine Opfer. Meine Assistentin muss sich durch die Fanpost kämpfen, in der man mich anfleht, sie mit meinem Bann zu belegen. Sie wollen es. Ich schenke ihnen eine Nacht, die sie niemals vergessen werden, dann schicke ich sie fort. Ich achte darauf, nur wenig zu nehmen, genau wie bei dir. Ich lasse nur selten zu, dass mehr daraus wird.«

An diesem Bild war so schrecklich viel falsch und er erkannte es nicht mal. »Du nutzt sie aus. Du hast mich ausgenutzt.«

»Dich? Ich könnte dich gar nicht ausnutzen. Du bist genauso schlimm wie ich.« Er stieß ein grausames Lachen aus. »Ja, ich nutze sie aus. Mir bleibt nichts anderes übrig. Auf dein verdammtes Urteil kann ich verzichten.« Er stieß sich vom Regal ab und ging auf mich zu. »Frauen betteln nach mehr, Alina, ich gebe ihnen, was sie brauchen, und nehme im Gegenzug nur wenig. Ist das so schrecklich, dass du und deine menschlichen Ideale das einfach nicht in deinen Schädel kriegen?«

Wärme stieg in meine Wangen, aber ich wich nicht zurück. »Aber es ist nicht echt. Was sie für dich fühlen … in Wirklichkeit *bedeutet* es ihnen nichts.« *So wie mir,* fügte ich im Stillen hinzu, dann schalt ich mich für meine vom Bann verursachte Dummheit.

Seine Augen verengten sich kaum merklich, dann verzogen sich seine Lippen zu einem vorgetäuschten Lächeln. »Du bist offensichtlich noch nie faegevögelt worden.«

Ich schlug ihm hart genug ins Gesicht, dass meine Hand kribbelte.

Er bewegte probeweise den Unterkiefer. »Fühlst du dich jetzt besser, da du deine rechtschaffene Ansprache losgeworden bist? Sie ändert nichts. Ich brauche trotzdem meine Nahrung, die Fans wollen mich trotzdem singen hören, und die Königin hält meine Zügel in der Hand.«

»Fass mich nie wieder an, Reign!«

»Keine Angst.« Er fuhr herum und fuchtelte mit der Hand. »Verschwinde, und wenn die Königin das nächste Mal nach dir sucht, erwarte nicht, dass ich dir den Hintern rette.«

Ich schnappte mir meinen Dolch vom Tisch und ging zur Tür. »Ich kriege meine Story auch ohne dich.«

»Mach das.«

Ich riss die Tür auf und starrte den *FA*-Attentäter an, der sich dort bedrohlich aufgebaut hatte. Wie durch ein Wunder blockierten meine Reflexe seinen Dolchstoß. Stahl klirrte, unsere Klingen küssten einander, Angst und Adrenalin schossen durch meine Adern, dann packte Reign meine Schulter und riss mich zur Seite.

Drei bis an die Zähne bewaffnete Fae warfen sich auf ihn. Dolche blitzten auf. Er wehrte einen Stich ab, schlug einem Mann die Faust ins Gesicht, aber eine Klinge bohrte sich in seine Schulter. Knurrend stürzte er sich auf seinen Angreifer, aber eine Schwertspitze ließ ihn abrupt stehen bleiben.

»Legt ihn in Eisen, bevor er sich richtig wehren kann«, knurrte einer.

Reign wollte den Rückzug antreten, da schleuderte ein anderer Angreifer einen Dolch in seinen Rücken. Die Klinge bohrte sich tief ins Fleisch. Reign stieß einen Schrei aus und sackte auf ein Knie. Sein Blick traf mich. Er hatte sein Draíocht dafür verschwendet, mich aus meiner Wohnung zu holen, und konnte jetzt nicht mehr entkommen.

Sie hatten ihn erwischt. Um es zu beweisen, legte ihm ein Mann Eisenfesseln an. Ein tiefes, warnendes Grollen drang aus Reigns Innerem, aber für einen Kampf fehlte ihm die Energie.

Nur halb so groß wie sie und doppelt so langsam, lag meine einzige Möglichkeit in der Flucht. Ich schaffte es aus dem Apartment, bevor sich etwas Hartes und Heißes in der Nähe des Schulterblattes in meinen Rücken bohrte. Schmerz durchzuckte mich. Ich stürzte auf die Knien.

»Alina!« Reigns Aufschrei durchdrang kaum die mentale Mauer, die ich hatte hochschnellen lassen, um den gröbsten Schmerz auszusperren. *Das darf nicht passieren, man darf mich nicht gefangen nehmen, ich bin noch nicht erledigt.* Ich griff über die rechte Schulter, schlang die Finger um den Dolch in meinem Rücken und riss ihn heraus. Neuer Schmerz flammte auf, aber ich sperrte ihn aus wie alles andere. Ein bewaffneter Fae kam mit regloser Miene auf mich zu; seine dreifarbigen Augen waren schwarz, grau und blau. Dunkel. Da war kein Gefühl, nur die deutliche Absicht, mich zu töten. Er *würde* mich töten. Das wusste ich so sicher, wie ich meinen Namen kannte.

Kühle Kontrolle ergriff Besitz von mir. Die ganze Panik und mir die Luft abschnürende Furcht verschwanden. Ich spähte durch meine Haarsträhnen, atmete keuchend und sah zu, wie er ein Kurzschwert aus der Scheide zog. Ich lächelte. Er hatte nicht die geringste Ahnung, wem er da gegenüberstand. Keiner von ihnen kannte die Wahrheit.

Er kam näher, und ich trat ihm das Bein weg und brachte ihn aus dem Gleichgewicht. Mit einem Grunzen richtete er sich wieder auf, aber da hatte ich mich bereits gedreht und rammte ihm mit perverser Freude den Dolch in den Stiefel.

Sein Aufschrei erschien meinem seltsam unbeteiligten Verstand süß. Mein Körper fühlte sich an, als gehörte er nicht mir. Muskeln bewegten sich, gehorchten mir fremden Befehlen. Ich wusste, ich konnte ihn besiegen. Das war keine Wunschvorstellung. Es war eine Tatsache.

Das Kurzschwert schwang in einem weiten Bogen herum. Ich fuhr zurück, schnappte sein Handgelenk und drückte zu. Knochen zerbrachen unter meinem Griff. Mein Opfer ging in die Knie. Blindlings schlug er mit der Linken zu und traf mein Kinn. Schmerzen durchzuckten meine rechte Gesichtshälfte. Ich starrte ihn finster an, knurrte und stieß ihm den Dolch ins Herz. Die Fae-Augen weiteten sich. Seine schmalen Lippen öffneten sich, und endlich sah er mich als das, was ich war, was ich selbst noch begreifen musste. Grüner Nebel stieg aus dem Dolch in seiner Brust und aus meiner Hand – aus mir.

Ich zuckte zurück und setzte mich auf den Hintern. Die Realität flutete zurück. Auf den Lippen schmeckte ich Blut – mein Blut –, ein heftiger Schmerz brannte in meinem Rücken. »Was …?«

Jenseits der offenen Tür versuchte sich Reign von den ihn flankierenden Fae zu befreien, aber seine Hände waren gefesselt und ihr Griff wankte nicht. Er erstarrte, sein Blick richtete sich auf mich. Sein Gesicht hatte jede Farbe verloren. Hinter mir griffen Hände zu. Wie zuvor übernahm der Instinkt, und ich reagierte, als ginge es lediglich darum, ein oft geübtes Bewegungsmuster durchzuführen. Ich fuhr herum, schlug dem Fae in die Ellenbeuge. Er hieb nach mir.

Ich blockte, duckte mich und rammte ihm den Dolch in die Seite, fühlte, wie sich die Klinge durch Haut und Fleisch bohrte. *Angreifen, eins, zwei, drei. Feind. Töten.* Ich schob ihn von mir und rannte los.

»Alina!« Reigns Schrei folgte mir durch den Korridor die Treppe hinunter in die Nacht.

KAPITEL 13

Detective Andrews warf einen Blick auf mein blutiges und zerrissenes Kleid und sprang aus dem Auto. Er streifte die Jacke ab und warf sie mir über die Schultern, während ich gegen ihn sackte. »Was ist passiert?«

Ich vermochte nicht zu antworten, denn ich wusste es nicht, verstand nichts davon. Was war passiert? Ich konnte nur zusammenhanglose Worte ausstoßen.

Er schob einen Aktenstapel vom Beifahrersitz und drückte mich sanft in den Wagen. »Sind Sie verletzt?«

»Nein.« Meine Schulter brannte, aber das wollte ich nicht zugeben. Ich hob den Kopf und blickte auf die bleichen Gesichter, die aus den Fenstern des rund um die Uhr geöffneten Ladens spähten. Das Personal hatte die Polizei rufen wollen, als ich blutig und zerzaust hereingestürmt war. Den Dolch hatte ich unter dem Kleid versteckt, sonst hätten sie den Alarmknopf gedrückt. Ich hatte mir ein Telefon geborgt und Andrews nach mehreren Versuchen, mich an seine Nummer zu erinnern, endlich erreicht. Ich hatte den Ladenmanager mit der Erklärung beschwichtigt, dass der Freund, den ich angerufen hatte, Polizist war.

Jetzt, in der Wärme und Sicherheit von Andrews' Wagen, sah ich zu, wie Londons Straßen vorbeirasten. Straßenlampen woben milchige Streifen in mein verschwommenes Blickfeld. Was hatte ich getan?

»Alina, reden Sie mit mir. Hat Sie jemand verletzt? Ein Fae …?«

»Nein.«

Ich krümmte mich zusammen und zog seine Jacke enger gegen mein Kinn. Alle paar Sekunden glitt sein scharfer Blick von der Straße zu mir. Er fragte mich mehrmals, was passiert war, aber ich fand die Worte nicht. Noch nicht. Als mir klar wurde, dass er mich nach Hause brachte, entfachte die Furcht Panik, und ich bat ihn, mich woanders hinzubringen, nur nicht dorthin, zurück zu den Spinnen.

»Wenn ich Sie ins Revier bringe, muss ich einen Bericht schreiben.«

Ich verstand die unausgesprochenen Worte. Was ich auch sagen würde, man würde es notieren. Ich hatte Mitglieder der *FA* angegriffen. Möglicherweise sogar Schlimmeres getan. Würden sie mich holen? »Nicht dorthin.« Ich ignorierte seinen müden Seufzer und überprüfte die Straßen. Reign hatte gesagt, um nach den Fae zu suchen, sollte man nach oben sehen. Das tat ich, aber außer dem Schein der Straßenlampen war da nicht viel zu erkennen.

Möglicherweise war ich damit durchgekommen, einen Beamten der *FA* in dem Café bewusstlos zu schlagen, aber die Vorkommnisse in Reigns Apartment in Kensington … Da konnte ich mich nicht rausreden. Hatte ich sie getötet? Waren sie tot? Es hätte unmöglich sein sollen. Ich war ein Mensch, schwächer, langsamer. Die Männer hätten mich mühelos überwältigen müssen. Diese Dinge, die ich getan hatte, die Gedanken in meinem Kopf, diese schrecklichen

Triebe. Das waren nicht meine Gedanken, meine Triebe. Das konnten sie unmöglich sein.

»Halten Sie an«, stöhnte ich.

»Alina?«

»Mir wird schlecht, halten Sie an.« Er fuhr gerade noch rechtzeitig an den Straßenrand, damit ich die Tür aufreißen und meinen Mageninhalt auf den Bürgersteig spucken konnte. Meine Haut juckte, als wollte sie von meinem Fleisch kriechen, heiße Schauder durchfuhren meinen Körper. Irgendwas stimmte nicht mit mir.

»Sie müssen ins Krankenhaus.«

Ich wischte mir den Mund ab. »Nein. Ich bin in Ordnung …« Es war der Schock. Nur der Schock. »Bitte, bringen Sie mich einfach an einen sicheren Ort.«

Andrews' Apartment sah aus, als wäre dort gerade eingebrochen worden. Er murmelte etwas davon, dass sein Mitbewohner gerade nicht da sei, und räumte Zeitschriften und Akten von einem Sessel, damit ich mich setzen konnte. Trotz des Chaos hatte sein Heim die Art Wärme, die meinem fehlte. Vielleicht waren es die Fotos von Familientreffen und Freunden, mit denen der Kaminsims übersät war, oder die alten Ausgaben von *Wired* auf dem Wohnzimmertisch. Meinem verwirrten Verstand erschien seine Wohnung echt und sicher.

In meinem Inneren kehrte Ruhe ein, und ich versuchte, sie zu bewahren, indem ich mich darauf konzentrierte, wie sich der orange Schein der Straßenlampen in den Raum auf die Papierstapel ergoss. Offensichtlich war Andrews kein Fan eines vernünftigen Ablagesystems. Hingekritzelte Notizen schmückten Ausdrucke. Ein paar Artikel über die Fae waren so fest eingekreist worden, dass der Stift das Papier zerrissen hatte.

Andrews kam mit antiseptischen Tüchern zurück. Sein Blick fiel auf den Dolch, den ich auf einen Tisch gelegt hatte. Er hatte offensichtlich Fragen, aber dann reinigte er wortlos die Wunde in meinem Rücken. Seine behandschuhten Finger arbeiteten vorsichtig, beinahe schon andächtig.

»Sie sollten sich wirklich im Krankenhaus untersuchen lassen.«

»Nein, das ist schon in Ordnung«, murmelte ich. Ich war innerlich zu taub, um mir darüber jetzt Sorgen zu machen. Sobald die Wunde sauber war, ließ er mich auf dem Sessel zurücksinken, und ehe ich michs versah, war ich eingeschlafen. Erst das Tageslicht auf meinem Gesicht weckte mich.

»Kaffee?«, fragte er.

Ich sah ihn blinzelnd an. In Jeans und Hemd und mit vom Schlaf zerzaustem Haar sah er aus wie ein ganz normaler Zivilist und nicht im Mindesten wie der Polizist mit dem stählernen Blick, an den ich mich gewöhnt hatte. Selbst sein Lächeln erschien entspannt. Gedankenverloren kratzte er sich am Kopf, ertappt in einer unbehaglichen Ehrlichkeit. »Nichts für ungut, aber Sie sehen aus, als könnten Sie ihn brauchen.«

»Ein Kaffee wäre toll, danke.« Er verließ das Zimmer, vermutlich ging er in die Küche. Während ich schlief, hatte er versucht aufzuräumen. Die eingekreisten Artikel waren verschwunden. Vermutlich steckten sie in mehreren Zeitschriften- und Papierstapeln auf dem Boden. Das Chaos ließ mich lächeln. Ich hätte nie damit gerechnet, dass er so, na ja, normal war.

Shays Kleid und die fehlenden Schuhe bestätigten mir, dass ich die schrecklichen Ereignisse in Reigns Apartment nicht nur geträumt hatte. Reign. Hatte ihn die *FA* mitgenommen? Würde es ihm gut gehen? Dieser verfluchte Bann! Selbst nachdem er mich erneut bestohlen hatte, konnte ich nicht aufhören, mir seinetwegen Sorgen zu machen. Dieses Arschloch. Ich hatte eine Seite von ihm gesehen, die mir gar nicht gefiel, aber verglichen mit dem Entsetzen, das meine eigenen Handlungen hinterlassen hatten, verblassten meine Gefühle für ihn.

Ich richtete mich im Sessel auf und zischte, als meine Schulter protestierte.

Andrews kehrte mit einer dampfenden Kaffeetasse zurück. »Die Unordnung tut mir leid. Ich habe keinen Besuch erwartet.«

Ich lächelte zu ihm hoch und nahm die Tasse. »Mir tut es leid, das ganze …« Meine Schulter brannte und ich zuckte zusammen. »Sie sind mich bald los. Sie müssen zur Arbeit, und … ich hätte Sie nicht anrufen sollen, aber … ich wusste einfach nicht, was ich machen sollte.«

»Schon in Ordnung.« Er schob die Hände in die Hosentaschen, lächelte zögernd. »Ich arbeite heute nicht.«

Ich legte die Hände um das heiße Getränk und probierte. Es schmeckte süß und gut, genau das, was ich jetzt brauchte. Andrews fing wieder an aufzuräumen, worin er wirklich nicht gut war. »So bin ich nicht, müssen Sie wissen; der Typ, mit dem ich mir die Wohnung teile … das ist der Freund meiner Schwester.« Er richtete sich auf, bedachte das Chaos mit einem Stirnrunzeln und fuhr sich mit der Hand durch die Haare. Er betrachtete die Unordnung, als wäre sie eine Schlacht, die unmöglich zu gewinnen war.

Ich lächelte hinter meinem Kaffee. Seine Unbeholfenheit hatte durchaus etwas Anziehendes; vermutlich war er sich seines Charmes als netter Typ gar nicht bewusst. Er war so mit seiner Arbeit verwurzelt, dass er sich über Nebensächlichkeiten garantiert keine Sorgen machte.

»Ist das da Ihre Schwester?« Ich deutete mit dem Kopf auf das gerahmte Foto auf dem Kaminsims.

»Ja.« Er senkte die Hand. Das fröhliche Funkeln in seinen Augen erhielt einen Dämpfer. »Sie ist der Grund, warum ich von den Uniformierten ins SO-Dreißig wechselte und Detective wurde.«

Ich wäre sehr unsensibel gewesen, wäre mir nicht die Veränderung in ihm aufgefallen. Er verließ den Raum – ohne sich auch nur einen Zentimeter zu bewegen. Es lag an der Art, wie er plötzlich aufrechter dastand, die Schultern zurücknahm und den Blick härter werden ließ.

Eilig suchte ich nach etwas, das ich sagen konnte, ohne dass er sich vor mir verschloss. »Sie … Sie sind ziemlich jung für einen Detective.«

Sein Lächeln war echt, über seine Arbeit zu sprechen, war ihm wesentlich angenehmer als über seine Familie. »Als ich die Uniform trug, habe ich mich auf die Fae spezialisiert. Wegen meiner Erfahrungen im Umgang mit ihnen rekrutierte mich das Fae-Kommando, das zu den Special Operations gehört. Das tut die SO-Dreißig. Sie behält die Fae im Auge oder versucht es zumindest.«

Ich fragte mich, ob die Abteilung SO-Dreißig unter die »vertraulichen« Informationen fiel, die er in seinem Wagen angesprochen hatte. »Andrews, tut die SO-Dreißig mehr, als die Fae nur zu überwachen?«

»Zum Beispiel?«

»Beispielsweise … keine Ahnung.« Ich suchte nach den richtigen Worten. Wie sollte man jemandem beibringen, dass es eine andere Welt gab und sie voller Ungeheuer war? »Interessiert sie sich für das Feenreich? Sie wissen schon, das Land, von dem die Fae behaupten, es existiere nur in der Fantasie, das es aber vielleicht doch geben könnte.«

Er erwiderte meinen Blick. »Division SO-Dreißig wurde 1974 gegründet, nachdem sich die Fae der Welt enthüllten. Wir untersuchen einige, sagen wir, weniger angenehme Aspekte der Fae. Wie kommen Sie darauf, dass es das Feenreich tatsächlich gibt?«

Seine Miene war so unleserlich wie immer. Ich vermochte nicht zu sagen, ob er mich auf die Probe stellte oder einfach nur neugierig fragte. »Und wenn es das täte?«

»In diesem Fall hätten die Fae viel zu erklären.«

Er wusste Bescheid. Zumindest glaubte ich das. »Falls es das Feenreich tatsächlich gibt, dürften Sie darüber sprechen?«

»Nein.«

»Okay. Ich bin froh, dass wir das geklärt haben.« Ich stellte die Tasse ab und schob die Decke fort. Shays wunderschönes Kleid war mit getrocknetem Blut befleckt. Das Blut stammte von mir und von den Fae und es gab eine Menge davon. Mein überraschtes Keuchen erregte Andrews' Aufmerksamkeit.

»Warum gehen Sie nicht duschen?« Er hätte auch fragen können, was zum Teufel geschehen war, und mit dem Verhör beginnen können. Damit hatte ich gerechnet. Aber nicht mit dem Mitgefühl in seinem Ausdruck oder dieser unverkennbaren Trauer. »Ich habe ein paar Anziehsachen meiner Schwester hier. Sie hat ungefähr Ihre Größe.«

Ich murmelte ein Dankeschön und ging schnell unter die Dusche. Aber es gab nicht genug Seife und heißes Wasser, um die verzweifelte Schuld abzuwaschen. Oder das magenumdrehende Gefühl des Unbehagens. Andrews wusste über das Feenreich Bescheid oder hatte zumindest eine Ahnung. Er würde mir nichts sagen; ich war Reporterin und er Profi, aber ich wollte mit ihm sprechen. Ich musste mit jemandem sprechen.

Ich zog die pinkfarbenen Leggins von Andrews' Schwester an, die zu eng waren, und ein Stretch-Top, das so gar nicht ich war. Trotzdem war ich dankbar dafür. Mein Spiegelbild ging nicht sanft mit mir um. Dunkle Ringe unter den Augen, blasse Lippen. Erschöpft. Ausgelaugt. Aber das war noch nicht alles. Mit zusammengekniffenen Augen beugte ich mich näher an den Spiegel und bemühte mich herauszufinden, was sich verändert hatte. Mein Haar, mein Gesicht … irgendetwas.

Ich berührte den fast verblassten Bluterguss, den ich durch die nähere Bekanntschaft mit dem Boden eines U-Bahnwagens davongetragen hatte. Vor wie vielen Nächten war das passiert? Der Bluterguss war fast verschwunden. Der Spiegel – ich sah nicht aus wie in meiner Erinnerung.

Natürlich sah ich immer noch aus wie ich, aber auch anders. Ich drückte gegen meine Wange, um die Augen herum. Alles war da, wo es sein sollte, trotzdem hatte sich etwas fundamental verändert. Ich versuchte ein Lächeln, spannte die Lippen und tackerte es auf mein Gesicht. Mein Spiegelbild grinste zurück. »Idiotin.« Und dann erinnerte ich mich, dass ich zwei Fae-Polizisten erstochen hatte, und das erzwungene Lächeln verschwand. Würde die *FA* das der Polizei mitteilen? Oder würde Andrews mir Handschellen anlegen und mich der Fae-Autorität ausliefern? Nein. Ich unterstand ihren Gesetzen nicht. Die Gesetze der Menschen beschützten mich. Aber die Fae würden garantiert nicht vergessen, was ich getan hatte.

Ich begab mich ins Wohnzimmer. Dort stand Andrews vor dem Fernseher. Er kehrte mir den Rücken zu und sah die Nachrichten. Gerade zeigte man das Haus in Kensington, in dem Reign wohnte. »Hey!«

Er schaltete den Apparat ab. »Die *FA* hat gemeldet, dass die Suche nach Sovereign erledigt ist. Anscheinend erwischen sie ihren Mann immer.«

»Oh.« Auf meinem Gesicht mussten sich Bedauern und Furcht gezeigt haben. Ich legte die Stirn in Falten und hoffte, dass Andrews es nicht bemerkte. Natürlich tat er es doch. Er war zu aufmerksam, um sich von meinen armseligen Versuchen täuschen zu lassen.

»Miles hat angerufen.«

»Miles?« Ich blinzelte.

»Detective Miles, mein Kollege. Er kommt vorbei, um ein paar Akten zu holen.«

»Ach ja.« Ich tastete nach der Sofalehne, denn falls meine Beine nachgeben sollten, brauchte ich einen Halt. Die *FA* hatte Reign. Was würde man mit ihm machen? Ihn im Unterland festhalten? Oder Schlimmeres? Was würde die Königin mit ihm machen?

»Miles hat gesagt, dass die *FA* nach einer Frau sucht, dieselbe Frau, die mit Sovereign in einem Café in Mile End gesehen wurde. Haben Sie vielleicht eine Ahnung, wer damit gemeint sein könnte?«

O mein Gott. Ich setzte ein trauriges Lächeln auf und bemühte mich verzweifelt, mir nichts anmerken zu lassen. Und scheiterte. »Sagten Sie nicht, Sie hätten heute frei?«

»Polizisten sind immer im Dienst.« Sein sanftes Lächeln besagte, dass er es nicht ganz ernst meinte. »Ich muss Sie übergeben, aber das werde ich nicht tun, zumindest noch nicht. Ich unterstehe nicht der *FA*. Ich will Ihre Version hören.«

Ich schob mich um das Sofa herum und ließ mich auf ein Kissen fallen. »Vielleicht sollte ich am Anfang anfangen?«

»Warum nicht?«

Ich erzählte ihm alles. Wie ich Reign dem Tode nah im Bahnhof gefunden hatte, der Kampf mit dem General in der Bahn, die Spinnen im Druckerraum, die Stippvisite im Unterland, die Königin, Reigns Apartment, wobei ich gewisse heiße Details ausließ. Wie die Fae-Autorität eingedrungen war und ich die Flucht ergriffen hatte. Ich erzählte alles, vergaß dabei aber zu erwähnen, dass ich zwei Fae erstochen hatte, oder wie ich den grünen Dunst von meinen Fingern hatte aufsteigen sehen. Oder wie meine Gedanken plötzlich so kristallklar, so tödlich geworden waren. Nein, diese Einzelheiten musste ich als Geheimnis bewahren.

»Die Hüter«, wiederholte Andrews. »Das verbindet die drei toten Fae. Wir wussten, dass es eine Verbindung geben musste. Sie sind die Gründer der Fae-Autorität?«

Ich nickte.

»Kein Wunder, dass die *FA* so aufgebracht ist.« Er setzte

sich neben mich und dachte über alles nach, was ich ihm erzählt hatte.

»Ich glaube, ihr Tod hat mehr mit der Königin zu tun als mit ihrer Verbindung zur *FA*.«

»Die Königin.« Er runzelte die Stirn, mehr aus Mitgefühl als aus Missbilligung. »Und sie befindet sich … unter London?«

»Ich weiß, dass das verrückt klingt.«

»Wo denn genau unter London?«

»Ich weiß es nicht. Sie ist in einem vergessenen Untergrund-Reservoir gefangen, vermutlich nicht weit von der Chancery Lane entfernt. Reign brachte mich dort hin, aber die Tunnel sehen alle gleich aus. Eines dieser viktorianischen Relikte. Auf irgendeiner Karte wird es verzeichnet sein. Und die Königin, sie war …« Ich fand nicht die passenden Worte. »Sie war schrecklich. Sie hatte diese Beine, und irgendwie zischte sie und …«

Er glaubte mir nicht, gab sich aber alle Mühe, so zu tun, als würde er es doch. Ganz egal, was ich sagte, ich würde ihn niemals davon überzeugen … oder sonst jemanden. Ungeheuer gab es nicht. »Sie glauben, ich stehe unter einem Bann. Dass ich halluziniere oder so was?«

Er zögerte, was mir Antwort genug war.

»Wie oft hat er Sie berührt?«

Ich schloss die Augen und ließ mich in die Sofakissen sinken. Nun war genau das eingetreten, was ich befürchtet hatte. Die Fae konnten unmöglich einen Albtraum als Königin haben. Sie waren zu schön. Zu perfekt. Da war eher vorstellbar, dass ich verrückt war.

»Ein paarmal.«

»Wie oft?«

»Drei-, nein, viermal.« Als er mein Draíocht genommen hatte, als er mich ins Unterland gebracht hatte, als ich ihn auf dem Dach geküsst hatte und als wir uns in seiner Wohnung geküsst und er absichtlich mein Draíocht genommen hatte, bevor ich ihm eine runtergehauen hatte. Ich verlor die Übersicht, und das war schlimm.

»Das ist mehr als genug, um Sie in seinen Bann zu schlagen.«

Das war es. Ich öffnete die Augen und entdeckte, dass er mich fast schon mitleidig betrachtete.

Er verzog den Mund. »Haben Sie Gefühle für ihn?«, fragte er sanft.

Ich konnte nicht antworten, zumindest nicht wahrheitsgemäß.

»Alina …« Er stieß die Luft durch die Nase aus. »Lieben Sie ihn?«

»Nein.« *Nein, nein, ganz bestimmt nicht.* »So tief stecke ich nicht da drin.« Das Mitleid stand noch immer in seine Augen geschrieben. Überraschenderweise stieg Zorn in mir auf. Wie konnte er es wagen, mich zu bedauern! Ich war nicht Reigns Schoßhündchen, noch nicht. »Hören Sie, ich weiß, wie das klingt und wie es aussieht, aber ich gehöre ihm nicht.«

Andrews legte einen Arm über die Sofalehne und senkte kurz den Blick. »Das hat meine Schwester Becky auch gesagt.« Er schüttelte den Kopf. »Mein Bruder und ich, wir haben alles versucht, um ihr zu helfen. Wir haben versucht, sie von dem Fae zu entwöhnen, der sie in seinen Bann geschlagen hatte, haben sie in eine Klinik gebracht. Und als sie uns davon überzeugte, dass sie clean ist, glaubten wir ihr.« Seine Miene umwölkte sich, sein Blick glitt zu dem gerahmten Foto auf dem Kaminsims. »Ich habe sie seit sechs Monaten nicht mehr gesehen.«

Ich strich mir das Haar aus dem Gesicht und holte tief Luft. »Es tut mir leid.«

»Ja.« Es klang traurig. »Sie ist meine kleine Schwester; es ist meine Aufgabe, auf sie aufzupassen. Für meinen Bruder ist es noch schlimmer. Wir reden im Moment nicht mehr viel miteinander.« Andrews schien zu bemerken, dass er zu viel von sich enthüllte, also richtete er sich wieder auf und wurde ernst. Jetzt sah er wieder wie der Polizist aus, der auf meinem Sofa gesessen und mich über Reign ausgefragt hatte. Seine Arbeit und sein Rang als Detective waren seine Rüstung. »Was sie da tun, es ist die perfekte Verführung. Wenn man erkennt, dass man in ihrem Netz zappelt, ist es zu spät.«

Da konnte ich ihm nicht widersprechen. Nicht, wenn er es bereits erlebt hatte. Er hatte recht. Reign hatte behauptet, dass er mich – hätte er mich gewollt – schon lange in seinen Bann geschlagen hätte. Und technisch gesehen hatte er es getan.

Aber ich stand unter *keinem* Bann. Ich verlor meinen Verstand *nicht* an den Fae. Es war echt. Oder etwa nicht? Und wenn ich *gar nicht* auf sie eingestochen hatte? Falls ich mir das alles nur eingebildet hatte? Es war nicht abzustreiten, dass mich Reign zu oft berührt hatte. Ging man nach den Fakten, *hätte* ich verzaubert sein müssen. Ich senkte den Kopf und schaute auf meine gefaltet im Schoß liegenden Hände.

»Hatte Ihre Schwester Halluzinationen?«, fragte ich leise.

»Bevor wir sie in die Klinik brachten, war sie kaum noch bei Verstand. Ich glaube nicht, dass sie noch länger unterscheiden konnte, was real war und was nicht.«

O mein Gott. Verlor ich den Verstand? Ich zermarterte mir das Hirn und ging die mehr als ein Dutzend Opfer durch, die ich interviewt hatte. Einige hatten den Eindruck erweckt, dass es für sie eine Folter gewesen war, andere hatten den Bann wie einen Traum beschrieben, einen wunderschönen Traum, der die Realität verschlungen und sie formbar gemacht hatte, während ihr Fae-Meister sie immer wieder ihres Draíocht beraubte.

»Es ist schon gut, Alina.« Andrews' sanfter Ton ließ es klingen, als wäre es die Wahrheit. »Es ist noch nicht zu spät.«

Ich schüttelte den Kopf und biss auf meine Unterlippe, verabscheute die Tränen, die meine Sicht verschwimmen ließen. Was war glaubhafter? Eine Spinnenkönigin im Untergrund von London, die ihre Flucht plante, und Fae-Magie, die meinen Fingern entströmte? Oder dass Reign mich einmal zu oft berührt hatte und ich nur in sein Netz des Verlangens taumelte? Eine kühle Träne rann meine Wange hinunter. Ich war Frauen wie mir begegnet. Frauen, die alles verdrängten. Auch Männern. Fest davon überzeugt, dass es sie nicht erwischt hatte. So verdammt sicher, dass sie alles unter Kontrolle hatten. Bis sich das als Irrtum erwies.

Andrews legte die Hand auf meine Schulter. Eine so schlichte Geste. Aber sie machte sämtliche meiner Versuche zunichte, Furcht und Schuld abzuwehren, und enthüllte genau, wie durcheinander ich war. Ich konnte meine Tränen nicht länger zurückhalten. Sie abzuwischen, half nicht; die nächsten folgten ihnen bereits.

»Ich … aber es fühlt sich so echt an.«

Behutsam legte Andrews den Arm um meine Schultern und zog mich an sich. Ich ließ mich festhalten, ohne mich vor der toxischen Berührung eines Faes fürchten zu müssen. Mit geschlossenen Augen lauschte ich seinen Atemzügen und hieß seine Wärme willkommen. Er war echt. Das hier war echt.

Ein Klopfen an der Tür unterbrach uns. Andrews zog sich zurück. Seine Miene drückte nichts als Vergebung aus. Er hatte seine Schwester verloren, und da war ich, die auf demselben Pfad wandelte. Es war nicht fair. Er fuhr mit dem Daumen über meine Wange und wischte die Tränen fort. Seine sanfte Berührung wärmte mein Gesicht. Einen Augenblick lang, nur eine Sekunde, bedeutete diese Nähe etwas mehr. Ich erkannte es in seinen Augen, sah, wie er es ebenfalls empfand und sich seine Lippen öffneten. Aber der Augenblick verschwand so schnell, wie er gekommen war. Er musste erkannt haben, wie nah wir uns waren, und der Profi in ihm sperrte seine Gefühle ein. Er senkte den Blick und ließ mich los. Ich hätte mich gern noch eine Weile so halten lassen.

Er stand auf. »Lassen Sie mich … ich gehe mal eben.«

Vornübergebeugt trocknete ich mein Gesicht mit dem Handrücken. Das war bis jetzt eine entsetzliche Woche gewesen, und jetzt hockte ich in der Wohnung eines Detectives der Metropolitan Police und heulte ihm etwas vor, weil mich offensichtlich ein zweihundert Jahre alter Fae-Rockstar mit seinem Bann belegt hatte. In was für einen Schlamassel war ich da nur hineingeraten.

Detective Miles trat hinter Andrews ein. Der schiefergraue Anzug und der neutrale Blick verkündeten, dass er im Dienst war. »Miss O'Connor.«

Ich brachte ein Lächeln zustande. Seine Schuhe waren lehmverschmiert. Warum fiel mir ausgerechnet das auf? Sein verstohlen verurteilender Blick richtete sich auf Andrews.

»Miss O'Connor hat sich in eine etwas schwierige Situation gebracht«, erklärte Andrews, was sich für meine amerikanischen Ohren ausgesprochen Englisch anhörte. Als Miles zur Erwiderung lediglich grunzte, fügte Andrews hinzu: »Ich hole die Akte.«

Er verließ das Zimmer. Miles' Mundwinkel hoben sich, und er runzelte kaum merklich die Stirn, während er mich musterte. Möglicherweise wäre mir die Veränderung an ihm gar nicht aufgefallen, hätte sich das schmale Lächeln nicht in ein anzügliches Grinsen verwandelt. Mit zwei schnellen Schritten stand er vor mir. In meinem Kopf läuteten Warnglocken. Ich wollte aufstehen, aber er legte mir die Hand auf die Schulter und stieß mich zurück.

»Du bist ein ganz besonderes Früchtchen, was?« Sein Gesicht näherte sich mir bis auf wenige Zentimeter. Ich konnte einen guten Blick auf die vom Tee verfärbten Zähne hinter diesem Grinsen werfen. »Du warst schwierig zu erwischen, vor allem, weil dich dieser verdammte Fae verfolgt hat.«

Seine Finger gruben sich in meine Schulter. Ich war mir immer noch nicht sicher, was hier eigentlich gerade geschah. Handelte es sich hier um einen Fehler? »Sie tun mir weh«, sagte ich. Die Klarheit meiner Stimme überraschte mich.

Er legte den Kopf schief, seine Knopfaugen zuckten, während er mich genau musterte. »Hm, wirklich erstaunlich. Beinahe perfekt.«

»Lassen Sie mich los.« Da war dieser eisenharte Ton wieder, der nicht wirklich ich war. Ein härteres Ich.

»Ich fürchte nicht. Sie will dich zurück. Deine Zeit ist vorbei.«

Ich nahm sein Handgelenk und versuchte, seinen Griff zu lösen, aber er grinste bloß und kam mit dem Gesicht noch näher. Sein Blick schien mich zu sezieren. »Ja. Ich frage mich, wie tief der Mensch in dir steckt.«

Ich keuchte auf. »Sie arbeiten für die Königin.«

»Was glaubst du denn, wie deine kleine Scharade entstanden ist? Geschwächt und hinter Eisen eingesperrt, konnte sie es nicht selbst tun. Du hast doch wohl nicht geglaubt, das alles wäre echt, oder? Dein Leben, deine kleine Wohnung, dein Job bei der Zeitung?« Er schnaubte. Speichel traf meine Wange. »Himmel, du bist wirklich dämlich.«

Ich drückte sein Handgelenk fester zusammen und fühlte Muskeln zucken. »Ich habe nicht die geringste Ahnung, wovon Sie da reden, aber wenn Sie mich nicht sofort loslassen, schreie ich.« Wo war mein Dolch? Den ich dem Fae abgenommen hatte? Meine Handfläche juckte.

Er senkte den Kopf und kam noch näher. Zischend sog er die Luft zwischen den Zähnen ein. »Aus der Nähe riechst du süß. Genau wie sie.«

Ich hatte genug, und der stille, zuvor verborgene Ort in meinem Kopf brach auf und ließ einen Teil seines Wahnsinns heraus. Ich griff stärker zu, klammerte seine Hand an meiner Schulter fest und stieß den Ellbogen nach oben.

Mit einem befriedigenden Krachen traf er seine Nase. Blut schoss hervor. Er stieß einen Schmerzensschrei aus. Ich drehte den Körper und riss Miles nach unten auf das Sofa.

»Alina!«

Andrews' ungläubiger Ruf ließ mich zurückspringen.

Miles sackte zu Boden und hielt sich die blutende Nase. »Sie hat mir ... die Nase ... gebrochen.«

»Ich ...«

Andrews streckte beschwichtigend die Hand aus. »Okay, Alina. Wir tun Ihnen nichts.«

Ich wusste nicht, ob ich lachen oder weinen sollte. »Er arbeitet für die Königin!«

»Okay. Beruhigen Sie sich.«

»Ich bin ruhig!«, fauchte ich. »Er ist nicht der, der er zu sein vorgibt. Fragen Sie ihn.«

»Sie ist verrückt!«, blubberte Miles.

»Toll ... einfach toll. Ich bin nicht verrückt. Er hat mich gerade bedroht. Andrews, bitte. Sehe ich verrückt aus? Wirklich?« Gerade hatte ich einen Polizeibeamten angegriffen, und wenn man bedachte, dass ich mich noch vor Minuten in Andrews' Armen ausgeweint hatte, sprachen die Beweise nicht gerade für mich.

»Alina, ich behaupte ja nicht, dass Sie verrückt sind, nur dass Sie Hilfe brauchen.«

Ich starrte Miles finster an und hätte darauf gewettet, dass er auf der Stelle mit der Wahrheit herausgerückt wäre, wenn ich ihm noch einen Finger gebrochen hätte. Aber Andrews würde mich garantiert nicht in die Nähe seines Partners lassen.

»Sie steht unter seinem Bann«, grunzte Miles.

»Du Bastard!« Mit einem Satz war ich bei ihm und packte ihn am Hals. »Sag mir, was sie will! Was ist hier los?«

Andrews nahm mich bei der Taille und zerrte mich von seinem Partner weg. Ich wehrte mich, und er ergriff meinen Arm und hebelte ihn mir auf den Rücken, was mich nach vorn zwang. »Handschellen«, grunzte er.

Hustend und nach Luft schnappend griff Miles in die Jacke und warf ein paar Handschellen zu Boden.

»Die brauchen Sie nicht. Das ist alles ein Missverständnis.« Mein Blick fiel auf Miles. Der Bastard grinste. Andrews stellte mir ein Bein und wirbelte mich herum. Bevor ich wusste, wie mir geschah, lag ich mit seinem Knie im Rücken mit dem Gesicht auf dem Boden. Die Handschellen schnappten zu.

»Es tut mir leid. Das ist mein Ernst. Wir besorgen Ihnen Hilfe.«

»Nein, Andrews, bitte. Sie verstehen nicht. Genau das will er doch.« Ich bäumte mich auf und kämpfte, aber Andrews hielt eisern fest.

Miles kam auf die Füße und schüttelte Blut von der Hand. Rote Ströme rieselten über seine Lippen und tropften ihm vom Kinn. Er grinste mit blutigen Zähnen. »Sie hat recht. Ich arbeite für die Königin.«

Andrews sah den rechten Haken nicht kommen. Miles traf ihn hart und schickte ihn zu Boden. Stöhnend versuchte Andrews wieder hochzukommen, aber Miles trat ihn in den Magen. »Bleib unten, Danny. Ich will dir nicht wehtun, aber wenn es sein muss, tue ich es.« Wieder trat er zu und Andrews brach zusammen und spuckte Blut.

Gefesselt und auf dem Bauch liegend, konnte ich nur zusehen. »Du verfluchter …«

Miles packte mein Haar und riss meinen Kopf zurück. Ich schrie auf. »Du … schade, dass ich nicht meinen Spaß mit dir haben kann, bevor ich dich zurückgebe.«

»Fass mich an und ich bringe dich um.«

»Nein, wirst du nicht. Das ist dein Problem, Alina. Du kannst nicht mal einen einfachen Befehl ausführen. Ist es so schwer, Sovereign zu töten?«

»Du bist verrückt! Wovon redest du da überhaupt?«

Er lachte trocken und schüttelte den Kopf. Dann leckte er sich Blut von den Lippen. »Du bist wirklich gestört.«

»Was soll das heißen, Reign zu töten? Ich bin nicht die, für die du mich hältst. Ich bin Reporterin. Ich will nur wissen, was hier vor sich geht, das ist alles. Ich bin nur hinter der Story her. Ich bin Alina O'Connor. Ich weiß nicht, für wen du mich hältst, aber ich bin doch keine Mörderin.« Eine Erinnerung blitzte auf, der Dolch, der sich in Fae-Fleisch grub. Der entsetzte Ausdruck im Gesicht des Fae und die Furcht einflößende Ruhe in mir.

Miles schnaubte. Er ließ mein Haar los und riss mich an den gefesselten Handgelenken auf die Beine. »Jedes Mal erzählen sie das Gleiche. Deine Art hält nie lange durch. Brennt immer aus. Ich werde zu alt für diese Scheiße.«

Miles führte mich zur Tür. Ich wagte einen Blick zurück zu Andrews, der bewusstlos am Boden lag, und betete, dass Miles ihn nicht umgebracht hatte. Er würde wieder in Ordnung kommen. Er musste es. Schließlich war er das einzig Normale, was ich noch in meinem Leben hatte.

KAPITEL 14

Die Fahrt von Andrews' Wohnung zur Chancery Lane hätte eine Stunde oder auch fünf Minuten dauern können. Gefesselt in Detective Miles' Wagen sitzend nahm ich das Verstreichen der Zeit kaum wahr. Er murmelte etwas davon, die Königin zu erfreuen, erwähnte den Samstag und kontrollierte ständig sein Handy. Wenn seine Aufmerksamkeit nicht auf dem Display oder der Straße ruhte, ließ er seinen Blick über meinen Körper schweifen. Die Hände in meinem Schoß ballten sich zu Fäusten und sehnten sich nach einer Waffe.

»Andrews wird mir folgen«, sagte ich.

Miles lachte. »Dieser Emporkömmling? Der hat doch keine Ahnung, was los ist. Ich sage ihm, dass du ihn angegriffen hast. Und wenn er sich erinnert?« Er schniefte und tupfte seine blutige Nase ab. »Ist egal. Alles ist egal. Ende der Woche wird sich ohnehin alles verändert haben.«

Ich zwang mich, ihm in die blutunterlaufenen Augen zu blicken. »Was geschieht Ende der Woche?«

»Nichts, wenn sich dein Liebling Reign nicht endlich zusammenreißt. Die Königin hat ihn satt. Wird auch Zeit. Bald wird sie ihn nicht mehr brauchen. Oder dich.«

Ich versuchte zu schlucken, aber meine Kehle krampfte sich zusammen. »Warum braucht sie mich?«

Sonnenlicht fiel in die vielen Falten von Miles' Gesicht, höhlte seine Wangen aus und erschuf Schatten unter seinen Augen. War er wahnsinnig? Irgendwie hatte ich da meine Zweifel, aber ich wünschte, er wäre es gewesen.

Er grinste schief. »Du warst die Sicherung, aber du bist kaputt. Hattest du ein paarmal einen Blackout, hast Zimmer betreten, ohne zu wissen, wie du dort hingekommen bist?« Er las mir die Antwort vom Gesicht ab. »Aber zerbrich dir deshalb nicht dein hübsches Köpfchen. Sie wird dich im Handumdrehen zurechtbiegen, dann kannst du wieder mit dem weitermachen, was du am besten kannst.«

»Und das wäre?«

Miles' Brauen zuckten. »Nichts, worüber du dir jetzt Sorgen machen müsstest.«

Schweiß perlte über meine kaltfeuchte Haut. Ich fröstelte, als hätte ich Fieber. »Ich glaube, du hast die Falsche. Ich kenne die Königin nicht. Ich habe sie nur einmal gesehen, und da sollte ich nicht mal dort sein.«

»Nicht?«

Meine Hände zitterten. Ich riss meinen Blick von ihm los und richtete ihn auf die sonnendurchflutete Straße. Am azurblauen Oktoberhimmel hingen Wolkenfetzen. Um mich herum drehte sich die Welt weiter, und das Leben nahm seinen Lauf, während ich mit Handschellen gefesselt neben einem korrupten Polizisten saß, der verrückten Unsinn von sich gab. Ich weigerte mich zu glauben, dass Miles' Worte etwas bedeuteten, und ließ sie stattdessen von meinem hastig konstruierten Panzer aus Verdrängung abprallen.

Am U-Bahnhof Chancery Lane zerrte mich Miles aus dem Auto, marschierte mit mir vorbei an den Menschenmassen durch die Halle. Als man uns an der Fahrkartenschranke aufhielt, ließ er die Dienstmarke aufblitzen, und man winkte uns durch. Er führte mich nach unten, die Rolltreppen hinunter zu den Bahnsteigen, wo die trockene Luft meine Lippen aufspringen ließ und die Züge donnerten. Mich am Arm festhaltend, steuerte er mich von den Menschen fort in die Tunnel, die niemand benutzte. Unsere Schritte hallten von den gefliesten Wänden wider. Im grellen Schein des künstlichen Lichts schien Miles zu altern, seine Hand auf meinem Arm zitterte. Jetzt wurde nicht mehr gelächelt, es gab auch keine anzüglichen Blicke mehr.

In der Mitte eines Fußgängertunnels blieb er stehen. Er blickte sich um und erwartete … irgendetwas. Die schmutzig-weißen Tunnelwände beschrieben vor und hinter uns eine Biegung. Unter meinen Füßen erbebte der Boden, die Lichter flackerten.

Miles hatte mich so fest gehalten, dass sich seine Knöchel weiß verfärbten, aber nun ließ er mich los. »Weiter kann ich dich nicht bringen. Ich habe meinen Teil erledigt.« Er schloss die Handschellen auf und stolperte ein paar Schritte zurück. »Süße Träume, Alina.« Er drehte sich auf dem Absatz um und marschierte fort. Seine Schritte hallten noch durch den Tunnel, lange nachdem er hinter der Ecke verschwunden war.

Mir die Handgelenke reibend, drehte ich mich um und betrachtete das andere Ende des Gangs. Abgesehen von ein paar Graffiti und sich von den Wänden abschälenden Werbeplakaten wirkte er harmlos. Aber wenn ich etwas von den Fae gelernt hatte, dann, dass der äußere Schein täuschen konnte. Soweit es mich betraf, war ich frei, also wandte ich mich von dem unerforschten Gang ab und lief in die Richtung zurück, aus der wir gekommen waren. Aus welchem Grund mich Miles hier auch immer zurückgelassen hatte, ich wollte bestimmt nicht bleiben und es herausfinden.

Ich bog um die Ecke, und der Tunnel verwandelte sich in einen trichterartigen Gang voller Spinnweben, der in eine abgrundtiefe Dunkelheit führte. Ich zuckte zurück. Das war eben noch nicht hier gewesen. Den Blick fest auf das dunkle Herz des Netzes gerichtet, drehte ich mich um und lief.

Zu meinen beiden Seiten knisterten schwarze und rote Abzweigungen. Ein Schrei blieb mir im Hals stecken – keine Abzweigungen. Beine. Die Königin bäumte sich auf, ihre Beine tasteten suchend umher. Ihr angeschwollener Körper funkelte, ein reißzahnbewehrtes Lächeln zerschnitt ihr monströses Lächeln. Hinter ihr lag Miles mit dem Gesicht am Boden leblos in einer großen Blutpfütze. Glasige, weit aufgerissene Augen starrten in die Ferne. Tot.

Die Königin zischte und sprang.

KAPITEL 15

Angst ist etwas Schreckliches. Sie verkrüppelt einen und zerstört sämtliche Hoffnung, sie gräbt sich tief durch den Verstand und an eine Stelle, wo der Instinkt herrscht. Unter mir befanden sich feuchte Ziegel, in der Luft lag ein metallischer Geruch, ein Dutzend Spinnen zischten, ihre vielen Beine schlugen einen Takt, wo sie unter meine Kleidung gekrochen waren. Ich wusste genau, wo ich war. Wusste, dass ich umzingelt, begraben, erstickt war. Das Reservoir im Untergrund. Das Entsetzen hielt mich mit seinem eiskalten Griff gepackt und legte alles bis auf die grundsätzlichen Körperfunktionen lahm. *Atme.* Spinnen huschten über mein Gesicht, ihre zuckenden Beine waren zart, aber ihre Zahl war beträchtlich. Ich atmete nur durch die Nase und hielt den Mund fest geschlossen. *Bitte mach, dass das nicht echt ist.*

Ich hörte, nein, spürte ihr Näherkommen, spürte, wie ihre Spinnen zusammenströmten und zu einer Welle aus Millionen winziger Körper wurden, die dann über mir zusammenschlug. Ihr Panzer ächzte. Die feinen Härchen auf ihrem Körper flüsterten, als sie durch ihre Millionen von Untertanen stakste und ihre Beine ein Stakkato trommelten. Schnell, unregelmäßig, immer näher, schwerer, lauter.

Die letzten Spinnen huschten weg und zum ersten Mal seit einer gefühlten Ewigkeit gehörte mein Körper wieder mir. Ich wollte die Augen nicht öffnen. Ihr Blick richtete sich auf mich und fühlte sich an wie ein Schleier aus Spinnweben. Ich wusste, dass sie genau über mir stand. Wenn ich nicht hinsah, war sie auch nicht echt. Nichts hiervon war echt. Nur eine Halluzination. *Ein Zauber. Bitte, lieber Gott, lass es einen Zauberbann sein. Lass mich den Verstand verloren haben.*

Ich öffnete ein Auge einen Spalt und sah den monströsen Körper der roten und schwarzen Königin. Auf acht Beinen erhoben schwankte sie leicht über mir. Rote Augen ohne Pupillen spähten auf mich herab; sie blinzelte nicht und lächelte. Sie musste immer lächeln, um Platz für die sichelförmigen Reißzähne zu schaffen.

»Du bist nicht real.« Obwohl ich sie sehen konnte, obwohl ich ihre öligen Ausscheidungen riechen und das Rascheln ihrer feinen Härchen hören konnte, wollten meine zerbrechlichen Gedanken sie nicht wahrhaben.

»Ich bin nicht real?«, wiederholte sie mit ihrer gebrochenen Stimme, die wieder zusammengezwungen war, um Laute zu erschaffen, die Sprache lediglich imitierten.

Mein Magen hob sich.

Sie grinste.

Eines ihrer glänzenden schwarzen vorspringenden Beine tastete nach mir und berührte meine Schulter. Ich verzog das Gesicht und wandte mich ab. *Nicht real, es ist nicht real.*

»Du hast mir gut gedient, jedenfalls bis jetzt. So sind die Dinge nun mal im Unterland. Geborgtes Draíocht reicht nie … Niemals.« Ihre Beine kamen in Bewegung und trugen sie zurück. Sie wandte sich von mir ab und krabbelte zu einem der Mauerbogen.

Ich stützte mich auf einen Ellbogen und musterte meine Umgebung. Der Reservoirboden funkelte vor Spinnenströmen, die Adern gleich nach einem unhörbaren Schlag zuckten und Gift in die Welt der Königin spülten. Schatten sammelten sich um die aus Ziegeln gemauerten Bogen. Kerzen flackerten und tanzten. Sollten sie erlöschen, würde mich Dunkelheit einhüllen.

»Wo ist Reign?« Meine Stimme hallte durch den höhlenartigen Raum.

»Ah, mein Sovereign, der ungehorsame Jüngling. Die Autorität hat ihn ... sie werden ihn auf den richtigen Weg bringen oder ich muss es tun.« Zischend wandte sie sich wieder mir zu und eilte herbei. Genau über mir griff sie mit ein paar verkürzten Gliedmaßen unter ihren menschlichen Armen nach mir. Ich schob mich zurück, stieß mich mit den Fersen vom Boden ab. Ich wollte nicht hinsehen, wollte sie nicht sehen, konnte meinen entsetzten Blick aber einfach nicht von ihr losreißen.

Die Königin bäumte sich auf und hob die Vorderbeine vom Boden. »*Hm* ... das ist ... anders. Verrate mir, Konstrukt, wie sehen deine Erinnerungen an mich aus?«

Ich blinzelte einmal, dann noch mal. Konzentrierte mich auf dieses eine Wort. »Konstrukt?«

Sie legte den haarlosen Kopf schief. »Verblüffend. Du kennst mich nicht, oder? Meine Liebe ... vielleicht habe ich bei deiner Erschaffung zu hastig gewebt. Wir werden diese unglückselige Angelegenheit bereinigen. Komm. Steh auf. Du hast meinen Auftrag noch nicht erledigt. Schon bald kannst du ruhen und deine Ruhe wird wohlverdient sein.«

Konstrukt? Es schien eine Ewigkeit zu dauern, mich auf

die Knie zu erheben, und eine weitere, auf die Füße zu kommen. Und noch immer überragte die Königin mich.

»Ich bin Alina O'Connor.«

»Ja, ja … aber natürlich bist du das. Und das nächste Mal wirst du Joanne Turner sein, und dann vielleicht … Caroline.« Sie lachte abgehackt. »Caroline, ja. Das hat eine gewisse Ironie. Vielleicht werde ich dir einen anderen Akzent geben. Der jetzige ist etwas nervig.«

»Was hast du mit mir vor?«

»Nichts, was ich nicht schon zuvor getan hätte.« Ein Bein hob sich und tippte gegen die Ziegel. *Tipp-tipp.* »Wir verschwenden Zeit. Du gehörst mir. Für dich ist der Augenblick gekommen, deinen Zweck zu erfüllen.« *Tipp-tipp-tipp.* »Alina O'Connor. Ein schöner Name. Ich lausche, ich höre zu. Alle halten mich für eine Gefangene, aber ich beobachte. Ich höre, wie sie vom Licht sprechen, vom Lärm, vom Leben. So hörte ich auch diesen Namen. *Alina.* Gefällt er dir?«

»Das ist …« Ich schluckte und trat einen Schritt zurück. »Das ist doch Wahnsinn.« Und noch einen Schritt.

»Wenn du unter ihnen wandelst, ist ein Name erforderlich. Genau wie ein Leben. Eine Reporterin. Jemand, der Fragen stellt. Jemand, der beobachtet, Dinge aufzeichnet und Bericht erstattet. Das brauchte ich. Bei deiner ersten Aufgabe hast du versagt. Du solltest Sovereign beobachten, mir Bericht erstatten und ihn dann töten. Das macht nichts. Ich kontrolliere Sovereign noch immer. Ich kontrolliere dich.« Wieder verfiel ihr Körper in diesen schwankenden Rhythmus von links nach rechts und dämpfte den Wahnsinn in mir, nahm der Furcht ihren Biss. »Du stehst ihm nah?«

»Ja.« Ohne dass ich es gewollt hätte, platzte dieses Eingeständnis aus mir heraus.

»Jünglinge wie er lassen sich leicht ablenken, in dieser Hinsicht warst du erfolgreich. Einst war er mein Bester. Mein uralter Hund. Skrupellos. Gehorsam. Tödlich.« Sie warf den Kopf zurück und lachte. »Aber wie alle Schoßtiere ist er bissig. Eine Schande.« Sie winkte ab. »Er ließ mich im Stich. Ich werde mich bald um ihn kümmern, aber wir haben dringendere Probleme. Drei Hüter sind tot. Einer ist noch übrig.«

Links und rechts, vor und zurück. *Tipp-tipp*. Meine Sicht verschwamm; mit einem Blinzeln versuchte ich das zu bereinigen.

Die Königin schob sich zentimeterweise vorwärts und folgte meinem Rückzug. »Sobald ich dich wiederhergestellt habe, wirst du diesen ganzen Unsinn vergessen. Mein treues Geschöpf. Du wirst meine Augen sein, mein Instrument, mein tödlicher Schlag. Und wir werden zusammen aufsteigen. Uns diese Stadt aneignen. Und fressen …«

Ich hob eine Hand, aber sie schien mir nicht zu gehören. Selbst als ich meine Wange berührte, fühlte ich nichts. Was geschah hier? Das war alles nicht real. Ich war Alina O'Connor. Reporterin in der Ausbildung. Das Mädchen aus Amerika. Aber das hier, dieser Ort, dieser Traum …

Die rasiermesserscharfe Stimme der Königin schnitt in meinen Schädel, aber ich verstand ihre Worte nicht länger. Das Schaukeln ihres Körpers lähmte mich völlig. Die Lider drohten mir zuzufallen.

»Ja, genau so … Ist es ohne diese lästigen Erinnerungen, die deine Gedanken verstopfen, nicht viel besser?«

Erinnerungen. Ja. Meine Arbeit … war nicht real. Und mein Leben?

»Ergib dich meinem Willen, mein liebes Werkzeug, lausche der Brise. Ist das alles nicht unkompliziert? Ist das Leben nicht ganz einfach? Alina O'Connor, du wirst für mich töten. Töten, damit ich die Freiheit gewinne. Das ist dein Zweck. Vergiss alles, was du zu wissen glaubst. Du gehörst mir. Du wirst immer mir gehören. Ich bin deine Königin, ich habe dich erschaffen, du bist ein Teil von mir. Und du, Alina, wirst mich aus diesem Gefängnis befreien.«

»Ja«, hörte ich eine Stimme sagen, die meiner sehr ähnlich war. Ich ließ mich auf ein Knie nieder, obwohl das ein seltsames Benehmen zu sein schien. Mit geneigtem Kopf und geschlossenen Augen erschien das Leben jetzt so viel einfacher. Töte den Hüter. Das würde meine Königin erfreuen.

Ich schaute auf und stürzte in ihren roten Blick, stürzte in die dunkle Wahrheit, die in meinem Hinterkopf lauerte. Alina O'Connor war nicht real, aber ihre Mission schon. Töte den Hüter. Töte Warren. Sovereign hatte versagt. Das würde mir nicht passieren. *Ich gehöre ihr. Und sie wird frei sein.*

KAPITEL 16

Ich wusste, wo sie waren, die Hunderte Fae von London. Ich brauchte keine Augen, um sie sehen zu können. Wir waren durch die Fäden *ihres* Netzes miteinander verbunden; die Königin hockte in der Mitte, und ich … ich war ebenfalls dort, gefangen im Mittelpunkt des pulsierenden Netzwerks.

Alte Fae brannten heller in meinem Verstand, während die jüngeren kaum ein Flackern zustande brachten. Aber sie waren alle da, waren alle mit seidenen Fäden an die Königin gebunden. Keine noch so große Verleugnung würde die Tatsachen ändern. Mir einzureden, dass das alles nicht real war, würde die Wahrheit nicht ändern. Ich gehörte ihr. Ich hatte ihr schon immer gehört. Und als ich ihrer Stimme lauschte, hörte ich zugleich das furchterfüllte Wispern ihrer Untertanen. Sie wussten, dass ihre Flucht unmittelbar bevorstand. Furcht und Erwartung ließen das Netz erbeben und sie labte sich begierig daran. Nichts konnte sie aufhalten. Jahrhunderte hatte sie gewartet. In der Dunkelheit gewartet, unter London. Die Königin hatte ihre Jünglinge, ihre Spione, ihre Konstrukte in die Welt hinausgeschickt, damit sie ihre Magie durch das Herz der Stadt weben konnten. Die Königin würde an die Oberfläche steigen und die Fae würden ihr folgen.

Das alles wusste ich, weil ich eines dieser Konstrukte war.

Das wusste ich so sicher, wie ich wusste, dass ich ihre Wünsche erfüllen würde, denn sie zu erfreuen, war alles, was zählte. Ich gehörte ihr. Alina O'Connor existierte nicht. Es hatte sie nie gegeben. Die Erinnerungen in meinem Kopf waren nichts als ein Puzzle, ein von der Königin geschaffenes Modell, um die Illusion zu stärken und mir Zugang zu dem abtrünnigen Reign und der Welt, in der er lebte, zu verschaffen.

Das wusste ich jetzt. Ich war kein Mensch. Ich hatte auch nicht vor ein paar Tagen meine Arbeit verloren und war auch keine Reporterin. Meine Wohnung gehörte nicht mir. Das alles waren Lügen, ein wunderschöner Wandteppich aus Lügen, den die Königin gewebt hatte.

Aber alles würde in Ordnung kommen. Sie hatte mir eine letzte Chance verschafft, um doch noch den Sieg davonzutragen. Und damit wurde ich geehrt. Ich würde Zeugin werden, wie sie an die Oberfläche steigen, London mit ihren Beinen umklammern und die Stadt mit ihrem Einfluss zerdrücken würde.

»Jetzt verstehst du«, sagte sie. »Gut. Geh. Sei schnell. Sei listig. Sie spüren, dass du anders bist. Aber sie wissen nicht Bescheid. Jedenfalls noch nicht. Töte den letzten Hüter.«

Ich nickte und wandte mich von meiner Schöpferin ab. Spinnen krochen über meine nackten Füße, und ich hieß ihre Berührung willkommen, denn sie gehörten der Königin. Genau wie ich.

KAPITEL 17

Ich ging durch das Unterland und kam mir vor, als wäre ich in das Heim meiner Kindheit zurückgekehrt. An einen vertrauten Ort, der aber auf eine Weise anders war, die ich nicht ergründen konnte. Nein, ich war anders, ich hatte mich verändert. Ich kannte jede Abzweigung so genau wie meinen Handrücken. Manche Räume schwollen zu unglaublicher Größe an, andere waren zu wenig mehr als Staub und Geröll zerfallen. Gänge führten durch Kreuzungen, vorbei an vergessenen Fahrkartenschaltern und in Sackgassen endenden Schienen. Als hätte jemand die vernachlässigten Bestandteile des Londoner U-Bahn-Systems einschließlich der Bahnhöfe genommen und sie begraben. Ein Teil davon war real und fest unter meinen nackten Füßen. Andere Teile wiederum erschienen schrecklich falsch; ihre Schatten waren so dicht, dass sie mich möglicherweise ganz verschlucken würden. Schreckliche, unbemerkte, von einem unstillbaren Hunger getriebene Dinge lauerten in dieser Dunkelheit; hergeschickt aus dem Feenreich waren sie in Vergessenheit geraten.

Die Tunnel veränderten sich, wurden weicher und wärmer. An einigen Stellen drang Licht in sie hinein, an anderen verdrängten nackte Glühbirnen die Dunkelheit. Meine Hand juckte und suchte nach etwas. Ich ballte die Finger zur Faust. Ich brauchte Waffen.

Wie musste ich aussehen? Ein junges, barfüßiges Mädchen, das pinkfarbene Leggins und ein albernes Top trug; eigentlich ein Nichts. Meine äußere Hülle war nur eine Tarnung. Abgesehen von der Königin war ich das Tödlichste in diesem Tunnel. Ihr Draíocht, ihr Verlangen, ihr Hunger nach Freiheit. Das alles kreiste in mir und erschuf eine klare Absicht in meinem Verstand.

Eine Spinne kroch über meine Schulter. Ich strich sie herunter und verfiel in einen Laufschritt. Der Faden, dem ich folgte, war älter als diese Tunnel, älter als das Unterland. Ich konnte den letzten Hüter deutlich vor mir sehen. Er würde mich nicht erwarten. Wenn ich schnell und listig war, würde er den tödlichen Schlag nicht mal kommen sehen.

Meine Füße trugen mich zu dem Bereich, in dem man ungehorsame Fae festhielt, während die *FA* ihre Strafe entschied. Der letzte Hüter befand sich dort, sein Faden glühte vor altem Draíocht. Ob er wohl wusste, wie die Königin ihn beobachtete? Es spielte keine Rolle, nicht mehr. Ich betrat den Raum. An der Wand zu meiner Linken befanden sich leere Zellen aus Eisenstäben. Eisen hatte keinerlei Einfluss auf mich, aber auf sie schon. Warren stand vor einer Zelle, die sich genau am anderen Ende befand, und stützte sich schwer auf sein gesundes Bein. »Du kannst diesem Mädchen nicht vertrauen. Eigentlich gibt es sie gar nicht.«

»Sie gehört *ihr*«, sagte Sovereign außer Sicht in seiner Zelle. »Die Königin benutzt sie. Was glaubst du denn, wie ich sie nach unten geschafft habe? Menschen können das Unterland nicht betreten. Wäre sie ein Mensch, würde ich noch immer mit ihr durch Chancery Lane laufen.«

Ruckartig drehte Warren den Kopf und fixierte mich mit seinem erbarmungslosen Blick. Zweifel machten sich in seinen Augen breit, aber nur für einen kurzen Moment, dann verzerrte sich sein Gesicht vor Misstrauen und Erkenntnis. Seine Narbe trat deutlicher hervor, weil sich seine Lippen durch ein Knurren verzogen.

Ich wurde nicht langsamer. Ich sah den Dolch in der Scheide an seinem Oberschenkel und korrigierte mein Gleichgewicht, während er nach der Waffe griff. Noch drei Sekunden und ich würde bei ihm sein. Meine Hand juckte. Sein Dolch würde bald mir gehören.

»Du!« Er riss die Klinge aus der Scheide und sprang. Der künstliche, nur in meiner Vorstellungskraft existente Teil von mir sah entsetzt zu, wie ich den Körper drehte, seinen Stoß blockierte und ihm den Ellbogen gegen das Kinn rammte. Wir kamen in einem Schlaghagel zusammen, trotzdem schlug mein Herz ganz ruhig. Meine Gedanken waren nie klarer gewesen. Aus der Ferne zupfte die Königin an ihrem Netz. *Immer auf der Lauer, tipp-tipp, Alina. »Folge deinem Zweck, erfülle deine Aufgabe.«*

»Alina!« Reigns Zischen zog an meinem Bewusstsein. Ein Hauch Wiedererkennen durchzuckte mich. Mein Blick fand ihn dort hinter Gitterstäben eingesperrt, Ungläubigkeit stand ihm ins Gesicht geschrieben. Nein, keine Ungläubigkeit … Bedauern.

Warren rammte mir die Klinge in die Schulter und riss sie wieder heraus. Seine Faust traf meinen Kiefer und ließ meinen Kopf zur Seite schnellen. Größer und schwerer als ich, schlang er einen Arm um meinen Hals und schleuderte mich gegen eine leere Zelle. Schmerz durchzuckte meinen

Mund und meine bereits verwundete Schulter schrie protestierend auf.

Warrens roter und schwarzer Blick bohrte sich in mich. »Ich wusste, dass du Ärger bedeutest.«

»Warren, tu ihr nicht weh, sie weiß nicht, was sie tut.« Reigns Worte webten sich in meine Gedanken und rissen an einer geistigen Wunde. *Sie weiß nicht, was sie tut.* Was *tat* ich denn?

»Ich habe dich besser ausgebildet, Sovereign. Sie ist nicht real«, knurrte Warren. Ich bäumte mich auf und sein Unterarm drohte mir die Luft abzuschnüren. »Du siehst nicht, was ich sehe. Sie ist gekommen, um mich zu töten.«

»Verflucht, Warren. Sie ist anders. Sie fühlt etwas. Sie ist nicht nur ein Werkzeug der Königin, sie hat ein eigenes Bewusstsein. Wir können sie benutzen.«

»Anders, hm. Nicht anders genug. Lasse ich sie los, wird sie sofort nach dem Dolch greifen, nicht wahr, Schoßhündchen?«

»Nein.« Eine Lüge. Er hielt mir den Dolch unters Kinn und hätte mir mühelos die Kehle durchschneiden können. Und er würde es tun. Ich erkannte Killer, zumindest das hatten Warren und ich gemeinsam.

»Nein«, schnaubte er. »Das sind alles nur Tricks.« Er kam so nah heran, dass ich seinen Duft wahrnehmen konnte. Mandeln und Pfirsiche, süß und kränklich, altes Draíocht. Er kam aus einer anderen Zeit und von einem anderen Ort. Uralt. Mächtig. Stark genug, um die Königin gefangen zu nehmen. Einst. Aber nicht länger.

»Sie gehört der Königin. Du weißt besser als jeder andere, dass man an der Kontrolle der Königin nichts ändern kann.«

»Alina, sag es ihm. Bitte«, sagte Reign, aber da gab es nichts zu sagen. »Du gehörst ihr nicht, nicht vollständig.« Warren las die simple Wahrheit in meinen Augen, eine Wahrheit, die Reign nicht erkennen konnte. Reign fuhr fort, während Warren in meine Seele starrte: »Ich habe etwas Echtes in dir erkannt. Ich sah es …«

Warrens aufgesprungene Lippen verzogen sich zu einem kaum merklichen Lächeln. »Was auch immer du dort zu sehen geglaubt hast, es ist verschwunden. Die Königin hat sie jetzt in ihrem Griff. Dieses Ding muss von seinem Elend erlöst werden.«

Um den tödlichen Schnitt besser durchführen zu können, wich er ein kleines Stück zurück, und ich nutzte den Augenblick, hakte ein Bein um seines und brachte ihn aus dem Gleichgewicht. Er schwankte auf seinem schlimmen Bein, wodurch sich seine Deckung öffnete. Sein Handgelenk hatte meinem Griff nichts entgegenzusetzen. Knochen brachen genau wie bei dem anderen Fae, den ich angegriffen hatte. Warren stieß einen Schrei aus. Der Dolch fiel zu Boden, aber ich schnappte ihn aus der Luft, stürzte mich auf den Mann und rammte ihm die Klinge tief in die Seite.

Die Stille in meinem Kopf zerstob zu einem Gefühlssturm. *»Ja, erledige ihn. Der letzte Hüter.«* Warren klammerte sich an mich und ich mich an ihn, gefangen in einer tödlichen Umarmung. Mit vor Wut verzerrtem Gesicht stolperte er zurück.

»Alina, nein!« Reign hämmerte gegen die Stäbe. »Hör auf! Das kannst du nicht tun. Wenn er stirbt, ist sie frei! Aber sie darf nicht frei sein. Alina, bitte … sieh mich an.«

Ich konnte mich nicht bewegen. Meine schrecklichen

Handlungen hatten mich innerlich zerbrochen. Ich war eine Killerin. Ein Werkzeug. Ein Konstrukt, menschliche Organe kombiniert mit Fae-Magie. Ein Ungeheuer. Und Warren, der in meinen Armen blutete, war der Beweis.

Er sackte zusammen, ließ mich los und stolperte zurück gegen die Wand. Die Vorderseite seines schwarzen und roten Ledermantels schimmerte feucht.

Ich muss ihn erledigen, dachte ich. Die Königin würde erfreut sein.

Der Dolch entglitt meinen Fingern und landete scheppernd auf dem Boden. Ich krallte die Finger in mein Haar und zog daran, hieß den Schmerz willkommen. Echten Schmerz.

Reigns Stimme durchdrang den Wahnsinn. »Alina O'Connor. Das bist du. Die Reporterin mit der großen Klappe, die mich auf diesem Bahnsteig gerettet hat. Die Frau, die zu viel fragt. Die sich vor Spinnen und Höhen fürchtet, die Angst hat, zu versagen? Du willst doch diese Story haben, oder? Alina?«

Langsam hob ich den Kopf. Reign umklammerte die Eisenstäbe und drückte das Gesicht dagegen, obwohl ihn das verbrennen musste.

»Ja, die Schlagzeile steht direkt hier. Ich gebe sie dir. Alles. Meine sämtlichen Geheimnisse. Ich sorge dafür, dass du Karriere machst.«

Meine Arbeit? Mein Leben? Ich würde die Story brauchen, seine Story. Einst hatte ich einen anderen Lebenszweck gehabt. Ich war nicht nur zum Töten gemacht. Etwas Feuchtes kühlte auf meiner Hand. Blut.

»Nein, konzentriere dich auf mich, Alina. Sieh mich an.«

Warum war Reign hinter Gittern? Hatte er in ein paar Tagen nicht ein Konzert? Sollte er nicht mit Londons Elite schmusen? »Ja, ich erkenne dich dort drinnen, Mädchen aus Amerika.« Wo war ich? Im Unterland … aber dort hatte ich nichts zu suchen. »Komm zu mir zurück.« Ich griff nach den Gitterstäben und schloss die Finger darum. Kalt, hart, unnachgiebig. Real. Ich schluckte den Kloß in meinem Hals herunter, hob den Kopf und sah Reign an. Warum hatte er vor mir Angst?

Seine Schmetterlingsaugen weiteten sich, sein Blick glitt zu meiner rechten Seite. »Warren, nicht!«

Ein Arm legte sich um meinen Hals und zerrte mich zurück, hob mich von den Füßen und knallte mich mit dem Gesicht gegen die Wand. Reigns Schreie gingen in dem Schmerz unter, der in meinem Schädel explodierte. Blut schoss aus meinem Mund und tropfte mein Kinn herunter.

»Du kannst die Kontrolle der Königin nicht überwinden.« Warrens Worte waren das Letzte, was ich hörte, bevor mich die Dunkelheit hungrig verschlang.

KAPITEL 18

»Wenn sie tollwütig ist, erlöse ich sie von ihrem Elend.«

»Würdest du mir bitte vertrauen, Warren?«

»Ich habe dir vertraut. Du hast behauptet, du hättest einen Plan … und am Ende habe ich einen Dolch zwischen den Rippen.«

»Alina ist mein Plan. Hör auf zu jammern. Du lebst, die anderen nicht. Sei dankbar.«

»Dankbar, dass sich dein Gewissen meldete, bevor du mich von deiner Todesliste gestrichen hast? Das Feenreich steh mir bei, ich muss genauso verrückt sein wie *sie*, das Ding da *und* dich leben zu lassen. Du kannst die Konstrukte der Königin nicht kontrollieren – was denkst du dir nur?«

»Gib ihr eine Chance.«

Ich öffnete ein Auge einen Spalt. Warren ging auf und ab, durchquerte mein winziges Wohnzimmer mit drei Schritten. Er trug noch immer sein rotes und schwarzes Leder. Der Schnitt in seiner Seite klaffte bei jeder Bewegung auf, aber es war kein Blut zu sehen. Sein Handgelenk war mit einem fest sitzenden Verband umwickelt, aber davon abgesehen sah er so angepisst und gereizt aus wie immer. Und sehr lebendig.

»Weißt du, warum ich der Königin gehorchen muss?«, fragte Reign. Diesmal war seine Stimme leiser. Er stand mit verschränkten Armen am Fenster, den Mantel bis zum Kinn zugeknöpft. Milchiges Licht von den Straßenlampen beleuchtete seine eindrucksvollen Züge und verlieh ihm ein unwirkliches Glühen, als wäre er gar nicht richtig da. Dabei war ich doch die diejenige, die nicht existierte, oder?

»Ja, weil du ein selbstsüchtiger Hurensohn bist.«

Reign murmelte einen Fluch, der offensichtlich auf Warren gemünzt war. »Du weißt nicht, wie das ist, wenn man dir die Kontrolle entreißt. Ich kann ihr nicht entkommen. Was sie mit mir macht … und dem *Hund*. Ich hatte da keine Wahl.«

Warren verstummte. Seine Stiefel trommelten einen gedämpften Rhythmus auf den Teppich. Hin und her, hin und her.

»Ich weiß, dass es nicht deine Schuld ist. Sonst hätte ich dich schon längst hinrichten lassen – ich hätte es sogar längst selbst getan, wenn ich dir nicht vertrauen würde.« Er strich sich mit der Hand durchs Haar und zog es aus dem schmalen, ebenmäßigen Gesicht. »Sie steht kurz vor der Flucht. Ich fühle es. Du weißt nicht, wie *das* ist.«

Reign löste sich vom Fenster; das einfallende Licht tauchte die Hälfte seines Gesichts in Schatten. »Alina.« Er sprach meinen Namen auf die Art aus, die mir Gänsehaut bescherte, ein Mittelding zwischen einem Knurren und einem Schelten. Er wusste, dass ich wach war und zuhörte.

Warren erstarrte. Sein harter Blick fixierte mich. »Bevor du auf Ideen kommst, Schoßhündchen, Detective Andrews liegt gefesselt im Korridor. Machst du auch nur Anstalten, uns anzugreifen, erlebt dein Polizistenfreund den Tagesanbruch nicht.«

Irgendwas zupfte an meinem Bewusstsein. *Die Königin.* Ich wollte mich aufsetzen, aber meine Hände waren auf dem Rücken gefesselt. Die beiden Fae starrten mich mit versteinerten Mienen an. Ich konzentrierte mich darauf, gleichmäßig zu atmen, wie die Luft meine Lungen füllte und meine Brust hob. Ja, ich musste mich auf etwas anderes konzentrieren als auf *sie*, die in meinem Kopf herumkroch.

»Es ist möglich, dass ihre Kontrolle über dich abnimmt, je weiter du vom Unterland entfernt bist.« Das sagte Reign. Er kam mit anmutigen Schritten auf mich zu. Auf Berührungsreichweite ging er in die Hocke und fing meinen umherwandernden Blick mit seinen wundervollen Augen ein, musterte mich, als wollte er meine Seele ergründen. Was sah er hinter meinen Augen? War ich eine leere Hülle?

»Die Fesseln sind zu deiner eigenen Sicherheit. Und zu unserer«, sagte er.

Warren murmelte etwas Unfreundliches, aber ich konnte mich einfach nicht von Reign losreißen. Unter meiner beherrschten Oberfläche regte sich Panik. Im Unterland war ich anders gewesen. Schrecklich. Kalt. Meines freien Willens beraubt. Und definitiv leer. Aber so fühlte ich mich jetzt nicht. Das war mein Apartment, mein Zuhause … das war mein Leben.

»Verstehst du mich?«, flüsterte Reign. Er streckte die Hand aus, hielt dann aber inne. Seine Finger verharrten in der Nähe meiner Wange. »Bist du noch bei uns, Alina?«

»Wenn sie noch nicht durchgedreht ist, wird sie es bald tun. Ich wette mein gutes Bein, dass sie nur bis zum Ende der Woche existieren soll. Die Konstrukte der Königin halten nie länger als ein paar Tage. Noch ist sie nicht stark genug, um sie effizient einzusetzen. Selbst wenn sie gefüttert wird.«

Wenn ich sprach, würde das die Illusion zerstören, würde ich mich wieder in dieses eiskalte Ding verwandeln? Das Ding, das auf Warren eingestochen hatte. Das Konstrukt, das Werkzeug. *Ihr* Werkzeug.

Reign nagte auf der Unterlippe herum, er sah besorgt aus. »Sag mir, dass du da drin bist.«

»Du kannst keinem ihrer Worte vertrauen«, fauchte Warren.

»Ich habe einen Namen.« Die Worte klangen trocken und schmerzten in meinem Hals, aber sie waren real und kamen nicht von der Königin; sie waren meinen Gedanken entsprungen und gehörten mir, und sie klangen unvorstellbar wütend.

Reign schaukelte auf seinen Fersen zurück, während Warren mich niederstarrte. Oder es zumindest versuchte. Ich hatte versucht, ihn umzubringen. Er hatte jedes Recht, auf mich wütend zu sein. »Ist Andrews wirklich hier?«

Reign nickte. »Ja, er war bei unserer Ankunft hier. Er ist, äh …« Die Worte blieben ihm im Hals stecken, was ihn sich ärgerlich räuspern ließ. »Er scheint zu glauben, dass irgendeine Verschwörung im Gange ist.«

»Das ist sie ja auch.« Ich blickte zur Decke. »Ich bin okay, ich bin ich selbst …«

Warren knurrte, aber Reign brachte ihn zum Schweigen. »Hör sie an.«

Die Königin war ganz in meiner Nähe, kontrollierte mich aber nicht. Ihr Griff fühlte sich an wie ein schrecklicher, fiebriger Irrsinn. In diesem Augenblick, in dem ich gefesselt auf meinem eigenen Sofa lag, wandelte ich möglicherweise auf dem Drahtseil zwischen geistiger Gesundheit und Wahnsinn. Ich war vom Schock wie betäubt, aber ich war definitiv wieder ich selbst, die wieder ihren Körper beherrschte.

»Sie will Warren tot sehen. Er ist der Letzte. Wenn es ihn nicht mehr gibt, reißen die Draíocht-Fesseln, die sie im Unterland eingesperrt halten«, sagte ich. Verflucht, meine Schulter schmerzte. Probeweise ließ ich sie kreisen. Schmerz durchzuckte mich, die Übelkeit produzierte Speichel in meinem Mund. Aber der Schmerz hatte auch sein Gutes. Es war mein Schmerz. *Du darfst dich jetzt nicht übergeben. Bring dich unter Kontrolle.* Alles war prima. Super. »Sie denkt nur daran. Selbst jetzt …« Ihre Stimme kroch in meine Gedanken hinein, krabbelte wie die Tausenden von Spinnentieren, die unter ihrem Befehl standen, und suchte nach mir.

»Hörst du sie?« Reign trat einen Schritt zurück, genau wie Warren. Sie hielten sich bereit für den Fall, dass ich zuschlagen sollte.

»Ich höre sie, aber ich glaube nicht, dass sie mich hören kann, sonst hätte sie gewusst, dass ich mich ihrer Kontrolle schon lange Zeit entzogen hatte. Vielleicht kann sie mich außerhalb vom Unterland nicht hören?« Beinahe wäre es zum Lachen gewesen, wie mich die beiden Fae beobachteten, als wäre *ich* hier die Tödliche. Dummerweise hatten sie recht. Aber Reign hatte behauptet, dass die Kontrolle der Königin mit größerem Abstand vom Unterland nachließ. Ich war nicht hundertprozentig davon überzeugt, ob ich ihren Einfluss für alles verantwortlich machen konnte. Da gab es etwas in mir, etwas Härteres, Sehnigeres, Schnelleres. Der Teil von mir, der wusste, wie man tötete. Ich betrachtete Reigns

Gesicht, die stoische Maske, die es nicht ganz schaffte, seine Besorgnis zu verbergen. Er war jetzt die Ruhe selbst, ein deutlicher Gegensatz zu dem Augenblick, in dem ich aus seiner Wohnung geflohen war. »Du wolltest mein Draíocht stehlen.«

Er runzelte die Stirn, dann fiel ihm wieder ein, was ich meinte, und er lächelte anzüglich. Er lächelte! Wie konnte er es nur wagen, mich auf seine schmierige Art anzulächeln? »Du wolltest deine Gelüste stillen, darum hast du versucht, mich zu erregen.« Aus seinem Lächeln wurde ein Grinsen. Ich knurrte. »Wenn du glaubst, mich wütend erlebt zu haben, mein Freund, dann irrst du dich gewaltig.«

»Sovereign«, warnte ihn Warren.

»Nein, das ist gut«, stachelte Reign mich an. »Sie fühlt etwas, sie interessiert sich dafür.« Wieder warf er mir einen unverschämten Blick zu. »Verrate mir, wie sehr du mich hasst.«

Ich hasste, dass das, was er getan hatte, mir so viel bedeutete. »Bist du darum in meiner Nähe geblieben? Um einen bequemen Nachtisch zu haben? Du bist ein verlogener Hurensohn, weißt du das?«

»Ich musste dich schmecken, um mit Sicherheit zu wissen, was du darstellst. Alina, in deinen Adern fließt das Draíocht der Königin. Du bist kein Mensch.« Er zögerte. Ich wartete darauf, dass er den Blick senkte, so wie er es immer tat, wenn er etwas erklärte, das ich garantiert nicht hören wollte, aber er verzichtete darauf. Stattdessen starrte er mich finster an und verkündete die Wahrheit.

»Für die Zukunft: Du solltest wissen, dass ich dich nicht in meinen Bann schlagen kann, und von deinem Draíocht zu nehmen, ist gefährlich. Du bist aus Draíocht gemacht. Nehme ich zu viel, würde ich dich aussaugen, dich womöglich töten. Als wir uns in meiner Wohnung näherkamen, verlor ich dummerweise die Kontrolle. Ich musste dich wegstoßen.«

»Warum?«

»Weil …« Er warf Warren einen Blick zu. Der wollte offensichtlich nichts damit zu tun haben. »Komme ich dem Draíocht der Königin zu nah und damit ihr … es hat eine unerwünschte Nebenwirkung. Ich musste dafür sorgen, dass du gehst. Ich war erschöpft, hungerte und war äußerst gereizt. Ich hätte dich verletzt.«

Er hatte nicht versucht, mich in seinen Bann zu schlagen. Ich konnte nicht mal diesem Zauber unterworfen werden. Er hatte mich absichtlich weggestoßen. Also war alles, was ich für ihn empfunden hatte, jedes Kribbeln, jeder schmachtende Herzschlag, jeder Gedanke, der mich in den Wahnsinn trieb, das alles war echt gewesen. Waren diese Gefühle möglicherweise das Einzige an mir, was echt war? Was war ich? Meine Augen füllten sich mit Tränen. Alle möglichen Gefühle ballten sich wie eine Faust in meinem Bauch zusammen. Gab es mich überhaupt wirklich? »Mach mich los. Bitte.«

Warren knurrte zur Warnung, aber Reign winkte ab. »Sie hat Gefühle. Und gefesselt nützt sie uns nichts.« Er setzte sich aufs Sofa. »Solltest du angreifen, wirst du wieder gefesselt oder Schlimmeres.« Ich nickte und drehte mich, damit er an die Fesseln herankam. Ich drehte das Gesicht weg, um meine Tränen zu verbergen.

Ich sah aus wie ein Mensch. Ich fühlte mich wie ein

Mensch. Meine Gedanken waren menschlich. Ich wollte menschliche Dinge. Etwas zu essen; ich war am Verhungern. Und ich musste dringend zur Toilette. Und ich wollte definitiv jemanden, der mich in den Arm nahm und mir versicherte, dass alles in Ordnung käme, dass ich nicht allein war. Das alles waren doch menschliche Dinge, oder nicht? »Bin ich eine Fae?«

»Du bist ein Nichts«, fauchte Warren.

Zorn schoss in mir empor, aber ich schluckte ihn wieder herunter. Für den Augenblick. »Ich habe dich niedergestochen.«

»Und du hast mir das Handgelenk gebrochen. Ich heile schnell, einer der Vorteile, die mir noch aus dem Feenreich geblieben sind.«

»Du hast gesagt …« Meine Stimme brach. »Du hast gesagt, ich würde ausbrennen …«

»Deinem geistigen Zustand nach zu urteilen, am Ende der Woche.«

Mein geistiger Zustand. Richtig. Mein geistiger Zustand würde bald einen Zusammenstoß mit Warrens körperlichem Zustand haben. Meine Hand juckte und suchte nach einem Dolch. *Einatmen, ausatmen. Bleib ruhig. Behalte die Kontrolle.* Ich war Alina O'Connor. Ich mochte Schokoladeneis, *X-Factor*, Spaziergänge im Park und faule Sonntage … Die Königin konnte unmöglich jedes winzige Detail erschaffen haben. Was war mit meiner Tollpatschigkeit? Oder wie ich mit der Zunge die Nase berühren konnte? Oder als ich mit zehn die Treppe heruntergefallen war und mir den Arm gebrochen hatte …

Ich jagte der Erinnerung nach, aber je mehr ich mich darum bemühte, desto schlüpfriger wurde sie, genau wie alles andere, bis sie mir schließlich völlig entglitt und ich sie vergaß. Einige der Erinnerungen, Alinas Schrullen, mussten mir gehören. Es konnte nicht alles gefälscht sein. Was auch immer ich war, ein Teil von mir musste real sein, und ich weigerte mich, etwas anderes zu glauben.

Ich stand auf, trocknete mein Gesicht und rieb mir die Gelenke. »Bring mich zu Andrews.«

Reign eskortierte mich aus dem Wohnzimmer zur Toilette, und er war nah genug, dass ich seine Körperwärme spürte. Aber er berührte mich nicht. Zwischen uns brodelten Anspannung und Lügen. Er versperrte mir den Rückweg. Sein Gesicht war völlig ausdruckslos. Die perfekte Maske, um sich dahinter zu verbergen.

»Ich muss dir so vieles sagen«, sagte er gedämpft, damit weder Warren noch Andrews mithören konnten.

»Ja, das stimmt.«

»Es tut mir leid, ich hätte dir alles erzählen sollen, aber ich habe geglaubt, dir nicht vertrauen zu können. Ich wusste, dass du ihr gehörst.«

Ich schluckte mühsam. »Wenn du wusstest, dass ich ihr gehöre, warum bist du nicht einfach gegangen? Warum hast du mir immer wieder geholfen?«

»Weil … du hast dich nicht so verhalten, wie du es hättest tun sollen.« Er schloss die Augen und seufzte. Als er sie wieder öffnete, konnte er meinen Blick kaum erwidern. »Als ich in jener Nacht in dem U-Bahnhof dein Draíocht nahm, schmeckte ich mehr als die Königin, mehr als nur Fae-Komponenten. In dir steckt mehr als ihr Wille. Ich gab dir einen Dolch, forderte dich praktisch dazu auf, mich anzugreifen, aber du hast es nicht getan.« Er griff nach mir. Ich zuckte zusammen und wich zurück. »Verstehst du nicht? Du bist anders. Mit dir erschuf sie Leben.«

Ich verzog das Gesicht. Ich wollte nicht daran erinnert werden, dass die Königin meine Schöpferin war – meine *Mutter.* »Sie hat gesagt, ich wurde ausgeschickt, um dich zu töten.«

»Ja. Ich glaube, das stimmt auch. Sie hat etwas gegen mich in der Hand, dem ich nicht entkommen kann. Ich musste ihre Befehle ausführen, bis ins letzte Detail. Oder ich hätte alles verloren. Ich wusste, dass ich Zeit schinde. Sobald sie dich hatte, ihr gehorsames Konstrukt, konnte sie mich loswerden.«

»Die Königin erwähnte etwas von einem Hund?« Ich erinnerte mich an ihre Worte und wünschte, ich könnte ihren Anblick und Geruch vergessen.

Er lächelte bitter. »Die Königin kann mich kontrollieren. Ich habe die Hüter ermordet.« Er schluckte. Ein Muskel zuckte in seiner Wange, als er mit den Zähnen knirschte. Er wollte den Blick von mir abwenden, tat es aber nicht. »Caroline, die Hüterin auf der Party nach dem Konzert. Ich lud sie zu ihrem Tod ein. Ein Tod, den ich ihr serviert habe.«

Ich ertrug die Qual in seinem Blick nicht länger und sah weg. Er war wirklich nicht unschuldig. Das war er nie gewesen. Er war ein Killer. Ich stand mit einem kaltblütigen Killer in meinem Flur. Aber da war noch mehr an ihm – das musste es einfach. Reign war vielschichtig, schlüpfte in Rollen wie die meisten Menschen in ihre Kleider. Er mochte ein Killer sein, aber das war nicht alles. Warum rang er dann ständig mit sich selbst? »Warum gehorchst du ihren Befehlen?« Ich kannte die Antwort, denn auch ich war ihren Wünschen gefolgt. Kontrolle.

Wütend verzog er die Lippen, aber ich war nicht der Anlass seines Zorns. Vielleicht war er es selbst. »Ich habe keine Wahl. Warren sollte mein nächstes Ziel sein, aber ich zögerte es hinaus und erzählte ihm alles. Ich bat ihn, mich zu töten, mehr hatte ich nicht verdient.« Reign fuhr sich durchs Gesicht und löschte das trockene Lächeln. »Er weigerte sich, sagte, ich solle mit meiner Schuld leben.« Er schob die Hände tief in die Taschen und lehnte sich an die Wand. »Wir haben vereinbart, eine Möglichkeit zu finden, wie wir die Königin aufhalten können. Mich irgendwie gegen sie zu benutzen. Und dann kamst du, und ich … ich habe eine Gelegenheit gesehen, ihr eigenes Konstrukt gegen sie zu verwenden.«

»Und bist du mit dem Ergebnis zufrieden?« Ich klang so kalt, wie ich mich fühlte. Ich hatte mich in eine zerbrechliche Hülle gehüllt. Ich hörte seine Worte, ihre Bedeutung, aber nichts davon drang zu mir durch. Hätte es das getan, wäre ich daran zerbrochen.

»Da ist Gutes in dir. Mehr Gutes als Böses. Ich wusste, dass man dich geschickt hatte, um mich zu töten, Alina. Ich konnte nur nicht begreifen, warum du es nicht versucht hast.«

»Ich könnte es noch.« Das war die Wahrheit. Meine Handfläche juckte, drängte mich zu handeln. Die Befehle der Königin zu befolgen, war mir in meine DNS geschrieben worden.

»Warren wird dich töten«, warnte Reign; seine Stimme wurde dunkler. »Wenn er glaubt, dass sie dich in ihren Fängen hat, wird er dich hinrichten, bevor du auch nur um dein Leben flehen kannst. Ich will dir keine Angst einjagen. Das ist eine Tatsache.«

Ich senkte den Kopf. Möglicherweise würde es noch dazu kommen. »Vielleicht ist es besser so.« Am Ende der Woche würde es keine Rolle mehr spielen. Falls Warren recht hatte, näherte sich mein Verfallsdatum rapide.

»Es tut mir leid. Verstehst du, warum ich dich auf Distanz halten musste? Warum ich dir nicht vertrauen konnte?«

Ich befeuchtete die Lippen, hob das Kinn und straffte die Schultern. »Ich begreife, dass du mich benutzt und wie das Schoßhündchen, für das Warren mich hält, an der Leine gezogen hast. Klar verstehe ich, Reign. Und jetzt geh mir aus dem Weg. Ich will mit Andrews sprechen.«

»Alina, bitte.« Er streckte die Hand aus, aber ich wich zurück.

»Ich habe dir gesagt, dass du mich nicht anfassen sollst, nie wieder«, knurrte ich. Sein gequälter Ausdruck verstärkte die schreckliche Last der Gefühle, die mich zu zermalmen drohten.

»Wenn wir uns berühren, was du da fühlst … das ist echt. Das ist Fae.«

»Es spielt keine Rolle«, fauchte ich. »Ende dieser Woche gibt es mich nicht mehr oder ich bin ausgebrannt. Oder was auch immer zum Teufel mit ihren Konstrukten geschieht. Geh mir einfach aus dem Weg, Reign, bevor ich etwas tue, das ich bereue. Vielleicht bereue ich es ja auch nicht.« Vielleicht war es mir ja auch nicht möglich, etwas zu bereuen?

Zögernd trat er zur Seite. Ich griff nach der Türklinke, hielt aber inne, als er das Wort ergriff. »Du kannst uns helfen. Du bist genau wie sie, Alina. Du stehst der Königin näher als jedes andere lebende Wesen außerhalb des Feenreichs. Wir brauchen dich.«

Seufzend erwiderte ich: »Und was brauche ich?« Dann öffnete ich die Tür.

KAPITEL 19

Sie hatten Andrews geknebelt und mit den eigenen Handschellen an den Handtuchhalter gekettet. Seine Augen weiteten sich, als er mich sah, dann zogen sie sich misstrauisch zusammen. An seiner Stelle wäre ich auch nicht erfreut gewesen. Ich ging neben ihm in die Hocke und löste den Knebel.

»Wo sind die Schlüssel?«, fauchte ich Reign über die Schulter an.

Er lungerte in der Tür herum. »Wir können ihn nicht gehen lassen. Er ist unsere Versicherung, dass du Warren nicht tötest.«

So viel zu der Behauptung, dass er mir vertraute. »Wenn ich aufhöre, etwas zu fühlen, wird es mir verdammt noch mal völlig egal sein, ob Andrews gefesselt ist oder nicht.«

Reign begriff, dass ich es ernst meinte. Er wollte es leugnen; ich sollte die Antwort für alle seine Probleme sein. Eine falsche Hoffnung. Ich sprach es nicht aus.

Seufzend schloss er hinter sich die Tür und ließ mich auf den Knien bei Andrews zurück.

Der Detective hob eine Braue. Seine Unterlippe wies einen heilenden Schnitt auf, auf seinem Kiefer schimmerte ein Bluterguss. Seine Kleidung war auf Taillenhöhe verrutscht. »Hübsches Bad«, meinte er. »Wer auch immer den Handtuchhalter angebracht hat, wusste, was er tat. Er sitzt bombenfest.« Er klirrte mit seinen Handschellen.

Zumindest war er am Leben. Der Hauch eines Lächelns huschte über meine Lippen, verschwand aber so schnell, wie er gekommen war. »Es tut mir so leid, dass sie Ihnen das angetan haben.«

»Wenn man bedenkt, dass Niles mich bewusstlos zurückgelassen hat, ist das ein Fortschritt.« Auch sein Versuch eines Lächelns erstarb zu schnell.

Miles' Erwähnung drehte mir den Magen um. »Das ist wirklich nicht in Ordnung, Andrews. Nichts ist in Ordnung. Möglicherweise wird es das auch nie wieder sein.« Ich schaute auf meine zitternden Hände im Schoß. »Miles kommt nicht mehr.«

Angewidert verzog er das Gesicht, wandte den Kopf und stieß einen Fluch aus. Ich ließ ihm Zeit und lauschte dem leisen Murmeln der beiden Fae in meiner Küche und den gedämpften Lauten von London außerhalb des Fensters. Als er mich bedrückt musterte, entdeckte er die Tränen in meinen Augen.

»Wie?«

»Die Königin ...« Ich fand die richtigen Worte nicht. Wie erklärt man, dass jemand eben noch am Leben war und es dann plötzlich nicht mehr ist, von einem Augenblick zum nächsten? Miles war ein Bastard gewesen, aber in diesen Tunneln zu sterben, hatte er nicht verdient.

»Wissen Sie, ich glaube Ihnen. Das mit der Königin, alles andere.« Mühsam erhob er sich, um mir gegenüber zu knien, während seine gefesselten Hände an der Stange baumelten. »Meine Jackentasche.«

»Was?«

»Mein Handy.« Mit dem Kinn deutete er auf seine Seite. »Es steckt in meiner Tasche. Ihre Fae-Freunde sind lausige Polizisten.«

»Das sind nicht meine Freunde«, murmelte ich. Ich wusste nicht, was sie waren, aber *Freunde* war nicht das richtige Wort. Ich rutschte näher an Andrews heran und zog das Handy aus der Tasche.

»Suchen Sie die Videos.«

Ich scrollte durch das Menü. »Okay.«

»Gehen Sie auf Montag. Zeitstempel zweiundzwanzigfünfzehn.«

Ich suchte das richtige Video. Die schwarz-weiße Überwachungsaufnahme des Bahnsteigs in der Chancery Lane zeigte Reigns leblose Gestalt unter der Plakatwand. »Da habe ich Reign kennengelernt. Warum haben Sie das?«

»Ich durchsuchte Miles' Schreibtisch und fand einen Haufen verdächtiger Dinge. Beweismittel von Vermisstenfällen, deren Spuren im Sand verlaufen sind. Akten, die ihn nichts angingen. Alte Fae-Fälle. Dieses Video befand sich auf seinem Computer, in einem Ordner mit Ihrem Namen.«

Vermisste Menschen. Konnte Miles dabei geholfen haben, die Königin mit Nahrung zu versorgen? Andrews drängte mich, das Video anzusehen, aber meine Gedanken blieben bei seiner verschwundenen Schwester hängen. Konnte Miles sie entführt haben? Sie der Königin zum Fraß vorgeworfen haben? Ich wollte es nicht aussprechen. Wollte Andrews keine falsche Hoffnungen machen oder Angst einjagen. Im Reservoir der Königin hatte ich keinen Beweis gefunden, dass sich dort lebende Menschen aufhielten. Vielleicht würde es besser sein, wenn er nichts davon erfuhr.

»Andrews, ich ...«

»Sehen Sie sich das Video an. Nachdem Sie mir erzählt hatten, dass Sie an diesem Abend an der falschen Haltestelle ausstiegen, sah ich mir die Aufnahme genauer an.«

»Sie haben also meine Lüge durchschaut.«

»Wie ich bereits sagte, Sie sind eine schreckliche Lügnerin. Achten Sie auf die Zeit.«

Der 22:14 rollte in den Bahnhof. Der Zug, in dem ich mich befunden hatte. »Ich weiß, was passiert. Ich war dabei.« Was sollte das Ganze?

»Sehen Sie einfach nur hin. Direkt nachdem sich die Türen öffnen.«

Stirnrunzelnd betrachtete ich den kleinen Bildschirm und wartete darauf, dass sich die Türen öffneten und ich den Bahnsteig betrat. 22:15. Und da war ich, genau wie erwartet. »Verstehe ich nicht.«

»Sehen Sie es sich noch mal an. Achten Sie auf die Zeit.«

Ich setzte mich zwischen das Waschbecken und Andrews und gehorchte. »Der Zug fährt ein, die Türen öffnen sich ...«

Ich stieg nicht aus dem Zug.

Ich blinzelte, hielt das Video an und schob den Fortschrittsbalken zurück zu der Stelle, an der sich die Türen öffneten. Dank des Kamerawinkels konnte ich das Innere des Wagens genau sehen. Er war leer. Niemand stieg aus. Ich war einfach nicht da. Die eingeblendete Zeit bewies es. In der einen Minute war der Bahnsteig leer, in der nächsten stand ich da und überprüfte mein Handy auf Nachrichten.

Ich sei nicht real, hatte man mir gesagt. Miles hatte es

angedeutet, die Königin hatte es frei herausgesagt. Warren hatte mir die Tatsachen ins Gesicht geschleudert. Ich hatte ihn wie eine Besessene freudig angegriffen, und Reign hatte noch vor wenigen Augenblicken gestanden, dass er das Konstrukt der Königin benutzen wollte. Aber nichts davon hatte mich davon überzeugt, dass Alina O'Connor ein Geist war. Andrews' Video andererseits zeigte mir alles, was ich wissen musste. Von einer Sekunde auf die andere veränderte sich die Welt. Vor Viertel nach zehn an diesem Abend hatte ich nicht existiert.

Ich biss mir hart genug auf die Lippen, um Blut zu schmecken. »Okay.«

»Okay?«

Ich schaltete das Handy aus und gab es zurück. »Sie wussten es?«

»Seit gestern Abend. Das ist nicht okay, Alina. Ich weiß nicht, was Sie sind, Mensch oder Fae oder was auch immer, aber das kann nicht verschwiegen werden. Die Königin? Es gibt sie. Und die Fae sind nicht das, was man uns gesagt hat. Diesen Verdacht habe ich schon so lange. Wenn sie Dinge wie Sie erschaffen können, was noch? Wir müssen die Fae einer erneuten Einschätzung unterziehen, genau wie das, was sie hier machen.«

Er hatte recht, aber in diesem Augenblick kam ich nicht darüber hinweg, was ich in seinen Augen sein musste. Jeder wusste Bescheid. Reign, Warren und Andrews. Sie alle sahen die Wahrheit vor sich. Was war ich doch für eine Idiotin gewesen. Ich erwiderte seinen Blick. »Halten Sie mich für ein Monster?«, fragte ich leise.

»Nein.« Wie er da an meinen Handtuchhalter gefesselt

kauerte, mit Hoffnung in der Miene, wirkte er vollkommen ehrlich. Aber er konnte es nicht verstehen. Niemand würde es jemals verstehen: Ich wusste nicht, wer ich war.

»Hören Sie mir zu.« Er beugte sich näher heran. »Was auch immer Sie sind, zu welchem Zweck man Sie auch immer erschuf, es spielt keine Rolle.« Er fuhr sich mit der Zungenspitze über die Unterlippe. Entschlossenheit trat in sein Gesicht. »Wichtig ist nur das Hier und Jetzt. Das wissen Sie, oder? Was Sie von diesem Augenblick an tun, allein das zählt.«

Bei ihm klang das so einfach. »Wie können Sie das sagen? Die Königin erschuf mich.«

»Und? Wir sind keine Kopien unserer Eltern. Mein verfluchter Vater ging für bewaffneten Einbruch ins Gefängnis. Die Magie der Königin oder ihr Draíocht oder was auch immer durch Ihre Adern fließt, definiert Sie nicht.« Er zuckte mit den Schultern. »Oder vielleicht doch, sagen Sie es mir.«

»Nein, ich bin nicht wie die Königin.«

»Nein, das sind Sie nicht. Sie sind süß und witzig und reden zu viel. Immer wenn Sie sich unbeobachtet glauben, wölben Sie die Augenbraue. Sie sind schlau, jedenfalls meistens. Sie kauen auf der Unterlippe herum und knabbern an den Nägeln. Und Sie stellen zu viele Fragen.« Er hielt inne und setzte sein ehrlichstes Lächeln auf. »Ich weiß nicht, *was* Sie sind, aber ich weiß, was ich sehe. Und das ist Miss Alina O'Connor, die schrecklichen Kaffee macht.«

»Hey, mit meinem Kaffee ist alles in Ordnung, ich wollte Sie Polizisten nur aus der Wohnung haben.«

Mit dem Kopf deutete er auf die Badezimmertür. »Lassen Sie sich nicht von denen da definieren. Sie können dieses

Problem besiegen. Ich brauche Sie, um dieses Problem zu besiegen. Sie müssen mir helfen herauszubekommen, was hier eigentlich geschieht. Bei dieser Angelegenheit geht es nicht nur um Sie, es geht um die Fae. Warum sie gelogen haben und was sie mit London vorhaben.«

Er hatte recht. Er war mehr als ein hübsches Gesicht. Er hatte den nötigen Verstand, um seine Dienstmarke zu rechtfertigen. »Wissen Sie, für einen Polizisten sind Sie ganz in Ordnung.«

»Und Sie sind ganz in Ordnung für einen Geist.«

Ich schnaubte und betrachtete seine Handschellen. Wenn Reign meine Hilfe wollte, würde er Andrews gehen lassen müssen. »Warten Sie hier.«

Er klapperte mit den Handschellen. »Nicht dass ich da eine große Wahl hätte.«

Warren und Reign füllten meine winzige Küche aus. Sie waren viel zu atemberaubend, um etwas anderes als Fae zu sein. Hektisch redeten sie aufeinander ein und waren sich offensichtlich uneins, als ich noch immer barfuß und in dem verdammten pinkfarbenen Top und den Leggins, die ich von Andrews Schwester ausgeliehen hatte, aus dem Korridor kam.

»Okay, ihr hört jetzt genau zu. Regel Nummer eins: Wir ketten unsere Freunde nicht an Handtuchhalter.«

Reign öffnete den Mund, um etwas zu erwidern.

»Ruhe. Regel Nummer zwei: Ich kann nicht versprechen, dass ich mich nicht gegen einen von euch wende, aber ich kann versprechen, dass ich alles in meiner Macht Stehende tun werde, um es zu verhindern. Falls ich das versaue, könnt ihr das Draíocht aus meinen Adern lassen und mich töten.«

Nun wollte mich Warren unterbrechen. Mein finsterer Blick ließ ihn innehalten. »Regel Nummer drei: ich bin kein *Ding* oder ein *es*. Ich bin Alina. Wenn jemand ein Problem damit hat, bekommt er einen Dolch zwischen die Rippen. Verstanden?«

Keiner von ihnen sagte ein Wort. Warren fuhr sich mit dem Daumen über die Lippen. Er blickte Reign an, der mich mit einem Ausdruck zwischen Überraschung und Erstaunen ansah.

»Also, halten wir nun die Königin auf oder stehen wir hier herum und streiten uns?«

Reign lächelte schief. Er griff in die Tasche und warf mir die Schlüssel für die Handschellen zu. Warren knurrte nur und wandte sich ab. Schön. Sollte der alte Fae schmollen. Es war mir egal. Die Königin aufzuhalten, war mir aber nicht egal, denn ich wusste genau, was sie wollte. London und seine Menschen. Und sie würde jeden und alles töten, was sich ihr in den Weg stellte.

Es klang wie ein schlechter Witz. Ein Fae-Rockstar, ein Polizist und ein Hüter schlugen ihr Lager in meinem Wohnzimmer auf. Reign lümmelte auf dem Sofa herum, Warren stand am Fenster und Andrews lehnte sich mit aufgerollten Ärmeln und verschränkten Armen gegen die Küchentheke und starrte alle auf seine Polizistenart an. Ich kniete vor dem Wohnzimmertisch. Niemand hatte seinen Kaffee angerührt.

»Mittlerweile wird sie sich denken, dass Alina Warren nicht getötet hat«, sagte Reign an niemanden gerichtet.

Alle Blicke richteten sich auf Warren.

»Es sei denn, wir sorgen für eine Leiche.«

Alle Blicke richteten sich auf Andrews.

Er schnaubte. »Was? Glauben Sie, ich könnte einen Toten aus dem Leichenschauhaus besorgen?«

»Im Film funktioniert das so, wenn man einen Tod vortäuschen muss.« Ich zuckte mit den Schultern, als Andrews über meine Naivität die Stirn runzelte.

»Ich glaube, wir haben ausgiebig bewiesen, dass wir es hier mit der Realität zu tun haben. Selbst wenn ich wunderbarerweise an eine Leiche käme … nach dem zu urteilen, was Sie mir über die Königin erzählt haben, wird sie sich nicht von irgendeinem beliebigen Toten täuschen lassen.«

Reign beugte sich vor. Er rieb die Hände aneinander und verschränkte die Finger. »Alina, du sagst, du kannst sie hören …«

»Es kommt und geht. Wenn ich angestrengt lausche, höre ich sie, aber darauf würde ich lieber verzichten.«

»Sie bestand darauf, dass Warren vor Ende der Woche stirbt. Warum, was meinst du?«

Ich senkte den Kopf. »Ich weiß es nicht. Nur dass Samstag ein wichtiger Tag ist.« Auch Miles hatte den Samstag erwähnt.

»Ich kenne den Grund.« Warren knurrte förmlich. »Wird sie mich los, kann sie aus dem Unterland entfliehen. Sterbe ich, lösen sich die Fesseln auf, die die Hüter vor Jahren woben und die sie dort festhalten. Sobald sie draußen ist, wird sie fressen müssen. Im Augenblick ist sie nur ein Bruchteil ihres früheren Selbst. Sie ist schwach. Abgeschnitten vom Feenreich, hat sie sich seit Jahrhunderten nicht mehr vollgestopft. Als Erstes wird sie nach einer Menschenmenge suchen, irgendein Ort, an dem sich Menschen versammeln, damit sie dort Draíocht ernten kann.«

»Okay. Ein Park? Ein Kino?«

»Größer.« Warren lächelte bitter. »Du glaubst, du hättest die Königin in ihrer wahren Gestalt gesehen. Das hast du aber nicht. Du musst größer denken. Viel, viel größer.«

Reign nickte, denn ihm war etwas klar geworden. »Ich sage das Konzert ab.«

Das Konzert. Sein Konzert in der O_2 Arena. Zwanzigtausend Fans, die sich in Londons Millenium Dome drängten. »Ist das Samstag?«

»Ja. Ich habe sämtliche Proben versäumt.« Er zuckte mit den Schultern. »Perfekt zu sein, kann man nicht proben.«

»Sag es ab. Du wärst dort doch sowieso nicht aufgetreten, oder?«

»Doch.« Er streckte die Beine unter dem Tisch aus, fuhr sich mit den Fingern durchs Haar und holte tief Luft. »Es wäre mein letztes Konzert gewesen. Ich wollte mit einem spektakulären Knall abtreten.«

Ich starrte ihn an.

»Was? Schön, urteile über mich, das scheint dir ja Spaß zu machen. Die Musik ist das Einzige in meinem Leben, was mir gehört, das Einzige, was ich kontrolliere. Ich hätte gedacht, dass gerade du das verstehst, Mädchen aus Amerika.«

»Nach allem, was passiert ist, wolltest du das trotzdem durchziehen?«

»Bis die *FA* mich geschnappt hat. Jetzt bin ich draußen … dank Warren. Sie können meinen Auftritt beenden, wenn sie wollen. Die Show, die es dann gibt, wäre den zehnfachen Eintrittspreis wert.«

»Du musst es absagen.«

»Ich weiß.« Er seufzte. »Mache ich auch.«

»Nein. Tun Sie das nicht.« Seit ich Andrews befreit hatte,

hatte er größtenteils geschwiegen. Aber er hatte die beiden Fae genau beobachtet, sich alles gemerkt und es womöglich für später abgelegt. »Zwanzigtausend Menschen an einem Ort? Die Veranstaltung absagen, und dann? Falls die Königin rauskommt, wird sie durch die Stadt streifen, richtig? Das ist das Letzte, was wir wollen. Zumindest werden wir wissen, wo sie hingeht. Scheiße, das ist doch Wahnsinn. Warum rufen wir nicht die Spezialabteilung? SO-Neunzehn, den Einsatztrupp.«

»Um was zu tun?«

»Das Miststück zu erschießen.«

»Sie kommen nicht ins Unterland hinein. Das kann niemand, solange er kein Fae ist. Sie haben es selbst gesagt. Sie haben Chancery Lane durchsucht und nichts gefunden, was dort nicht hingehört. Holen Sie die SAS, von mir aus auch das Militär, aber die können nichts unternehmen, bevor die Königin entkommen ist. Falls sie entkommt. Solange Warren nicht tot ist, kann sie nicht raus.«

»Wieder falsch.« Warren grinste, scharfe Reißzähne funkelten. »Drei Hüter sind tot. Ich bin als Einziger übrig. Als wir sie banden, waren wir jünger und viel stärker, unser Draíocht kam direkt aus dem Feenreich. Seitdem vergingen Jahrhunderte, und unsere Kraft reichte nicht aus, um ihren Kerker zu verstärken. Es gibt hier nicht genug Draíocht. Und beim Ende eines jeden Hüters lösten sich die Fesseln.« Er schaute Reign an, der zusammenzuckte, die Augen zusammenkniff und den Kopf in den Nacken legte. »Ich tue, was ich kann, und ich werde sie so lange wie möglich gefangen halten, aber im Laufe der Zeit wird sie vermutlich trotzdem entkommen.«

»Von was für einer Zeitspanne sprechen wir?«

Warren schluckte sichtlich. Er senkte den Kopf. »Ich weiß es nicht«, gab er schließlich mit einem Seufzer zu.

Andrews fluchte. »Es muss doch etwas geben, das …«

Warren blickte uns scharf an. »Wir haben das Konstrukt der Königin direkt vor uns, genau wie ihren Hund.«

Reign verzog das Gesicht, und mir entging nicht, dass er angewidert war. Er starrte Warren finster an. »Nicht.«

»Das mag dir nicht gefallen, Sovereign, aber die Wahrheit, was du bist, wird sich nicht einfach in Luft auflösen.«

Reign sprang auf die Füße und ging auf und ab. Mit zusammengebissenen Zähnen und gesenktem Kopf dachte er nach. »Ich kann nicht.«

»Doch, könntest du. Der Hund wird alles töten, was ihm im Weg steht.«

Andrews blickte mich fragend an, aber ich konnte nur mit den Schultern zucken. »Was ist dieser Hund?«, fragte ich die beiden Fae.

Ein Knurren, mehr Tier als Mensch, drang aus Reigns Brust. Ein unbestimmter Instinkt riss mich auf die Füße und ließ mich zurückstolpern. Was zum Teufel?

»Ein Albtraum.« Kurz blickte jemand anders aus ihm. Seine Augen weiteten sich und er fuhr zu Warren herum. »Ich kann das nicht kontrollieren!« Er warf die Hände in die Luft. »Ich werde nicht darüber diskutieren.«

»Du hast Angst.«

»Ja, ich habe Angst. Und du solltest sie auch haben. Ihr alle.« Er schnappte sich seinen Mantel, verließ die Wohnung und schlug die Tür hinter sich zu.

Andrews zuckte kaum merklich mit den Schultern. »Ein heikles Thema.«

Warrens Blick fühlte sich an wie die Berührung dieser Spinnen. »Was ist der Hund?«, fragte ich leise; ich hatte nicht die Absicht, den störrischen alten Fae mit seinem Schweigen davonkommen zu lassen.

»Der Grund, aus dem er dich wegstößt.« Warren verzog den Mund.

Andrews spannte sich an. »Wir haben jetzt keine Zeit für seine Krisen. Er soll damit klarkommen, ganz egal, was es auch ist. Kann uns dieses Hundeding helfen?«

»So wie jede andere Naturgewalt auch.«

Das war wirklich vage. »Warren, was ist mit mir? Ich bin ihr Konstrukt. Reign sagte, ihr könntet mich benutzen. Was kann ich tun?«

Er lehnte sich wieder an die Wand und rieb sich das Kinn. »Du kannst näher an sie heran als jeder auf dieser Seite des Feenreichs.«

Ich fröstelte. Wusste er eigentlich, wie nah ich bei ihr gewesen war? »Reign war direkt neben ihr, als ich sie bei ihrer Begegnung beobachtet habe.«

Warren hob die Braue. »Sie ist in deinem Blut. In der Art, wie du dich bewegst. Ich höre sie in deiner Stimme. Ihr steht euch so nah wie Mutter und Tochter. Deinen Körper kann sie nicht kontrollieren, nicht nachdem du deine Aufgabe erhalten hast, also könntest du jetzt vor sie treten und ihr in die roten Augen blicken. Und sie würde dich nicht aufhalten.«

Davon war ich nicht überzeugt. Höchstens vor ihr auf die Knie gehen. Die Erinnerung daran drehte mir den Magen um. Was hatte ich mir nur gedacht? Nichts. Genau darum ging es ja. *Sie* hatte für *mich* gedacht. Ich konnte nicht dorthin zurück. Ich wollte sie nicht wieder in meinem Kopf haben. Ich wollte nicht wieder dieses *Ding* sein.

»Du bist ihre Schwäche, oder du könntest es zumindest sein, falls man verhindern könnte, dass sie dich manipuliert.«

Andrews hatte den Kopf gesenkt. »Es muss eine Möglichkeit geben. Wir können nicht zulassen, dass das geschieht. Was ist mit den Fae im Unterland? Sie wollen doch bestimmt nicht, dass sie ausbricht, oder? Die Königin wird alles zerstören, wofür Ihr Volk gearbeitet hat. Die Freiheit, die Aufmerksamkeit. Wenn die Menschen erkennen, wie die Fae wirklich sind, wird man euch nicht in unserer Mitte dulden. Nicht mehr.«

Er sprach überraschend energisch und ich konnte es ihm nicht verdenken. Ein Fae hatte seine Schwester in seinen Bann geschlagen. Er wusste, wozu sie fähig waren, und das war geschehen, bevor sie zu Ungeheuern geworden waren, die unter Londons Straßen hausten.

Warrens Lächeln war erbärmlich und voller Bedauern. »Wir alle sind nur noch ein Schimmer dessen, was wir einst waren. Die meisten haben Angst, verdrängen alles und würden eher so tun, als ob sie problemlos unter den Menschen leben können, als sich der Königin zu stellen. Die Jüngeren wissen nicht mal genau, wozu sie fähig ist. Und ein paar von uns glauben, dass sie uns alle befreien kann. Die Königin ist altes Draíocht aus einer anderen Zeit und von einem anderen Ort. Wir sind alle geringere Wesen, nur noch Schatten dessen, was wir einst waren und sein könnten. Sie würde diejenigen zerschmettern, die sich gegen sie erheben.« Er holte tief Luft. »Allein die *FA* könnte möglicherweise helfen, aber im Augenblick ist sie eher daran interessiert, Reign aufzuhalten. Und mich, da ich ihm geholfen habe zu entkommen.«

»Die *FA* würde sich doch bestimmt gegen die größere Bedrohung stellen?«, fragte ich.

»Ja, sobald ich, Reign und du hinter Gittern sitzen. Aber was könnten sie deiner Meinung nach gegen die Königin unternehmen, Alina?«

Jeder Angehörige der Fae-Autorität, dem ich begegnet war, war ganz schön Furcht einflößend gewesen. Sie würden bestimmt nicht bei dem Versuch zögern, die Königin aufzuhalten. Eine Gruppe von ihnen war spektakulär. »Wir sollten sie irgendwie auf unsere Seite ziehen, und zwar vor Samstag.« Ich sah Warren mit hochgezogener Braue an. »Haben du und die Hüter die *FA* nicht gegründet? Habt ihr keine Macht über sie?«

»Nein. Wir erschufen sie, erließen die Gesetze, übergaben ihnen den Befehl. Sie sind unabhängig. Das war die einzige Möglichkeit, wenn sie die Fae je kontrollieren wollten.«

Ich hatte jede Chance auf ein Gespräch mit ihnen vertan, als ich zwei ihrer Leute in Reigns Apartment niedergestochen hatte, eine Erinnerung, an die ich wirklich nicht mehr denken wollte. Man würde mich auf der Stelle einsperren. Ich war kein Mensch. Ich unterstand ihrer Autorität. *Widerstand würde mit tödlicher Gewalt beantwortet werden.*

»Alina, du bist unsere beste Chance«, sagte Warren. »Du bist die Einzige, die vor Samstag in ihre Nähe kann. Bevor sie entkommt.«

Andrews hob den Kopf. »Das ist Selbstmord. Die Königin wird sie töten.«

»Sie ist doch sowieso tot.«

»Das wissen Sie nicht.« Andrews stieß sich von der Küchentheke ab. »Angeblich sind Sie doch ein uralter mächtiger Fae, warum gehen Sie dann nicht zur Königin? Unternehmen etwas. Das alles passiert doch nur, weil Sie es beim ersten Mal nicht richtig hinbekommen haben.«

»Nicht so stürmisch, Detective«, erwiderte Warren spöttisch. »Sie haben keine Ahnung, mit wem oder was Sie da sprechen.«

»Schon okay.« Ich legte Andrews die Hand auf die Schulter. Warren zufolge hatte ich nur noch Tage zu leben. Tage, in denen ich mich in Selbstmitleid baden und ein Leben beklagen konnte, das nicht mir gehörte. Oder ich konnte versuchen, etwas daraus zu machen. »Sie wird mich nicht töten. Sie hat mich erschaffen. Vielleicht komme ich ja nah genug heran, um Schaden anzurichten.« Die Erinnerung an ihren gewaltigen und schrecklichen Körper mit seinem funkelnden Rückenpanzer ließ mich frösteln.

Andrews fuhr herum, als hätte ihn etwas aufgeschreckt. Eine Sekunde lang sah er beinahe überrascht aus. Sein Blick fiel auf meine Hand, dann verlor seine Miene etwas von ihrer Strenge. »Okay, in Ordnung. Ich muss mich bei der Arbeit melden und die richtigen Leute über das informieren, was hier geschieht.«

»Man wird Ihnen nicht glauben.«

Er zögerte und wollte es abstreiten. »Ich kann nicht einfach die Hände in den Schoß legen. Mein Partner wurde von der Königin mit einem Bann belegt. Wer ist noch darin verwickelt? Ich kann das nicht einfach für mich behalten, Alina. Das geht nicht.«

»Sprechen Sie mit der *FA*.« Warren schüttelte den Kopf; zum Teufel mit ihm. »Ihnen wird man zuhören.«

»Und uns dann hinter Eisen sperren«, warf Warren ein.

Ich warf ihm einen finsteren Blick zu. »Machen Sie sich keine Sorgen um uns, Andrews. Ich finde eine Möglichkeit, damit das funktioniert.« Ich klang doch tatsächlich, als wüsste ich, was ich da tat, obwohl ich nicht die geringste Ahnung hatte. »Informieren Sie die *FA* und überzeugen sie sie nach Möglichkeit davon, dass Reign und Warren in Freiheit bleiben müssen, damit wir die Königin in die Falle locken können.«

Andrews nickte. »Okay.«

Reign kam hereingestürmt. »Die *FA* kommt. Wir müssen verschwinden, sofort.« Mit wenigen Schritten durchquerte Warren das Zimmer und war Sekunden später durch die Tür. Reign wartete und streckte die Hand nach mir aus. »Alina, komm schon. Du musst mich jetzt begleiten.«

Andrews nickte zögernd. »Gehen Sie, ich erzähle ihnen alles und hoffe, dass sie zuhören.« Ich wollte ihn nicht zurücklassen. Er war in diese Sache verstrickt worden und schien nicht an diesen Ort zu gehören. Er musste mir die Sorge vom Gesicht abgelesen haben. »Ich komme schon zurecht, gehen Sie.«

Ich nahm Reigns Hand und ignorierte das Kribbeln. Als er mich aus meinem Zuhause zerrte, warf ich noch einen Blick zurück. Andrews hatte sich bereits abgewandt.

KAPITEL 20

»Warum sind wir hier?«

»Uns gehen die Orte aus.« Reign schlug die Kapuze zurück und warf die Schlüsselkarte des Hotelzimmers auf den Tisch. »Wir sind gut untergebracht, während Warren seine Draíocht-Reserven auffüllt.«

Der mürrische alte Fae würde sich nähren, und obwohl es nötig war, verspürte ich Unbehagen bei dem Gedanken, was er nur ein paar Türen weiter tun würde. Reign hatte behauptet, dass er sorgfältig darauf achtete, seine Opfer nicht in seinen Bann zu schlagen, aber ich vertraute nicht darauf, dass Warren tatsächlich so vorsichtig war.

Das an einen Schuhkarton erinnernde Hotelzimmer wurde von den beiden breiten Betten dominiert. Ich öffnete die Vorhänge. Draußen funkelten die Fluten des Victoria Docks im Schein der schwachen Oktobersonne. In den letzten Jahren hatten die Docks von Londons East End eine gewaltige Wiedergeburt erlebt. Wo einst Kräne Schiffe auf der Themse entladen hatten, standen nun Luxuswohnungen und Fünf-Sterne-Hotels am Flussufer. Stellte ich mich auf die Zehenspitzen, konnte ich gerade noch die zwölf gelben Stahlmasten ausmachen, die in der Ferne den Millenium Dome stützten. Dort würde Reigns Konzert stattfinden. Laut der Broschüre im Hotelfoyer repräsentierte jeder Mast eine Stunde des Zifferblatts einer Uhr, da der Hauptmeridian quer durch das Gebäude führte. Mir lief die Zeit davon. Es mit eigenen Augen zu sehen, erinnerte mich daran, wie nah der Samstag war.

»Alles in Ordnung mit dir?«, fragte Reign.

Ich drehte mich nicht um, blinzelte aber sein geisterhaftes Spiegelbild in der Scheibe an. »Mir geht es gut.«

Er zog den Mantel aus und strich sich durchs Haar, bevor er sich aufs Bett warf, die Hände hinter dem Kopf verschränkte und den geschmeidigen Körper entspannte. Ich beobachtete sein Spiegelbild und nahm Soverigns Anblick auf, ohne dass er es bemerkte. Eigentlich kannte ich ihn kaum. Aber in den Tagen, seit wir uns kennengelernt hatten, hatte sich meine Welt verändert. Nein, das konnte man so nicht sagen. Bevor wir uns kennengelernt hatten, hatte meine Welt nicht existiert. Verdankte ich ihm mein Leben?

Ich musste mich wirklich fragen, was in der Chancery Lane schiefgelaufen war. Warum hatte ich ihn nicht getötet, obwohl ich dazu gemacht worden war? Ich erinnerte mich deutlich an meine Sorgen über einen Job, den es gar nicht gegeben hatte, und wie mich Reign interessiert hatte. Der beinahe bewusstlose Fae-Rockstar. Ich hatte seine Story erfahren wollen. Am Anfang hatte mich nichts anderes interessiert. Vielleicht hatte die Königin einen Fehler gemacht. Welche Magie sie auch immer benutzt hatte, um meine Vergangenheit zu erschaffen, sie hatte mich zu real gemacht. Zu authentisch. Diese falsche Vergangenheit war mir wichtig geworden, wichtiger als meine Mission, Reign zu töten.

»Es geschah, als wir uns berührt haben«, sagte er leise.

Von seiner Stimme aus meinen Gedanken gerissen, zuckte ich zusammen. »Was?«

Sein Ausdruck war so neutral, dass er nur vorgetäuscht sein konnte. »Als wir uns auf dem U-Bahnhof das erste Mal berührt haben, stahl ich dein Draíocht und störte damit die Kontrolle der Königin über dich.« Er blickte zur Decke. »Für gewöhnlich tauschen Fae kein Draíocht. Das ist wie ein Tauziehen und letztlich völlig sinnlos. Als ich deins genommen habe, weil ich dich für einen Menschen hielt, zog ich das Draíocht der Königin in mich und brach ihren Zauber. Nicht den ganzen Zauber, sonst hätte ich dich vermutlich dort auf dem Bahnsteig aufgetrennt.«

»Mich *aufgetrennt*? Was soll das denn überhaupt heißen?« Ich drehte mich zu ihm um. »Reign, ich …« Meine Stimme versagte. Ich schluckte oder wollte es zumindest, aber ein Gefühlskloß blockierte meinen Hals. Ich durfte nicht auseinanderfallen. Noch nicht. Wenn das alles vorbei war, wenn der Samstag seinen Verlauf genommen hatte, wenn wir versucht hatten, die Königin aufzuhalten und dabei entweder den Sieg davongetragen hatten oder gescheitert waren. Erst dann konnte ich auf die Knie sinken und mir die Augen ausweinen. Aber noch nicht. Ich musste mich zusammenreißen, nur noch eine Weile. Selbst wenn ich in diesem Augenblick nichts mehr wollte, als unter die Decken zu kriechen und mich vor einer Welt zu verstecken, in die ich nicht gehörte.

Reign betrachtete mich voller Verständnis. Das war zu viel. Ich wandte mich wieder dem Fenster zu. Schloss ihn aus, suchte nach den letzten Reserven in mir. Ich würde nicht vor ihm zusammenbrechen. Sollte ich hier und jetzt aufgeben, würde ich mich vermutlich niemals wieder erholen.

Er sparte sich eine Bemerkung über die Gefühle, die er mir angesehen haben musste. Dafür war ich ihm dankbar. »Das Draíocht hier«, sagte er, »die Magie, die wir ernten, ihre Reste in deiner Welt, sie sind schwach. Aber wenn sich die Königin nährt, nimmt sie das geschwächte Draíocht auf und verwandelt es in etwas Dunkles und Mächtiges. Dieses veränderte Draíocht ist in dir. Die Königin und der … Hund; diese Dinge sind kein Teil dieser Welt. Du auch nicht.«

Ich schluckte und stürzte mich auf die Erwähnung des Hundes, wobei ich sein Spiegelbild nicht aus den Augen ließ. »Der Hund. Was ist das?«

Er reagierte nicht, bewegte sich nicht, blinzelte nicht mal. Ich wartete, aber das Schweigen fand kein Ende. Ich lehnte mich an das Fenster und versuchte mich an seiner Taktik, die Antwort aus ihm herauszustarren, aber er sah mich nicht einmal an. Sein Blick war auf einen fernen Ort konzentriert und seine Gedanken weit weg.

»Reign, ist das eines deiner vielen Talente?«, fragte ich scherzhaft in der Hoffnung, seine Stimmung wenigstens ein kleines bisschen zu heben, gerade genug, dass er sich mir öffnete.

Er drehte sich auf die Seite und stützte den Kopf auf die Hand. »Du bist einzigartig, weißt du das? Konstrukte haben keine Gefühle und denken auch nicht selbstständig.«

»Wir sprechen gerade über dich.«

»Nein, das hast du getan. Ich möchte über dich sprechen.« Seine Finger klopften einen Rhythmus auf das Bett. »Als ich in der U-Bahn dein Draíocht nahm, glaubte ich, du wärst gekommen, um mich zu töten. Ich konnte mich kaum verteidigen. Dann hast du mich so hungrig angesehen, als wäre ich das Rätsel.«

»Du wusstest schon in diesem Augenblick, dass ich keine echte Person bin?«

Er nickte und beobachtete meine Reaktion. »Ich wusste, dass du nicht das warst, was du zu sein vorgabst.«

Das ärgerte mich. Bei allem, was er gesagt und getan hatte, hatte er mich nur auf die Probe gestellt und darauf gewartet, dass ich durchdrehte. Und ich hatte geglaubt … Was? Dass er mich mochte? Dass wir Freunde hätten sein können? Vielleicht sogar mehr? Was für ein Witz. Ich hatte ihn in dem Glauben weggestoßen, von den Drei Gesetzen beschützt zu werden, dabei galten sie für ein Konstrukt nicht mal.

»Wann hast du das letzte Mal Schokoladentorte gegessen?«, fragte er enthusiastisch.

»Was?«

»Nun, dich gibt es erst ein paar Tage. Also hast du noch nie Schokoladentorte gegessen, richtig?«

Wollte er mich absichtlich ablenken? Waren mir meine Gedanken so leicht anzumerken? »Vermutlich.« Natürlich erinnerte ich mich an Kuchen, aber als ich nach der Erinnerung des Geschmacks suchte, konnte ich sie nicht finden. Die falschen Erinnerungen waren oberflächlich. Ich runzelte die Stirn.

»Erdbeeren?« Er stand auf und kam um das Bett herum.

»Was?«

»Erdbeeren. Eiscreme. Steak.« Mit jedem Wort wurde sein Lächeln breiter und in seinen Augen blitzte der Schalk.

»Und Schokolade. Hast du in den vergangenen Tagen überhaupt mal ein Stück Schokolade gegessen?«

»Nein, ich …« Gegessen hatte ich nicht viel, und doch verspürte ich keinen großen Hunger, zumindest nicht nach Lebensmitteln. Aber da war etwas. Eine andere Art von Hunger, das Bedürfnis, nicht allein zu sein.

»Du hast nicht gelebt«, verkündete er viel zu überschwänglich. »Das müssen wir sofort nachholen.«

»Reign, bitte … ich glaube nicht, dass …«

Er ging zur Tür, öffnete sie und drehte sich wieder um. Sah mich durchtrieben an. »Komm schon, leb mal, Mädchen aus Amerika.«

»Man wird dich erkennen.«

»Das wird es wert sein. Ich verspreche es.«

»Ich …«

»Alina.« Er schnurrte meinen Namen auf die Art, von der er wusste, dass sie mein Herz schneller schlagen ließ und meinen Atem beschleunigte. »Du kannst keine weitere Minute deines Lebens verbringen, ohne Schokolade probiert zu haben.«

»Aber die *FA*, die Königin.« Ich war schon halb durch das Zimmer, ohne mich daran erinnern zu können, mich bewegt zu haben. Ich *wollte* mit ihm gehen und Dinge erfahren, die ich offensichtlich noch nie zuvor erfahren hatte. Wie er lächelte, wie seine Augen amüsiert funkelten – ich konnte einfach nicht ablehnen, obwohl er auf diese Art nur meinen Fragen aus dem Weg ging.

»Was hast du zu verlieren?« Er senkte die Stimme und schenkte mir die Art von skandalträchtigem Blick, der die Paparazzi wild machte.

Nichts.

Was in einem in der Nähe befindlichen Restaurant als bescheidene Mahlzeit begann, verwandelte sich in ein wahrhaftiges Festmahl. Ich meinte, es müsse etwas Nützlicheres geben, das wir tun könnten, aber Reign wiegelte meine Sorgen ab. »Es gibt nichts Wichtigeres, als zu leben«, sagte er kategorisch, um dann hinzuzufügen: »Und Schokolade.«

Er bestellte für mich und die ausländischen Begriffe rollten nur so von seiner Zunge. Ich konnte das alles unmöglich essen, aber er bestand darauf, dass ich es versuchte. Je exotischer es klang, desto mehr drängte er es mir auf. Wir probierten gedünstetes Gemüse, Lachs und pochierte Birnen. Pasta und Schokoladentorte mit Eiscreme. Ich glaubte, mich an all diese Dinge zu erinnern, aber auch das war ein Irrtum.

Reign passte zu dem gedämpften Licht und dem Klirren der Kristallgläser. Schließlich hörte ich auf zu fragen, ob wir unsere Zeit nicht besser mit Vorbereitungen oder Verstecken verbracht hätten, erst recht, wenn man bedachte, dass uns die *FA* suchte. Er hatte mich nur durch die Wimpern angesehen, zugleich irgendwie zurechtweisend und hänselnd. »Möchtest du dich lieber um Dinge sorgen, auf die wir im Moment nicht den geringsten Einfluss haben, oder möchtest du die Gesellschaft von Londons berüchtigstem Pin-up genießen?« Er scherzte, oder ich lachte zumindest, als würde er es tun. Er schien seinen Status als Berühmtheit mit einer guten Portion Ironie zu nehmen.

Eigentlich war ich für ein so opulentes Mahl nicht richtig angezogen; ich trug noch immer das Stretch-Top und die pinkfarbenen Leggins. Aber als ich ihm dabei zusah, wie er die Atmosphäre in sich aufsaugte, spielte das keine

Rolle mehr. Das Erste Gesetz *Seht ihr sie an, berührt sie nicht* hatte nie auf jemanden mehr zugetroffen. Er passte sich an jede Umgebung an, sein Fae-Sein zog Menschen an wie eine Flamme die Motten. Wie er sich bewegte, mit langen, zuversichtlichen, geschmeidigen Schritten. Wie er sprach, dabei nie ein Wort verschwendete und auch nie zögerte. Er war toll. Dafür konnte ich keinen Bann verantwortlich machen. Nicht mehr. Was das seltsame kribbelnde Gefühl tief in meinem Inneren noch beunruhigender machte. Es dauerte nicht lang, bevor die anderen Gäste verstohlen in unsere Richtung blickten. Es spielte keine Rolle, ob sie ihn erkannten oder nicht; er war bezaubernd.

Reign erzählte von seiner Musik, wie sehr es ihn begeisterte, vor einer Menge zu singen; wie die Musik für ihn und durch ihn sprach. Über seine Musik sprach er, wie ein anderer möglicherweise über die Liebe gesprochen hätte, und zumindest eine kleine Weile lang vergaß ich die Königin, Reigns Geständnis, den Hund, die Tatsache, dass ich nur bis zum Wochenende leben würde oder eine tickende Zeitbombe darstellte, die im Prinzip jeden Augenblick in die Luft gehen konnte. Obwohl ich wusste, dass dieser Augenblick enden und mich die schreckliche Realität meines Lebens wieder verfolgen würde, trank ich förmlich seinen Anblick und seine Stimme.

Ihm fiel auf, wie ich die letzten Tortenstücke auf meinem Teller herumschob. »Wenn du sie nicht magst, gib sie mir.«

»Von wegen, Kumpel.« Ich schob ein Stück in den Mund, und mein Blick forderte ihn heraus, mir den Teller wegzunehmen.

Furcht vortäuschend hob er die Hände. »Ich habe erlebt,

wozu du fähig bist. Die Torte gehört dir.« Er griff wieder nach seiner Gabel und konzentrierte sich auf sein eigenes Stück.

Wozu ich fähig war ... Ich hatte schreckliche Dinge getan, von denen ich gar nicht gewusst hatte, dazu fähig zu sein. Welche anderen Geheimnisse lagen noch in mir verborgen?

Reign beugte sich vor, leckte Krümel von der Lippe und zeigte mit der Gabel auf mich. »Wir werden sie aufhalten.«

Ich lächelte, aber es blieb ein brüchiges Lächeln. *Was ist mit mir?* Würde man mich auch aufhalten müssen, wenn der Augenblick gekommen war?

Er ließ die Gabel fallen und warf die Serviette auf den Tisch. »Willst du gehen?«

Unsere Tischnachbarn taten weiterhin so, als würden sie uns nicht bemerken. Es würde nicht lange dauern, bevor jemand seinen Namen aussprach, dann würde ein anderer um ein Autogramm bitten, und über kurz oder lang würden sie sich um uns scharen. »Klar.«

Wir verließen das Restaurant und gingen in eine Bar in der Nähe, in der es so voll war, dass Reign nicht auffallen würde. Zumindest nicht sofort. Selbst mit gesenktem Kopf und hochgeschlagenem Kragen konnte er seinen raubtierhaften Gang oder die zu anmutigen Handbewegungen nicht verbergen. Fae würden niemals als Menschen durchgehen und wir würden sie niemals erfolgreich imitieren können. Trotzdem standen sich Menschen und Fae so nah und kämpften um den ersten Platz in der Nahrungskette.

Wir holten uns Drinks und verzogen uns in eine Ecke im Schatten. Musik dröhnte. Winzige Spotlights erhellten die Dunkelheit. Reign musterte die Menge; vielleicht suchte er nach jemandem. Möglicherweise Warren. Seit wir im Hotel eingecheckt hatten, hatten wir nichts mehr von ihm gehört. Ich war mir ziemlich sicher, dass der reizbare Fae auf sich selbst aufpassen konnte.

»Vielleicht solltest du ihn anrufen?«, schlug ich vor.

Reign setzte sich so hin, dass er sich mit dem Rücken an die Wand anlehnen konnte. Das Dämmerlicht ließ seine Züge weicher aussehen, hob aber die silbrigen Flecken in seinen Augen hervor. »Warren? Ja, vielleicht.« Er kramte in der Tasche herum und holte ein Handy hervor. Dann tippte er eine SMS und ließ es wieder in der Tasche verschwinden. »Wir sollten tanzen«, sagte er unvermittelt.

Ich sträubte mich. »O nein. Ich meine, hier nicht.« Niemand um uns herum tanzte. Ich wusste nicht mal, ob ich überhaupt tanzen konnte. Ich senkte den Kopf und nahm einen ordentlichen Schluck, nur um mich zu verschlucken und fast an dem widerwärtigen Gebräu zu ersticken, das Reign bestellt hatte. »Was ist das?«, keuchte ich.

»Whisky.«

»Willst du mich umbringen oder ist das ein weiterer lahmer Verführungsversuch?«

Er zuckte zusammen und stieß die Luft zwischen den Zähnen aus. »Ach ja, dieser Abend. Ich war … es tut mir leid. Du bist mir unter die Haut gegangen. Das ist keine Entschuldigung, das ist mir klar. Ich wollte dir wirklich nicht wehtun, aber du warst darauf programmiert, mich zu töten, also verdiene ich wohl ein paar Punkte für meine Zurückhaltung.« Das Licht, das an den scharfen Fae-Zähnen funkelte, ließ sein Lächeln noch durchtriebener erscheinen. »Davon abgesehen, wenn ich mich richtig erinnere, hat es dir gefallen, bis ich dich verscheucht habe.« Er fuchtelte mit den Fingern in der Luft herum und verbarg sein Lächeln hinter einem Schluck aus dem Glas.

Meine Wangen röteten sich; vielleicht war es auch der Alkohol. Ich hob die Brauen und lachte, dann schaute ich zu Boden. »Daran kann ich mich nicht mehr erinnern.«

»Dein Gedächtnis ist nicht besonders verlässlich.« Er wurde ernst. War es die Erwähnung von Erinnerungen gewesen, die die Stimmung zunichte gemacht hatte? Meine fehlenden Erinnerungen? Oder dass er mehrere Leben davon hatte?

Der Gedanke daran, Erinnerungen zu sammeln, nur damit sie mit mir starben, wenn meine Zeit gekommen war, ließ auch mein Lächeln verschwinden. Ich wollte nicht über die schlimmen Dinge nachgrübeln, nicht solange wir noch Zeit hatten, die guten zu erforschen.

»Erzähl mir etwas Schönes über deine Heimat. Nicht das Unterland.«

Behutsam strich er mit den Fingerspitzen über das Glas und formte das Kondensat zu dicken Tropfen. »Das Feenreich hat nichts mit dem gemeinsam, was du kennst. Dort gibt es Städte, die wie Sterne leuchten. Düfte und Anblicke, die dich auf die Knie sinken und weinen lassen würden. Es ist …« Er suchte nach den richtigen Worten. »Verblüffend, berauschend, Furcht einflößend.«

»Furcht einflößend?«

Sein Blick schien in die Ferne zu schweifen. »Du weißt bereits, dass wir nicht das sind, als was wir erscheinen. Das Feenreich ist genauso, es ist so wunderschön, dass du blutige Tränen weinen würdest. Es ist so verlockend, dass du alles, was du je geliebt hast, dafür opfern würdest, nur um einen Tag länger dortbleiben zu können.«

Mein Herz schlug etwas schneller. »Wie warst du dort?«

»Anders.« Das Lächeln kam und verschwand genauso schnell wieder. Ein Ausdruck von Zufriedenheit ersetzte es, vielleicht war es sogar Stolz. »Härter. Nicht, wie ich hier bin. Meine Blutlinie ist – war – einflussreich. Ich wurde in ein Kriegergeschlecht hineingeboren. Unser Blut ist stark, voller Draíocht.« Er zögerte, und unsere Blicke trafen sich, während er offensichtlich abwog, wie viel ich verstehen würde und er mir sagen durfte. »Ich kämpfte im Krieg.«

»Ihr hattet Krieg?«

»Womöglich noch immer. Die Fae sind in einen immerwährenden Krieg verstrickt. Wir sind Raubtiere. Stets unruhig. Immer hungrig.« Er hob das Glas an die Lippen und seine Gedanken verloren sich in der bernsteinfarbenen Flüssigkeit.

»Was ist passiert?« Im Lärm der Musik fragte ich beinahe zu leise, aber er hörte mich.

»An diesem Tag, diese Schlacht … wir verloren sie.« Er mied meinen Blick, trotzdem entging mir nicht, wie die Schatten das Licht aus seinen Augen stahlen. »Das wurde mir klar, ich wusste, dass wir geschlagen waren, und ich desertierte aus der Schlachtenreihe. An diesem Tag starben viele große Fae.«

Ich versuchte mir Reign in voller Rüstung und mit gezogenem Schwert vorzustellen und das Bild erschien mühelos. Ich war Zeugin gewesen, wie er gegen den General und die Krieger der *FA* gekämpft hatte. Er verfügte über die Geduld eines Raubtiers und dessen Furcht einflößende Lautlosigkeit. Er hatte bereits zugegeben, ein Killer zu sein. Aber ich konnte ihn mir nicht als Deserteur vorstellen. Alles, was ich über ihn wusste, sagte mir, dass er niemals aufgeben würde. Also warum war er geflohen? Die Frage brannte mir auf der Zunge, aber das Bedauern in seinem Blick hielt sie dort.

»Worüber denkst du nach?« Er verschränkte die Arme auf dem Tisch, was ihn nah genug brachte, dass ich das winzige Verziehen seines Mundwinkels erkennen konnte.

»Dass ich wünschte, deine Welt verstehen zu können.«

»Meine Welt ist jetzt hier.« Er zeigte auf die Theke. »Bei diesen Menschen, und ich würde auch nicht zurückgehen, selbst wenn ich dazu die Gelegenheit hätte. Ich bin nicht mehr derselbe Fae, der ich war.«

»Warum seid ihr hier?«

»Man schickte uns ins Exil. Die schlimmsten von uns.« Er verzog den Mund. »Die Ältesten glaubten, das Richtige zu tun. Entfernt man den Tumor, ist der Krebs weg, richtig?« Das traf nicht immer zu, und seine Miene verriet mir, dass er das wusste. »Sie begriffen nicht mal, wohin sie uns schickten, solange es ein anderer Ort war, wo sie nicht waren. Mit gewaltigen Draíocht-Reserven webten sie eine Verbindung zwischen dem Feenreich und dieser Welt.« Er hielt inne. Seine Stirn legte sich in Falten. »Sie trieben uns zusammen und …« Wieder verstummte er. Ich war mir nicht sicher, ob ich das Zittern seiner Lippe tatsächlich gesehen hatte. »Das ist lange her.«

»Was ist mit dir?«, fragte ich leise. »Wie bist du hier gelandet? Ein Rockstar kann doch nicht der schlimmste von allen sein.«

Das Knurren aus seiner Kehle löste sich nicht. »Die Königin …«, setzte er an und zuckte zusammen. »Ich verlor die Kontrolle, raste vor Zorn. Die Königin war die Einzige, die mich bändigen konnte. Unsere Ältesten schickten sie ins Exil, als sie Hunderte ihrer Artgenossen tötete. Sie verfiel dem Feen-Zorn. Ich hatte eigentlich keine andere Wahl, als ihr zu folgen. Die Ältesten hätten mich sowieso vertrieben, und wo sie hingeht, da gehe ich hin, oder ich kann mich von meiner Freiheit verabschieden.«

»Der Feen-Zorn?«

»Bei denjenigen, die zu lange leben, nagt die Zeit an ihrer geistigen Gesundheit.«

Ich wollte mehr fragen, aber er erweckte den Eindruck, wieder Ausflüchte machen zu wollen. »Was ist mit Warren? Warum ist er hier?«

»Die Schlimmsten wurden hergeschickt. Das kannst du interpretieren, wie du willst.«

Ich glaubte sofort, dass Warren ein unangenehmer Bursche war, aber er musste etwas Gutes in sich haben, um mit Reign befreundet zu sein. »Und Shay?«

Ich hoffte, dass er lediglich eine gewisse Neugier in meinem Ausdruck fand und nicht etwa rasende Eifersucht. Natürlich hatte ich nicht das geringste Recht zu einem Urteil oder mich zwischen sie zu stellen, aber die Tatsache, dass er ihre Sachen in seinem Apartment hatte, störte mich mehr, als ich zugeben wollte. Sie war so wunderschön und surreal, dass ich nicht die geringste Hoffnung hatte, mit jemandem wie ihr konkurrieren zu können. Und mir fehlte die Zeit, um überhaupt darüber nachzudenken, was das möglicherweise bedeutete.

»Warum fragst du?«

»Ich, äh …« Ich ertappte mich dabei, dass ich seinem Blick auswich, und hob schnell den Kopf. »Sie ist wunderschön.«

Sein Lachen klang sanft und zärtlich. »Das sind die tödlichsten von uns oft. Aber Shay ist … sie ist eine der wenigen Würdigen hier. Shay kam freiwillig.«

Ich überhörte den Seufzer nicht, obwohl es mir lieber gewesen wäre. Bedauerte er ihre Entscheidung? Ein Teil von mir wünschte, sie wäre nicht gekommen, während mich ein anderer Teil als Idiotin zurechtwies. Sovereign war über zweihundert Jahre alt. Wer vermochte schon zu sagen, wie alt Shay war? Ich war nur wenige Tage alt und hatte nur noch Tage zu leben. So sehr mir das auch missfiel, die Welt würde sich auch ohne mich weiterdrehen, genau wie vor meiner Ankunft. Es war ziemlich sinnlos, Energie mit Eifersucht zu verschwenden.

»Ich wünschte, ich hätte mehr Zeit.« Obwohl ich es leise sagte, entgingen Reigns scharfen Ohren die Worte nicht, genauso wenig wie vermutlich mein Ton.

Seine Augen funkelten vergnügt. »Die Nacht ist noch nicht vorbei.«

Ich spürte das langsame Kriechen der Zeit, jede Sekunde, jede Minute und jede Stunde, als würde sie einfach aus meinen Adern rinnen.

Reign trank aus und stand auf. »Komm schon, wir haben keine Zeit, um sie mit Bedauern zu verschwenden.«

Wir verließen die Bar und gingen an dem Royal Victoria Dock mit seinen neu erbauten Multimillionen-Dollar-Häusern und funkelnden Hotelrestaurants vorbei. Auf dem dunklen Wasser glitzerten zahllose Lichter, aber wir waren die Einzigen, die verrückt genug waren, in dieser Kälte draußen zu sein. Herbstluft biss mir in die Wangen. Mir kam der Gedanke, dass ich aller Wahrscheinlichkeit nach weder Schnee noch Weihnachten erleben würde.

Reign zog den Mantel aus, da er sich aber unsicher zu sein schien, ob er ihn über die Schultern drapieren sollte oder nicht, reichte er ihn mir. Ich legte den Kopf schief und versuchte, seine Gedanken zu ergründen. Seine Augen absorbierten das wenige vorhandene Licht und zerlegten es in winzige Lichtfasern. Da war die übliche Andeutung eines Lächelns, das sich so mühelos in diesen sinnlichen Schwung seiner Lippen verziehen oder auch ganz verschwinden konnte, wenn ich das Falsche sagte. Wie konnte er nur verletzlich und zugleich so verflucht selbstbewusst aussehen? Es verstieß gegen die Naturgesetze.

»Danke.«

Ich schlüpfte in den Mantel, zog ihn eng um mich und schlug den Kragen hoch. Er roch nach Herbstbeeren, süß und verführerisch, mit einem dunklen maskulinen Hauch von Zedernholz. Ich raffte den Kragen unter dem Kinn zusammen und atmete seinen vertrauten Duft ein. Es gab Erinnerungen, die ich niemals verlieren wollte. Er war eine davon. Die mit ihm verbrachte Zeit eine andere.

»Wenn es etwas nützt, es tut mir leid, dass ich dir nicht alles sagen konnte. Ich wollte es ja.« Die Brise trug seine Stimme über das Dock. Obwohl die Restaurants zu unserer Linken gefüllt waren, waren wir allein; die Gäste lachten und unterhielten sich stumm hinter Glas.

»Ich verstehe das.« Der Wind spielte mit meinem Haar und bewegte es vor meinen Augen. »Du konntest mir nicht vertrauen. Ich vertraue mir selber nicht, also kann ich dir das schwer zum Vorwurf machen.«

Ich drehte mich um und entdeckte, dass er stehen geblieben war. Er stand leicht schräg da, zugleich lässig und wie eine Statue, aber so, als würde die Lässigkeit nur an der Oberfläche existieren und darunter … etwas anderes lauern. Als ich ihn das erste Mal gesehen hatte, den mitgenommenen Rockstar, der bewusstlos im Bahnhof lag, hatte ich ihn für betrunken gehalten. Ich hatte ihn für ein Klischee gehalten. Demolierte Hotelzimmer, eine endlose Reihe von One-Night-Stands. Ich glaubte ihn zu kennen. Aber nun kannte ich ihn genauso wenig, wie ich mich selbst kannte.

Ich bemühte mich um ein Lächeln und hatte endlich Erfolg. »Es tut mir leid, dass ich mich nur wegen der Story für dich interessiert habe.«

»Also willst du mich jetzt für was anderes?«

Ich verdrehte die Augen. »Das habe ich nicht gesagt.«

»Meine bezaubernde Persönlichkeit? Der rasiermesserscharfe Witz? Die tollen Haare? Die Mädels lieben mein Haar.«

Er scherzte, es konnte gar nicht anders sein. Seine wilden Locken sahen furchtbar aus. Ich schnaubte. »Davon träumst du.« Er war wirklich in sich selbst verliebt. Aber das war mir ja nicht neu. »Du solltest deinen Stylisten feuern. Ich habe ja nach dem Aufstehen eine bessere Frisur.« Ich drehte mich um in der Absicht, noch eine Bemerkung über seinen Sinn für Mode zu machen, und entdeckte, dass ich plötzlich ganz allein auf dem Dock stand.

»Reign?« Der Wind trug die Hintergrundgeräusche Londons heran. »Ach komm schon. Ich dachte, du würdest nur in Notfällen verschwinden.«

»Ich bin nicht verschwunden.« Seine Worte küssten meinen Nacken, was mich aufschreien ließ. Ich fuhr herum und wurde vom Blick seiner hypnotischen Augen eingefangen. Jeder Instinkt befahl mir, ihn fortzustoßen. Er war ein Fae. Giftig. Tödlich. Verboten. Die Drei Gesetze. Aber das war eine Lüge, jedenfalls für mich. Eine Konditionierung. Eine zusammengebastelte Fiktion, die die Königin aus den Gerüchten ihrer Untertanen konstruiert und in meinen Kopf gepflanzt hatte.

Er nahm meinen Mantelkragen und zog mich auf die Zehenspitzen. »Ich habe dir doch gesagt, du sollst mehr nach oben schauen«, schnurrte er. »Denk wie eine Fae; schließlich bist du eine.«

Das Licht warf einen Schleier auf sein Gesicht, und ich sah zu, wie es über seine Lippen leckte und die Hälfte seines Antlitzes in Schatten tauchte und in Dunkelheit verbarg. Furcht ließ mein Herz schneller schlagen. Furcht vor dem, was kommen würde. Die Furcht, dass ich niemals richtig leben würde. Farben spielten in seinen Augen, Augen, in denen ich mich hätte verlieren können. »Danke«, flüsterte ich.

»Wofür?«

»Für heute Abend.«

Er brachte ein lüsternes Grinsen auf die weichen, köstlichen Lippen. »Du kennst mich kaum, Mädchen aus Amerika.« Die nächsten Worte flüsterte er so leise, dass sie kaum zu hören waren. »Würdest du es, würdest du mir kaum danken.«

Seine Lippen fuhren sanft über meinen Mund. Ich biss

mir auf die Unterlippe, um mich dem Kuss nicht zu öffnen. Reign zu küssen, war gefährlich. »Niemand kennt mich.«

Er ließ den Mantel los und fuhr mit den Fingerspitzen über meine Wange. Seine Berührung hinterließ ein seltsames Kribbeln auf der Haut. Wenn das kein Zauber war, was dann? Mit dem Daumen strich er über meine Unterlippe und sein Blick verfolgte die sanfte Erforschung konzentriert. »Fühlst du das?«, fragte er.

Ich leckte mir die Lippen, schmeckte die gleiche Süße wie damals, als ich ihn auf dem Dach geküsst hatte. Konnte nur zaghaft nicken, aus der Befürchtung, meine Stimme könnte verraten, wie aufgeregt mein Herz pochte und meine Gedanken zum Erliegen kamen.

»Das ist Fae … dein Draíocht und meines finden zueinander.«

Behutsam legte ich die Hände auf seine Brust. Seine Wärme durchdrang das Hemd, aber mehr würde ich nicht fühlen, solange sich unsere Haut nicht berührte. Wie würde das wohl sein? Er und ich, so nah, dieses seltsame Gefühl lebendig zwischen uns. Schon eine Berührung war intensiv genug. Ein Kuss. Mehr? Sein Mund ganz anderswo, seine Hände auf Wanderschaft, und diese Magie …

Ein köstliches Zittern ließ mich erbeben. Ich hätte es der Kälte zuschreiben können, aber als ich seinen Blick erwiderte, wusste er bereits, dass das eine Lüge sein würde. Ohne dass ich auch nur ein Wort äußern musste. Ich wollte ihn. Ich hatte ihn immer gewollt. Ich wollte ihn kennenlernen, jeden Zentimeter von ihm. Ich wollte seine Lippen schmecken, zärtlich in die verführerische Spinnentätowierung an seinem Hals beißen und die Hände über einen Körper gleiten lassen, der Berührungen verlangte. Diese Sache zwischen uns war vermutlich das einzig Wahrhaftige, das mir gehörte. Meine Vergangenheit und mein Leben gehörten *ihr*. Aber Reign gehörte hier und jetzt mir.

»Alina …«

Ich ließ ihm keine Gelegenheit, den Satz zu beenden, sondern stellte mich auf die Zehen und küsste ihn behutsam. Vielleicht hatte ich es ja falsch verstanden, vielleicht wollte er mich ja gar nicht, zumindest hatte er das in seinem Apartment gesagt. Aber da hatten Wut und Lust gesprochen. Das hier war anders. Wenn das meine letzten Tage auf dieser Welt waren, wollte ich Erinnerungen, an die ich mich klammern konnte. Ich wollte ihn schmecken, etwas Echtes erfahren. Es musste echt sein, das *brauchte* ich. Als er die Hand in meinem Haar vergrub und mich an sich zog, hätte mich das beinahe innerlich zerrissen. Der Wahnsinn und das Entsetzen, die meine Gedanken verfolgten, versanken unter dem Gefühl seiner Lippen auf meinen. Ich vergaß alles. Vergaß meinen Namen. Er küsste, als würde er jede Sekunde genießen, als wäre ich etwas, das man genießen musste. Das Kribbeln tanzte über meine Zunge und drängte mich, mehr zu nehmen. Ich tat es. Seinen Nacken umklammernd, zog ich ihn nach unten und befeuerte den Kuss mit purer Not. Verlangen oder Magie durchzuckten mich; ich vermochte nicht zu sagen, was es davon war. Ein Stöhnen drang über meine Lippen.

Reign löste sich von mir und holte zischend Luft. Seine Hand blieb in mein Haar vergraben, die andere hielt mein Kreuz und zog mich so nah an ihn heran, dass ich nicht weiter als über den Druck seines Körpers hinaus denken konnte. »Was …?« Ich blinzelte und kam wieder zu Sinnen.

Ich sah genau, wie er abschaltete. Wie das helle Funkeln in seinen Augen verblich. Er ließ mich los und trat zurück. »Ich … das darf nicht passieren. Du bist …«

Irgendwas stimmte nicht. Ich verzehrte mich danach, ihn wieder in die Arme zu nehmen und zu Ende zu bringen, was wir begonnen hatten. Verlangen ließ meinen Körper vibrieren und reduzierte mich auf ein zitterndes Wrack, aber er bewegte sich fort und sah mich an, als hätte ich ihn verraten. »Reign, was ist? Was habe ich getan?«

Ich berührte meine Lippen und schmeckte ihn dort. Sein Blick irrte umher, als würde er etwas suchen, das mir verborgen blieb. Was geschah hier? »Reign, rede mit mir.«

Er schüttelte den Kopf. »Ich kann nicht«, sagte er und wandte sich ab, wollte loslaufen, als Warren um die Ecke eines Gebäudes kam. Ihn jetzt zu sehen, ließ meine verwirrten Gedanken nur noch schlimmer kreisen. »Warren? Was ist los?«

Warren hob die Hand und schüttelte den Kopf. »Du musst gehen.«

»Was, warum?«

Reign befand sich mittlerweile ein paar Schritte von uns entfernt, stolperte und fiel auf ein Knie. Er verharrte so. Warum bewegte er sich nicht?

»Warren, was habe ich getan?« Ich setzte mich in Bewegung, aber Warrens wilder Blick ließ mich wie angewurzelt stehen bleiben.

»Du stehst der Königin zu nah. Dein Draíocht zerstört seine Kontrolle«, sagte er, als erklärte das alles. »Verschwinde hier, Alina. Geh! Sofort!«

Ich würde nirgendwohin gehen. Mit Reign stimmte etwas

nicht. Ich hatte ihn verletzt. Warren kam mit einem bösen Knurren auf mich zu. Zum Teufel mit ihm. Ich würde Reign verflucht noch mal nicht verlassen, bis ich wusste, was hier los war.

»Lass mich in Ruhe, Warren«, warnte ich ihn, aber meine Aufmerksamkeit wurde von dem smaragdgrünen Dunst in Beschlag genommen, der hinter seiner Schulter im Wind wehte. Das hatte ich schon gesehen, als die Spinnen der Königin mich holen wollten, als ich den Mann der *FA* niedergestochen hatte. Reines Draíocht in seiner natürlichen Form. »O mein Gott …«

Reign erhob sich ruckartig wie von unsichtbaren Fäden gezogen. Seine Bewegungen waren hölzern, der Dunst schwebte spiralförmig um ihn herum und wurde dabei immer schneller, wirbelte zu einem Sturm heran.

Warren stieß einen Fluch aus. »Siehst du die Menschen dort?« Er zeigte auf die Fenster des Restaurants, hinter denen die Gäste plauderten, ohne sich des draußen heraufziehenden Chaos bewusst zu sein. »Mir ist egal, wie du es anstellst, aber sorg dafür, dass niemand rauskommt. Kein Mensch darf hiervon Zeuge werden.«

»Was geschieht hier?«

»Du wolltest doch wissen, was der Hund ist? Was Reign ist? Jetzt wirst du es erfahren.«

Ein warmer, süßer Windstoß peitschte mir das Haar ins Gesicht. Am Flussufer verschwand Reigns Gestalt in einem grünen Sturm, der wie eine Flüssigkeit erschien. Fae-Magie tanzte in der Luft und kribbelte auf meiner Zunge. Ich konnte sie so deutlich schmecken wie bei seinem Kuss.

»Das habe ich getan?«

»Du bist *sie. Sie* kontrolliert das.« Warren packte meinen Oberarm und stieß mich auf das Gebäude zu. »Geh! Lass niemanden auf die Straße! Nutze deine erbärmliche Existenz für etwas Wichtiges, Alina!« In seiner Miene loderten nackter Zorn und Ekel.

Von Furcht getrieben rannte ich los. Worin auch immer sich Reign verwandelte, ich musste diese Menschen warnen. Ich hatte gerade den Hoteleingang erreicht, als ein entsetzliches Heulen die Nacht zerriss. Der raue Wind zerrte diesen schrecklichen Laut über das Dock. Ein paar Schritte von den Glastüren und dem hell erleuchteten Hotel entfernt erstarrte ich. Furcht kroch mein Rückgrat hinauf. Dieses Heulen kam nicht von dieser Welt. Dieses Geräusch konnte von nichts Realem hervorgebracht worden sein, nicht in London. So etwas gab es nur in Albträumen. Aber noch während ich mir das einredete, hörte ich das tiefe, gleichmäßige Keuchen. Hörte das Kratzen von Krallen auf dem Dock.

Reign konnte kein Ungeheuer sein. Dazu war er viel zu ätherisch, zu schön …

Da sah ich es im Glas, das sich spiegelnde Funkeln blutroter Augen. Lippen gaben gekrümmte Zähne von der Größe eines Unterarms frei und ein Knurren grollte wie Donner und ließ den Boden unter meinen Füßen erbeben. Der Hoteleingang klirrte. Heißer Atem brannte in meinem Rücken. Ich starrte stur geradeaus auf das Spiegelbild, wie gelähmt vor Entsetzen. *Es* überragte mich. Die Augen loderten, der Rachen war weit aufgerissen. Ich konzentrierte mich auf den Blick im Spiegel. *Es* würde mich nicht angreifen. Schließlich war ich *sie*, war die Königin, und sie kontrollierte dieses Ding. Die blutroten Augen weiteten sich, als die Erkenntnis in ihm aufdämmerte.

»Reign.« Meine Stimme war kaum lauter als ein Flüstern.

Die ledrigen Ohren lagen flach an dem großen, missgestalteten Schädel. Ein Knurren donnerte durch den bebenden Muskelberg.

»Sovereign!«, rief Warren vom Flussufer.

Der Hund riss den Kopf herum. Sabber tropfte von den knurrenden Lippen. Er richtete den glühenden Blick auf den alten Fae, duckte sich zusammen und sprang. Ich konnte gerade noch rechtzeitig herumwirbeln, um zu sehen, wie die Kiefer des Ungeheuers nach Warren schnappten und es dann mit seiner Beute ins Wasser sprang.

»Nein!« Das konnte unmöglich sein. Ich rannte zum Ufer und fiel auf die Knie, starrte über die Dockkante in das dunkle Wasser. Ein paar Luftblasen perlten an der Oberfläche, um schnell zu verschwinden. »Warren?« Ihnen würde nichts passiert sein. Es war ein Unfall. Reign hatte das nicht gewollt. Es war nicht seine Schuld. »Reign?« Sie mussten in Ordnung sein. Jede Sekunde würden sie wieder auftauchen und es wäre nur ein blöder Witz gewesen.

Aber als die Minuten verstrichen und die Nachtluft kühler wurde und den Duft des Draíocht mit sich nahm, wurde immer offensichtlicher, dass sie nicht zurückkommen würden.

Ich drückte Reigns Mantel dicht an mich. Ich musste jemanden rufen. Die Polizei. Die *FA*. Was sollte ich ihnen sagen? Ein Hund hatte einen alten Fae angegriffen und beide waren am Grund des Docks gelandet? Nur die *FA* würde mir glauben, und sie wollte mich hinter Gittern sehen, falls Andrews es ihr nicht ausgeredet hatte. Andrews würde wissen, was zu tun war, aber ich konnte nicht gehen. Noch nicht. Möglicherweise war ihnen ja doch nichts geschehen. Es musste ihnen gut gehen. Mit weichen Knien marschierte ich am Flussufer entlang, bis das Restaurant geschlossen hatte und London schlief.

Niemand tauchte auf.

KAPITEL 21

Heute Morgen wurde die unidentifizierte Leiche eines Fae bei den Victoria Docks entdeckt. Die Polizei wendet sich an Zeugen, die zwischen zweiundzwanzig Uhr und vier Uhr morgens dort vielleicht etwas gesehen haben. Die Fae-Autorität wurde informiert. Sie bittet darum, dass sich diejenigen melden, die möglicherweise den prominenten Rockstar Sovereign gesehen haben, der dort mit einer unbekannten Frau zu Abend gegessen hat. Weder Sovereign noch die Frau gelten beim jetzigen Stand der Ermittlungen als Verdächtige. Der Todesfall wird als Unfall betrachtet.

Ein Unfall. *Ein Fae fällt keinem Unfall zum Opfer*, hatte Charmaine gesagt. Zumindest wusste ich, dass Reign lebte. Man fand nur eine Leiche. Andrews warf mir einen Blick zu und schaltete mit der Fernbedienung den Ton des Fernsehers ab. »Was dieses Geständnis angeht …«

Ich konnte das Bild des Hundes einfach nicht abschütteln. Deutlich hatte ich ihn nur in der Spiegelung in der Glastür gesehen, aber das war schlimm genug gewesen. »Der letzte Hüter ist tot.« Meine Stimme war ganz trocken. Ich klang, als wäre ich die ganze Nacht in der Stadt unterwegs gewesen, was nicht ganz falsch war, war ich doch zu Fuß zu Detective Andrews' Wohnung gegangen.

»Warren«, vergewisserte sich Andrews.

Eingehüllt in Reigns Mantel, hockte ich mit angezogenen Beinen auf seinem Sofa und wollte nur die Augen schließen und schlafen, aber die Erinnerung an den Hund ließ mich nicht los. Mein Verstand wollte nicht begreifen, dass dieser Hund Reign war. Der süße, sexy Sovereign. Er hatte mir gesagt, dass er nicht das war, wofür ich ihn hielt. Er hatte es mir immer wieder gesagt. Ich wusste, dass er die anderen Hüter getötet hatte; zumindest hatte ich es mir gedacht. Er hatte behauptet, keine Wahl gehabt zu haben. Er hatte behauptet, schreckliche Dinge getan zu haben. Aber dieses Wesen …

»Die Fae, alle Fae, sie sind nicht das, wofür wir sie halten.« Ich schob das Kinn in den Mantelkragen. »Sie sehen wunderbar aus. Dieser Charme und das Lächeln …« Ich sah Andrews an. »Aber sie sind Gift. Ungeheuer.« Das alles erschien verrückt, erst recht in der Normalität von Andrews' Wohnung. Lauerte auch irgendwo tief in mir verborgen ein Ungeheuer?

Andrews' Miene verriet alles. Er war keineswegs überrascht. »Und die Königin hat morgen eine Verabredung mit Soverigns zwanzigtausend Fans.« Er warf die Fernbedienung auf das Sofa. »Ich habe der *FA* alles gesagt. Man meinte, man hätte alles unter Kontrolle.« Er fuhr sich durchs Haar und stieß die Luft aus.

»Sie glauben ihnen nicht.«

»Nein, das tu ich nicht.« Er strich sich über das Kinn und ging dann auf und ab. »Die Königin hat Miles unter ihren Bann gezwungen. Was ist, wenn auch die *FA* für sie arbeitet?«

Ich wollte das abstreiten, konnte mich aber nicht überwinden, die Worte auszusprechen. Die *FA* hatte Reign verfolgt, seit ich ihn kennengelernt hatte. Ich war davon ausgegangen, dass die Morde dafür der Grund waren, aber was war, wenn sie ihn zur Königin bringen wollten? Oder ihn einsperren wollten, während die Königin dafür sorgte, dass ich Warren aus dem Weg schaffte? Als ich die Königin und Reign zusammen gesehen hatte, schien sie nicht gerade von seiner Loyalität überzeugt gewesen zu sein. Sie hatte mich mit seinem Tod beauftragt. Hatte behauptet, er habe versagt. Obwohl er sie am Ende doch nicht im Stich gelassen hatte. Das Schicksal war wirklich ein Miststück. *Es gibt schlimmere Dinge als das Schicksal.* Reign hatte recht behalten.

Hinter meinen Augen pochte ein Schmerz. Sich die Stirn zu reiben, half nicht. »Ich weiß es nicht. Vielleicht. Warren behauptete, die *FA* sei unabhängig. Ihre Ausbildung dauert Jahre und die Leute werden von der Bevölkerung gewählt.« Eine Bevölkerung, die es satthatte, in den Schatten leben zu müssen. Die sich nach dem Licht sehnte. Und wenn alle Fae Londons ihre Flucht wollten? Reign zufolge führten sie ständig Krieg und waren wie die Raubtiere. War das hier erst der Anfang?

Andrews setzte sich auf das Sofa und beugte sich vor. »Sie arbeiten seit Jahren daran.« Er rieb sich die Hände. Seine müden Augen funkelten. »Das alles war eine gewaltige PR-Kampagne. Wir lieben sie. Was sie sind, was sie tun. Kinder wollen wie sie sein. Erwachsene zahlen dafür, um wie sie auszusehen. Selbst mit den Gesetzen, die uns beschützen sollen, ist es, als könnten wir einfach nicht widerstehen. Ich habe meine Vorgesetzten über alles informiert und sie haben mich angesehen wie einen Verrückten. Wir hätten das kommen sehen müssen. Wir hätten uns darauf vorbereiten müssen. Der Bann. Das ist nicht natürlich. Sie waren schon immer toxisch. Aber wir sind alle ihrem Zauber verfallen. Niemand will glauben, dass die Fae in Wirklichkeit gar nicht so wunderbar sind.« Er schüttelte den Kopf. »Ich weiß nicht, was ich machen soll.«

Ich wollte ihm Mut machen, aber nach allem, was ich erlebt hatte und Reign mir erzählt hatte, konnte ich mich einfach nicht dazu überwinden.

Auf dem Bildschirm erregte Reigns Bild meine Aufmerksamkeit. »Andrews, drehen Sie das bitte lauter.«

»… wurde bestätigt, dass das Konzert am Samstag in der O_2 Arena wie geplant stattfinden wird.« Die Reportage blendete zu einem Livebericht von Reign um, der gerade sein Apartment in Kensington verließ. Mit Sonnenbrille und hochgeschlagener Kapuze wehrte er den Schwarm Paparazzi ab, die eine klare Aufnahme seines Gesichts haben wollten. »Sovereign, ist es wahr, dass man Sie mit dem Unfalltod vier prominenter Fae in Verbindung gebracht hat?« – »Reign, Ihre Fans wollen wissen, wer diese geheimnisvolle Frau ist? Haben Sie eine Beziehung?« – »Wo sind Sie die ganze letzte Woche gewesen?« – »Haben Sie etwas zu den Todesfällen zu sagen? Wie berichtet wurde, wurden Sie nur wenige Stunden vor seinem Tod mit dem Verstorbenen gesehen …« Die Fragen prasselten weiter auf ihn ein, und er wehrte sie alle ab, bevor er in einen schlanken Mercedes stieg. Man schaltete zurück ins Studio, wo weiter darüber spekuliert wurde, inwieweit seine neuesten Eskapaden die Kartenverkäufe anheizen würden.

Er hatte gut ausgesehen. Ein bisschen blass, die Lippen zu

einem entschlossenen Strich zusammengepresst, aber ansonsten war er mehr Reign und weniger eine Furcht einflößende Bestie gewesen.

Andrews ließ mich nicht aus den Augen. Ich schluckte und legte das Kinn auf die Knie. »Ich glaube nicht, dass wir Reign vertrauen können.«

»Er hat Warren getötet, oder?«, fragte Andrews leise.

Ich wollte es nicht zugeben. Es zuzugeben, machte es real. Und was ich gesehen hatte … ich wollte nicht, dass es real war. »Es bleiben nur noch wir.«

Er brachte ein zaghaftes Lächeln zustande. »Ein Detective und ein Geist.«

»Mir können Sie auch nicht vertrauen. Im Moment bin ich okay, aber … ich bin eine Fae; zumindest glaube ich, dass ich mehr Fae als Mensch bin. Und wie Warren schon sagte, ich stehe der Königin näher als jeder – alles – andere.« So nah, dass ich etwas mit Reign gemacht hatte. Irgendwie hatte ich sein tödlichstes Geheimnis heraufbeschworen. Aber warum in diesem Augenblick? Was war bei dieser Begegnung anders gewesen? Der Kuss? Reign zufolge war das Gefühl, das ich bei unserer Berührung verspürt hatte, die Vermischung von Fae-Draíocht gewesen. War ich zum Teil Königin, war es mein Draíocht auch. In seinem Apartment hatten sich seine Augen rot verfärbt, als er mich von sich gestoßen hatte. Er hatte kurz vor der Verwandlung gestanden. Die *FA* hatte ihn mit Eisenketten gebändigt. Eisen verletzte den Hund. Es half, die Königin in ihrem Kerker festzuhalten. Eisen war eine Schwäche, aber wie konnten wir uns das zunutze machen?

»Sie können zu ihr vordringen.«

Ich kaute auf der Lippe herum. »Ja.« Ich musste nur zur Chancery Lane gehen und mich ins Unterland einlassen. Ich würde den Weg zu ihr finden, so wie eine Kompassnadel immer den magnetischen Nordpol fand. Es lag mir im Blut.

»Wie nah?«

Verdammt nah. »Nah genug.«

»Könnten Sie sie töten?«

Hätte er die Königin gesehen, hätte er diese Frage nicht gestellt. Selbst wenn ich nah genug an sie herankommen sollte, um einen Dolch zu schwingen, war sie sehr groß, und in ihrer Welt war sie wirklich die Königin. Und dann war da die Frage, wo meine Loyalität lag. Hier oben in London war ich Alina, aber dort unten im Unterland, von ihrer Magie umgeben, war ich etwas völlig anderes.

»Falls ich sie aus meinem Kopf raushalten kann, könnte ich das. Glaube ich. Ich habe gegen die *FA* gekämpft. Ich bin schnell und stark, wenn mein Instinkt übernimmt. Aber sie ist … Furcht einflößend.«

»Ich glaube, alles könnte von Ihnen abhängen. Ich wünschte, ich könnte helfen, aber ich habe keinen Zugang zum Unterland. Es gibt niemanden mehr, dem man vertrauen könnte.«

»Leider haben Sie recht.« Warren hatte behauptet, der Hund könne sie töten, aber Reign konnte ihn nicht kontrollieren. Die Königin konnte es schon, vielleicht auf die gleiche Art, auf die sie mich kontrollierte. Reign hatte für sie getötet. Er war kein Feigling, aber er war auch nicht dumm. Entweder war *ich* dumm, weil ich es überhaupt in Betracht zog, gegen sie vorzugehen, oder wahnsinnig. Möglicherweise beides.

Andrews stand auf. »Warten Sie hier.« Er verschwand aus dem Wohnzimmer und kam ein paar Augenblicke später mit einem in ein Handtuch gewickelten Bündel zurück. Als er es aufschlug und mir den Dolch präsentierte, fing meine Handfläche sofort an zu jucken. Sie sehnte sich danach, die Waffe wieder dortzuhaben, wo sie hingehörte. Ich griff danach, zögerte dann aber. Die winzigen Edelsteine am Griff funkelten. Es war eine schreckliche Waffe, schrecklich schön; etwas, das nur die Fae mit tödlicher Genauigkeit führen konnten. Ich wusste, wie man sie führte. So wie ich wusste, dass nichts in meinem Leben real war. Mein albernes Alina-Leben war nur die Maske, die einen ganzen Haufen Schlechtes verbarg. Das Messer zu nehmen und die Finger um den Griff zu legen, um sein schweres Gewicht zu fühlen, bedeutete, die Wahrheit zu akzeptieren.

»Sie hatten es in der Nacht bei sich, in der ich Sie abholte.« Er schien den Dolch nicht berühren zu wollen. Ich auch nicht, aber aus ganz anderen Gründen.

Meine Hand brannte und meine Finger zuckten. Wenn ich diesen Dolch nahm, würde ich der Königin und meinem Schicksal entgegentreten müssen.

Wem wollte ich etwas vormachen? Natürlich würde ich ihr entgegentreten. Es gab sonst niemanden, der das tun konnte. Es gab keine andere Möglichkeit. Wenn wir bis zu dem Konzert warteten, was dann? Ein Polizist und ein Geistermädchen konnten nichts ausrichten. Aber im Unterland war ich kein Geist, dort war ich ein Albtraum. *Ich werde das wirklich tun …*

»Ich bin keine Heldin.«

»Echte Helden sind rar gesät.«

Ich legte die Finger um den Griff und nahm den Dolch vom Handtuch in meine Handfläche. Ja, er gehörte mir. Er fühlte sich richtig an, trefflich ausbalanciert, eine Verlängerung meines Arms und meines Willens. Mit ihm konnte ich töten. Ich hatte das nötige Können. Und schreckliche Angst.

Nutze deine erbärmliche Existenz für etwas Wichtiges! Warrens letzte Worte trieben einen stählernen Dorn in mein Herz. Das würde ich. Wenn mir nur noch Tage zu leben blieben, dann würde ich etwas daraus machen. Ich würde mich nicht einfach in nichts auflösen. Alina O'Connor würde auf spektakuläre Art abtreten. Ein zufriedenes Lächeln umspielte meine Lippen. *Ich kann das.*

Andrews' Augen wurden beim Anblick meines Lächelns groß. »Ich wünschte, ich könnte Sie begleiten.«

»Nein, tun Sie nicht.« Ich drückte den Dolch gegen die Brust. »Trommeln Sie alle zusammen, die Sie finden können, und schaffen Sie sie zum Konzert. Für den Fall, dass ich scheitere.«

KAPITEL 22

Die Straße vor dem U-Bahnhof Chancery Lane war voller Menschen. Detective Andrews glaubte unauffällig zu sein, aber er musterte die Menge, als würde er die Gesichter mit den neuesten Fahndungsfotos vergleichen. Ich hätte ihn gern in einem anderen Leben gekannt, einem, in dem wir uns über normale, alltägliche Dinge unterhalten konnten, wunderbar banale Dinge. Hätte ich nur einen Freund gehabt, hätte es mir gefallen, wenn er wie er gewesen wäre.

»Wie wollen Sie die Königin aus ihrem Kopf fernhalten?« Er führte mich aus dem Strom der Passanten in eine Ecke.

»Mit neuen Erinnerungen. Meinen Erinnerungen.« Ich schluckte schwer. »Ich hoffe nur, sie sind echt genug.« Ich trug noch immer Reigns Mantel. Die Ärmel hatte ich umgekrempelt. Er war mir viel zu groß und wogte um meine Knöchel, aber er verbarg den Dolch gut. Davon abgesehen hatte ich größere Sorgen als meine Kleidung.

Andrews musterte mich, als würde er nach etwas Wichtigem suchen, etwas, das er tief in meinem Inneren zu finden hoffte. Ich blinzelte. »Was? Habe ich Ketchup am Kinn?«

Er lächelte, seine Augen hellten sich auf. Einen Augenblick lang sah er stolz aus. »Sie sind schon etwas Besonderes, Miss O'Connor.« Mir gefiel sein Ausdruck. Irgendwo tief in diesem stoischen Polizisten verbarg sich ein toller Kerl.

»Danke. Glaube ich.« Ich versetzte ihm einen spielerischen Hieb gegen die Schulter. »Hey, nicht dass jemand den Eindruck gewinnt, Sie würden sich Sorgen machen.« Er stritt es nicht ab. Nach seinem Stirnrunzeln zu urteilen, hätte ich glauben können, dass er sich wirklich sorgte. »Ich komme schon klar.«

»Sie sind eine schreckliche Lügnerin.«

»Nein, Sie sind ein guter Polizist.« Und dann begriff ich, warum er diese ernste Polizistenmiene aufgesetzt hatte. Das hier war der Abschied. Selbst wenn ich es schaffen sollte, die Königin auf wunderbare Weise zu töten, würde es nicht lange dauern, bis ich ausbrannte.

»Wenn Sie … wenn Sie sie töten.« Er senkte den Kopf, nur eine Sekunde lang, und als er ihn wieder hob, funkelte Entschlossenheit in seinen Augen. Er räusperte sich und versuchte es erneut. »Wenn Sie sie töten, was wird dann aus Ihnen? Sie bestehen aus ihrer Magie, richtig?«

»Ich habe kein Handbuch bekommen.« Ich grinste. »Und selbst wenn, hätte ich es mittlerweile in den Müll geworfen.« Mit anderen Worten, ich hatte keine Ahnung, wie das enden würde, aber es würde ein wilder Ritt werden.

Kichernd richtete er sich wieder auf. »Schnappen Sie sie, Alina. Diese Menschen«, er schaute auf den Passantenstrom, »die brauchen Sie, damit Sie das tun. Ich weiß, dass Sie es schaffen können.«

»Aye-aye, Detective.« Ich wandte mich den Stufen zum Untergrund zu. Ich würde nicht Lebewohl sagen. Denn das war nicht das Ende. Es war noch nicht vorbei.

»Danny, nennen Sie mich Danny.«

Ich warf einen Blick zurück und brannte mir das Bild, wie

er dort auf dem Bürgersteig stand, ins Gedächtnis ein; einerseits unbeholfen, andererseits entschlossen. Er salutierte mir, ein gezwungenes Lächeln aufgesetzt, dann senkte er den Kopf, drehte sich um und ging.

Ich schaute die Stufen hinunter in den Bahnhof. Leute strömten um mich herum. Die Königin wartete. Sie hatte gewusst, was ich tat. Der Dolch, den ich hinten im Hosenbund stecken hatte, war meine einzige Waffe gegen das Ungeheuer. Ich war nicht bereit, trotzdem trugen mich meine Füße weiter die Stufen hinunter dem Schicksal entgegen, das auf mich wartete.

KAPITEL 23

Wie ging noch mal der Satz mit den Ratten und dem sinkenden Schiff? Das Unterland stand leer. Jeder Raum, den ich passierte, jedes Gemach, das ich betrat, jeder Tunnel, durch den ich schritt, war von Fae geleert. Sie wussten Bescheid und hatten sich aus dem Staub gemacht, bevor die Scheiße losging. Ich an ihrer Stelle hätte das Gleiche getan. Und da war ich, Alina, auszubildende Reporterin, unterwegs zur Spinnenkönigin, und mit jedem Schritt holte sie mich ein. Wie eine Spinne, die an einem Strang ihres Netzes zupfte, berührte sie mein Bewusstsein und lockte mich näher.

Den Dolch in der Hand, hielt ich meine Füße in Bewegung und meinen Kopf voller neuer Erinnerungen. *Fürchtest du dich vor Spinnen, Alina?* Das hatte Reign mich gefragt, als er mich aus dem Büro von *Metro* geholt hatte. Ich ging jede Wette ein, dass er das urkomisch gefunden hatte. *Ich hätte mich verabschieden sollen.* Nein, ich würde ihn wiedersehen.

Zog man in Betracht, wie er zuletzt ausgesehen hatte, als er kurzen Prozess mit Warren gemacht hatte, würde es möglicherweise kein glückliches Wiedersehen werden, aber ich würde aus dem Unterland herauskommen. Ich würde wieder im Sonnenlicht spazieren. Ich würde dem Herzschlag Londons lauschen. *Leb etwas, Mädchen aus Amerika.* Er sollte dafür verflucht sein, dass er recht gehabt hatte. Mit der Schokoladentorte hatte er auch recht gehabt. Für Schokoladentorte konnte man sterben. Und dann war da der Kuss. Der alle Gedanken zum Erliegen bringende und atemberaubende Kuss.

Natürlich hatte ich Erinnerungen an Intimität, aber die waren nicht echt. Sie hatten keine Ähnlichkeit mit dem Erschaudern, das Reigns Berührung hervorgerufen hatte, oder den kurzen, schnellen Atemzügen, wenn wir uns voneinander trennten. Meine eigenen neuen Erinnerungen verankerten mich in meiner Haut und meinem Verstand. Die Königin würde mich nicht überwältigen. Ich hatte jetzt ein eigenes Leben, und auch wenn es nur wenige Tage alt war, war es verflucht noch mal meins.

Tipp-tipp …

Die schreckliche Dunkelheit, die in meinem Hinterkopf schlummerte, breitete sich in meinen Gliedern aus, und mit ihr kam der furchtbare Drang, ihren Befehlen zu folgen.

Ein Grollen hallte durch den Tunnel. Staub regnete von der rissigen Decke. *Vermutlich ein vorbeifahrender Zug.* Die Leuchtstoffröhren erloschen und erwachten summend zu neuem Leben.

Eine Gänsehaut kroch meine Arme hinauf. Ich rieb sie weg. »Komm schon, Alina. Zeig Warren, dass er falschlag. Ich kann das schaffen.« Die Worte hallten mir voraus, und als ich um die Ecke bog, hob eine Mauer aus *FA*-Beamten den dreifarbigen Blick. Ruckartig blieb ich stehen. Der General stand in der Mitte der Reihe. Jeder schlanke Zentimeter von ihm war in rotes und schwarzes Leder gekleidet. Die Farben der Königin. Waffen funkelten. Verflucht, Andrews hatte recht. Sie gehörten der Königin. Der General verzog die Lippen zu einem wilden Grinsen und zog zwei Dolche aus den Oberschenkelscheiden. Seine Offiziere, insgesamt sechs Mann, folgten seinem Beispiel; Eisen schabte auf Eisen. Sechs ausgebildete Fae-Killer, deren Klingen im flackernden Licht funkelten.

Ich fuhr auf dem Absatz herum und lief los. Ich lief mit gesenktem Kopf, pumpenden Beinen und brennenden Lungen. *Okay, das war nicht der Plan gewesen.* Die Männer sollten nicht hier sein, und vor allem sollten sie nicht mich bekämpfen. Ich brauchte einen neuen Plan. Und das schnell. Mit pochendem Herzen raste ich um Ecken, schoss in schmale Tunnel, stolperte durch dunkle Gänge und über vergessene Schienen, bevor ich zufällig in dem Raum mit den Wandteppichen landete, wo ich Warren kennengelernt hatte.

»Alina!« Shay winkte mich zu sich, in engelhaftes Weiß gekleidet. »Ich kann dir helfen«, stieß sie hervor. »Aber du musst mir dafür versprechen, Reign zu helfen.«

»Was? Wir haben keine Zeit für so was.«

Sie kniff die Augen zusammen. »Ich weiß, was du bist. Ich weiß, dass du ihm helfen kannst; vielleicht kannst du ihn vom Hund heilen.«

»Ich …« Meine Gedanken rasten. *Ihn heilen?* Ich sagte das Einzige, was ich konnte: »Ja. Okay. Sie kommen, wir brauchen …«

Sie zog einen der Wandteppiche zurück und enthüllte eine enge Nische. »Schnell, da rein.« Ich warf mich hinein, schnappte mir Shays Hand und zerrte sie mit mir. Der Wandteppich fiel über uns und wir kauerten uns zusammen.

Keuchend versuchte ich meine Atmung zu beruhigen. Stiefel polterten, als die *FA* in den Raum eilte. Shays weit aufgerissene Augen funkelten in der Dunkelheit. Ich schlug eine Hand vor den Mund und hielt die Luft an.

»Sie ist hier …«, knurrte der General.

Shay hielt die Beine an den Körper gezogen, kniff die Lippen zusammen und senkte den Kopf. Beinahe sah sie aus, als würde sie beten. Zu wem betet man, wenn deine Götter Ungeheuer sind?

Der Teppich wurde zurückgerissen. Shay stieß einen Schrei aus, als sich eine Hand um ihren Knöchel schloss und zog. Sie griff nach mir, aber der Fae riss sie aus unserem Versteck, als wäre sie gewichtslos. Einer der Krieger stürzte sich auf mich. Ich trat zu. Mein Absatz traf seine Nase. Wie ein Tier knurrend und mit finsterem Blick griff er nach mir. Erneut trat ich zu, aber er fing meinen Knöchel und zog. Ich bohrte die Klinge in sein Handgelenk. Er stieß einen schrecklichen Schrei aus. Sein Mund klaffte weit auf, seine scharfen Zähne funkelten. Er wich zurück. Der Wandteppich fiel nach unten und verbarg mich wieder.

»Komm raus, Alina O'Connor«, sagte der General, »oder wir schneiden ihr die Kehle durch …«

Shays gedämpfte Schreie bestätigten das. Sie würden sie umbringen. Ich konnte sie nicht wegen mir sterben lassen. Sie hatte angedeutet, etwas über Reigns Hund zu wissen. Ein Heilmittel? Aber da gab es die nicht unwahrscheinliche Möglichkeit, dass ich sterben würde, wenn ich dort hinausging. Zwanzigtausend Menschen brauchten mich, damit ich die Königin tötete. *Das große Bild, Alina.* All diese Menschen würden sterben, wenn ich versagte. Und da war noch mehr. Die Königin begehrte London. Sobald sie gefressen hatte, würde sie unaufhaltsam sein. Sie würde London zu ihrer Speisekammer machen.

»Auf die Knie mit ihr«, befahl der General. Shay schrie auf.

Ich vergrub die Hände in meinem Haar. Ich konnte das nicht zulassen. Shay hatte versucht, mir zu helfen. Ich konnte mir nicht anhören, wie sie starb. Meine Menschlichkeit mochte nur hauchdünn sein, aber noch hatte ich ein Herz.

Ich hob den Wandteppich hoch. Hände griffen nach mir und zogen mich aus dem Loch, warfen mich mit dem Gesicht nach unten zu Boden. Ein Knie bohrte sich in meinen Rücken. Der Fae riss meine Arme zurück. Shay kniete mit tränenverschmiertem bleichen Gesicht ein paar Schritte entfernt. Hinter ihr stand der General, eine Hand in ihrem Haar vergraben, den Dolch an ihrem Hals. Blut rieselte herab. Sein Grinsen zeugte von wilder Lust, und eine Sekunde lang glaubte ich, er würde sie trotzdem töten.

»Sperrt sie ein. Ich kümmere mich später persönlich um sie. Es gibt viel zu tun.« Er stieß sie von sich und wischte sich die Klinge am Oberschenkel ab, aber das hässliche Grinsen wich nicht. Das hier war noch nicht vorbei …

KAPITEL 24

So viel zu meinem großen Plan. In meiner Zelle setzte ich mich mit dem Rücken an die Wand auf den Boden, zog die Knie an und lauschte Shays Schluchzen in der Nachbarzelle. Ich musste wirklich eine Närrin gewesen sein, um zu glauben, ich würde einfach zur Königin gehen können. Ich konnte ihre in Krallen endenden Beine nach mir tasten fühlen, wie sie sich in meine Gedanken hakten. Ich kämpfte gegen sie an und vertrieb sie mit glücklichen Gedanken, aber das würde nicht mehr lange gut gehen. Ich hatte nur eine Handvoll guter Erinnerungen, die mich bald im Stich lassen würden. Im Unterland gehörte ich ihr. Es war nur eine Frage der Zeit.

»Alina?«

»Ja?«

»Danke, dass du den General aufgehalten hast.«

Ich schloss die Augen. Sie brauchte nicht zu wissen, dass es eine Weile auf der Kippe gestanden hatte oder dass ihre Andeutung über ein Heilmittel für Reign geholfen hatte, die Waagschale zu ihren Gunsten zu neigen. »Dank mir nicht. Du kennst mich nicht.« Ich klang wie Reign. Eine Weile schwieg sie, nur ihr gelegentliches Schniefen war die einzige Erinnerung, dass ich nicht allein war.

»Möglichweise habe ich dich falsch eingeschätzt«, sagte sie.

»Ja, das passiert mir häufig.« Ich rutschte zur Vorderseite der Zelle und lehnte mich gegen die Gitterstäbe. Das Schloss schien primitiv zu sein und einen Schlüssel zu brauchen. Vielleicht konnte ich es knacken. Dazu hätte ich einen Dietrich haben müssen. Und eine Ahnung, wie man Schlösser knackte. Vermutlich hatte die Königin vergessen, diese nützliche Information in meinen Schädel zu laden. Reign hatte erwähnt, dass ich aus demselben mächtigen Draíocht gemacht war wie sein Hund, konnte es mir also gelingen, allein herauszufinden, wie man aus der Zelle sprang? Dummerweise hatte ich nicht die geringste Ahnung, was ich da tat. Ich konnte genauso wenig aus meinem Gefängnis springen, wie ich das verdammte Schloss knacken konnte.

Ich seufzte. »Danke, dass du mir eben helfen wolltest.«

»Ich kam wegen ein paar persönlichen Gegenständen zurück. Wir sollten alles zurücklassen, aber das konnte ich nicht. Ich wollte etwas. Eine Erinnerung an die Zeit, bevor sich alles veränderte, schätze ich.«

»Du gehörst nicht zu ihrem Plan?«

»Nein. Ein paar der Dunklen wollten sich niemals damit zufriedengeben, das bisschen Draíocht zu stehlen, das wir von Menschen ernten können.« Sie musste ebenfalls näher ans Gitter gerutscht sein, denn ihre nächsten Worte waren zwar gedämpft, aber klar verständlich. »Eines musst du verstehen. Das Feenreich ist Draíocht. Es ist die Luft, die wir atmen, die Nahrung, die wir essen. Aber hier ist Draíocht schwer zu finden, und wir erstickten und verhungerten. Und seit dem Erlass der Drei Gesetze war das Überleben ein Kampf. Wir wollen nicht hier sein, aber wir sind es nun einmal, und das wird sich bestimmt niemals ändern. Die

Dunklen, die Alten wie Warren, sie erinnern sich an die Freiheit, die sie im Feenreich hatten. Sie wollen zurück, was sie verloren haben.«

Ich legte den Kopf gegen die kühlen Gitterstäbe. Es würde nicht mit der Königin enden. Falls das Unmögliche geschah und man sie aufhielt, würde es andere wie sie geben. Reign war einer der Guten, zumindest glaubte ich das, aber er war genauso Furcht einflößend, und ich hatte nur einen Bruchteil von dem erlebt, zu dem er fähig war. »Ich habe Reign gesehen, wie er wirklich ist …«

Shay brauchte so lange für eine Antwort, dass ich mich fragte, ob sie mich gehört hatte. Als sie endlich sprach, flüsterte sie. »Er verabscheut es, er hasst den Hund in sich. Er versucht, seine Verbrechen wiedergutzumachen. Ich bin mir nicht sicher, ob er jemals mit der Bestie Frieden schließen kann.«

»Was ist sie? Wo kommt sie her?«

»Reign ist von einem Geist besessen. Das ist Segen und Fluch zugleich. Seine Sippe ist stolz und stark. Im Feenreich ist sie für ihren Blutdurst in der Schlacht gefürchtet und geschätzt. Ihre Blutlinie hat die Kraft des Feenhundes Cu Sith, aber der Preis dafür ist hoch. In jeder Generation nimmt Cu Sith einen ihrer Söhne, so wie Reign. Er kann es genauso wenig kontrollieren wie den Wind oder den Regen.«

»Aber die Königin ist dazu in der Lage?«

»In ihren Adern fließt das gleiche uralte Draíocht. Der Hundegeist und Arachne die Spinne sind durch das Draíocht miteinander verbunden.«

Ich fröstelte und schlang die Arme um meinen Körper. »Er hat Warren getötet.«

Ein scharfes Zischen ertönte; Atem wurde zwischen den Zähnen eingesogen. »Die alten Hüter sind alle tot. Jetzt stellt die *FA* die neuen Hüter. Das Feenreich steh uns bei.«

»Shay, wieso wurde die *FA* so mächtig?«

»Die Königin. Am Anfang drang sie nur zu ein paar durch. Aber sobald sie ihre Krallen in den General geschlagen hatte, korrumpierte er die anderen. Einst waren sie ehrenhafte Leute. General Kael war ein großartiger Krieger. Stolz, bewundernswert. Aber jetzt ist er nicht mehr als ihr Werkzeug.«

Die Königin musste sterben. Aber hinter Gittern war ich nutzlos. Außerhalb der Zelle war ich allerdings ebenfalls ziemlich nutzlos gewesen. »Weißt du, was ich bin?«

»Wir hielten dich für ein menschliches Schoßhündchen. Ich hielt dich für Reigns Opfer, das unter seinem Bann stand. Warren hasste dich auf den ersten Blick. Wie er zu dir sprach … aber während deiner Anwesenheit, selbst nachdem du weg warst, da war etwas an dir, das ich nicht verstehen konnte. Ich erkannte in dir dieselbe Stille wie in Reign, einen Hauch von etwas Hungrigem und Vernichtendem, das nicht von dieser Welt ist. Du gehörst ihr, richtig?«

»Ja.«

»Wieso kannst du überhaupt normal sprechen? Für gewöhnlich sind Konstrukte schlichte Wesen. Sie erfüllen ihren Zweck und sterben dann. Wieso bist du hier? Kontrolliert sie dich nicht?«

Ich widerstand der Versuchung, mich an dem Wort *sterben* aufzuhängen. »Sie scheint mich nicht die ganze Zeit kontrollieren zu können, sondern nur, wenn wir nah zusammen sind. Sie erteilt mir Befehle, und ich verliere mich eine Weile, aber ihre Kontrolle lässt nach, und ich bin wieder ich selbst. Vielleicht bin ich kaputt. Ich glaube nicht, dass ich noch lange habe.«

»Du musst Reign finden und helfen. Wenn du wie sie bist, könntest du vielleicht seinen Feen-Hund kontrollieren und ihn vielleicht sogar davon heilen.«

»Shay, mal davon abgesehen, dass ich hinter Gittern sitze, verstehe ich nicht, was ich bin.«

»Bitte …«

»Ich weiß nicht, wie.«

»Versuch es«, flüsterte sie. »Du musst es versuchen.«

Auf jeden Fall *musste* ich versuchen, aus dieser Zelle rauszukommen. Ich kam auf die Beine und ging sie ab, stocherte mit dem Zeh im Schutt auf dem Boden herum und trat gegen die Steine. Vielleicht konnte ich Reign helfen, vielleicht konnte ich den Hund irgendwie zähmen, aber bevor ich entkommen konnte, spielte nichts davon eine Rolle.

»Reign wollte sie töten«, sagte Shay. »Er hat es versucht, aber er ist schwächer als sie. Als Hund … er kann die wilde Bestie nicht im Mindesten kontrollieren, aber die Königin kann Draíocht weben, es manipulieren; sie zieht den Hund aus ihm. Aber ich glaube, sie tut das nicht gern; der Hund macht selbst ihr Angst.«

»Ja, das mit dem Herbeibeschwören haben wir selbst herausgefunden.« Shay brauchte nicht zu wissen, dass unser Kuss die Bestie an die Oberfläche gebracht hatte. Ich trat gegen die Steine. Da war kein Durchkommen. Die Gitterstäbe der Zelle waren das einzige schwache Glied, aber das besagte nicht viel. Probeweise rüttelte ich an jedem Stab. Keiner gab nach.

»Du trägst seinen Mantel …« Sie wartete auf eine Erklärung, und als offensichtlich wurde, dass ich darauf nicht antworten würde, sagte sie: »Wir haben uns geliebt.« Sie hielt inne. »Das ist lange her. Hat er dir erzählt, wie der Hund zu ihm kam?« Eine Spur Bedauern lag in ihren Worten.

Es tat weh, ihn sich mit ihr vorzustellen. Ich hatte Gefühle für ihn. Ich sorgte mich, dass es ihm gut ging. Den Gedanken, dass er ganz allein mit seinem Geheimnis ringen musste, konnte ich nicht ertragen. Ich wollte den selbstgerechten Hurensohn umarmen und zugleich schlagen; ich wusste nicht, was davon zuerst. Hätten die Drei Gesetze etwas für mich bedeutet, hätte man mich mit dem Bann belegen können, wäre ich mittlerweile völlig faegevögelt gewesen.

»Eigentlich konnten wir uns darüber nicht unterhalten.«

»Zum ersten Mal manifestiert sich Cu Sith, der Feen-Hund, wenn der Träger oder jemand, den er liebt, bedroht werden. Reign kannte das Risiko, und er mied bewusst jede Situation, in der er den Zorn des Hundes hätte wecken können. Aber dann kam der Krieg.« Shay stockte. »Der Kampf veränderte ihn. Ich wusste, wozu er fähig war, aber … bei diesen Kämpfen starb ein Teil von ihm. Verloren wir, stürzten sich unsere Feinde auf alle, die zurückbleiben mussten, die Jungen und die Alten. Sie töteten so viele. Reign … er kam für mich zurück.

Er rettete Hunderte. Tötete noch mehr. Aber damit opferte er einen Teil von sich dem Hund. Ich wollte ihn zurückbringen und zähmen, aber der Fluch seiner Blutlinie, der Geist von Cu Sith, kann nicht gezähmt werden. Nicht von mir. Er verlor die Kontrolle. Nur die Königin konnte ihn beherrschen. Er schuldet ihr seine derzeitige Freiheit und dafür verabscheut er sie. Sie zerrte ihn mit an diesen Ort, als die Ältesten ihn aus dem Feenreich verstießen. Und ich kam … ich kam, weil …«

Weil sie ihn liebte. Es lag in ihrer Stimme, ihren Worten und ihrem Blick, wenn sie ihn ansah.

»Es tut mir leid, Shay.«

»Nachdem der Hund ihn übernommen hatte, entfernten wir uns voneinander. Er hat mir das nie zum Vorwurf gemacht, aber ich kann es in seinen Augen lesen.«

Ich verstand die Welt nicht, aus der die Fae gekommen waren, weder ihre Regeln noch ihre Lebensart. Auch nicht, wie es sich angefühlt haben musste, dass sich der Mann, den sie liebte, von ihr abgewandt hatte. Shay und Reign teilten eine gemeinsame Geschichte, die mehr als ein Menschenalter umfasste. Und hier saß ich und trug Reigns Mantel. Ich fühlte mich unwürdig. »Wenn wir hier rauskommen, erzählst du mir dann mehr über das Feenreich und Reign?«

»Das würde ich gern. Viele sprechen nicht gern über die Heimat, aber ich schon.«

Wenn wir rauskamen. So sehr ich das Schloss auch zwingen wollte, sich zu öffnen, es rührte sich nicht. Offensichtlich sahen die Baupläne für ein Konstrukt keine übersinnlichen Kräfte vor. Mit einem Knurren trat ich gegen die Gitterstäbe. »Verflucht. So sollte das nicht laufen.« Ich vergrub die Finger in meinem Haar und suchte die Decke nach einer Möglichkeit ab. Egal, was. In der oberen linken Ecke hing ein verstaubtes Spinnennetz.

Ich fröstelte. *Sie beobachtet uns.*

Winzige Bewegungen tasteten von meinem Haaransatz über mein Auge die Wange hinunter. Mit einem Aufschrei erwachte ich und schlug das huschende Ding weg, nur um einen wogenden Teppich aus Spinnen in meiner Zelle zu entdecken.

»Oh … *Spinnen.*«

»Spinnen?«, stöhnte Shay, noch benommen vom Schlaf.

»Hier sind Spinnen.«

»Zertrete sie. Sie kommen von der Königin.«

Zertrete sie. Klar. Ich saß auf meinem Hintern gegen das Gitter gelehnt und sie hatten mich beinahe perfekt eingekreist und nur einen Zentimeter Niemandsland zwischen uns freigelassen. Sie bewegten sich kaum. Ganz hinten krabbelten ein paar umher, ein Stück weiter fielen noch mehr aus den Mauerspalten in meine Zelle.

»Ich, äh, glaube nicht, dass es was bringen wird, eine oder zwei zu zertreten. Das könnte sie nur aufscheuchen.«

»Wie viele sind es denn?«

»Ein paar Tausend?«

»Oh. Was machen sie?«

Nicht viel. »Mich beobachten.«

»Das ist ungewöhnlich.«

»Shay, wenn sie es gewollt hätten, hätten sie mich mittlerweile aufgefressen, richtig?«

»Für gewöhnlich überwältigen Spinnen ihre Opfer, verabreichen ihnen ein Gift, das ihre Eingeweide verflüssigt, spinnen sie in Seide ein und verwahren sie für später.«

»Du bist nicht nützlich.«

»Du hast gefragt.«

»Was zum Teufel soll ich tun?«

»Wie wäre es, wenn du mit ihnen sprichst? Du bist ein Teil der Königin, sie könnten ihr Draíocht in dir erkennen. Es besteht die Möglichkeit, dass du sie wie die Königin kontrollieren kannst.«

Klar. Mit ihnen sprechen.

»Äh, hi.« Das war absurd. Ein paar Spinnen aus der ersten Reihe setzten sich in Bewegung. Mit einem Aufschrei riss ich die Beine zurück.

»Okay, äh … reden wir über Folgendes. Ich, äh, ich muss aus dieser Zelle raus, und ihr wunderschönen, *wunderschönen* Spinnen seht so aus, als wärt ihr wirklich beweglich, und meine Freundin meint, ihr würdet zuhören, weil ich genau wie ihr der Königin gehöre, und ich muss wirklich aus dieser Zelle raus.«

Zu meiner Linken kletterten Spinnen ein paar Gitterstäbe rauf. Weitere gesellten sich zu ihnen, bis sich ein ständiger Strom über die Stäbe ergoss. Sie waren so organisiert wie im Büro von *Metro*. Mehrere der kleinen Krabbelviecher verschwanden im Schloss und mit einem Klicken öffnete es sich. Das war viel zu leicht. Vielleicht hatte ich ja tatsächlich wie Reign verborgene Talente, dummerweise bestanden sie aus einer Affinität zu Spinnen.

Darauf achtend, keine plötzlichen Bewegungen zu machen, kam ich schwankend auf die Beine und streckte die Hand aus. Die Spinnen wichen zur Seite und erlaubten mir, einen Gitterstab zu ergreifen und zu drücken. Die Tür schwang auf.

»Oh, Shay, du hattest recht. Das ist wirklich ungewöhnlich«, murmelte ich und ging vorsichtig um die Spinnen herum, während sie sich aus meiner Zelle ergossen.

»Spinnen …«, sagte Shay und nahm einen beruhigenden Atemzug. »Du meine Güte.«

Ich schluckte mit trockener Kehle. »Das ist nicht normal.«

»Nein. Das ist überhaupt nicht normal. Machen sie auch meine Tür auf?«

Ich fragte die Spinnenmeute zu meinen Füßen, wobei ich mir wie eine Närrin vorkam, aber sie ließen Shays Zelle einfach links liegen und eilten zur Eingangstür.

»Ich bin schon in Ordnung. Geh«, drängte Shay. »Sie helfen, das ist gut. Benutze sie. Wenn du sie kontrollieren kannst, besteht Hoffnung, dass du auch den Hund kontrollieren kannst.«

»Okay.« Ein Spinnenstrom eilte auf die geschlossene Eingangstür zu. »Gut. Also Plan B.«

»Alina.« Shay umklammerte die Gitterstäbe und schaute mich mit großen, hoffnungsvollen Augen an. Ein paar Tropfen Blut von dem Schnitt an ihrer Wange hatten das weiße Spitzenkleid beschmutzt. Vielleicht würde sie es schaffen, die Dinge mit Reign ins Reine zu bringen, sobald es mich nicht mehr gab. »Halte sie auf.«

»Das ist Plan B.«

KAPITEL 25

Ich hatte nicht die geringste Ahnung, warum sich eine kleine Spinnenhorde entschlossen hatte, sich mir anzuschließen, aber solange wir freundliche Beziehungen zueinander unterhielten, war ich froh, sie bei mir zu haben.

Ich stieß die Tür auf, und der daneben postierte Wächter der *FA* hatte gerade noch genug Zeit, auf die Beine zu springen und ein Kurzschwert zu ziehen, bevor sich die Spinnen auf ihn stürzten. Gefangen irgendwo zwischen morbider Faszination und entsetztem Abscheu, schaute ich zu. Sie drangen durch seinen Mund, seine Ohren und seine Nase in ihn ein und bedeckten seine Augen. Sekunden später brach er zusammen und blieb mit zuckenden Gliedern unter einer Decke wimmelnder Arachniden liegen. Hätten sie mich in meiner Zelle angegriffen, hätte ich genauso geendet wie er, da hatte ich nicht den geringsten Zweifel.

»Okay, Team …« Aber sie eilten los und drängten sich in die Spalten zwischen Fußbodenplatten und Betonquadern. In weniger als einer Minute waren sie verschwunden; ihre zahllosen Beine verteilten Blut um die Masse, die von dem Wächter übrig geblieben war. Ich versuchte meinen Mageninhalt bei mir zu behalten, beugte mich vor und zog das Schwert aus den fleischigen Überresten seiner Hand. *Gedankennotiz: Leg dich nie mit Spinnen an.*

Das Kurzschwert schien eher funktional als bloßer Zierrat zu sein. Es war gut ausbalanciert und ich ließ es probeweise durch die Luft sausen. Ja, das war nicht übel. Eine Klinge zu schwingen, fühlte sich richtig an.

»*Warum willst du mir schaden? Ich habe dich erschaffen …*«

»Ich komme, du mieses Stück.« Bei jedem Schritt arbeitete sie an dem Faden in meinem Verstand und versuchte, ihre Magie durch meine Gedanken zu weben, aber es funktionierte nicht. Und es würde auch nicht funktionieren. *In dir steckt mehr als ihr Wille.* Reign hatte recht. Ich war Alina. Ein aufregendes Kribbeln fuhr durch meine Adern, meine ganz eigene Macht.

»Wie bist du entkommen?«

Fae-Autorität. Eine Frau. Rot und schwarz. Blitzartig warf ich mich nach vorn. Sie schaffte es gerade noch, ihre Klinge zu ergreifen, bevor ich ihr das Schwert in die Brust stieß. Sie blinzelte mich an, die kleine Alina O'Connor in ihrem so menschlich aussehenden Körper, und obwohl ihr Blut über meine Hand strömte und von ihren Lippen tropfte, wollte sie noch immer nicht glauben, dass dieses erbärmliche Menschenmädchen sie töten konnte. Sie starb noch immer ungläubig. Ich zog das Schwert zurück und wischte die Klinge an meinen pinkfarbenen Leggins ab. Dann schnappte ich mir ihren Dolch und ging weiter.

In meinen Gedanken herrschte völlige Ruhe. Man glaubte, die Königin sei der Albtraum unter London, aber da war sie nicht der einzige. Den Dolch in der linken Hand und das Schwert in meiner rechten, war mein Kopf ganz klar, und ich hatte mich noch nie so wohl in meiner Haut gefühlt. Für das hier war ich geschaffen worden. Ein grausames Lächeln verzog meine Lippen. Sie alle hier unten würden sterben. Und sobald ich mit ihnen fertig war, würde ich meiner Mutter gegenübertreten.

Dieser Teil von mir, der Teil, der allein aus dem Ziel gemacht war, rastete an der Stelle ein, an die er gehörte. Vervollkommnet schlich ich durch die Tunnel und war immer noch ich, immer noch Alina, aber ich war auch etwas anderes. Vergeltung und Absolution, wie die Klingen in meinen Händen. Als die *FA* aus den Gängen kamen und mich angriffen, sah ich durch sie hindurch, sah nur meinen Zweck. Schneller als sie alle ließ ich die Klingen für mich sprechen. Starkes Draíocht floss durch meine Adern. Ich musste es nur zulassen. Ich schnitt einen Krieger nach dem anderen nieder, und mit jedem Tod hauchte das alte Draíocht neues Leben in meinen künstlichen Körper. Ich zog es aus den gefallenen Fae wie Atem in meinen Körper. Ich war kein Mensch. Aber diese Fae waren trotzdem nicht wie ich. Ich war etwas ganz anderes. Etwas, das nur für einen einzigen, schrecklichen Zweck erschaffen worden war.

»Du wirst sie nicht aufhalten.« Ich erkannte die Stimme aus der Nacht, in der ich Reign kennengelernt hatte. Die hölzernen Worte des Generals holten mich aus meinem Blutrausch. Ich rollte mit den Schultern, ließ die Halswirbel knacken und drehte mich um. Blut tropfte von meinen Fingern und strömte von meinen Klingen. Ein widerlicher metallischer Geruch hing in der Luft. Ich stand in der Mitte eines von mir angerichteten Massakers. Irgendwo tief in mir schrie die Stimme der Vernunft, aber ich brachte sie zum Schweigen.

Der General stand zwischen mir und der Eisentür zum Reservoir der Königin.

»Du kannst mich nicht aufhalten.«

Seine sturmgrauen Augen verengten sich zu Schlitzen. »Du dummes Mädchen.« Er zeigte auf die Toten. »Das schiebt das Unweigerliche nur hinaus.«

Ich breitete die Arme aus. »Jetzt nimmst du mich zur Kenntnis, nicht wahr, General? Du siehst, was ich bin. Und ich komme für sie.« Mit dem Dolch zeigte ich auf die verschlossene Tür hinter ihm.

Seine Lippen verzogen sich zu einem schmalen Lächeln. »Mit dir hat sie sich selbst übertroffen.«

»Sie hat versagt. Ich bin das Ergebnis. Und jetzt geh mir aus dem Weg oder stirb wie die anderen.«

»Du bist perfekt.«

Nein, ich würde nicht zulassen, dass er jetzt mein Selbstvertrauen untergrub. Das war mein Werk. Ich war so weit gekommen. Ich und nur ich allein. Knurrend ging ich um einen Toten herum, nahm einen festen Stand ein und bedeutete ihm mit den Klingen, näher zu kommen. »Komm schon, General. Du willst mich doch töten, seit du mich das erste Mal in dieser U-Bahn gesehen hast.«

Seine Klingen zischten aus den Scheiden. »Falls das stimmt, dann nur, weil ich dich für unbrauchbar hielt.« Wir umkreisten einander. »Da war ich im Irrtum.«

Ich machte einen Ausfall. Schwerter klirrten. Eine fremdartige Stärke füllte Stahl in meine Muskeln und Feuer in meinen Kopf. Ich trieb ihn zurück, aber er duckte und wand sich, um mir den Knauf des Kurzschwerts gegen den Hals zu rammen. Mit einem Grunzen stieß ich gegen die Mauer, fuhr aber sofort herum und duckte mich. Seine Klinge schepperte, als sie den Stein an der Stelle traf, an der sich noch vor einer Sekunde mein Kopf befunden hatte. Auch er war schnell. Schneller als ich. In einem wilden Bogen geführt, küsste mein Dolch seinen Oberschenkel. Er fluchte und versetzte mir einen brutalen Hieb ins Gesicht. Ich schluckte Blut und flog zurück.

Ich muss auf den Beinen bleiben … aufrecht bleiben.

Funkelnd kamen seine Klingen von allen Seiten auf mich zu. Ich wehrte ab, parierte, wehrte ab. Immer weiter trieb er mich zurück. Meine Ausfälle durchdrangen seine Deckung, aber das reichte nicht aus. *Komm schon, er gehört mir. Ich schaffe das.*

»Er wird dich töten, mein Liebling.«

Nein, nein. Ich durfte sie nicht zu mir durchdringen lassen. Nicht jetzt. Nicht, wo ich so kurz davorstand … was? Warum? Warum tat ich das? Warum war ich hier?

Der General stieß mich gegen die Tür. Mein Schädel knallte gegen das Eisen. Mir entfuhr ein Schrei. Funken tanzten in meinem Blickfeld. Ich konnte ihn nicht gewinnen lassen. Das Dunkle in seinen Augen wirbelte, als er den Unterarm gegen meinen Hals drückte, mich dort festhielt und sich näher heranbeugte. »Das war es, Konstrukt. Hör genau zu. Sie ruft dich, nicht wahr? Hör auf ihre Stimme. Tu, was sie sagt. Dafür hat man dich erschaffen.«

»Töte ihn. Das willst du doch. Beweise, dass du es kannst. Und komm zu mir. Unser Augenblick ist gekommen.«

»Sie sagt mir, ich soll dich töten.«

Seine Augen wurden groß und er hielt inne. »Nein. Das würde sie nie tun. Ich bin ihr Diener.«

»O ja.« Ich rammte ihm das Knie hart genug zwischen die Beine, dass er einen Schrei ausstieß und losließ. Ich schlug mit dem Schwert zu. Anmutig und schnell tänzelte er zurück und machte sofort einen Ausfall, warf sich mit seiner beeindruckenden Gestalt auf mich. Ich führte den Dolch quer über seine Rippen und zerschnitt das Leder, riss ihn in meine Arme. Er hatte mich, aber ich hatte auch ihn. Mit gebleckten Zähnen biss ich ihn in den Hals, weil ich ihn um jeden Preis abschütteln wollte. Aber seine Kraft war der meinen überlegen. Seine Klinge stach zu. Wie heißer Stahl drang sie in meinen Bauch und das Gerangel hörte schlagartig auf. *Ich muss ihn von mir stoßen.* Aber ich klammerte mich an ihm fest. Der Tunnel verschwamm so wie alle Farben und in meiner Brust breitete sich kühle Taubheit aus. Meine Kraft verströmte; der Zorn und der Wahnsinn verschwanden und hinterließen eine seltsame Stille. Er hatte mich getroffen. Aneinandergeklammert sanken wir auf die Knie. Die leere Dunkelheit kam näher, aber er hielt mich weiter fest. Die Umarmung war seltsam zärtlich.

»Nein, nein!«

Ein finsterer Zorn, so zähflüssig wie Öl, strömte in meinen Verstand. Die Königin wütete, hinter der Tür ertönte ihr jämmerlicher Schrei. »Sie gehört mir!«

Der General starrte auf mich herab. Sein Gesicht und sein Haar wiesen Blutspritzer auf. Vermutlich war es mein Blut. Eigentlich hätte ich etwas fühlen müssen, oder? Warum kämpfte ich nicht?

Steh auf, schrie ich stumm in meinem Kopf. *Er wird mich töten. Ich werde diese Tunnel nicht verlassen. Ich will leben. Die Zeit war nicht lang genug. Ich will mehr Zeit!*

Mit zitternden Fingern strich der General eine Locke aus meinem Gesicht. Ich erwartete Hass zu sehen, so wie mich Warren stets angeblickt hatte. Aber der Ausdruck auf seinem stolzen Gesicht zeigte genau das Gegenteil. Graue Augen betrachteten mich mit kühlem Respekt. Seine Lippen verzogen sich zu einer Grimasse. Ich hatte ihn verletzt. Und das freute mich. Aber er hatte mich getötet, nicht wahr? Das besagte sein Ausdruck. Eine resolute Bestätigung. Er hatte gewonnen. Der Stich in meinen Bauch, das sich um mich herum ausbreitende Blut. Ich lag im Sterben.

Die Tür flog auf, zwei funkelnde Spinnenbeine griffen nach mir. Der General ließ mich los und wich zurück. Aus zahlreichen Schlitzen in seinem Leder tröpfelte Blut. Er drückte eine Hand gegen die Seite. Mehr scharlachrotes Blut strömte zwischen seinen Fingern hervor. Ich hatte ihn ordentlich verletzt, vielleicht reichte es sogar aus, um ihn zu töten.

Die schwarzen Gliedmaßen der Königin legten sich um mich. Ich hätte etwas fühlen müssen. Warum funktionierte mein Körper nicht? Wie konnte ich einfach dort liegen und mich von ihr anfassen lassen? *Ein Schock. Ich habe einen Schock erlitten.* Aber diese Erkenntnis half nicht dabei, ihn zu bekämpfen. Außerdem spielte es keine Rolle. Die Königin wiegte mich mit ihren Beinen. Ich roch ihren vertrauten öligen Geruch und schloss die Augen.

Wenigstens war ich nicht allein.

KAPITEL 26

»Du und ich, mein Liebling, sind wie eins. Ich lasse nicht zu, dass du vergehst. Noch nicht. Du wirst nicht verschwendet. Ich scheitere nicht. Niemals.«

Ihre Beine zuckten und pflückten die grünen Schwaden Draíocht, die um sie herumwogten. Sie löste mich auf und riss die losen Fäden ab. Dann band sie das Ziel wieder in meine geborgten Gliedmaßen. Sie wob ihre Berührung in meinen Verstand, glättete Fehler, heilte wiederbelebtes Fleisch und nähte Körper und Verstand zusammen. Eine Flut Draíocht begrub die kostbaren Erinnerungen, an die ich mich zu klammern versuchte. Ich war geheilt und doch innerlich zerbrochen. Sie erschuf mich neu mit einem einzigen Daseinszweck. Sie fürchtete nur eine Sache auf der Welt, nur eine einzige Kreatur, die sie jetzt noch aufhalten konnte.

Ein letztes Mal.

Eine letzte Chance.

»Beweise deinen Wert.«

KAPITEL 27

Von allen Seiten hämmerte Musik auf mich ein. Ich stand reglos da, als würde ich in einen Sturm aus Lärm starren. Durch meine Adern rasten Adrenalin, reine Lebensfreude und rohes Draíocht. Es war wunderbar und lebendig, so wie ich auch. Der Beat dröhnte, die Gitarre, das Klavier, der Bass – und seine Stimme. Ich hatte Sovereign im Fernsehen vor Publikum spielen sehen, aber das hier … das war etwas ganz anderes. Seine Stimme ritt die Wogen der Musik ab, hob den Rhythmus, tauchte tief darin ein und fachte ihn zur Raserei an, und die zwanzigtausend tobten und schrien und ritten die Woge ebenfalls ab. Licht regnete auf die Bühne, als wären die Sterne selbst vom Himmel gefallen. Ich bekam Gänsehaut. Mein Herz raste, der Atem ging schnell. Hier war Magie, menschliche oder Fae. Vielleicht auch beides.

Ganz vorn in der Menge gegen das Absperrgitter gedrängt nahm ich das Wunder des Konzerts durch alle Poren auf, schmeckte die Tausende auf den Lippen und wartete auf die Königin. Ich hatte sie schon einmal enttäuscht. Ich würde nicht wieder versagen.

Zwei überkreuzte Dolche drückten gegen mein Kreuz. Es juckte mir in den Fingern, die Waffen zu greifen. Bald. *Touched* würde eine Pause einlegen und die Vorgruppe würde ihren Moment im Rampenlicht bekommen. Das war mein

Moment. Sovereign liebte es, in die Menge einzutauchen, Autogramme zu geben und die zu berühren, die danach verlangten … Ich würde da sein. Und warten.

Er hatte seinen Zweck erfüllt. Die Hüter waren tot. Der Hund war wankelmütig. Zeit, der Bestie mit meinen spitzen Dolchen ein Ende zu bereiten. Es war der Wunsch der Königin.

Die Zeit verlor ihre Bedeutung, während ich dort stand und zusah. Stunden wurden zu Minuten. Ich lauschte dem Beat der Musik und dem Schlag meines Herzens. Sie hatte mich erschaffen. Ihr Draíocht floss durch meinen Körper. Und der Schlag ihres vergifteten Herzens dröhnte in meinen Ohren. Ich hatte kein eigenes Herz. Ich war kein Mensch, nicht mal annähernd. Mein Fleisch unterstand ihrem Befehl, mein Verstand gehörte ihr, um ihn zu formen. Ich lebte nur für sie.

Mein Augenblick kam. Um mich herum drängten und schluchzten tobende Fans. Sie schrien Sovereigns Namen, als er von der Bühne stieg, winkten mit Flyern, Hemden und nacktem Fleisch. Sie kannten ihn nicht wie ich, sahen nicht den Hund hinter dem schnellen Lächeln oder den Killer, der sie durch die mesmerisierenden Fae-Augen anblickte. Sie sahen nur ein Wesen, das sie berühren und lieben wollten, weil ihr schwacher Menschenverstand nicht anders konnte. Er schritt die Stufen hinunter und ließ ein tödliches Lächeln aufblitzen. Er hob die Arme und die Menge raste. Alle bis auf mich. Unter meinem Mantel – seinem Mantel – hielt ich die Dolche fest umklammert. Menschen stießen in ihrer Lust gegen mich. Mein Lächeln war ein hungriges Wesen. Bald. *Komm näher. Stirb für deine Königin und lebe eine Ewigkeit in Schande. Das willst du doch ...*

Die Bandmitglieder folgten ihm. Auch sie waren verführerisch, aber verglichen mit Sovereigns strahlender Erscheinung waren sie farblos.

»Reign, wir lieben dich!« – »Sovereign, unterschreib das!« – »Wann kommt das nächste Album raus? Reign!«

Er strich mit den Fingern über ihre ausgestreckten Hände und verlachte die Drei Gesetze im Angesicht der Liveübertragung, weil er es konnte. Und seine Fans seufzten und kreischten zugleich. Er konnte jeden von ihnen haben, eine zweite Berührung, eine dritte, und sie würden ihm überallhin folgen. So jagte er. So jagten sie alle und saugten sich an uns voll wie die Blutegel, die sie waren.

Moment mal ... wir? Ich war kein Mensch. Ich war ... nicht menschlich. Etwas dazwischen. Nicht lebendig. Nicht tot. Nicht real. Ich schüttelte den Kopf und befreite mich von diesen seltsamen Gedanken, schickte sie mit einem Knurren zurück in meinen Hinterkopf.

Sovereigns durchtriebenes Lächeln und seine schnellen Blicke angelten die Fans. Hier war er das Raubtier. Er musterte die zahllosen anonymen Gesichter, suchte vielleicht sein nächstes Opfer. Wie konnten sie nur das Raubtier in ihm nicht erkennen? Sein Blick glitt über mich. Der Lärm der Menge verklang, die Berührung der vordrängenden Körper spielte keine Rolle mehr. Sein Blick verbrannte mich. Das Lächeln gefror ihm auf den Lippen. Und er wusste, dass ich gekommen war, ihn zu töten.

Ich ging davon aus, dass er die Flucht ergriff, stattdessen warf er sich gegen die Barriere und mich, so wie er sich im

Café auf die Fae gestürzt hatte. Ich hätte wissen müssen, dass Sovereign vor nichts davonlief, außer vor sich selbst. Inmitten umstürzender Absperrgitter und denen, die das Pech gehabt hatten, neben mir zu stehen, gingen wir zu Boden. Von dem Gitter und Reign eingeklemmt, kämpfte ich darum, an die Dolche zu kommen.

»Du willst das nicht tun!«, zischte er mir ins Ohr.

»Sie hat ein Messer!«

Schreie ertönten, dann wurde Reign weggerissen und von der Menge verschluckt. Ich war nicht hier, um Menschen zu verletzen. Die gehörten der Königin. Nahrung. Sie brauchte sie lebend.

Sicherheitsleute strömten durch die von dem Publikum hinterlassenen Lücken. Ich sah den Elektroschocker nicht, bevor ihn der Sicherheitsmann in meine Seite rammte. Gebündelter Strom durchzuckte mich. Muskeln verkrampften sich. Und ein blendender, die Gedanken zerfetzender Schmerz raste durch meinen Kopf. Sechs Wächter stürzten sich auf eine Frau. Kamerablitze füllten mein Sichtfeld. Meine Finger brannten, als man ihnen die Dolche entriss. Es spielte keine Rolle. Ich brauchte sie nicht. Diese Leute waren schwach. Sie hatten keine Ahnung, womit sie es zu tun hatten. Jemand hob das Absperrgitter von mir, dann rissen mich grobe Hände auf die Füße.

»Schafft sie hier raus«, bellte eine Stimme.

Unter den entsetzten und neugierigen Gesichtern suchte ich nach Sovereign, nur um ihn ein Stück entfernt bei den Bandmitgliedern zu sehen. Die Sicherheitsleute brachten mich weg. Ich wollte ihnen nichts tun, aber ich würde es. Ich konnte die Königin unmöglich enttäuschen. Nicht noch mal. Die Männer waren groß, aber langsam. In Gedanken plante ich genau, wie ich sie ausschalten würde.

»Schon okay.« Sovereign lief von hinten heran. Er ignorierte die Rufe um Aufmerksamkeit von jenen, die ihn noch immer unbedingt berühren wollten. »Lasst sie los.«

Die Griffe um meine Arme und Schultern wurden fester. Einer der Wächter erwiderte: »Sie kennen sie?«

Reign nickte knapp und richtete seinen elektrisierenden Blick auf mich. »Sie wird niemandem etwas tun. Es war ein Stunt.«

»Ein Stunt«, wiederholte ich. Eine tolle Idee. Obwohl ich mir nicht vorstellen konnte, warum Sovereign mich freihaben wollte, wo ich doch bei der ersten Gelegenheit versuchen würde, ihn umzubringen.

Die Hände verschwanden. Ich stolperte und zog den Mantel zurecht. »Ich schätze nicht, dass ich meine Dolche zurückbekomme?« Die Männer starrten mich nur finster an. Sie würden nie erfahren, wie nah sie davorgestanden hatten, den Kuss meiner Klinge auf ihrem Fleisch zu spüren.

Sovereign streckte die Hand aus. »Die Klingen.« Die Wächter waren ebenfalls nicht von der Bitte begeistert. »Sie gehören den Fae. Wenn ihr sie mitnehmt, könnt ihr den Rest der Nacht Formulare ausfüllen.« Er schenkte ihnen ein strahlendes Lächeln. »Gebt sie mir, dann muss keiner davon erfahren.«

Sobald die Dolche hinter seinem Gürtel steckten, eskortierte mich Sovereign hinter die Bühne. Zwischen uns knisterte die Anspannung, steigerte sich. Worte blieben ungesagt. *Tipp-tipp …*

»Alina. Warte auf mich, mein Liebling. Erfüll deinen Da-

seinszweck. Beweise deinen Wert. Bald … ich komme. So bald.«

Sovereign öffnete eine Garderobentür. Der kleine Raum war leer. »Ladys first. Ich bestehe darauf.«

»Seit wann bist du ein Gentleman?«

»Seit man damit rechnen muss, von dir einen Dolch in den Rücken gerammt zu kriegen, wenn man ihn dir zuwendet, Alina.«

Mein wie eine Drohung ausgesprochener Name machte mir eine Gänsehaut. Er hauchte dem Wort ein eigenes Leben ein und machte es zu etwas Intimem. Eine grelle und scharfe Erinnerung durchschnitt die Dunkelheit, die meinen Verstand im Griff hatte, seine Lippen auf den meinen, die lockten und schmeckten. Und zwar so sanft, als würde ich zerbrechen, wenn man mich zu weit trieb. Berauschende Bilder erblühten, das süße Gift, das Reign war.

Unvermittelt griff er an. Wie ein Rammbock stieß er mich mit dem Gesicht zuerst gegen die Wand, während die widerliche Dunkelheit in meinem Kopf mit den hellen Erinnerungen rang, mit der Vergangenheit und den tief begrabenen, zerbrechlichen Hoffnungen. Er drückte sich an mich, nahm meinen Körper gefangen mit dem kalten Stahl seiner Gestalt. Geisterhafte Erinnerungen blitzten auf, entflohen aber, bevor ich sie packen konnte.

»Das bist nicht du«, zischte er. Sein Atem auf meiner Wange war warm. »Sie hat dich erwischt.« Als ich nicht antwortete, ergriff er meine Schultern und wirbelte mich herum, legte die Hände rechts und links von meinem Kopf an die Wand und sperrte mich ein. Die Schmetterlingsaugen weiteten sich, bis ich nichts mehr anderes wahrnahm und an nichts anderes mehr denken konnte. So wunderschön. Aber sie waren eine Warnung. Komm zu nah heran und du begegnest dem lauernden Ungeheuer.

»Ich wurde neu erschaffen«, erwiderte ich tonlos und mit schlichten Worten.

Bedauern machte seine Züge weicher. »Du bist zu ihr gegangen, richtig? Allein? Natürlich. Für jemanden, der Angst vor Spinnen hat, zeigst du das auf eine seltsame Art.«

Sein Bedauern würde ihn nicht retten. Ich legte den Kopf schief und durchsuchte mein Gedächtnis. Angst vor Spinnen? Das war nicht ich. Das war … das war der Fehler gewesen. Die andere Ich. Die Versagerin.

Sovereign seufzte. »Sie hat dich wirklich durch die Mangel gedreht, nicht wahr?« Er stieß einen Fluch aus. »Ich bin nicht bereit. Du darfst nicht hier sein. Es ist noch nicht vorbei.«

»Sie kommt.«

Er musterte mich; in seiner Miene spiegelte sich eine Mischung der verschiedensten Empfindungen, Verwirrung, Zorn und Furcht. Diesen Blick hatte ich schon mal gesehen, nachdem ich aus einem Zug ausgestiegen war, den ich nie betreten hatte, um ihn auf dem Bahnsteig liegend zu finden. Er betrachtete mich wie eine Fremde.

»Ist da drin überhaupt noch was von Alina übrig?« Die Frage kam sehr leise.

Ich runzelte die Stirn. Ich durfte nicht erlauben, dass sich diese Erinnerungen festsetzten. Sie waren ein Fehler in meiner Konstruktion gewesen. Ich war neu. Meine Vergangenheit waren nur Trümmer. Schmerzen, Bedauern, Liebe … diese Dinge hatten keine Bedeutung.

Sovereign stieß sich von der Wand ab und wich zurück, ohne mich dabei auch nur einen Augenblick lang aus den Augen zu verlieren. Die Dolche hielt er sorgfältig außer Reichweite. »Du bist jetzt nur noch ein Konstrukt?« Enttäuschung verlieh den Worten einen Hauch Ekel.

»Natürlich.« Meine Mundwinkel verzogen sich zu etwas, das einem Lächeln ähnelte. Meine Finger zuckten. Wenn ich auch nur die geringste Chance haben wollte, wieder an meine Klingen zu kommen, musste ich ihn ablenken. Ihn zornig machen. In meinen Erinnerungen suchte ich nach einem Druckmittel. »Ein bisschen spät, um im Glashaus Steine zu werfen. Schließlich hast du Warren getötet.«

In seinen Augen funkelte es. Sein Mund verzog sich zu einem Knurren, seine Miene verzerrte sich. Da war die Bestie, direkt unter der Oberfläche. Das Selbstvertrauen, das er wie eine Rüstung trug, schmolz dahin. Er ließ die Schultern hängen und einen Augenblick lang nahm er mich nicht wahr.

Mit einem Satz warf ich mich nach vorn und drehte mich im letzten Augenblick, um einen Dolch an mich zu reißen. Schnell wie eine aufgezogene Feder hielt er aus der gleichen Bewegung heraus die andere Klinge. Die dunkle Berührung der Königin überschwemmte meinen Willen mit ihren Absichten. Zusammengeduckt und aus sicherem Stand grinste ich.

Sovereign richtete sich zu seiner vollen Fae-Größe auf, nahm die Schultern zurück und winkte mich mit den Fingern der freien Hand heran. »Du willst ein Stück aus mir rausschneiden, Mädchen aus Amerika? Ich bin bis zum Rand gesättigt. Meine Opfer danken mir, wenn ich fertig bin. Du wirst in mir keinen leichten Gegner finden.«

Weißglühender Zorn verbrannte meine kühlen Gedanken. »Bastard.«

»Eifersüchtig?«

Ja.

Moment, was? Nein, das waren nicht meine Gedanken. »Wo ist dein Opfer jetzt?«

»Auf den Müll geworfen.« Er hob eine Braue. »Einfach so. Genau wie es das Feenreich mit uns getan hat.«

Zur Hölle mit ihm. Ein ungewolltes, aber unbestreitbares Bild stieg vor meinem geistigen Auge auf: er in einer heftigen Umarmung mit einer anderen, die er berührte und mit dieser verführerischen Stimme lockte. Höhnisch verzog ich die Lippen.

Belustigung funkelte in seinem Blick, und den Bruchteil einer Sekunde, bevor das Bild verschwand, fragte ich mich, ob ich es tatsächlich gesehen hatte.

»Vielleicht ist da drin ja doch noch etwas von Alina übrig? Ein Teil, der Gefühle hat?«

Er wollte mich aufs Glatteis führen. In dem Versuch, den Teil von mir zurückzuholen, der Gefühle hatte, köderte er mich absichtlich. Aber dieses Spiel konnte man auch zu zweit spielen.

»Sie hält die Zügel deines Albtraums«, sagte ich. »Wovon träumst du, Sovereign? Von deiner Königin?«

Seine Belustigung verschwand. »Du kennst mich nicht.«

»Das behauptest du ständig.« Ich stach zu. Er parierte die Klinge mit der Dolchschneide. Metall klirrte, als die Waffen aneinander vorbeischrammten. Er stieß mich zurück, aber als er durch die zusammengebissenen Zähne knurrte, hätte ich lachen können. Er würde sterben. Er hatte mehr zu verlieren, für ihn gab es viel mehr Ablenkungen. Ich hatte nichts. Mein Daseinszweck, mein Grund zu atmen, lag in diesem Augenblick begründet. Dieser Moment gehörte mir.

Mit dem Rücken krachte ich gegen ein Regal und verteilte seinen Inhalt über den Boden. Ich riss das Knie nach oben, aber er wich geschmeidig aus und landete mit dem Ellbogen einen Treffer an meiner Wange. Schmerz durchzuckte mein Gesicht. Unwillkürlich keuchte ich auf. Ich hatte erlebt, wie er gegen die *FA* kämpfte. Ich wusste, wozu er fähig war.

»Wie viel von dir ist der Hund?«, grunzte ich und mobilisierte neue Kraft in meinen Armen, um ihn von mir zu stoßen.

Mit wildem Blick stolperte er zurück. »Mehr, als du jemals erfahren wirst.«

»Dann ist es vielleicht endlich Zeit, das kleine Hündchen einzuschläfern.« Ich schmeckte Blut und spuckte aus. Der Schmerz verstärkte die Aufregung, die mich erfüllte. Das war die Situation, in die ich gehörte. Alles, wofür ich lebte, wofür ich erschaffen worden war, lief auf diesen Augenblick hinaus.

»Alina war doppelt so viel Frau wie du.«

»Alina war fehlerhaft.«

Er verschwand vor meinen Augen – und im nächsten Augenblick spürte ich den Druck seiner kühlen Klinge am Hals und seinen warmen Körper im Rücken.

»Warum trägst du noch immer meinen Mantel, wenn du die eiskalte Mörderin der Königin bist?«, flüsterte er in meinen Nacken.

Die passende Erwiderung lag mir auf der Zunge, aber die Worte wollten nicht kommen. Ich wollte ihm sagen, dass der

Mantel nicht von Bedeutung war, aber noch während sich der Satz in meinem Kopf bildete, stieg die Erinnerung empor, wie er mir das Kleidungsstück an den Docks so unbeholfen gegeben und mich dann fast von den Füßen gerissen hatte, um mich an sich zu drücken.

Und diese Erinnerung löste einen ganzen Strom weiterer aus. Sein unanständiges Kichern, der Tanz seiner anmutigen Finger, wie er sich mit dieser unmöglichen Kombination aus sturem Selbstvertrauen und geschmeidiger Anmut bewegte. Sein Atem berührte meinen Nacken, während ich mich in allen Einzelheiten daran erinnerte, wie ich ihn auf dem Dach geküsst hatte, wie er mir gesagt hatte, dass er etwas Echtes wollte. Wie mir seine Berührung den Atem geraubt hatte.

Der Widerspruch, den Reign darstellte, überfiel mein Gedächtnis, fegte die Trümmer meines alten, künstlich hergestellten Lebens hinweg und ersetzte sie durch das strahlende Potenzial einer Existenz, die ich mir selbst erschaffen hatte.

»Alina …«

Jeder Zentimeter von ihm schmiegte sich an meinen Rücken und ich vergaß den Kuss der Klinge an meinem Hals. Mit jedem Atemzug drückte er sich fester an mich. Sein freier Arm schob sich um meine Taille und hielt mich fest, verhinderte meine Flucht. Ich vermochte nicht mit Sicherheit zu sagen, ob er zitterte oder ich. Trotzdem wehrte ich mich, kämpfte an allen Fronten mit meiner Natur und den Regeln, denen ich gehorchen musste, und den Wünschen, die nicht die meinen waren. Kämpfte gegen die Finsternis, die mich zu überwältigen drohte.

Aber er roch so süß und köstlich. Es bedurfte nicht viel,

um loszulassen und mir diese winzige Entgleisung zu erlauben, um mich zurückzulehnen und in seinen Armen zu entspannen. Einen kleinen Augenblick lang konnte ich wieder Alina sein.

Erst als der Hauch eines Kusses meinen Nacken berührte, wurde mir bewusst, dass ich den Kopf gewandt hatte. Mir stockte der Atem und blieb in meinem Hals stecken, obwohl seine Klinge meine Haut ritzte.

»Da gibt es so viel, was du noch nicht kennengelernt hast. Tanzen und lieben …« Die geflüsterten Worte brannten auf meinem Nacken wie zuvor sein Kuss. »Die Königin wird dir nicht erlauben weiterzuleben. Dich wird es nicht mehr geben. Du wirst nur noch eine Erinnerung sein.«

»Erinnerungen haben mehr Macht, als du ahnst.« Neue unanständige und köstliche Gefühle durchströmten mich. Ich wollte das. Das war kein Befehl oder Teil irgendeines großartigen Plans. Das war ich. Kribbelnde Draíocht-Fragmente sprudelten, wo sich seine Lippen gesenkt hatten, um dann weiterzuwandern. Allein der Dolch an meiner Kehle verhinderte, dass ich mich in seinem Griff umdrehte und ihn verschlang. »Reign … ich vertraue mir nicht, dass ich dir nicht wehtue.«

»Da sind wir schon zu zweit.« Seine Stimme endete mit einem Knurren. Furcht rang mit Verlangen, Instinkte kämpften um die Kontrolle. Die Klinge entfernte sich weit genug, dass ich weiteratmen konnte, doch ich brauchte keinen Atem.

Ich drehte mich in seinem Griff, schob die Finger in sein Haar und zog ihn in einen Kuss, der alle Gedanken an die Königin, das Konzert oder wer ich sein sollte verbannte. Er ließ den Dolch fallen. Sein Arm drückte mich noch fester an sich, während sich seine freie Hand in meinem Haar vergrub und mich so verflucht nah an ihn zog, dass ich nicht weiter als bis zu dem brennenden Verlangen denken konnte und es auch nicht wollte.

Ich stieß ihn gegen den Schminktisch und suchte nach einer Stelle, an der ich den Dolch ablegen konnte. Aber dann war er mir egal, und ich ließ ihn einfach fallen, damit ich meine Hand unter sein Hemd schieben, die Finger über die aufreizenden Bewegungen seiner Muskeln gleiten lassen und seine fiebrige Hitze aufsaugen konnte. Empfindungen ließen mein Herz schneller schlagen. Ein anderes, verlockendes Kribbeln huschte in die Tiefe.

»Tipp-tipp, Alina ...«

Ich knabberte an seiner Lippe und ließ meinen Mund nach noch mehr jagen, erfreute mich an seinem frustrierten Knurren, um mich dann seinem wilden, hungrigen Mund zu ergeben. Die Königin spielte keine Rolle. Nichts spielte mehr eine Rolle. Ich brauchte nur ihn, um die Erinnerungen zurückzuholen und mich in der Realität zu erden, um mich aus dem Wahnsinn zu holen und wieder zu heilen. Mich wieder zu Alina zu machen.

»Ich kann nicht.«

Er riss sich von mir los und stieß mich zurück. Die dreifarbigen Augen waren von blutroten Pupillen verschlungen worden, die den Hund in sein Gesicht bluteten. Stolpernd fiel er auf die Knie und stützte sich mit einer Hand am Boden ab. »Du bringst das Schlimmste in mir zum Vorschein.« Keuchend stieß er die Worte zwischen den zusammengebissenen Zähnen hervor.

Ich trat zurück und erinnerte mich, wer und wo ich war. Und was ich eigentlich zu tun hatte. Aber das alles war nur ein schreckliches Durcheinander. Ein Puzzle, das vervollständigt werden musste. Reigns Anblick, wie er dort kauerte und mit den Nägeln Schrammen in den Fußboden grub, holte mich in die Realität zurück. Der Hund näherte sich. In wenigen Sekunden würde das Ungeheuer, das ich an den Docks gesehen hatte, frei sein. Ich trat vor, aber er zischte nur, zu keinem Wort mehr fähig.

»Reign.«

Ich konnte ihn nicht zurücklassen, genauso wenig, wie ich zulassen durfte, dass das geschah. Kam der Hund jetzt frei, würde er sich durch die Menge beißen. Was hatte Shay noch mal gesagt? Dass ich ihn möglicherweise genauso kontrollieren konnte, wie es die Königin tat. Die beiden Dolche lagen zwischen uns auf dem Boden. Man durfte ihm nicht erlauben, in die Freiheit zu entkommen. Reign würde es sich niemals verzeihen, falls die Bestie von der Leine gelassen wurde. Mühsam zwang er den Atem an den Zähnen vorbei. Seine blutroten Augen richteten sich auf die Dolche und dann auf mich. Entweder ich half ihm oder ich tötete ihn.

»Reign, ich …«

Er krümmte sich zusammen und stöhnte gequält, während Draíocht-Schwaden aus seiner Haut aufstiegen. »Tu es.«

Noch vor Minuten hätte ich ihn getötet, ohne auch nur einen Gedanken daran zu verschwenden. Aber er hatte mich zurückgeholt. Sicherlich musste es doch eine Möglichkeit geben, das Gleiche für ihn zu tun? Ich sank neben ihm auf die Knie. Er zuckte zurück.

»Schlimmer kann ich es nicht machen.« Ich streckte eine zitternde Hand aus. Sein raubtierhafter Blick richtete sich auf meine Finger, als könnte er sie damit abreißen. Zentimeterweise rutschte ich näher an sein Gesicht heran. Draíocht stieg aus seiner Wange und wirbelte kühl und sanft über meine Haut.

»Du hast gesagt, du hättest etwas von der Königin in dich aufgenommen, als du mein Draíocht stahlst. Wenn ich es also zurücknehme, kann ich vielleicht etwas von dem Hund in mich ziehen.« Meine nüchterne Stimme verbarg die Furcht, die in mir tobte. *Bleib ruhig. Behalte die Kontrolle. Provoziere die Bestie nicht.*

Ich fuhr über seine Wange. Die Berührung ließ Funken aufsteigen, die über meinen Handrücken tanzten und meinen Arm hinaufschossen. Um ein Haar hätte ich ihn weggerissen. Draíocht-Dunst schwappte über meine Hand und um das Gelenk herum, bevor er sich auflöste. Und Reign? Er starrte nur mit wildem Blick und ohne zu blinzeln. Krampfhafte Atemzüge ließen seinen Körper erzittern.

»Vielleicht …«, flüsterte ich. »Vielleicht vermag ich diese schrecklichen Dinge in uns zu kontrollieren. Vielleicht kann ich dir helfen, genau wie Shay es sagte.«

Seine Augen wurden groß. Sein Ausdruck verzerrte sich gequält. Dann bäumte er sich auf und brach zusammen. Ich weiß nicht, ob es Shays Erwähnung oder die Worte selbst waren, die ihn brachen. Ich legte die Hand auf seine Schulter und saugte das Zittern auf, das seinen Körper erbeben ließ. Wartete darauf, dass er sich entweder verwandelte oder es in den Griff bekam.

»Vielleicht können wir dem Hund gemeinsam das Geschirr anlegen und die Menschen hier beschützen. Ist die Hoffnung anmaßend, dass es in uns auch etwas Gutes gibt?«

Minuten vergingen. Ich weiß nicht, ob er etwas von meinen Worten mitbekam, aber ich hoffte es zumindest. Wenn die Erinnerungen an uns die Berührung der Königin in meinem Verstand zurückdrängen konnten, würden die gleichen Erinnerungen Reign vielleicht bei der Kontrolle des Feenhundes helfen. Aber vielleicht war das auch nur die alberne Hoffnung eines Mädchens, das gerade mal eine Woche alt war.

Reign hörte auf zu zittern, und sobald sich sein Atem beruhigte, sagte er leise: »Auf das Gute zu hoffen, ist niemals falsch.« Normale Fae-Augen blickten mich an. Er war wieder da. Er hatte die Bestie besiegt. Dieses Mal.

Ein nicht unbeträchtlicher Teil von mir wollte die Arme um ihn schlingen und ihm einen seelenerschütternden Kuss geben, aber das würde ihn vermutlich nur wieder in den Abgrund stoßen.

Langsam zog ich mich zurück und stellte mich auf überraschend feste Beine. Ich hätte angeboten, ihm aufzuhelfen, aber auch das würde vermutlich kein gutes Ende nehmen. Das Vernünftigste, was ich tun konnte, war, zu gehen. Wir mussten die Arena räumen und die Öffentlichkeit hier rausschaffen.

»Wir müssen alle warnen. Sie ist nah, Reign. Ich fühle sie.« Ein Pulsieren hämmerte in meiner Brust, aber das war nicht mein Herzschlag. Es war ihrer. Der kontrollierende Rhythmus der Königin. Ich war ihren Fängen entkommen, aber sie war noch immer in mir. Das würde sie immer sein.

Auf dem Boden funkelten die beiden Dolche. Reign runzelte die Stirn, als er bemerkte, wie mein Blick auf ihnen ruhte. Er stand auf, wobei er sich auf den Schminktisch stützte und dann an seinem Rand festhielt. »Ich will sie warnen, aber ich muss das zu Ende bringen.«

»Du kannst mit dem Konzert nicht weitermachen.«

Er hob den Kopf. Seine Schwäche verschwand hinter einem entschlossenen Blick. »Das muss ich. Es ist alles, was ich habe. Für mich war es das, Alina. Wenn sie kommt, lasse ich den Hund frei und bete beim Feenreich, dass sich das Ding auf sie stürzt. Aber bis dahin … bis alles, wofür ich gearbeitet habe, einstürzt, muss ich das hier beenden.«

»Reign.« Er warf mir einen Blick zu, der mir verriet, dass das keineswegs eine Verhandlung war. Ich dachte darüber nach, wie kurz wir davorgestanden hatten, uns gegenseitig umzubringen. Und hielt den Mund.

»Das ist meine Schuld«, sagte er. »Hätte ich nicht die Hüter getötet, würde nichts hiervon geschehen. Ich habe die Absicht, ihr alles entgegenzusetzen, was mir zur Verfügung steht. Vielleicht kann ich den Hund irgendwie steuern. Was auch immer passiert, sie wird mich vermutlich töten, aber wenn ich sterbe, nehme ich das Miststück mit.«

»Das ist nicht deine Schuld. Sie hätte einen anderen gefunden, den sie manipuliert.«

»Aber sie nahm mich.« Er hob die Dolche vom Boden auf. Er wog sie in den Händen und schien seine Möglichkeiten zu überdenken, bevor er sie mir hinhielt. »Eines musst du wissen. Wenn ich sehe, dass du ihr hilfst, beende ich diese Sache zwischen uns.«

Ich wich seinem Blick nicht aus. Das würde er tun. Und

sollte es dazu kommen, würde ich es vielleicht in mir haben, auch ihm ein Ende zu bereiten. Was für ein schreckliches Paar wir doch waren. Voneinander angezogen und auseinandergerissen. »Falls ich mich wieder zurückverwandle, heiße ich das willkommen.« Ich nahm die Dolche und lächelte zufrieden. Der Killer in mir, der Teil, dem es nach einem Kampf gelüstete, *ihr* Einfluss, ihn würde es dort immer geben. Zumindest, bis ich mein Verfallsdatum erreicht hatte. »Wenn du wartest, bis das Konzert vorbei ist, könnte es vielleicht zu spät sein.«

Er warf mir einen echten Fae-Blick zu, ein Überbleibsel aus einer anderen Welt. Seine Augen funkelten, sein Kiefer war entschlossen nach vorn geschoben. Ein Ausdruck aus der Zeit, als er noch ein Krieger gewesen war. »Ich lasse nicht zu, dass sie ihnen etwas antut.« Seine Miene verriet mir, dass er sich schon zuvor geopfert hatte. Er würde es wieder tun.

Ich straffte die Schultern und verdrängte meine Gefühle. »Hast du wirklich jemand in deinen Bann gezogen?«

Er zuckte zusammen. »Ja. Mir blieb keine andere Wahl. Die Erscheinung des Hundes an den Docks hatte mir die Kräfte geraubt, und heute Abend …« Er verstummte. »Heute Abend musste ich alles sein, was ich kann.«

Mir drehte sich der Magen um, aber ich wusste nicht, ob es die Nerven oder Bedauern war. Ich wusste, was er war. Ich wusste, was er zu tun hatte, aber das machte es nicht richtig. Das würde es niemals sein.

Mit gesenktem Kopf sah er mich durch die Wimpern an. »Ich kann mich nicht für das entschuldigen, was ich bin, Alina.«

Ich holte zischend Luft. »Ich auch nicht.«

KAPITEL 28

Ich konnte mich nicht damit auseinandersetzen, was möglicherweise alles passieren würde. Die Tatsache, dass ich möglicherweise nicht überlebte oder dass ich bereit und willens gewesen war, Reign zu töten. Oder dass selbst in diesem Augenblick die Berührung der Königin durch meine Adern kroch. Nichts davon änderte das Hier und Jetzt. Das Hier und Jetzt, in dem ich außer Sicht an der Bühnenseite stand, aber nah genug, um die Menschenmenge zu sehen, die sich bis zur Rückseite der schüsselförmigen Arena ausbreitete.

Touched versammelte sich für den letzten Teil, und Sovereign spielte mit der Menge, als wäre kein halb verrücktes Konstrukt der Königin mit dem Dolch auf ihn losgegangen, um danach mit dem Geist eines Hundes aus ferner Vergangenheit um die Kontrolle zu ringen. Die Bühne gehörte ihm, genau wie die Musik. Seine großartige Stimme berührte Tausende. Ich würde eher zur Hölle fahren, bevor er heute Abend starb. Bis zum letzten Atemzug würde ich dafür kämpfen, dass das nicht geschah, vielleicht weil ich diejenige war, die ihn hatte töten sollen. Verdiente er es, gerettet zu werden? Galt das nicht für jeden? Reign war nicht das, was er zu sein schien, und ich begriff erst jetzt langsam, was das eigentlich bedeutete. Nur wenige hatten den Luxus, als das bekannt zu sein, was sie in Wirklichkeit waren.

Ich war nicht mit der Verzögerung einverstanden, die Arena zu evakuieren, und ich hatte die feste Absicht, den Feueralarm auszulösen, sobald die Band in Schwung gekommen war. Reign würde mich hassen, aber mir war es lieber, er würde seiner Liste der Gründe, warum Alina hassenswert war, noch einen hinzufügen, als zu lange zu warten und der Königin zwanzigtausend Menschen auf dem Tablett zu servieren. Und sie war wirklich nah. Ich fühlte sie so sicher, wie ich meinen Puls in den Ohren donnern fühlte. Meine Konfrontation mit Reign und die gerade noch verhinderte Begegnung mit der Bestie ließen meinen Körper noch immer beben.

Als die Königin mich zusammengeflickt und fröhlich auf den Weg geschickt hatte, Reign zu töten, hatte sie dabei auch irgendwie meine Gedanken umgeschrieben oder es zumindest versucht. Vermutlich hatte sich ihre Beeinflussung nur deshalb nicht festsetzen können, weil mein Tank bereits leer war.

Und wenn ich bei ihrer Ankunft wieder auf die dunkle Seite wechsle? Noch eine Sache, über die ich besser nicht nachdachte. Wenigstens *konnte* ich für mich selbst denken. Freier Wille war eine wunderbare Sache und ich wollte ihn wirklich nicht erneut verlieren.

Touched beendete einen kürzlichen Hit. Ich wandte mich von der Vorstellung ab, um nach dem Feueralarm zu suchen. Oder nach einer Stelle, an der ich ein Feuer entzünden konnte. Der Bereich hinter der Bühne bestand aus einem Korridorlabyrinth voller Eventmitarbeiter und Zaungästen. Da Reign mir einen Ausweis gegeben hatte, der an meinem Mantel hing, beachtete mich niemand.

Als plötzlich der Boden und die Wände erbebten, wurde ich schneller. Hoffentlich gehörte das zu den Spezialeffekten auf der Bühne und war nicht die Königin unter meinen Füßen. Gab es unter der O_2 Arena überhaupt Tunnel? Wahrscheinlich schon. London wurde wie ein Ameisennest von Tunneln durchzogen, nur dass es sich bei den Ameisen unter London zufällig um Ungeheuer handelte, die wie die Fantasie eines jeden Menschen gekleidet waren. Mein Herz raste und ich schritt schneller aus. Ich musste diese Menschen hier rausschaffen.

Die Arena selbst war nur ein kleiner Teil des großen O_2-Komplexes. Es gab noch ein Kino mit elf Sälen und zahllose Restaurants, Bars und Cafés. Wie sollte ich die Zuschauer nur in Schrecken versetzen? Um diesen Ort leerzukriegen, bedurfte es schon so etwas wie eines Terroralarms.

»Alina …«

Ich fuhr herum. Andrews bahnte sich am Personal vorbei einen Weg zu mir. Sein schiefergrauer Anzug und der dunkelblaue Mantel schrien förmlich »Polizist«, ohne dass er mit der Dienstmarke rumfuchteln musste. Die Erleichterung nahm mir eine Last von den Schultern. Mir war gar nicht bewusst gewesen, wie sehr ich ihn hatte wiedersehen wollen und wie fest ich davon überzeugt gewesen war, dass das niemals passieren würde.

Außer Atem zog er mich zur Seite. »Hören Sie zu, ich habe die Bewaffnete Einsatzgruppe draußen, aber sie wird nicht eingreifen, bevor etwas passiert.«

»Dann wird es aber zu spät sein.«

Er verzog das Gesicht. »Ich kann nicht den Befehl erteilen, die Arena zu stürmen. So viel Einfluss habe ich nicht.

Es hat mich bereits genug Gefälligkeiten gekostet, sie überhaupt herzubekommen.«

»Wir müssen diese Menschen in Bewegung bringen. Wie lange dauert es, um so einen Ort zu räumen?«

»Zwanzig Minuten. Es gibt Pläne für eine Notfallevakuierung. Die Kuppel ist mit über dreihundert Kameras versehen. Sobald etwas passiert, wird Alarm ausgelöst. Tatsächlich habe ich Sie durch die Kameras gefunden.«

»Können Sie mich dorthin bringen? In den Überwachungsraum? Vielleicht kann ich ja die Stelle entdecken, an der die Königin durchbricht.«

»Ja, kommen Sie mit.« Er ging mit genug Autorität voraus, dass das Personal freiwillig aus dem Weg ging. »Was ist passiert?«, rief er über die Schulter, »als Sie unten waren?«

»Äh, das ist eine lange und komplizierte Geschichte. Die kurze Version: ich hab's vermasselt.«

Wir schwiegen, bis Andrews mich in den Überwachungsraum führte. Eine Wand mit ungefähr fünfzig geteilten Bildschirmen empfing uns. Die drei Techniker, die sie bedienten, warfen uns lediglich flüchtige Blicke zu.

»Okay, hier können Sie das Entertainmentdorf, den Platz am Eingang und die Arena sehen … sogar den hinteren Teil des Gebäudes, in dem wir uns befinden. Von hier ist fast alles zu sehen. Insgesamt bis zu sechzigtausend Menschen.« Andrews zeigte auf jeden relevanten Bildschirm. Hastig überflog ich sie. So viele Menschen. So viele Leben. Mütter, Väter, Familien und Freunde. Menschen mit Beziehungen zu anderen geliebten Personen. Beziehungen, wie ich sie noch erleben musste, wozu ich aber vermutlich niemals kommen würde. Ich musste sie retten. *Nutze deine erbärmliche Existenz für etwas Wichtiges.* Ich würde Warren genau zeigen, wozu ich fähig war.

Im Entertainmentdorf mit seinen Kinos und Restaurants wimmelte es vor Besuchern. Dieser Kuppelbau war ein riesiges Draíocht-Buffet, wenn man zufällig eine hässliche Spinnenkönigin war, die Menschen das Leben aussaugte. Was würde sie tun? Sie würde vermeiden wollen, dass jemand davonkam, also würde sie es zuerst langsam und vorsichtig angehen, so als kümmerte sie sich um ihr Netz. Spinnen bauten Fallen.

»Irgendwelche Ideen?«

Ich brachte meine Gedanken unter Kontrolle und versuchte, mich zu konzentrieren. *Denk wie ein Fae*, hatte mir Reign oft genug gesagt. Sie war nicht nur eine Fae, sie war die Königin, besessen von einem Fae-Geist und gequält von einem schrecklichen Hunger.

»Vielleicht die Lieferanteneingänge, irgendwo, wo sie sich frei bewegen kann. Sie wird nicht versuchen, die Massen in Panik zu versetzen. Sie wird nicht wollen, dass sie entkommen.«

Die Sicherheitsbeamten an den Kameras runzelten die Stirn und warfen mir Seitenblicke zu. Die funkelnden Dolche unter meinem Mantel hatten sie noch nicht entdeckt. Ich unterdrückte ein Grinsen.

»Können Sie auf die Ladebuchten hinter der Arena zoomen?«, fragte Andrews. Die Techniker gehorchten und wir musterten die Bildschirme. Nichts. Ich übersah etwas. »Diese Kameras überwachen alles? Gibt es auch Tunnel?«

»Nein. Aber da ist der achtzehn Meter hohe Blackwellschacht.« Der Techniker klopfte mit einem Stift auf einen Monitor. »Der ist nicht zu übersehen.«

O mein Gott. »Da. Dort muss es passieren. Können wir da rein? Nach innen?«

Der Mann sah mich misstrauisch an. »Es gibt eine Wartungstür.«

»Zeigen Sie sie uns.«

Wir folgten dem Mann zur Südseite des Doms, wo wir auf einen Angestellten trafen, der Andrews' Dienstausweis scheinbar unter dem Mikroskop untersuchen wollte, bevor er schließlich die Seitentür öffnete. Der Schacht erhob sich wie ein silberner Monolith. Kühle Nachtluft trug die Gerüche Londons heran. Ich zog den Mantel enger um mich und ging zu dem Ventilationsschacht. Außenlampen überfluteten uns mit einem milchigen Schein und vertrieben die Schatten. Keine Spinnen. Ich hatte … etwas erwartet. »Ich war mir so sicher.«

»Vielleicht kommt sie ja nicht.« Andrews schaute zu den achtzehn Meter hohen Belüftungsöffnungen. Der Wind zerrte an seiner Jacke und zerzauste sein Haar. Er erschien beinahe froh, aber er konnte sie nicht spüren. Den herannahenden Sturm. Wenn sie nicht bereits hier war, war sie zumindest nah.

Wir gingen um den Schacht herum, aber wenn überhaupt, fehlten Spinnen und ihre Netze auf fast schon beunruhigende Art. Wo auch immer die Königin war, hier jedenfalls nicht. Ein Tunnel. Das ergab Sinn. Ich betrat den Dome wieder und befragte den Angestellten, aber er bestätigte nur, dass es unter dem Gebäude keine Tunnel gab. Er ließ mich und Andrews auf der Plaza vor dem Ausgang zurück, vor einem Starbucks.

»Ich verstehe nicht …«

Ich schenkte ihm ein Lächeln; es hatte den Anschein, dass er es brauchte. »Sie kommt. Hier sind zehntausend Menschen oder mehr versammelt. Das würde sie sich nicht entgehen lassen. Erst recht nicht, da ich erneut versagte. Sie wird ihrer Nachkommenschaft ein paar Worte zu sagen haben.«

Andrews' scharfer Blick glitt über die Menschenströme, die sich um uns herumbewegten. Die meisten waren zu den Restaurants unterwegs, aber andere blieben vor den matten Glastüren am Ausgang stehen. Reigns bezaubernde Stimme erreichte unsere Ohren, wenn auch durch den Hintergrundlärm so vieler Menschen gedämpft. Andrews wandte sich wieder mir zu.

»Was ist passiert?«

»Ich wurde ziemlich schwer verwundet. Sie flickte mich zusammen.« Ich tippte mir gegen die Schläfe. »Sie kroch dort rein.« Ein Frösteln ließ mich den Mantel enger um mich ziehen. »Ich kam als ihr Werkzeug her. Erst als Reign … wir kämpften, äh, und er half mir, mich zu erinnern.«

Er nickte und brachte ein schwaches, aber ehrliches Lächeln zustande. »Gut.« Er drückte gegen den Empfänger in seinem Ohr. Das Team meldete sich. Mit verschränkten Armen blieb ich stehen. Mir war noch immer kalt. Andrews übermittelte seinem Team, dass alles in Ordnung war. Meine Glieder schmerzten, in meinem Kopf dröhnte es dumpf. Ich hatte keine Zeit, krank zu werden, nicht jetzt.

Ich musterte das Vordach über dem Eingangsbereich der

Plaza. Scheinwerfer funkelten. Hochglanzwerbeposter glänzten. Der Dome repräsentierte das Moderne und doch war die uralte und schreckliche Königin hier. Ein fiebriges Frösteln hinterließ eine Schweißschicht auf meiner Haut. Ich rieb mir die Stirn, versuchte den Schmerz zu lindern und wischte den Schweiß ab. Meine Gedanken wanderten. Niemand beachtete mich, während ich sie lachen, plaudern und diskutieren sah. Ich musste mich zusammenreißen, sie nicht einen nach dem anderen an den Schultern zu packen und anzubrüllen, sofort zu verschwinden, bevor es zu spät war. Keiner würde auf mich hören und man würde mich verhaften.

Aschfahl wandte sich Andrews mir zu. »Etwas stimmt nicht.«

Irgendwo auf der Plaza ertönte ein Schrei. Eine junge Frau zerrte vergeblich an der Ausgangstür. Sie versuchte es bei einer anderen. Weitere Leute versuchten es, aber die Türen bewegten sich nicht. Panik breitete sich aus. Unwillkürlich setzte ich mich in Bewegung, und als ich näher kam, erkannte ich den Beweis, den ich die ganze Zeit vor Augen gehabt hatte. Die Glastüren waren nicht matt. Was ich für Milchglas gehalten hatte, waren in Wirklichkeit Spinnweben.

Andrews schob sich durch die anwachsende Menge. »Polizei. Lassen Sie mich durch.« Er rüttelte an den Automatiktüren. Sie bewegten sich, öffneten sich aber nicht. Der Mechanismus war mit so etwas wie weißer Zuckerwatte verstopft. Ich wusste es besser. Mein Blick glitt höher zu dem Vordach über uns.

Denk wie ein Fae. Sieh nach oben … »Andrews, sie ist auf dem Dach!«

Er löste sich von der Menge und gab meine Beobachtung über Funk weiter. »Ich brauche hier Luftunterstützung. Ja, ich kenne die Kosten. Machen Sie schon! Die Türen sind versperrt. Überprüfen Sie alle Eingänge und Ausgänge und schaffen Sie sofort Schneidegeräte her.«

Sämtliche Türen würden blockiert sein. Während wir drinnen nach der Königin gesucht hatten, war sie draußen gewesen und hatte ihre Falle zuschnappen lassen. Die Menge wurde lauter, als sich die Plaza langsam füllte. Sobald den Besuchern klar wurde, dass sie nicht entkommen konnten, würde Panik ausbrechen.

Andrews hatte offensichtlich die gleichen Gedanken. Er wandte sich an ein paar Dome-Angstellte und schickte sie los, die anderen Ausgänge zu überprüfen.

»Ich muss Reign warnen.«

»Gehen Sie.« Er schien zu zögern, als wollte er etwas sagen, ohne die richtigen Worte zu finden. »Seien Sie vorsichtig.«

»Das ist unwahrscheinlich.« Ich grinste.

Während ich mir einen Weg durch die Menge bahnte, erhob sich Andrews' ruhige, befehlsgewohnte Stimme über den Lärm der Menge. »Ich bin Polizist. Ein Team draußen arbeitet daran, die Türen zu öffnen. Bleiben Sie ruhig. Es gibt keinen Anlass zur Panik. Die Türen sind gleich wieder offen.«

Auf dem Weg zum Backstagebereich sah ich genau das, was ich befürchtet hatte. Menschen drängten sich um die Ausgänge. Noch gab es keine Panik. Aber die würde bald eintreten, und wenn sich die Türen nicht öffneten, würden Menschen sterben. Ich musste Reign warnen. Wenn das

Konzert jetzt endete, würde das Publikum nirgendwo hinkönnen. Er musste sie in der Arena behalten und ablenken, zumindest bis die Polizei die Türen öffnete.

»Ich muss mit ihm sprechen.«

Der Bühnenarbeiter versperrte mir den Weg. »Sie können jetzt da nicht raus. Er ist mitten in seinem Auftritt.«

»Es ist dringend.«

»Nein, Miss. Das kann ich nicht zulassen. Ich rufe den Sicherheitsdienst.«

Ich schlug den Mantel zurück und zog einen Dolch. »Rufen Sie sie, wenn Sie wollen, ich gehe da jetzt raus.« Er wich zurück.

Von den Schatten in das blendende Licht zu treten, war nicht so einfach, wie ich es mir vorgestellt hatte. Ich zögerte und verschwendete Zeit damit, den Dolch wieder einzustecken. Auf der Bühne gab die Band alles. Fantastische Lichtkegel und dröhnende Musik regten meine Sinne an und ließen mein geborgtes Herz rasen. Ich versuchte, Reigns Aufmerksamkeit zu erregen, aber er hatte sich mit funkelnden Augen ganz in der Musik verloren. In einem anderen Augenblick hätte ich ihm die ganze Nacht zusehen können.

Vor mir huschte eine Spinne über den Boden. Nur eine von der Größe meiner Hand, die sich überhaupt nicht an der Licht- und Tonflut störte. Ich trat vor, holte tief Luft, betrat die Bühne und wurde in Helligkeit gebadet. Mit trockenem Mund und am ganzen Leib zitternd lief ich los. Der Schlagzeuger warf einen finsteren Blick in meine Richtung.

»Reign!« Er konnte mich nicht hören. Die Musik dröhnte. »Sie ist hier! Auf dem Dach!« Die Band spielte weiter und verschlang meine Rufe.

Reign verpasste einen Beat. Die Band spielte weiter, aber ich sah, wie der Schlagzeuger »Dein Einsatz« mit dem Mund in Reigns Richtung formte. Reign stand reglos vor dem Mikrofon, aber er starrte über die Arena hinweg, als wären Konzert, Publikum und Band vergessen.

»Reign?«

Er hob den Kopf und konzentrierte sich auf das verschlungene Netzwerk der Bühnenbeleuchtung und Belüftungsschächte. Ich blinzelte in den grellen Schein und versuchte verzweifelt zu erkennen, was ihn abgelenkt hatte. Die Musik verklang, die Einheit der Band zerbröckelte, und bei den zwanzigtausend Zuschauern erklang Gemurmel, das klang wie eine sich am Strand brechende Welle.

»Reign!« In Gedanken flehte ich ihn an, etwas zu sagen oder zu tun. Egal, was.

Er blinzelte und wandte den Kopf. Ein scharlachroter Schimmer erfüllte seine schönen Augen. Der Hund wollte heraus und ich kannte den Grund.

Das brüchige Gelächter der Königin hallte von der Decke. Die Akustik der wie eine Schüssel geformten Arena ließ den schrecklich klingelnden Laut über die Menge hallen. Angst verschluckte das Keuchen, das über meine Lippen dringen wollte. Ich entdeckte sie dort oben, wo sie kopfüber von einem Scheinwerfergerüst hing. Jeder Zentimeter ihres glitzernden schwarzen Körpers funkelte im Licht der Beleuchtung. Sie schaukelte hin und her, ihre krallenbewehrten Hinterbeine arbeiteten an den Seidenfäden des Netzes, das sie hinter sich ausgeworfen hatte. Sie musterte alle unter sich mit einem bösen Lächeln.

»Meine Zeit ist gekommen und ich werde fressen!«

KAPITEL 29

»Das letzte Lied!« Reigns Stimme hallte kristallklar durch die Arena. Er lächelte, aber seine angespannten Lippen verrieten Furcht. Und diese Augen … Konzertbesuchern, die sich gegen die Absperrungen drückten, würde nicht entgehen, wie sich seine Augen verändert hatten. Vielleicht hielten sie es für einen Teil der Vorstellung. Reign verließ sich darauf; es war die einzige Möglichkeit, die Menge unter Kontrolle zu halten.

Er nickte der Band zu. Musik erwachte zum Leben. Das Schlagzeug dröhnte und Reign wob seinen Zauber. Überall auf der Bühne explodierten Licht, Sound und Funken. Ich wich an den Bühnenrand zurück, ließ die Königin dabei aber nicht aus den Augen. Sie verfolgte, wie Reign und *Touched* die Nacht mit ihrer Musik zum Leben erweckten.

»*Alina, mein Liebling …*« Ihre Stimme kratzte in meinem Kopf, als wollte sie sich einen Fluchtweg aus meinem Schädel graben. Ich stolperte zurück und stieß gegen eine Wand. »*Noch ist es nicht zu spät, mir deinen Wert zu beweisen. Du bist talentiert. Du und ich, wir sind gleich. Du spürst mein Leben in deinen Adern. Mein Herz schlägt in dir. Du hast kein eigenes Herz, kein Leben. Das sind nicht deine Leute, auch nicht deine Familie. Allein ich verstehe dich.*«

Wie erstarrt verschloss ich meine Gedanken und spannte meinen Körper an.

»*Töte Reign. Tu es jetzt. Du hältst die Dolche in deinen Händen. Benutze sie.*« Ich hob die Waffen. Entsetzt stellte ich fest, dass ich mich nicht daran erinnern konnte, sie gezogen zu haben. »*Ja. Töte ihn. Erfülle deinen Zweck. Er ist zu unberechenbar und gefährlich, um ihn am Leben zu lassen.*«

Nein, nein. Ich würde das nicht tun. Es sei denn … Konnte ich sie dazu bringen, etwas näher zu kommen? Falls ich sie nach unten locken konnte, würde Reign angreifen. Falls ich nah genug an sie herankam, würde ich ihr die Dolche ins Herz rammen.

»Ich brauche dich, Mutter.« Ich zwang die Worte heraus, obwohl sie den Geschmack von Galle mitbrachten. »Hilf mir.«

»*Liebling … willst du mich etwa hereinlegen?*«

»Nein, Mutter. Ich brauche dich. Ich brauche deine Kraft. Ich bin schwach und krank, dieser Körper versagt. Gib mir das Geschenk deiner Macht, damit ich Sovereign erledigen kann.«

Ich fühlte ihre Unentschlossenheit; ein kurzer Moment zwischen Sekunden. Sie zögerte, dachte nach, spann ihre Pläne. Ich kannte ihre Bedürfnisse, denn unser Verstand war eins. Sie fürchtete Reign, fürchtete den Geist des Hundes in ihm. Sein Fluch war altes Draíocht, genau wie ihres. Er hatte die Macht, sie zu verletzen, sie vielleicht sogar zu töten. Sie wusste, dass ich nah genug an ihn herankommen konnte, um ihn zu erstechen. Ihr ausgehungerter Verstand hatte Sprünge bekommen. Sie war nicht länger das, was sie einst gewesen war. Sie verzehrte sich nach Nahrung. Nach neuem Ruhm. Sie wollte diese Menschen, sie brauchte sie … Sie wollte London. Sie würde Draíocht durch die Straßen weben und einen Wandteppich des Lebens erschaffen, der das Feenreich imitierte. Sie würde die Fae befreien. Reign konnte sie aufhalten. Er musste sterben.

»*Jaaa …*«

Schwarzes Gift strömte durch meinen Körper. Ich landete hart auf den Knien. Pure Macht schoss durch mein Rückgrat, riss meinen Kopf in den Nacken, sodass ich mich aufbäumte. Unter meiner Haut brodelte Draíocht und erfüllte jeden Muskel, verwandelte mein Ich auf molekularer Ebene. Ich schmeckte das ölige Parfum der Königin auf den Lippen, atmete ihren Petroleumduft tief in meine Lungen. Sie vergiftete mich von innen nach außen, aber ich schottete meinen Verstand ab. Sie würde nicht alles von mir bekommen. Dieses Mal nicht. Als es vorbei war, rockte die Band noch immer auf der Bühne und Reigns Stimme wob weiterhin ihren Zauber, aber ich war irgendwie verändert. Ich war eine andere, dabei aber noch immer ich selbst. Sie hatte nicht die geringste Ahnung, wie stur Alina O'Connor sein konnte.

Die Königin krabbelte die Hinterseite der Bühne herunter. Licht glitt über ihren schwarzen Körper und zuckte über die acht skeletthaften Beine. Ihr kurzes Haarkleid funkelte feucht vor Gift. Ihr Körper zuckte, die roten Augen richteten sich auf mich.

Mühsam schluckte ich meinen Ekel herunter, packte die Dolche und betrat die Bühne. Dieses Mal erblickte mich Reign sofort. Vielleicht lag es an der Weise, wie mein Schritt meine Absichten verkündete. Abrupt verstummte er und warf einen entsetzten Blick in meine Richtung. Mit einem kaum merklichen Kopfschütteln versuchte ich ihm mitzuteilen, dass das eine List war. *Komm schon, Reign, sieh mich an. Sieh die wahre Alina. Und sieh die Königin hinter dir …*

Das Licht der Scheinwerfer überflutete die Bühne und enthüllte die zusammengeduckte Monsterspinne an der Rückseite. Chaos brach aus. Bandmitglieder ergriffen die Flucht. Aus der Menge ertönten entsetzte Schreie. Panik lag in der Luft. Und Reign? Er sah sie und er sah mich, die beide auf ihn zukamen. Ich hatte ihn verraten. Zumindest glaubte er das. Auf seiner Miene zeichneten sich zerstörte Hoffnungen und Enttäuschung ab. Er ließ seinen Hund von der Leine. Sein Körper sackte in sich zusammen. Grüne Schwaden hüllten ihn ein wie einen Schleier. In wenigen Augenblicken würde er unaufhaltsam sein.

»Nein!«, schrie die Königin. »Lass nicht zu, dass er sich verwandelt. Töte ihn!«

Als ich zögerte, begriff sie meinen Verrat, und ihr wurde klar, dass man sie hinters Licht geführt hatte. Sie stieß einen frustrierten Aufschrei aus. Dann setzte sie sich in Bewegung. Ihre Beine bewegten sich schneller, als das Auge sehen konnte, und sie bahnte sich einen Weg durch die Ausrüstung der Band.

»Reign!« Ich versuchte ihn zu warnen, aber mitten in der Verwandlung und gefangen im Netz seines eigenen Draíochts vermochte er sich nicht zu schützen. Ich warf mich nach vorn und griff blindlings an. Mit einem scharfen Hieb ihrer Beine schleuderte mich die Königin zur Seite. Ich stolperte und fiel, während sie Reign mit einem ihrer lanzenartigen Beine durchbohrte und von der Bühne in die Höhe stemmte. Wie eine Puppe baumelte er dort schlaff und nutzlos, aufgespießt von einem Spinnenbein. Sie gönnte sich einen Augenblick, um ihren Fang zu bewundern, wartete ab, bis sein Kopf zur Seite fiel. Dann schleuderte sie ihn mitten in die vor Angst erstarrte Menge.

»Nein!« Furcht, Zorn und Ekel verwandelten meine Gedanken in einen schrecklichen Mahlstrom, dessen Zentrum nur aus einer einzigen Absicht bestand: sie zu töten.

Eine laute Alarmsirene ertönte. Ich nahm sie kaum wahr.

»Du hast mich verraten!« Sie zeigte mit dem blutigen Bein auf mich, aber dann fuhr sie herum und riss den fliehenden Gitarristen in eine Umarmung. Blitzschnell drückte sie den Mann gegen die Brust und drehte ihn sich zurecht, bis sie ihn bequem halten konnte. Er schrie. Noch nie zuvor hatte ich solche Schreie gehört. Sie waren wie Urlaute, die Art Laut, die das Blut erstarren ließen und einen in Träumen heimsuchten.

»Nicht!«

»Ich nehme mir sie alle«, zischte sie und schlug ihre Giftzähne in seine Schulter. Ein Schauder durchfuhr sie. Stöhnend bäumte sich ihr Oberkörper vor Behagen auf. Seine Schreie verstummten wie abgeschnitten. Sie riss die Fangzähne aus seinem Fleisch und schob ihn unter sich, damit ihn die Hinterbeine in Seide einspinnen konnten, während ihr Jägerblick bereits die flüchtende Menge musterte. »Mehr … ja.«

Ich stieß mich hoch. Meine Handflächen um die Dolchgriffe juckten wie verrückt. Ich musste sie aufhalten. »Hör damit auf.«

»Warum? Ich habe lange genug auf meinen Augenblick im Scheinwerferlicht gewartet.« Lachend krabbelte sie los.

Ich stellte mich ihr in den Weg, bevor sie von der Bühne zu den Tausenden von Konzertbesuchern springen konnte. Ihr monströser Körper bäumte sich auf; ihre Beine klickten. »Du dummes Ding kannst mich nicht aufhalten. Du bist ein Teil von mir. Geh mir aus dem Weg.«

»Nein.«

Enttäuschung trat in ihre harten Züge. »Ich habe alles richtig gemacht, erschuf jede Facette von dir, und trotzdem lässt du mich im Stich.«

»Tut mir leid, dich enttäuschen zu müssen, Mom.« Ich weigerte mich, mich von der Furcht lähmen zu lassen, und rannte direkt auf sie zu, wo mich ihre schrecklichen Beine nicht erwischen konnten. Sie schrie auf – vermutlich mehr aus Zorn als aus Furcht – und wich zurück. Aber nicht weit genug. Ich trieb einen Dolch durch den widerstandsfähigen Panzer tief in sie hinein. Eine schmierige Substanz spritzte aus der Wunde und lockerte meinen Griff. Mit einem Aufschrei bäumte sich die Königin auf und riss mir die Klinge aus der Hand. Ein seitlicher Tritt ihrer Beine holte mich von den Füßen. Hart krachte ich mit Kopf, Schulter und Hüfte auf die Bühne. Ein Krallenfuß schwebte über meiner Stirn. Blinzelnd rollte ich mich zur Seite. Das Bein durchbohrte den Boden an der Stelle, wo sich eben noch mein Kopf befunden hatte. Als ich zurückwich, brüllte sie vor Wut.

Einen Dolch hatte ich noch. Ich konnte es schaffen. Es war noch nicht vorbei. *Tu es für Reign. Für Shay. Für London.*

Etwas landete sanft auf meinem Kopf und meinen Schultern. Spinnen regneten von der Decke, und nicht nur auf der Bühne. Die noch immer gefangene Menge schrie wie aus einem Mund auf und geriet in Bewegung. Spinnen ließen sich von ihren Netzen herab und baumelten wie Stalaktiten von der Lichtergalerie. Leute brachen zusammen und wurden vom Mob niedergetrampelt. Sie starben. Leben gingen verloren. Das war nicht richtig. Das war nicht fair.

»Hör damit auf. Bitte«, flehte ich.

»Sie sind Beute. Nicht mehr.« Sie arbeitete das Bein aus dem Loch im Bühnenboden und ging in die Hocke, um nach dem aus ihrer Unterseite ragenden Dolch zu greifen. »Wir sind ihnen überlegen. Ich habe es nicht verdient, ausgerechnet an diesem Ort in Vergessenheit zu geraten. Ich bin glorreich!«

»Du bist wahnsinnig.«

Ein Furcht einflößendes irres Grinsen trat auf ihr Gesicht. Mit einem Satz sprang sie von der Bühne in die Menge hinein. Verzweifelt spritzten Leute auseinander. Mit wilden Blicken kletterten sie übereinander, um dort wegzukommen. Die Königin warf sich auf sie, stieß ein paar zur Seite, riss andere an die Brust und schlug die Zähne in sie.

Ich hatte versagt. Alle würden sterben. Was hatte ich erwartet? Seit dem Augenblick meiner Schöpfung hatte ich in allem versagt. Ich hatte die Königin enttäuscht und mich selbst auch. Ich hatte Reign enttäuscht.

Er lag ein Stück vor der Bühne. Ich sprang hinunter, setzte über die umgestürzten Absperrungen hinweg und ließ mich neben ihm auf die Knie fallen.

»Reign … nein.«

Ich bettete seinen Kopf auf meinen Schoß und bemühte mich zu ignorieren, wie blass er war. Seine Lippen hatten sich grau verfärbt. Blut verklebte sein Haar und bedeckte sein Gesicht. Seine zerrissenen Kleider hingen von seinem verkrümmten Körper. Hätte ich das alles ignorieren können, hätte er genauso gut schlafen können. Er konnte nicht tot sein. Das konnte unmöglich alles so enden. Ich war diejenige, die von geborgter Zeit lebte. Ich wusste, ich würde sterben, aber Reign … er hatte versucht, das Richtige zu tun. Das musste doch für etwas zählen?

Ich strich mit dem Daumen über seine Lippen und wischte das Blut ab. »Sie wird alle töten. Sie ist zu stark. Wir hatten nicht die geringste Chance.« Ich drückte die Hand gegen seine Wange. Die kaltfeuchte Berührung seiner Haut verriet mir, dass es zu spät war, aber ich wollte es nicht akzeptieren. »Ich glaubte, ich könnte etwas bewegen, etwas ändern, aber Warren hatte recht. Ich bin ein Nichts. Ich bin nicht wie du. Ich bin nicht mal real. Ich kann sie nicht schlagen.«

Wo ich ihn berührte, kribbelte es unter meiner Handfläche. Das Gefühl kroch meinen Arm hinauf. Die Taubheit, die ich während unserer kurzen Berührungen erlebt hatte, äußerte sich nun als Druck auf meinen Oberarm. Mein Magen krampfte sich zusammen, und jeder Instinkt schrie mir zu, ihn loszulassen. Ich ließ den Dolch fallen, beugte mich über ihn, nahm sein Gesicht in beide Hände und überließ mich der Taubheit.

»Nimm es, Reign. Benutze es. Ich gebe es aus freien Stücken, aber bitte, bitte wach auf. Allein schaffe ich das nicht.«

KAPITEL 30

Schreie hallten durch die Arena, aber ihre Zahl nahm stetig ab. Zwischen leeren Sitzen lagen zerstörte Körper. Stühle, Türen und Absperrungen waren in glitzernde Spinnennetze gehüllt. Irgendwo fraß die Königin. Ich konnte das Trippeln ihrer Beine hören und wie sie Netze webte. Und die Flüsse aus Spinnen schwollen an.

Die Taubheit raubte meinen Muskeln jedes Gefühl. Es kribbelte nicht länger, sondern versetzte mich in einen Zustand zwischen Wachen und Schlafen, Bewusstsein und Ohnmacht. In jenen Ort dazwischen. Ich war anwesend und doch anderswo.

»Bitte, Reign«, flüsterte ich, über seine blutigen Lippen gebeugt. »Bereite dem ein Ende.« Als er Sekunden nach unserer ersten Begegnung mein Draíocht genommen hatte, hatte er das ohne meine Erlaubnis getan und Dinge über mich erfahren, die sonst nur der Königin bekannt gewesen waren. Damals hatte ich geglaubt, diejenige zu sein, die in diesem Bahnhof einfach hätte weitergehen können. Aber er hatte vom ersten Augenblick an die Wahrheit über mich erkannt. Er hätte mich stehen lassen können. Aber das hatte er nicht. Stattdessen hatte er mich im Auge behalten, Dinge in Erfahrung gebracht und mich gelehrt, ich selbst zu sein. Und das würde ich niemals vergessen. Dieses Mal gab ich mein Draíocht aus freiem Willen und stieß es beinahe in ihn hinein. Schon zuvor hatte es ihn geheilt und es würde ihn wieder heilen. Das musste es.

Zwischen uns pulsierte ein elektrischer Strom. Zuerst hatte ich ihn mit meinem Herzschlag verwechselt, aber als er stärker wurde, klärten sich meine Gedanken langsam wieder. Seine Finger berührten mein Haar. Ich beugte mich in seine Berührung hinein, und plötzlich wurde mir bewusst, dass er wach sein musste, um mich auf diese Art berühren zu können. Meine Lider erschienen bleiern, aber ich zwang sie auf und entdeckte, dass Reign zu mir aufblickte. Nein, er blickte auf mich herab. Völlig verwirrt lag ich auf dem Rücken. Wieso …? Er sagte etwas, aber ich verstand ihn nicht. Wie konnte er so weit weg sein, wo er sich doch direkt vor mir befand?

»Alina.« In seinen wunderschönen Augen schimmerten Tränen. »Du hast zu viel gegeben. Du hast alles gegeben, Mädchen aus Amerika.« Sein Lächeln bebte, bevor er das Gesicht abwandte und die Augen zusammenkniff. Langsam und gequält richtete er den Blick dann wieder auf mich. »Konstrukte sind keine Helden, weißt du das denn nicht?« Er kam näher heran, nah genug für einen Kuss. »Ich wünschte … ich wünschte, wir hätten mehr Zeit gehabt.« Er zitterte, ich konnte es genau fühlen. Fasziniert schaute ich zu, wie diese Schmetterlingsaugen ein wildes Rot bluteten. Ein grausamer Ausdruck trat auf sein Gesicht. Er kämpfte mit sich, aber noch war er dem Hund nicht ganz unterlegen. Noch nicht. »Ich hätte dir die Welt gezeigt. Ich hätte dich mich lieben lassen.«

»Ich glaube nicht, dass ich für die Liebe geschaffen bin.«

So müde … ich würde mich einfach eine Weile ausruhen. Ich *musste* mich ausruhen.

Er unterdrückte seine Gefühle und schüttelte den Kopf. Blutiges Haar fiel ihm ins Gesicht und verhüllte seine hellen Augen. »Du hast mich gerettet.« Ein Zucken durchfuhr seinen Körper. Mit hervortretenden Muskeln krümmte er sich zusammen und erwiderte meinen Blick ein letztes Mal. »Danke, Alina.«

Ich wollte ihm dafür danken, dass er mich geheilt und mir eine Welt außerhalb meines Daseinszwecks gezeigt hatte, aber die Worte verblassten, bevor ich sie aussprechen konnte. Stolpernd kam er auf die Füße und taumelte aus meiner Sicht. *Warte …* Ich wollte ihn zurückhaben. *Geh nicht.* Ich wollte hier nicht allein liegen. Warum war mir nur so kalt? Nichts funktionierte richtig. Mein Körper verweigerte jede Bewegung, meine Gedanken gingen schleppend. Ich musste gegen die Königin kämpfen. Einen Dolch hatte ich noch. Es starben noch immer Menschen.

Meine Lider drohten zuzufallen, aber ich zwang sie wieder auf und drängte meine Lunge, wieder ein- und dann auszuatmen. Das war wichtig. Ich durfte nicht einschlafen. Starb ich? Zum Teufel damit. Ich würde nicht enden, bevor diese Sache erledigt war. Auf gar keinen Fall würde ich mich davonmachen, bevor die Show vorbei war.

Der Schatten der Königin fiel auf mich. Die Scheinwerfer an der Decke brannten ihre Silhouette in mein Sichtfeld. »Alina.« Spinnen rieselten von ihrem Körper. Tausende von ihnen bewegten sich um mich herum. Zahllose Beine kitzelten meine entblößte Haut.

Die Königin schaukelte auf ihren Beinen, streckte eins aus

und tippte mich zögernd an. »Ach, mein Liebling, hättest du mir gehorcht, wäre das nicht passiert.«

Ich zwang meine Finger, sich um den Dolchgriff zu schließen.

»Ich kann dich nicht noch einmal erschaffen.«

Plötzlich sah ich den Schrecken, den sie darstellte, ganz klar. Spinnen huschten über ihren Körper und labten sich an der dicken Blutschicht auf ihrem Torso und ihrem Gesicht. Noch immer ragte der Dolch aus ihrem Unterbauch. Weißes Blut sickerte aus der Wunde. Aber das würde nicht reichen, um sie zu töten.

»Du bist gescheitert.« Meine Worte waren kaum lauter als ein Hauch, denn ich brachte nicht einmal mehr ein Flüstern zustande, aber sie hörte sie trotzdem.

»Gescheitert?« Sie lachte. »Nein. Das ist gerade erst der Anfang. Diese Menschen gehören mir. Sobald ich zu Ende gefressen habe, werden die Fae kommen, wenn ich sie rufe. Sie werden mir dienen und wir werden diese grässliche Stadt in unser eigenes Feenreich verwandeln. Das wird eine glorreiche Zeit.«

»Du bist gescheitert.«

Sie gab ein seltsam rasselndes Geräusch von sich und hob mich auf. Ich war kaum fähig, den Kopf hochzuhalten, während sie mich in ihrer Umarmung wiegte. »In deiner Hülle ist nur noch wenig Leben. Eigentlich nicht genug, um es zu fressen, aber ich werde dich zurücknehmen. Schließlich gehörst du mir.« Sie zog die Lippen zurück und entblößte die sichelförmigen Fangzähne, um mich zu beißen und die Reste ihres Draíocht in meinen Adern zu verschlingen.

»Du bist gescheitert … du konntest Reign nicht töten.«

Sie schlug ihre Fänge tief in meinen Hals und meine Schulter. Der Schmerz reichte aus, um mich nur einen Augenblick lang aus meiner Lähmung zu reißen, aber das reichte, um ihr den Dolch in die Brust zu rammen. Ihr Schrei dröhnte in meinen Ohren. Sie schleuderte mich zu Boden und ragte hoch über mir auf. »Du elende Kreatur!«

Der Hund bohrte sich wie eine Rakete in ihre Seite. Weiße Zähne funkelten, gekrümmte Krallen schlugen wie rasend auf sie ein. Sie rollten in einem Knäuel aus Spinnenbeinen und Bestie umher. Grollendes Knurren ging im Laut brechender Knochen unter. Kraftlos auf der Seite liegend sah ich durch stumme Tränen zu, wie sich der Hund in die Königin verbiss. Ihre Beine zuckten und traten wild um sich, aber die Bestie hatte sie auf dem Rücken und nagelte sie mit seinem Gewicht fest. Sie vergrub den Rachen in ihrem Oberkörper und riss ihre milchigen Innereien heraus.

Ganze Scharen von Spinnen regneten von der Decke und eilten von allen Seiten herbei. Genau wie ich spürten sie, dass ihre Königin starb. Ihre Schreie wurden abgehackt und verstummten dann. Ihr Herz donnerte in meiner Brust. Der Hund verbiss sich in ihrer Kehle und schüttelte den Kopf von einer Seite zur anderen. Er riss die Königin in Stücke.

Ihre Gegenwart in mir flackerte und verschwand. Der regelmäßige Pulsschlag in meinen Ohren erstarb. Das Gift in meinen Gedanken löste sich auf und nahm eine schreckliche Last von meinem Körper. Eine Last, von deren Existenz ich nicht einmal etwas geahnt hatte. Mein Verstand war ganz ruhig, mein Körper reglos – ich war frei.

Ein paar Spinnen verharrten direkt vor meinen Augen auf meinem Handrücken. Ihre Beine zuckten abwartend.

Andere blieben ebenfalls stehen, während die, die auf den Hund gestiegen waren, sich eilig von ihm entfernten.

»Geht. Verzieht euch«, flüsterte ich. Ein elektrisches Kribbeln durchzuckte sie. Mein Wille und ihrer. Auch sie waren frei. Die Spinnenströme zogen sich zurück und verschwanden in Nischen und Mauerspalten. *Es ist vorbei.*

Ich schloss die Augen. Es *war* vorbei und ich war es auch. Die Königin war tot. Mein Daseinszweck war mit ihr gestorben. Ich hatte nicht mehr genug Leben in mir, um mich zu bewegen. Aber ich hatte sie geschlagen. Am Ende wäre Warren stolz auf mich gewesen.

Die schlabbernden Laute von Knorpeln zwischen den Zähnen vermengten sich mit den Schreien derjenigen, die in der Arena noch am Leben waren. Draußen ertönte der Schlag von Rotorblättern. Andrews würde dort draußen sein. Ich hatte vollstes Vertrauen dazu, dass er die Türen rechtzeitig aufbekommen hatte. Es gab nichts mehr zu tun. Mein Teil war getan. Die Königin war tot und ich starb. Geschöpfe wie sie und ich gehörten nicht in diese Welt.

Eine feuchte Nase stieß gegen meinen Kopf. Ich zwang ein Auge auf und war dankbar, dass mir die Kraft zu schreien fehlte. Die rot glühenden Augen des Hundes starrten mich an. Die Reißzähne waren entblößt. Entweder lächelte er oder er wollte mir die Kehle herausreißen. Ein Winseln drang aus seiner Kehle.

»Geh. Sie werden dich töten, Reign. Die Polizei. Die Menschen. Fae sind hier nicht mehr sicher.« Es würde Beweise geben, Zeugenaussagen, Handyvideos. Das würde sich nicht in Luft auflösen.

Der Hund knurrte leise und kniff die blutroten Augen zusammen. Ich fürchtete ihn nicht, spürte ich doch bereits schon den Hauch des Todes im Nacken. Vielleicht griff er darum nicht an. Als ich die Augen wieder aufschlug, war er verschwunden, und ich war genauso allein wie damals, als ich im U-Bahnhof Chancery Lane erschienen war.

Ich wollte nicht gehen. Ich hatte doch gerade erst gelernt, wie man lebte. Zum ersten Mal war ich frei. Mein eigener Herr. Ich konnte alles sein, was ich wollte. Konnte gehen, wohin ich wollte. Ich war Alina. Vielleicht hatte ich in den vergangenen paar Tagen mehr gelebt als andere in ihrer ganzen Existenz. Am Ende hätte Warren mir zugestimmt. Selbst dieser sture Bastard hätte zugeben müssen, dass ich etwas verändert hatte.

Stiefel dröhnten. Befehle wurden gebrüllt. Ich lag seit Minuten hier. Oder waren es Stunden?

»Schafft die Sanitäter herein. Räumt die Arena. Sucht nach Überlebenden.«

Ich öffnete die Augen und blinzelte in das Gesicht eines Mannes der Bewaffneten Einsatzgruppe.

»Hier lebt noch eine«, verkündete er und ging weiter. Ich hatte weder das Herz noch die Kraft, zu sagen, dass ich nicht mehr lange leben würde. Sie sollten die anderen retten, die echten Menschen, nicht mich. Ich war fertig. Ich hörte Rufe wie »am Leben« und »tot«. Es gab mehr Lebende als Tote. Das war gut. Aber wir hatten nicht alle retten können.

»Alina! O mein Gott!« Andrews fiel neben mir auf die Knie. Irgendwo hatte er Jacke und Mantel verloren und sein Hemd klaffte auf. Sein Haar war zerzaust. In seinen weit aufgerissenen Augen stand der Schrecken geschrieben, dessen

Zeuge er geworden war. Ich wollte ihm sagen, dass es okay war. Es war vorbei und ich war bereit.

»Wo sind die Sanitäter?«, brüllte er.

Ich wusste nicht mal, ob ich einen Körper hatte, mit dem sie etwas anfangen konnten. Ich hatte kein Herz, das schlagen konnte.

Andrews ergriff meine rechte Hand und eine Woge flüssiger Energie schlug über mir zusammen. Ein paar Sekunden lang konnte ich weder atmen noch über etwas anderes nachdenken als seine Hand, die mich hielt. Die Zeit erstarrte. Seine Wärme strömte durch meine Adern; sein reichhaltiger Geschmack tanzte auf meinen Lippen und seine Gedanken eröffneten sich mir. Ich sah mich selbst, wie ich schlaff und bleich am Boden lag. Die zermalmende Last unterdrückter Trauer. Seine Trauer. Und eine Gefühlswoge, die die Angst überwältigte. Seine Angst.

Er riss die Hand zurück. *Verflucht noch mal …* Ich keuchte und nahm nichts von der Umgebung wahr, denn ich konnte nur ihn sehen, fühlen und riechen. Seine Furcht entzündete die meine. Seine Erschöpfung raubte mir die Kraft. Sein Leben, seine Lieben. Die Verzweiflung wegen seines älteren Bruders. Die verlorene Liebe für eine jüngere Schwester. Wie war das nur möglich? Ein dauerhaftes Gefühl von Trauer senkte sich auf mich, Trauer wegen … mir.

»Was …?«, murmelte Andrews.

Ich blinzelte mich in meinen Augenblick zurück. Mein ganzer Körper kribbelte. Lust und Schmerz durchzuckten mich. Ich atmete schwer. Ich hatte sein Draíocht genommen. In meinem Kopf rangen Panik und Euphorie. Es war ein mitreißendes Gefühl, zu verfolgen, wie seine Energie arbeitete und durch meinen zerstörten Körper raste, um mich auf dem Weg zu reparieren. Wiederbelebt und in jedem Sinn lebendig wandte ich den Kopf und entdeckte das Entsetzen, das sich in Andrews' Gesicht eingebrannt hatte.

»Was haben Sie gemacht?«, flüsterte er.

Wir beide kannten die Antwort, aber ich musste die Worte hören, um es zu glauben. »Ich nahm Ihr Draíocht.« Und brach das Erste Gesetz. Ich versuchte mich daran zu erinnern, ob ich ihn schon zuvor berührt hatte, ob ich abgesehen von Reign und den anderen Fae überhaupt jemanden berührt hatte. Ich wusste es nicht mehr. Ich konnte kaum über Andrews hinaus denken. In meinem Kopf brodelten seine Erinnerungen. Dinge, die ich kein Recht zu wissen hatte; private Augenblicke, die ich gestohlen hatte.

Er blinzelte und betrachtete seine Hände. Noch nie zuvor hatte ich solch unverfälschtes Entsetzen gesehen. Er krümmte die Finger und starrte mich mit wildem Blick an. »Ich … äh.« Er räusperte sich und setzte erneut an. »Können Sie aufstehen? Sie sehen … besser aus.« Er selbst war tödlich blass und sah aus, als würde er jeden Augenblick in Ohnmacht fallen.

Irgendwie gelang es mir, auf die Beine zu kommen und stehen zu bleiben. Er wollte mir helfen, dann überlegte er es sich anders und wich zurück.

»Ich bin okay«, sagte ich, denn ich wollte nicht noch mal daran denken, wie ich mich durch seine Augen dem Tode nah gesehen hatte. »Gehen Sie, helfen Sie jemand anderem.« Ich schwankte, blieb aber aufrecht. »Gehen Sie.« Ich konnte jetzt nicht in seiner Nähe sein. Es war einfach zu viel. Weder wollte ich seine Geheimnisse kennen, noch ihn verletzen.

Aber das hatte ich. Eine Berührung. Wie oft hatte ich ihn schon berührt? Um seinetwillen musste ich es wissen. Ich musste nachdenken, mich erinnern. In meinem Kopf drehte sich alles. »Gehen Sie einfach!«, brüllte ich.

Mit einem knappen Nicken ließ er mich stehen. Einmal blickte er zurück und das geschah nicht mit einem Lächeln. Ich hatte sein Draíocht genommen und die Drei Gesetze gebrochen. Aber diese Tatsache verblich angesichts des Massakers, das die Königin angerichtet hatte. Danach würde nichts mehr so sein wie zuvor. Man würde die Fae jagen. Und ich war eine von ihnen.

Mit gesenktem Kopf stolperte ich aus der Arena in die Nacht hinaus. Die Medien hatten sich versammelt. Überall drängten sich Menschenmengen. Der Dome war von Streifenwagen und Krankenwagen abgesperrt. Erst in sicherer Entfernung drehte ich mich um. Der Dome mit seinen zwölf Masten lag in eine zweite Schicht aus Spinnennetz gehüllt. Seine blendenden Lichter wurden von der Decke der Königin gedämpft. Nachrichtenteams schickten die Bilder in die ganze Welt. Sie war tot, aber ihr Erbe war es nicht.

Ich wandte mich ab, zog das Kinn ein und legte die Arme fest um meinen Körper. Das waren meine ersten Schritte in eine neue Welt und ein neues Leben. Eine seltsame Erregung durchfuhr mich. Neues Draíocht dröhnte in meinen Adern. Ich war frei. Meine Schritte beschleunigten sich. Ich war ich. Alina. Eine arbeitslose Reporterin, die sich in wenigen Tagen ein ganzes Leben von emotionalem Ballast aufgebürdet hatte. Ich lief los und füllte meine Lunge mit der kühlen Nachtluft. Hinter mir schrillten Sirenen. Die Welt veränderte sich mit jeder Sekunde. Ich hatte überlebt. Ich lebte. Wir hatten gesiegt. London war sicher. Ich rannte und Andrews' gestohlenes Draíocht verlieh mir ein ungezügeltes Gefühl von Macht. Der Wind fuhr durch mein Haar, küsste mein Gesicht und brannte in meinem Hals – ich rannte weiter. Meine ersten Schritte in dieses neue Leben gehörten mir ganz allein.

KAPITEL 31

Die Freiheit war großartig, bis mir kalt war und ich Hunger bekam – und mich verlaufen hatte. Das hatte man davon, wenn man planlos kopfüber in die Freiheit rannte. Trotzdem war es das wert. In den frühen Morgenstunden war ich zurück in meiner Wohnung in Mile End, aber sie gehörte mir nicht. Mit diesem Leben hatte ich nichts zu tun. Ich stand im Wohnzimmer und mir gefiel hier gar nichts. Wie hatte ich hier jemals leben können? Alles war grau und neutral. Nichtssagend. Wo waren die Farben, die Persönlichkeit? Ich duschte, zog mich um und ließ sie zurück, ohne zurückzusehen. Miles hatte diese Existenz arrangiert. Ich wollte nichts damit zu tun haben.

Ohne einen Pfennig in der Tasche und nur mit den Kleidern, die ich am Leib trug, waren meine Schritte trotzdem zielbewusst. Klar, ich hatte weder einen Job noch eine Adresse oder eine Geburtsurkunde – oder ein Herz –, aber das war wunderbar. Ich war ein unbeschriebenes Blatt und ich hatte große Pläne. Ich wollte ins Kino gehen und in einem Nachtclub tanzen, wollte mich betrinken, bis ich umkippte. Ich wollte lachen, bis es wehtat. Bei traurigen Filmen weinen. Ich wollte noch mehr Schokoladentorte essen und all diese intimen Dinge erleben, die ich bei Reign gefühlt hatte. So etwas taten normale Menschen, nicht wahr?

Der Gedanke an Reign versetzte meinen Träumen einen kleinen Dämpfer. Ich wusste nicht, ob ich ihn jemals wiedersehen würde, und selbst wenn es dazu kam, war ich mir nicht sicher, ob wir uns jemals nah sein würden – bedachte man, was ich war.

Ich verdrängte das alles und ging weiter, bis meine Beine und Füße schmerzten. Schlagzeilen verkündeten, dass die Fae Ungeheuer und Lügner waren. Auf der Titelseite jeder Zeitung waren nur Fotos des in Spinnennetze gehüllten Domes zu sehen. Aus vorbeifahrenden Autos hörte ich Bruchstücke von Radiobeiträgen. Man trieb die Fae zusammen. Rufe nach besonderen Reservaten wurden laut. Neue Gesetze wurden formuliert. Man würde die Fae von der Gesellschaft ausschließen, bis sie beweisen konnten, dass sie uns nicht fressen wollten. Zog man in Betracht, dass sie Menschen zum Überleben brauchten, würde ihnen der Beweis schwerfallen, dass sie nichts Böses wollten.

Und dann war da ich. Offensichtlich war ich genug Fae, um mich von Detective Andrews zu nähren. Ich konnte nicht abstreiten, dass mich seine Berührung wiederbelebt hatte. Oder mit welcher Gier ich danach gegriffen hatte. Ich wollte mehr davon. So wie ich Schokoladentorte wollte. Aber wenn ich ein Fae war, konnte ich nicht riskieren, ihn erneut zu berühren. Was war, wenn das Schlimmste geschah? Wenn ich ihn versehentlich in meinen Bann schlug? Das alles ging mir durch den Kopf, als ich an seiner Wohnungstür klopfte und mich dafür verfluchte, überhaupt hergekommen zu sein. Ich hatte nicht die geringste Ahnung, wie viel Uhr es war oder welchen Tag wir hatten; meine Füße hatten mich einfach zu ihm getragen.

Er öffnete die Tür und seufzte. Er sah alles andere als erfreut aus. Sich gegen den Türrahmen lehnend, verschränkte er die Arme und senkte den Kopf. »Alina, Sie sollten nicht hier sein.«

Okay. Ich hatte zumindest mit einem Hallo gerechnet. »Ich, äh, wollte Ihnen nur für alles danken.«

Sein ruheloser Blick traf meinen. Stirnrunzelnd stieß er die Tür auf und winkte mich herein. Es roch nach Kaffee und Toast. Mein Magen knurrte. »Ich kann nicht in meine Wohnung zurück. Sie fühlt sich irgendwie falsch an, verstehen Sie?«, plapperte ich drauflos. »Kann ich was zu essen bekommen? Ich bin am Verhungern.«

Sein ganzer Körper spannte sich an, bevor er sich umdrehte. »Hier können Sie nicht bleiben.«

»Nein.« Nervös lachte ich. »Nein, ich weiß. Ganz ehrlich? Ich wollte mich nur vergewissern, dass es Ihnen gut geht.«

Seine Züge verhärteten sich. »Es waren ein paar schwierige Tage.«

»Jetzt glaubt man Ihnen, was?« Warum war das so schwierig? Es war doch früher anders gewesen. Weil ich ihm sein Draíocht gestohlen hatte, kannte ich ihn besser als je zuvor. Er war ein guter Mann. Ehrlich. Wahrhaftig. Und traurig. So schrecklich traurig.

»Alina …«

»Wir haben sie besiegt. Wir haben überlebt. Warum sind Sie nicht glücklicher?«

Er zuckte zusammen, als hätten ihn meine Worte verletzt.

»Es liegt an mir, nicht wahr? Wegen der Berührung. Ich wusste nicht, dass das passieren würde. Und wissen Sie, wäre es das nicht, wäre ich tot, also danke.«

Er schien mich anbrüllen zu wollen.

»Glaube ich.«

»Alina.«

»Ich sollte besser gehen.«

»Halten Sie einfach mal für fünf Sekunden die Klappe, ja?« Ein winziges Lächeln umspielte seine Lippen. »Die *FA* kontrolliert noch immer die Fae. Sie arbeitet noch immer mit der Polizei und der Regierung zusammen. Hat sie das Recht dazu?«

»Nein.« Der Gedanke, dass der General möglicherweise noch immer lebte, bereitete mir eine Gänsehaut. Warren war schnell geheilt. Vielleicht war der General auch dazu fähig. »Die *FA* war die Erfüllungsgehilfin der Königin. Vielleicht nicht alle von ihnen, aber genug.«

Er nickte. Das schien ihn nicht zu überraschen. »Die Königin hat Miles beeinflussen können. Wie viele andere wohl noch?«

»Das weiß ich nicht.«

»Was ist mit dem Unterland? Sind die Fae noch dort unten?«

Ich zuckte mit den Schultern und versuchte Andrews' missbilligenden Blick zu ignorieren. Ich hätte dorthin gehen sollen. Die Einsatzteams hatten versucht, dort einzudringen, und waren gescheitert. Ich konnte es einfach betreten, da ich aus Draíocht gemacht war. Möglicherweise war Shay noch immer in der Zelle eingesperrt. Und dann war da die Speisekammer der Königin, falls sie tatsächlich existierte. Vielleicht waren dort immer noch Menschen eingesperrt. Ich würde ins Unterland gehen, und zwar bald. Aber zuerst musste ich etwas essen.

»Äh, frühstücken Sie gerade? Ich bin wirklich hungrig, ich meine, ich muss was …« Egal, wie ich es sagte, es hörte sich falsch an. »Hören Sie, das ist wirklich schwierig. Ich fasse Sie nicht an, okay? Also reden wir darüber, damit wir nicht um das Gespenst im Zimmer herumtanzen müssen. Es ist nicht so, dass ich es nicht gern tun würde … warten Sie, das habe ich nicht so gemeint.« *O Gott, halt endlich den Mund.* »Sie sind attraktiv und alles … bevor das passiert ist, hätte ich, Sie wissen schon …« Ich drückte die Lippen aufeinander und atmete durch die Nase. Ich musste wirklich den Mund halten. »Keine Berührungen mehr.«

Er schluckte ein Lachen herunter, aber dann suchte sich trotzdem ein unterdrücktes Kichern seinen Weg hinaus. Es klang bitter. »Das ist nicht witzig.«

»Nein, das ist nicht witzig«, stimmte ich ihm mit unbewegter Miene zu.

»Das ist es wirklich nicht.« Er schnaubte und schürzte die Lippen, unterdrückte ein weiteres Lachen. »Ich habe nicht geschlafen.« Das Funkeln in seinen Augen erstarrte. »Ich kann einfach nicht aufhören, an Sie zu denken. Diese Berührung. Wir hatten uns schon zuvor berührt. Ich weiß gar nicht, wie oft. Zu oft. Sie haben einen Teil von mir genommen, mein Draíocht. Ich kann meine Augen nicht schließen, ohne Sie zu sehen. Ich bin gefangen, Alina, ob Sie das nun wollten oder nicht.« Dieses Mal war das Lachen in der Tat bitter. »Ich habe erlebt, wie das meiner Schwester passiert ist. Ich weiß ganz genau, was das ist. Und ich kann es nicht aufhalten.«

Sein Lächeln war traurig und brach mir mein stummes Herz. »Es tut mir leid.«

»Ich weiß.« Er seufzte. »Sie sollten da draußen vorsichtig sein. Sie sehen nicht aus wie eine Fae, aber die Leute sind nervös.«

Ich überlegte, einfach zu gehen. Es wäre das Richtige gewesen. »Hören Sie, ich bin nicht mal eine richtige Fae. Niemand weiß, was ich bin. Die Anfänge dieses Banns werden sich vermutlich in Luft auflösen.« Sein Gesichtsausdruck verriet mir, dass er mir nicht glaubte. Ich glaubte es ja selbst nicht. Um Himmels willen, ich war zu einem Teil Königin. »Ich fürchte, ich kann doch nicht zum Frühstück bleiben.«

»Das wäre wohl besser.«

Mit einem Nicken wandte ich mich ab.

»Alina, hören Sie. Mal abgesehen von diesem Mist mit der Berührung, niemand weiß genau, was im Dome eigentlich passiert ist und was Sie getan haben, aber ich weiß es. Vielen Dank.«

Ich zuckte mit den Schultern. »Ich tat nur das, wozu man mich erschaffen hat.« Die Hand auf der Türklinke, hielt ich noch mal inne. Falls Andrews unter den Bann geriet, dann war es das Beste, wenn ich einfach ging und ihn nie wiedersah. Aber ich wollte nicht gehen. Der aufmerksame Polizist hatte sich einen Weg in mein Herz gebahnt. Er war der einzige Freund, den ich hatte. Er hatte mir genauso sehr geholfen wie Reign, vielleicht sogar noch mehr. Er hatte wirklich nicht verdient, dass das geschah. Das hatte keiner von uns.

»Danny, falls Sie mich brauchen, ich bin im Unterland.« Ich öffnete die Tür und ging. Seine letzten Worte schnitten mir in die Seele, während sich die Tür hinter mir schloss.

»Ich werde Sie nicht brauchen, Alina.«

KAPITEL 32

Unterland war leer. Genau wie ich erwartet hatte. Die Fae von London waren gegangen. Der Eingang in der Chancery Lane war zu riskant geworden, dort hatte man sie kommen und gehen gesehen. Sie waren in der Dunkelheit verschwunden und hatten sich wieder versteckt. So wie ich sie mittlerweile kannte, würden sie es in den Schatten hassen. Es würde nicht lange dauern, bis sie wieder zum Vorschein kamen.

Da ich wie ein Mensch aussah, konnte ich einfach eintreten, ohne als Fae erkannt zu werden. Ich durchsuchte das Reservoir der Königin und fand keine Anzeichen von einer Speisekammer voller Opfer. Aber ich würde das sich über Meilen erstreckende Labyrinth aus miteinander verbundenen Tunneln durchsuchen, aus dem der Rest des Unterlands bestand. Die Zellen waren leer. Keine Shay. Ich blieb dort einen Moment und lauschte dem fernen Grollen der U-Bahnen. Ich war wirklich allein.

»Du hast bestimmt gedacht, du wärst mich losgeworden, nicht wahr?«

Ich schrie auf. Reign lehnte in der Tür. Mit seinen lächerlichen Stiefeln, dem neuen Mantel und den perfekt auf zerzaust gestylten Haaren sah er jeden Zentimeter wie der berüchtigte Rockstar aus. Ich stürzte mich auf ihn und drückte den Kopf gegen seine Schulter, während er zurückstolperte und sich bemühte, uns beide aufrechtzuhalten. Sein Kichern vibrierte in meiner Brust und wärmte mich bis in meine Seele hinein, falls ich so etwas besaß. Ich klammerte mich an ihn, getrieben von der Furcht, dass er in Wirklichkeit gar nicht da war, falls ich ihn losließ, und ich wieder allein sein würde.

Er nahm mich in die Arme und drückte mich so fest an sich, dass ich hören konnte, wie sein Herz raste. Dann legte er die Wange auf meinen Kopf und atmete tief ein. Ein leichtes Beben ging durch seinen Körper und er murmelte mir unverständliche Worte zu. Bedeutungsvolle Fae-Worte. Auf seinen Lippen klangen die melodischen Laute wie Versprechen. Ich kniff die Augen zusammen und lauschte dem lebendigen Rhythmus seiner Stimme.

Als er verstummte, flüsterte ich: »Ich will nicht allein sein.«

»Wir sind alle allein, Alina. Aber du und ich können gemeinsam allein sein.«

Etwas Feuchtes ließ meine Sicht verschwimmen. Ich wollte ihn nicht loslassen. Er roch wunderbar und fühlte sich auch wunderbar an, und ich musste mich zusammenreißen, um ihn nicht zu zerquetschen. »Aber atmen muss ich«, fügte er hinzu.

Mit größerem Widerstreben, als ich hätte zugeben wollen, ließ ich ihn los und wischte mir hastig die Augen. Ich war schon ein toller Albtraum.

Reign legte einen Finger unter mein Kinn und zwang mich, ihn anzusehen. »Du musst nicht verbergen, wer du bist, nicht vor mir.«

Wenn er damit weitermachte, würde ich seinen teuren

Mantel vollheulen. Ein leises Lächeln trat auf seine Lippen, das keine Ähnlichkeit mit dem Lächeln hatte, mit dem er sonst so freigebig war. Dahinter lag Nervosität. Die hatte es zuvor nicht gegeben. In seinen Augen flackerten kurz Zweifel auf. Ich sehnte mich danach, dieses Zögern wegzuküssen und die Zweifel mit einer Leidenschaft aus seinen Gedanken zu brennen, die mich gleichermaßen erregte wie erschreckte. Ich wollte ihn auf eine Art, die ich noch nicht akzeptiert hatte und die ich mir auch nicht um unser beider Willen eingestehen wollte.

Ich legte die Hände auf seine Brust und stellte mich auf die Zehen, um ihm einen Kuss auf die Wange zu geben. Meine Lippen kribbelten. Meine Berührung ließ ihn erstarren, weil er bereits gegen sich kämpfte.

»Wird das jemals verschwinden?«

»Sie ist ein Teil von dir, so wie der Hund ein Teil von mir ist.« Er ließ mich los und senkte die Hand, trat einen bewussten Schritt zurück. Ich fühlte, wie der Abstand zwischen uns weit über das hinauswuchs, was ich sehen konnte. Die beiden Männer in meinem Leben konnten mich nicht berühren. Andrews wollte es, aber dem nachzugeben, würde ihn vernichten. Und Reign hatte die Angst, dass das Schlimmste in mir das Schlimmste in ihm weckte.

Er hatte recht. Wir würden gemeinsam allein sein. Das würde reichen müssen. Für den Augenblick.

Ich unterdrückte die Tränen und trat ebenfalls zurück, denn ich brauchte den Abstand zwischen uns. Sollte ich ihm wieder so nah kommen, würde mir die Bestie völlig egal sein. Ich würde ihn küssen, seinen Rücken zerkratzen und ihn bei lebendigem Leib auffressen.

»Die Königin gibt es nicht mehr, die Fae sind verschwunden. Ich glaubte, ein neues Leben anfangen zu können, aber ganz egal, was mein Verstand auch sagt, ich bin kein Mensch.«

»Nein.«

»Ich könnte jeden Augenblick ausbrennen, stimmt's? Ein langes Leben war bei meiner Planung nicht vorgesehen, oder?«

»Nein«, wiederholte er, dieses Mal leiser.

»Ich stahl Detective Andrews' Draíocht. Im Dome. Ich starb und ...«

»Du gabst mir die Reste deines Lebens, um die Bestie zu entfesseln und mir vielleicht sogar dabei zu helfen, sie zu kontrollieren. Zumindest genug, dass ich die Königin töten konnte. Um zu leben, brauchtest du Leben. Du hattest Glück, dass Andrews da war. Er verschaffte dir mehr Zeit. Was du mit dieser Zeit machst, liegt bei dir.« Ich spürte, dass er noch mehr sagen wollte, und erinnerte mich an seine Worte im Dome, als ich im Sterben lag. Versprechen von Leben und Liebe. »Du hast mich zurückgebracht. Dafür danke ich dir.«

Ich honorierte den Dank mit einem schwachen Lächeln. »Ich hätte dich nicht sterben lassen. So wirst du nicht enden. Nur die Guten sterben jung, richtig? Und ich glaube kaum, dass du dich als Guter qualifiziertest, Sovereign. Oder als jung, was das angeht.«

Das ließ ihn strahlen und vertrieb den Ernst aus seinem Blick. »So langsam lernst du mich kennen, Mädchen aus Amerika.«

»Andrews glaubt mich zu kennen. Als ich sein Draíocht

nahm, bin ich in seinen Kopf eingedrungen. Unter anderem erfuhr ich, wie sehr er die Fae hasst. Und da ist er nicht der Einzige.«

»Vielleicht ist es besser so. Manche Aspekte der Fae gehören vernichtet.«

Das hatte ich befürchtet. Reign hatte behauptet, dass es da draußen noch schlimmere Dinge gab als die Königin. »Wirst du mir von den Fae und dem Feenreich erzählen? Jede Einzelheit?«

»Was willst du mit den Informationen anfangen?«

»Ich glaube, ich will dabei helfen, die Wahrheit an die Öffentlichkeit zu bringen. Ich bin mir noch nicht ganz sicher. Herrin über mein eigenes Schicksal zu sein, das ist viel zu verarbeiten.«

»Die Reporterin will noch immer ihre Story. Hm.« Sein Lächeln wurde weicher. Es war ehrlich und echt, genau wie die unmöglichen Gefühle, die ich für ihn empfand.

Ich grinste. »Was soll ich sagen? Das steckt in meiner DNA.«

»Ich helfe dir«, versprach er resolut. »Ich kann schlecht mit meinem alten Job weitermachen.«

Ich streckte die Hand aus. »Abgemacht.«

Er ergriff sie sanft und verursachte das vertraute Kribbeln. »Abgemacht.«

EPILOG

General Kael

Ihre Gesetze sind lächerlich. Liebe ist nicht das Schlimmste, zu dem wir fähig sind. Ihr Verstand ist Wachs in unseren Händen. Wir verbiegen ihre Träume, verdrehen ihr Verlangen und machen es zu dem unseren. Wenigstens betrachten sie uns jetzt mit dem Respekt, den wir verdienen, auch wenn er aus Furcht und Misstrauen entstand.

Kontrolliert die Fae, Schluss mit dem Recht auf freie Bewegung, keine Machtpositionen mehr.

Wir, die Fae-Autorität, haben uns mit diesen Bedingungen einverstanden erklärt; sie scheinen Versicherungen zu brauchen, um die Massen zu beschwichtigen. Ihre Verträge sind so wertlos wie das Papier, auf dem sie geschrieben stehen. Wir befolgen ihre Gesetze nicht, aber wir tun so … für den Augenblick.

Die erbärmlichen Menschen dieser vergessenen Welt können sich nicht vorstellen, welche Gefahren in der Dunkelheit lauern und ans Licht wollen. Viel zu lange waren wir begraben. Der Tod der Königin ist Beweis genug. Wir können nicht unter ihnen auf Augenhöhe mit ihnen leben. Diese Vorstellung ist albern. Damit bleibt nur eine Lösung übrig.

Beherrscht sie wie die Götter, die wir sind. Sie werden uns anbeten, ob sie wollen oder nicht. Sie haben keine Wahl.

Wir nehmen ihnen die Wahl.

Wir besitzen sie.

Unsere Zeit ist gekommen.

Foto: privat

Pippa DaCosta ist eine preisgekrönte Bestsellerautorin. Am liebsten schreibt sie Fantasy und Science-Fiction. Sie veröffentlicht als Selfpublisherin und bei großen Publikumsverlagen. Ihre Bücher haben über eine Million Leser erreicht. Sie lebt in Cornwall.

Mehr über cbj auf Instagram unter @hey_reader